What an Unforgetable Journey

{你足够好}系列
爱与成长·美好故事

当我 足够爱，才敢失去 你

朱沐 作品
Lydia

CNS PUBLISHING & MEDIA
湖南文艺出版社
HUNAN LITERATURE AND ART PUBLISHING HOUSE
博集天卷 CS-BOOKY

彼岸花，

开一千年，落一千年，

花叶永不相见。

情不为因果，

缘注定生死。

"皇甫，遇见你，又失去你，我心里盛满了遗憾。"

如果时光能够倒流，我不会躲开你；
如果时光能够倒流，我会拼尽全力去爱你；
如果时光能够倒流，我不会在乎你会不会拼尽全力爱我，如同我拼尽全力爱你。

“和过去一样，我依然爱你，我根本不能不爱你，
我爱你将一直爱到你死，或者我死。”

也许世间的一切都是注定的。
你注定会在这一生的某一刻抵达你所未曾想到的某地。
你注定会在此生的某刻遇到某人。
而在相遇那一刻，我们甚至无知无觉。

皇甫，我们又站在了彼此的对岸。
而这一次，我无法长出翅膀去追着你飞翔。
我再也看不见你了。

目录

Contents

爱一人，择一城

001

彼岸生活 / 002
谁是谁的猎物 / 005
置身梦中 / 009
分手即陌路 / 012
初见彼岸 / 015
只想对你好 / 021
如果我们可以在一起 / 030
温柔的诱惑 / 034
窗外的维多利亚港 / 039
黑暗的谷底 / 043
一意孤行地离开 / 047
最后一根救命稻草 / 054

我还不够爱你

061

彼岸的重逢 / 062
世事无常 / 067
只想好好爱你 / 072
爱已无法回头 / 084
重遇初恋 / 089
最幸福的时候最痛苦 / 093
只愿来日方长 / 100
一起度过的每一夜 / 106
不能不爱你 / 111
澳门的幸福时光 / 116
日夜颠倒的生活 / 122
两个世界的陌生人 / 130
一点一滴的改变 / 134
最温暖的圣诞节 / 142
无法天长地久 / 152

我爱你，胜过爱自己

159

我不害怕，我很爱他 / 160
爱如烟花易散 / 168
如果还有欺骗 / 177
爱情随风而逝 / 183
爱情不可挽救 / 191
友情不可挽救 / 199
生与死的边缘 / 206
放开你的手 / 217
无法改变的彼此 / 225
最好的生日礼物 / 233
另一个世界的你 / 238
谁爱谁比较久 / 244
再也回不去的人生 / 251

如果我们足够爱

257

无法改变的命运 / 258
放弃你，放过我 / 265
爱的盲与忙 / 270
相爱却无法相守 / 277
无力抗争 / 283
爱不到生死 / 289
无法快乐 / 296
无法感同身受的痛苦 / 302
陪你到最后 / 312
你去了哪里 / 318
不曾离开你 / 325
大结局：真正的道别 / 330

后记：生死相依

343

愿我所有经受的痛苦，你们都不再经受。

愿我所有拥有的幸福，你们都能够拥有。

What an Unforgetable Journey

无论热恋中失恋中，
都永远记住第一戒，别要张开双眼。

梅艳芳 张学友 〰〰〰《相爱很难》

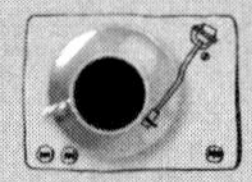

当我足够爱，才敢失去你

爱一人，
择一城

彼岸生活

“今天是我到香港工作的第 122 天，今天是我连续第五个早晨迟到，幸好，今天已经是周五了。”早上 8 点 30 分 45 秒，颜烁在面部识别考勤机前照完脸，心中万念俱灰。

十分钟前，颜烁还在地铁里搏命厮杀。香港的地铁可能是世界上最繁忙的地铁之一，而那些看似光鲜实则苦哈哈的白领，每天在地铁里跑进跑出，个个都锻炼出了拿电动扶梯当跑步机的好本领。在那些悠闲逛街购物的游客一族看来，这一幕应该相当地好笑，以及，惊悚。

好不容易坐定在工位上，颜烁努力地让自己沉浸在工作的氛围里——上午要完成一个向董事长汇报的 PPT，中午还约了朋友吃饭。

Peter 是香港人，某著名投行的部门负责人，他是颜烁来香港后遇到的第一个算是朋友的工作伙伴。上周他告诉颜烁自己被裁员了。颜烁一听，五雷轰顶，觉得天都要塌了。Peter 反倒是无所谓的样子，因为公司赔给了他二十四个月的薪水，那简直是一个天文数字。颜烁一听，脸色像是被雷劈了，又觉得天都要塌了。

从上海的公司跳槽到香港可能是颜烁一生中唯一值得称道的小高潮，除此之外，二十四岁的她几乎一事无成。每每意识到这一点，她就开始控制不住地吃零食。来香港才四个月，她已经胖了整整五公斤。

站在体重秤上的时候，颜烁总会想到皇甫戏谑的眼神、嘲笑自己是肥婆的语气。就算是胖了五公斤，也才五十公斤，能算肥婆吗？颜烁愤愤不平地想，香港人实在太变态了！

皇甫是个摄影师。用他自己的话说，小有成就。实际上，在香港算数一数二。他身边的女人都是瘦得要死、精致得要死、时尚得要死的。（颜烁是多么希望她们都真的去死！！）

他的前女友是某天后的御用造型师。想到这里，颜烁就又不淡定了，抓狂的节奏。香港打击了她的自信心，彻彻底底地。

真困。屁股还没坐热颜烁就抱着咖啡杯冲到写字楼大堂的Pacific Coffee（太平洋咖啡连锁店）去买拿铁。2月刚好有会员优惠活动，买一送一。

太平洋的小妹妹已经对颜烁很熟了，干脆给她倒进三份意式浓缩的量。颜烁暗想，好嘛，干脆兴奋到明天的这个时候得了。隔天中午的十二点还约了英文课。香港的官方语言是广东话和英文。来了这里颜烁才知道，自己的英文弱爆了！弱爆了！！弱爆了！！！无奈之下只好报了华尔街英语恶补。华尔街英语贵疯了！贵疯了！！贵疯了！！！还好，公司提供培训补贴，而且华尔街英语的学费可以免息、免手续费，每月分期付款。

颜烁的香港生活就是这样，一半海水，一半火焰……

人最爱干的事，就是“犯贱”。颜烁始终不知道自己选择来香港是对是错，特别是皇甫每天凌晨三点回家的时候，特别是自己每天早上七点挣扎着起床的时候，特别是在上班、陪他、加班、上课、陪他、上班的轮轴转里，忙到没时间睡觉，没时间洗澡，没时间学广东话，却又因为不会说广东话而被他嫌弃地扔在家里，孤孤单单的时候，颜烁就特别特别特别郁闷。

可是，只要看到他笑，哪怕是看到他对着别人笑，颜烁的心里就像雪地里开了一朵莲花一样惬意。

不知道这是不是爱情。鬼才相信爱情。二十四岁的颜烁从来只相信一夜情和多夜情，最多相信情人和互相陪伴。所以，这又是一个悖论了。

郁闷的时候颜烁经常骂自己："你不相信爱情，你跑来香港干吗啊?！上海那么大还装不下你这么只小鸟吗?"可是，每天早上跑着去上班，当她看见长长的扶梯上无数光鲜靓丽的男人、女人，外国人、中国人……她又会暗暗地想：幸亏来香港了。

香港这座城市的浮夸与华丽，真是极大地满足了颜烁这个肤浅的上海女人的虚荣心。即使在跑着去上班的时候，她多半是起床起晚了，连头发都没洗，昨天的衣服都没换，简直就是光鲜靓丽的人群里的苍蝇屎。

一年前，颜烁还从未想过会到香港工作和生活。伟大的苹果帮帮主乔布斯曾说："You can't connect the dots looking forward; you can only connect them looking backwards. So you have to trust that the dots will somehow connect in your future."（你不可能从现在这个点上看到将来；只有回头看时，才会发现它们之间的关系。所以你必须相信，那些点点滴滴，会在你未来的生命里，以某种方式串联起来。）站在现在的香港回头看，正是那些点点滴滴，以一种顽强拼搏的精神打败了一切宿敌，串联成了那时彼岸的颜烁。那时的皇甫，只不过是以比路人多一点点吸引力的姿态出现在了颜烁的面前。

有些相遇，仿佛一切都已早早安排好，仿佛一切都是命中注定。

谁是谁的猎物

两年前，颜烁二十二岁，刚刚大学毕业。毕业的学校够好，工作也够好，在浦东一家基金公司做研究助理。每个月到手的钱不多也不少，工作不轻松，也不很累。每天白天在公司混得很开心，每个夜晚在酒吧混得很开心。

这就是颜烁去香港之前的生活。爸妈给了一笔首付的钱，她买了套小房子，每个月还银行贷款也没什么压力。身边有几个不好不坏的追求者，颜烁嫌人家铜臭气，屡屡不想开展下文。反正还年轻，反正有钱花，反正不愁嫁。就在这么个节骨眼上，皇甫出现了。

外滩8号的顶楼，那天晚上的第三场酒，颜烁明显已经进入见谁抱谁的状态。

就在这样的蒙眬状态里，皇甫那香港文艺青年范儿仍然显眼得天崩地裂。松散的中发，大大的眼镜，宽阔的肩膀，修长的身形，像鹰一样锐利却忧郁的眼神，从颜色、质地到设计都无可挑剔的衣着。

微醺中的颜烁还没想好用什么方法靠近这群逼格甚高的文艺青

年，这群文艺青年就自动靠近了颜烁这群浮华少女。

这个世界上，每个人都是另一个人的猎物，也说不清谁是谁的猎物。

接下来发生的事情就很自然了。早晨醒过来的时候，颜烁在皇甫的酒店房间里。他的眼镜摘掉了，头发乱乱地陷在大大的枕头里，睡得很香。颜烁小心翼翼地收拾好东西离开。

回家昏头昏脑地睡了一觉。下午，颜烁被朋友的电话吵醒，说约了人，喊她一起吃饭。也没听清跟谁吃，反正跟谁都是吃，颜烁懒得细究，洗漱完就出门了。

穿着美丽而遭罪的高跟鞋，颜烁咯噔咯噔地穿过田子坊长长的弄堂，走到那家餐厅。朋友在餐厅最里面，隔着几桌外国人，冲颜烁很夸张地招手。颜烁有点不耐烦，明明选了个装 × 的地方，却总是装不像。所谓的酒肉朋友，其实算不得真正的朋友。也是因为这种不耐烦，颜烁在酒肉圈里落下了个冷血的名声。

颜烁有点近视，又不愿意戴眼镜，视线模模糊糊地走进去，才看到四人台，出乎意料的是，皇甫也在。她的朋友曲洋身边的那位帅哥，估计也是昨天和皇甫一起的。皇甫没什么表情，微微一笑算是打过招呼。颜烁也没什么表情，随便坐在皇甫身边的空位上。

颜烁心里又开始不耐烦了。最烦这种人，明明一夜情了，还约吃饭，有什么可约的！难不成还要开始聊人生聊理想了？！曲洋倒是一脸的热情奔放，跟颜烁介绍："Laura，你昨天喝那么多还记得吗？这个是于邵忠，这个是皇甫源。"

颜烁在暗地里白了曲洋一眼，腹诽道：什么记得不记得，你今天才认识我吗？

说起来，这个于邵忠和曲洋真是天生一对，话痨对话痨，接得天衣无缝。颜烁和皇甫都没什么话，闷着头吃饭。席间，颜烁知道了于邵忠也是香港人，和皇甫是很多年的好友，拍 MV 的导演。也终于知道这个叫作皇甫源的人，是个爱收藏古董、爱去二手店的摄影师。

只听见曲洋嘚瑟完一通自己的事情又拿颜烁的事情来嘚瑟："Laura 她厉害着呢，她做投资的，投资股票呢……特别有钱，还自己买了房子。"这短短几句话，水分无数。颜烁只不过是个给投资经理打杂的研究助理，跟投资股票还有十万八千里的距离。房子是爸妈付的首付，自己工资这点钱，还完房贷、喝完酒，基本上连买卫生巾的钱都剩不下。

这世道，就是大嘴吃天下。

于邵忠不知道是愚蠢还是善良，竟然坦然地接话道："好厉害啊……"皇甫这时终于抬起头来，接话道："那没有爱的人吗？"他的声线竟然非常动人，语调很是柔软。

那一霎，颜烁突然愣住了，忘记了他说的内容，只觉得内心被什么撩动，升起了一种莫名其妙的纠结。而曲洋和于邵忠一时也不知道该说些什么。一种说不清道不明的情绪扩散在小小的空间里，颜烁有点心猿意马，整个场面有点尴尬。

颜烁回过神来，想到皇甫问的问题，她并不知道应该如何回答。认识她的人都知道她不相信爱情。可在皇甫发问的那一刻，颜烁却不想实话实说。

回家后，颜烁狠命地在谷歌上搜了一下这两个香港男人。隔行如隔山，他们的名气颜烁丝毫不知。看着谷歌上连篇累牍的溢美之词，颜烁陡然明白了曲洋的热情奔放——于邵忠是某天王的死党，该天王所有的主打 MV 皆出自他手。皇甫则是于邵忠多年的拍档，是香港乃至全亚洲最炙手可热的摄影师。

对着电脑显示器，看着某天王的名字，颜烁的身体里着实盛放了一颗躁动的心。要知道，她粉某天王也不是一天两天了，某天王的歌她可是倒唱如流啊！

曲洋看样子是吃定了于邵忠，于邵忠貌似也闲得蛋疼，天天组局。一连去了三天，熬得颜烁黑眼圈都出来了，也没再见皇甫出现。颜烁心想自己也是有尊严的人哪！狠狠忍住没开口问他的去向。男人嘛，多的是！她躲在家大骂自己三声：“你贱啊！你贱啊！！你贱啊！！！”索性再也不去曲洋的饭局了。

置身梦中

转眼一个月过去，于邵忠打来电话，开口就卖熟道：“帮个忙啦！”

颜烁没心没肺地回复：“干吗啊香港佬……”

于邵忠嘿嘿地乐了两声：“听说你在浦东最高的楼里做 office lady 哦！我们想去你公司那里取景。”

颜烁暗骂一声，肯定是曲洋这个绿茶婊把自己给卖了！无所谓，也挺好玩的，帮就帮。她向行政处提交了个申请，结果公司领导极为重视，非要安排个仪式。这次轮到颜烁头大了，公司所有的妹子都要她帮忙拿明星签名。

开拍当天，楼下半层都封了。大明星陈 Sir 被助理、保安一路围着进了片场。颜烁急着找于邵忠帮忙拿签名，结果被保安拦住，打他电话也不接。颜烁大怒，明明答应得好好的！臭香港佬！叫我怎么跟兄弟姐妹们交代？！

正在踌躇，看到皇甫慢悠悠地走过来：“你们公司不错。”

颜烁奇道：“你不用去摄影吗？”

皇甫面无表情地说：“有助手。你在干吗？”

颜烁又不想告诉他答案了。

他见颜烁不说话，又说："你想要陈Sir签名是吧？老于让我带你去。"

见鬼了，明知故问！颜烁恶狠狠地瞪了他一眼。

皇甫对颜烁的恶劣态度视而不见，跟保安打了个招呼就带她进了更衣间。陈Sir正和工作人员谈笑风生，虽然气场强大，但一点也不摆大明星的谱。喜欢了这么多年的明星啊！大明星啊！偶像啊！就这么活生生地站在自己的面前哪！颜烁突然有一种强烈的眩晕感。

皇甫没理会呆呆地站在一旁的颜烁，和陈Sir熟络地打了招呼，两人就用广东话没完没了地聊起来。颜烁继续呆呆地戳在原地，听着鸟语一样的广东话。

过了一会儿，陈Sir走过来："就签名而已？这么简单？我这么帅你都不要和我合影，我会失望的。"普通话说得标准得一塌糊涂！就像他唱国语歌那么标准！

合影吗？合影吗？！颜烁在心里反复思量着陈Sir的话，觉得自己都有点哆嗦了。

皇甫从旁边拿来一台大家伙，捏着颜烁的下巴摆了摆脸的角度，咔嚓一声就照好了合影。陈Sir人真好，一张张地签完颜烁拿来的东西，还不时问问颜烁公司的情况。

颜烁的整个状态就是如在梦中。羞答答的，还打哆嗦，幼稚得像个小学生。现在想来，真是这辈子最丢人的一次经历。

拿完签名，拍完合影，颜烁恍惚地走回楼上，立刻被公司里的妹子们包围，追问各种片场的八卦消息。还没下班，颜烁的手机上亮起一个陌生的电话号码，接起来正是皇甫没什么起伏的声音："晚上找个私密的地方吃饭吧。找到了告诉我。"

颜烁急急地追问："多少人？几点？多少钱的标准？"

皇甫愣在那边，过了一会儿随便答道："二十几个人，随便多少钱，说不定几点。”

颜烁瀑布汗，道：“这是上海！这不是农村！私密的地方都要提前预订！谁会等你啊！”

皇甫又一愣，微微笑着的语气：“你说陈 Sir 去，都会给留位的。找家新鲜点的餐厅。”

好不容易找到家新开张的老公馆。公馆是旧上海大亨的府邸，一层还陈列着当年用过的老唱机、老高尔夫球包、老钟表、老电话，等等。颜烁也不知道这家餐厅口味如何，但想想这些人无非图个新鲜和情调，就硬着头皮预订了。

于邵忠带着众人坐在几辆车上浩浩荡荡杀过来，颜烁像个小接待员一样站在弄堂口挨个告诉他们：“小拐！56 号！”于是，每个人都问她：“小拐是左转还是右转？”伤不起这些香港人，颜烁这暴脾气真是要被急哭了，要不是看在亲爱的陈 Sir 的面子上，她才懒得伺候这帮大爷！

终于所有的车都到了，颜烁感觉解脱了，飞快地闪人。

刚到家，皇甫的电话又打过来：“你在哪里？”还是那样清清淡淡的语气。

颜烁气不打一处来：“当然回家啦！难道要我伺候你们用膳不成啊，皇老爷？！”

皇甫又略有笑意地纠正她道：“我姓皇甫，不姓皇。皇甫是个古老的复姓。”

颜烁无言以对。

皇甫又笑道：“当然要留下来一起吃了。真笨。下次吧。”

咬着牙挂了电话，颜烁欲哭无泪，捶地捶到手痛！见鬼啊！一起吃饭这么大的事你不早点说啊！！和亲爱的陈 Sir 一起吃饭是多光宗耀祖的大事啊！！！这都是些什么人哪！！！

分手即陌路

自此之后又久无音讯。辗转听曲洋说他们去了布拉格，去了威尼斯，去了首尔，去了台湾，去了香港……

从心底来说，颜烁最烦的就是把一场简简单单的一夜情搞得太复杂，这种露水情缘有必要知根知底吗？了解这么多有用吗？还不是一拍两散！两个不能在一起的人，了解得越多，唏嘘越多。

颜烁有点不敢看电视，怕看到陈 Sir，怕看到某天王，怕看到任何 MV。那首在她公司录制的歌曲现在红遍大街小巷，红到颜烁连上街都有点心理阴影。最悲催的是有些无脑女同事把陈 Sir 的签名放脑门上到处嘚瑟，颜烁是看到就郁闷。

事到如今，颜烁不得不承认，这是二十四岁的她遇到的最不爽、最不开心、最不利落的一夜情。出来混，总是要还的。颜烁像个怨妇一样，陷入不开心不开心不开心的泥淖中。

大半年过去，颜烁破天荒地没去唱 K，也没再去酒吧。身边的朋友都说她转性了，其实，她只是不愿意面对自己的挫败。

相比于邵忠和皇甫的洒脱不羁，颜烁觉得自己就像少了一双翅膀。他们高高在上且来去自由，自己却只能颓丧在庸庸碌碌的生活里，仿佛永生永世都不得超生。说白了，自己对自己的歧视最伤人。

不知道算不算知耻而后勇，没有心情去酒吧鬼混的颜烁有了时间干点正经事。反正做她这行要想出头只有三个方法：A. 装 ×；B. 提鞋；C. 陪睡。颜烁仔细想了想，还是装 × 比较适合自己，于是一头扎进 CFA（特许金融分析师）考试的茫茫苦海里，苦海无涯，考试费、培训费都这么贵，万一考不过真是无颜再见江东父老啊！

这辈子颜烁最痛恨学习，全英文的金融教材苦得她喊天不应，叫地不灵。即使这样，也比铺天盖地的陈 Sir 的歌声让她好过得多。也许到了此时此刻，颜烁才明白过来，井底之蛙本来并不可悲，可悲的是有一只天鹅飞过来告诉你天空很大，外面很美，告诉你之后，它坦然地飞走了，你却不得不停留在原地。

有了欲望，就难有快乐；有了超过现实能力的欲望，就会陷入无边无际的痛苦。

看着同事们每日一成不变的西装，想起于邵忠和皇甫经过又离开的无常，颜烁本以为自己是喜欢每日重复的生活的。可是，有一群这样的人出现了，你有点喜欢、有点欣赏他们，更多的是向往他们的生活，可是你永远进不去他们的世界。

无常，是不是正是人生的精彩所在?

颜烁也想去布拉格，去威尼斯，去首尔，去台湾，去香港……不用考虑短短的年假，不用盘算各种费用开销；也想身边都是于邵忠、皇甫、陈 Sir 那样随和、有品位、有地位的朋友，随时随地有型有款能 hold 住全场；也想遇到皇甫后，可以淡然地抽身就走，就像他遇到自己或者自己遇到其他人那样，遇到就遇到，分开就分开，不挂心、不想念，也不遗憾。

“皇甫，遇见你，又失去你，我心里盛满了遗憾。”

一夜情这种事，颜烁真的怕了。

辛辛苦苦地学了半年，终于考过了 CFA，不过是第一级而已。学姐很鄙视地对颜烁说：“我们学校的毕业生，一毕业就应该考过一级的呀！”颜烁真想掐断她那根细白的脖子。

不管怎样，考过了就是胜利，哪怕只是阶段性的。公司方面也给加薪了，颜烁突然很想去放松一下，打了曲洋的电话。曲洋明显刚睡醒，听说了好消息，忙不迭地答应下来，还大大咧咧说她请客。

晚上见面的时候曲洋果然风骚了很多，出手也阔绰了很多。想都不用想就知道她又傍上男人了。喝了两瓶香槟，在久违的灯红酒绿中，颜烁突然有点意兴阑珊，她对曲洋说自己想回去了。

曲洋说：“等等啦，等我老公开车送我们回家啦！”颜烁心里说不出来的鄙视，但想想省下打车钱也不错，就等着。

过了一会儿，于邵忠高高的身形从酒吧的红男绿女中默默地挤了过来。

颜烁崩溃了。

真的。女人上位最简单的方法绝对不是考什么 CFA、CPA（注册会计师）、MBA（工商管理硕士），而是，不要脸。颜烁本来就不怎么 high 的心情陡然坠到谷底。

自己和曲洋明明是两只井底的青蛙，而且自己才是比较有相貌、比较有文化、比较有品位、比较有本事的那只！可曲洋竟然捷足先登地跳出了井口！凭什么她能上位！凭什么！！

颜烁就是这么见不得别人好，特别是在于邵忠他们这群人、这件事上。这件事真真是如同一块大石般，结结实实地堵在了她的胸口上。

于邵忠已经在上海租了房子，彻底和曲洋同居了。没人提皇甫的事。游戏规则就是这样，你是来玩一夜情的，你就得玩得起。

那天晚上颜烁和曲洋一起遇到皇甫和于邵忠这伙人。怎么皇甫就这么洒脱绝情？！怎么于邵忠就这么缠绵善良？！

这个世界上无法解释的事情太多，自认倒霉吧。

在原先的生活轨道里，颜烁照常上班下班，工余边吐血边学 CFA 二级。曲洋经常摆出阔太太范儿开着车来公司楼下请她喝咖啡。颜烁从她这只跳出井口的青蛙嘴里听到了更多外面的天空的事情。

初见彼岸

年底，颜烁被安排去香港出差。虽然只有两天，但这是颜烁第一次去香港，心情还是非常之好的。和她同去的是同部门的女同事Vicky，也是个小小的研究助理。香港是购物天堂，什么都便宜。两人走之前都做足了功课，列了一长串要买的东西。这就是人穷志短，恨不得连指甲油、卫生巾都从香港运回来。

铜锣湾正是香港这个购物天堂中的天堂，只是酒店好贵好贵。颜烁和 Vicky 为了节省差旅费，把两间房合并成一间房，这样才勉强住到铜锣湾时代广场后面的 Holiday Inn 酒店[1]里。

进门才发现，酒店的房间小得离奇！无所谓了。两人放下行李就奔出门逛街。酒店对面就是时代广场的连卡佛，狂败了一通化妆品；再往前就是 SASA 和卓悦，再狂败化妆品。没办法，穷人就是只能买买化妆品，那些衣服啊、包啊是给曲洋这样的阔太太准备的。

1　即假日酒店。假日酒店集团是世界上第一家达到十亿美元规模的酒店集团。现在的假日酒店集团已被英国 BASS 集团收购，成为世界上第二大酒店集团的重要组成部分。

一想到曲洋，就想到于邵忠，就想到皇甫，颜烁就莫名地觉得香港是个伤心地。

不到半天工夫已经买到手抽筋，实在拿不动就放回酒店，再下楼继续买买买。往返几次，酒店房间变成了货舱。

第二天早上开会，酒店的服务生帮忙叫了出租车。颜烁睡眼蒙眬地就被拉到了金钟的香格里拉酒店。什么叫高级酒店！这才叫酒店哪！浦东的香格里拉就是垃圾！

金钟的香格里拉里，精致得像金银丝线编织的地毯，豪华得像置身于法国宫殿中一般的水晶灯，礼貌得像英国绅士的服务生，通通让颜烁大开眼界，眼珠子都不够用了。

最重要的是，开会的投资人是来自全球各地的精英，各种优雅睿智。当这所有的成百上千的绅士都身着雅致的正装，带着礼貌的笑容，说着一口轻声的英文，准时会聚到水晶灯下的超级豪华会议厅里时，颜烁根本无心开会了。

绅士们均穿着正装，女士们就有麻烦了。为了不让着正装的绅士们出现不雅观的汗渍，香港酒店里的冷气开得超足，温度低到仅仅十几度，好像电费不花钱似的。

Vicky 也是第一次来香港，毫无经验地穿着一条无袖连衣裙，没待上几分钟就冷得简直要哭出来。颜烁虽然穿着衬衫和西服裙装，也只能勉强自保而已。

这时，旁边一位好帅的 ABC[1] 大叔脱下自己的西装外套，很温柔地给冻得直打哆嗦的 Vicky 披上，微笑着，nice 得一句话都没啰唆。颜烁和 Vicky 当场就融化成一汪春水了。这要是在内地开会，任凭你冻死，也不会有一个基金经理理睬你。

1 America Born Chinese 的简称，出生于美国的华裔，现在泛指海外华人移民的第二代、第三代子女。

颜烁和 Vicky 像上课传纸条的小学生一样在纸上写来写去，交换意见。

颜烁："他肯定是 ABC。"

Vicky："为嘛？！"

颜烁："你不觉得吴彦祖、王力宏这样的 ABC 长相和气质都有共同点吗？这大叔也是！"

Vicky："对。我要怎么感谢人家？"

颜烁："以身相许。"

Vicky 看到纸条后瞪了颜烁一眼就假装专心开会了。颜烁心想：你倒想得美，这些参会的大叔，哪个还不管个十亿美元，还不赚个千万年薪？！这样标致的大叔，以身相许还不是便宜你了？！

会场前面是主办方请的各位大佬在讨论国际经济形势，全英文的对话听得颜烁无比头大。她前后看看，发现一位内地大哥坦然自若地戴着会议组准备的同声传译的耳机。从工作和个人的耳朵、大脑舒适性的角度考虑，颜烁琢磨着自己也应该去拿副耳机；但从装 × 和学习进取的角度，颜烁又觉得自己应该沉着冷静。

看了看 ABC 大叔那无比提神的体形，颜烁决定将装腔作势进行到底。

终于撑到散会。下面是一整天的小会场会议，就是不停地出入各个酒店房间，每个房间都布置成了圆桌会议的样子，轮流听上市公司的人忽悠别人买股票。

颜烁溜达到华林置地的会场。华林是一家很大的地产公司。他们的 IR[1] 汪明正在卖力地推介股票。

这家公司一直是颜烁在跟，之前看了很多相关数据和项目。这个汪明也见过几次。他是从美国回来的，在高盛美国投行部工作了

1 Investor Relations，即投资者关系经理。

十几年，身家早已过亿。后来被华林置地的董事长高薪、高股权激励挖来做 IR，有点大材小用。汪明一直看好地产行业的发展。对整个地产行业来说，销售数据的好坏最为关键。他们公司的销售数据也确实非常好。

可颜烁就是有点不服。她的逻辑是这样的：她自己的收入不算高也不算低，放眼全上海也算是排在前列了，可连她都买不起房，得靠父母支援才付得起首付。她不相信有多少同学买得起。那些有钱人敢投资买房，就是因为有一群傻乎乎的穷人去高位接盘。一旦形势变化波动，受伤的总是刚性需求群体。

中央下了那么多道圣旨要求调控地产，颜烁深深地觉得这就是转机！让那些炒楼的套死在高点上！真解气！想着想着，她就不由自主地“哼”了一声。

不巧，她坐在汪明旁边。汪明看着她，用纯正的美语问她：“你有什么想法？”

颜烁心想：我哼都哼了，还怕你问吗？她用纯正的普通话回答：“我认为此次调控是史上未有的严格，一定会带来史上未有的调整。2008 年的短期大幅下挫不会重演，但此次调整将历时更长，影响更深远。汪总应该建议贵公司好好地准备过冬，而不是大幅投资扩张。”

汪明饶有兴致地看着颜烁，依旧用纯正的美语说：“很有意思，我们拭目以待。”

颜烁腹诽：拭目以待？你们这些外国人完全没有内地生活经验，能判断准才怪！她对汪明笑了笑，不置可否。

散了会，和 Vicky 一起等电梯下楼，又看到 ABC 大叔。大叔很迷人地说：“是你们？ Cold girl[1]？”顺理成章地交换了名片。

大叔的名片上写着的果然是美国公司。颜烁把名片拿在手里，

1　此处意为“挨冻的女孩”。

看了又看。全英文的名片，不知道他那个公司有多大，也不知道他的头衔厉不厉害。无知害死人哪！

下午又是一轮会，奄奄一息的时候，ABC大叔竟然来约颜烁喝咖啡。颜烁这才知道原来这个会议在酒店里设置了专门的休息区，休息区里有免费的果汁、咖啡、水果和精致的小点心。无知害死人哪！

ABC大叔坐下来，看似随意实际上也确实非常随意地问了问颜烁开了哪几家公司的会，颜烁磕磕巴巴地用英文回复他。大叔看颜烁实在吃力得很，干脆用中文回答她。

中文都能说出美国味道，颜烁在心中惊叹。

大叔说："你怎么知道我是ABC？"

颜烁惊讶了，他肯定是看到了自己和Vicky在会议上传的纸条！她有点心虚地问："你看得懂中文？！"

大叔笑得很嚣张："我看得懂……"

都笑得这么嚣张了，明显不是单纯要跟颜烁聊股票、聊业务。晚上他们一起吃了晚餐，然后就去了兰桂坊。

兰桂坊的Dragon I[1]很是热闹。女孩里有很多金发碧眼的模特；男人则几乎白天时全部在香格里拉见过，都是同行。用钱买肉在这一行是最不用遮遮掩掩的。娱乐圈的潜规则什么的水准太低，颜烁经常听说某基金经理给行内某销售买了套四合院之类的。

看着这些纸醉金迷的玩意，颜烁突然感觉很厌倦。上海也好，香港也好，纽约也好；内地人也好，ABC也好，美国佬也好，扒光了摆床上都一副德行，早上起床还不是一样无聊。

喝到一半颜烁就借故告辞了。可怜了ABC大叔，他肯定原以为今晚有着落了，没想到煮熟的鸭子也会飞。

---

1 香港中环地区的热门酒吧。

走出兰桂坊，这条点燃着小小暧昧和微微情色，散发着淡淡香气的街道，带着颜烁之前颓废生活的丝丝暖醺。而现在的颜烁不再属于这里。既是意料之中，也是意料之外。颜烁感觉自己整个人都游离于曾经如此熟悉的氛围里。也许，是真的转性了。换作从前的她，是绝对不会放过那个 ABC 大叔的。

只想对你好

开完两天的会回到上海，一下就溺死在了山呼海啸的工作里。颜烁接到汪明的电话，他有点沉重地说一线销售人员那边来的消息：房子真的不好卖了。

颜烁立刻嘚瑟起来，把未来两年的地产走势做了个预测汇报。哪里知道投资总监看到报告后甚为重视，召集各位手握重金的基金经理一起商量。大家互相拍砖，拍完发现报告分析得没什么漏洞，又都商量着回去减仓地产股票。

工作上的一点点小成就也让颜烁甚是开心，暂时忘记了皇甫这个人。

过完农历新年，颜烁所在的研究组被北京的一家公司挖走了两员大将。老总大为光火，一怒之下重金挖来一个新人，又把颜烁职务里的“助理”两字抹去，看着算是小升一级，薪水却大升一截！颜烁默默地在心里骂走掉的那个哥们，原来他赚这么多钱，还厚着脸皮动不动让自己请他吃饭！祝他在北京继续要饭吃。

因为升职的事，颜烁主动提出请汪明吃饭。汪明也爽快，第二周就从香港来上海出差，席间聊得太投入，不小心聊暴了他的隐私。

原来汪明是离过婚的。他说他在美国时不停地工作，享受投行工作的那种刺激感，喜欢全球行踪不定地飞来飞去，在华尔街放纵地声色犬马。他甚至觉得丈夫的身份是一种负担。当他太太提出离婚时，他想都没想就答应了。没想到的是，从此再也没有了家的归属感。也因为没了归属感，他放弃了美国的生活，回到亚洲。

此时的他想要一个家，想要一个即使没什么共同语言却能一心一意等他回家的女人。

颜烁听到这里，端起酒杯："你这种男人就是活该！不过，介绍对象这事情包在我身上！"

汪明乐了，爽快地干杯。

上海是一座娇气的城市。没有北京的寒冬，也没有三亚的酷暑，不管春夏秋冬，一年四季都淅淅沥沥地下着雨，像个有心事的小家碧玉，总和人保持着不远不近的距离。

就是这样下着雨的倒春寒，几乎没把颜烁冷死。当然，冷死的不止她一个，还有皇甫。

皇甫打电话来的时候，颜烁正彪悍地坐在家里的地板上剪指甲，看到他的号码在手机上闪动时吓了一大跳。

皇甫说他在郊区拍片，快冷死了，要颜烁陪他买衣服。

颜烁想问皇甫是不是闲得蛋疼了，话一出口却变成了贱贱的一个字："好。"

颜烁一边骂自己一边想：我是犯贱了，可是我开心，我快乐，我乐意……行不行？！

原来皇甫不是蛋疼，而是腿疼。他在工作时摔伤了腿，坐着轮椅，拄着拐杖。恰巧于邵忠这时正在香港，没办法开车接他，曲洋单独接又不太方便，他们三个就都想到了颜烁。

颜烁这张在大学时考到的闲置已久的驾照，在这么关键的时刻终于发挥了重要作用。她深深地觉得自己就是救人于水火的大英雄啊！这么想着，就开开心心地霸气十足地去于邵忠家取车，再去郊区接皇甫。

现在的颜烁经常回想，如果不是那一夜的混乱，如果不是曲洋缠住于邵忠，如果不是皇甫摔伤，如果不是于邵忠刚好回了香港，如果不是自己会开车，她不可能再和皇甫见面，皇甫自然也不会再来找她，她也就不会来香港了。

生命就是由那么多“如果”组成，回过头看，真真是应验了乔布斯那句话。

想着这些的时候，皇甫正在家里安静地发呆。颜烁看着落地窗外维多利亚港的夜景和窗前皇甫的侧影，温柔地问：“在想什么？”

皇甫认真地回答：“想你妹！”

颜烁跳起来大嚷：“你怎么不学好呢！学什么不好，非学我爆粗口啊！”

他又认真地回答：“学你妹！”

所以，人不能经常爆粗口，教坏了小朋友，倒霉的还是自己。

现如今颜烁和皇甫这两人磨磨叽叽的样子，同那时候在上海郊区再见面的暧昧，相去甚远。岁月不是杀猪刀，生活才是。

在郊区见到皇甫，他还是那么超凡脱俗，松散顺直的中发，深邃的眼神，似有似无的笑容，挺拔的身材，做旧的牛仔裤。只是坐在轮椅上，一只腿打着石膏，赤着脚。

看到颜烁，皇甫只是淡淡地说了声：“来了啊，麻烦你。”

颜烁的脑海里还是那夜在酒吧初见皇甫时他的模样。皇甫于颜烁，有那种在千万人之中却只看得到他的莫名的吸引力。那些日后成为深深折磨的爱与恨，最初的时候，也不过就是一片单纯无知的心动。

英雄不是想象中那么好当的。轮椅非常重，颜烁要靠自己把轮椅合起来放上车，还要小心翼翼地保证不划伤于邵忠的爱车。像颜烁这种六十平方米的小房子都要找小时工打扫的懒闺女，从来没干过半点重活，这会儿竟然要像个男人一样搬轮椅！

颜烁只是深深地为自己花了两百块钱新做的指甲感到可惜。既来之，则安之，权当健身了。她使出吃奶的劲儿把轮椅从车旁边举起来往车后座里推，那姿势、那表情估计是难看到死了。看得出来，皇甫是个特别不愿意麻烦别人的人，拄着一根拐杖还腾出一只手来帮忙。颜烁赶紧把他塞到副驾的位置，生怕他再跌倒或者弄伤。

皇甫的普通话真心一般，上了车两人也没什么话。车里的音乐兀自响着，是颜烁之前就准备好的一张非洲音乐的CD，听上去会热闹一些。结果皇甫说："把声音关小一点。"

颜烁只好关小了音乐，继续安静地待在两个人的沉默里。

一个小时的路程，在无尽的沉默里漫长得像一个世纪。明明是想见皇甫的，结果见了面却不知道说什么。有一种距离感横跨在颜烁和皇甫之间，那种有心的青蛙和没心的天鹅之间的距离。

绞尽脑汁地找话题也没找到，无奈之下颜烁只好问皇甫去哪里买衣服，打算推荐几个地方给他。没想到皇甫比她还熟，直接选定了两家店。一家是恒隆广场的I.T[1]，一家是他朋友开的店。

颜烁从来没有逛过I.T，那里面看起来怪怪的衣服完全不适合像她这种每日必须穿正装上班的白领。最重要的是，I.T太贵了！ i.t的衣服颜烁都只舍得在打折的时候买。人和人的差距啊！

皇甫进了I.T简直如鱼得水，也不顾腿瘸，一件件地试穿Comme des Garçons[2]男装。这些怪怪的衣服穿在他身上竟少了几分怪异，多了几分艺术感，效果出奇地好。他一边试衣服，一边对旁

1　香港著名时尚品牌和时装集团，是香港最具规模的时装品牌零售店之一。除了出售品牌服饰外，亦有自营品牌，深受年轻人的青睐。I.T和i.t都是I.T旗下店铺的名称，其中I.T店铺较多售卖国际一线时尚品牌，而i.t则更年轻化，价格也较低。

2　日本服装设计师川久保玲建立的时装品牌。

边看得呆呆的颜烁说："衣服的剪裁和衣料的质地很重要。好的衣服穿上就会看出不同。有时候你看到仿品和正品好像一样，但你穿上就会知道仿品还差一点，这'一点'就是很大的不同。"

颜烁听完更呆了。这是皇甫先生用他的港式普通话说过的最长、最流利的一段话。他回头看看颜烁，说："陪你看女装吧，我衣服够多了。"

有这样一个土豪陪着看女装的结果就是，颜烁花出去一万大洋！一万哪！这是颜烁两个月的零花钱哪！幸亏刚刚升职加薪，不然这两个月要喝西北风了。

颜烁的心那个痛啊！可是还不能表现出来，她努力硬撑着，不能被皇甫看不起。

临走时，皇甫看到一双拖鞋，很漂亮的蓝色，他试了两次，看看价钱，又放下。颜烁看到他那只赤着的脚，不知道哪里来的勇气，向服务员豪迈地说："这双拖鞋也包起来，一起刷卡。"

那双拖鞋六千八百元，真是拖鞋中的战斗机！还是回去喝西北风吧。

皇甫被颜烁的"大手笔"吓到了，不停地说："不要不要，真的，不要不要。"

钱真是个好东西。颜烁觉得自己和他之间的距离在埋单的瞬间消失了！消失得无影无踪！品位是虚的，钱是实的。品位差距太大无法度量的时候，就需要一个统一的度量衡。颜烁恍然了解了国内诸多穿金戴银的暴发户的心态。这钱没白花！

皇甫真的很喜欢这双拖鞋，直接就换上了。

颜烁非常开心和满足。第一次，买了这么贵的东西；第一次，买了这么贵的东西，还是送给别人的；第一次，把这么贵的东西送给别人，自己还觉得满足！

这种感觉很奇妙，颜烁顿时轻松起来。像她这么善良的人，欠别人东西心里总是沉甸甸的，让别人欠自己却总是感觉很轻松。

皇甫显然也是善良的人，因为穿了这双价值不菲的拖鞋，开始尽力用港普主动跟颜烁说话。出了门，颜烁推着轮椅上的他来往于上海的喧闹之中，而皇甫则安安静静地注视着自己脚上那双漂亮的拖鞋，像一个得到新玩具的小朋友那样专注。

晚餐地点选在衡山路的老洋房里。很有品位的餐厅却没有无障碍通道，颜烁又要独自抬着轮椅上台阶。那些平时看上去没多高也没多少级的台阶，每一级都是对她体力和耐心的考验。

皇甫很着急、很过意不去地看着颜烁卖力地抬轮椅，颜烁抽出半口气安慰他："没事没事，我锻炼锻炼。"

终于吃饭了，皇甫的胃口很好，说在郊区吃不到好吃的。而颜烁劳动一整天，也饿透了。点了很多菜，都被吃得精光。胡吃海喝的时候，颜烁感觉自己和皇甫的距离又悄悄地消失了，仿佛他只是个善良可爱的男人，而自己只是个陪在他身边的普通女人。

颜烁想：也许当他老了，真的要坐轮椅的时候，我也愿意这样陪他逛街、陪他聊天、陪他吃饭吧。

可是，他老了的时候，自己还能在他身边吗？人生那么长，他的世界那么宽广，自己这只小小的青蛙又如何跟着他飞翔？那种距离感又轰然出现，让颜烁无比忧伤。

皇甫突然问她："在想什么？"

颜烁猛地从自己的情绪过山车里回过神来。那边皇甫自顾自地说："我今天可以不回郊区的。"

颜烁心里咯噔一下："你告诉我这个干吗？你要干吗啊？你不回郊区关我什么事……"

皇甫笑得很是温柔："你脸红什么？"

颜烁本能地捂脸。皇甫又笑："为什么脸红？你又想要做什么？我完了，我又不能动，就听你摆布了……"

一整天都表现得很优雅得体甚至和自己有点“相敬如宾”的皇甫说出这些话来着实让颜烁招架不住。遇见他的那一夜，他站在酒吧的众人间熠熠闪亮。那一夜后来发生的事情，在酒店房间里的如火如荼，颜烁始终有点不敢回想。

之前这短短的二十多年，颜烁从未把一夜情发展成两夜情。女人是多么感性的动物，很容易因为习惯一个男人的身体气味而眷恋这个男人的全部。眷恋控制得不好，就容易演化成女人眼中的爱情。但往往此时，男人的感情还停留在原地。

此时的颜烁，看着半开玩笑的温柔的皇甫，想起那只青蛙的梦想，盘算清自己未来可能遭受的痛苦，深深深深地吸了一口气，回应他：“你想住哪里？”

那一夜颜烁和皇甫又住在了酒店——完全清醒的皇甫和颜烁，那一次一夜情后再也没有任何肌肤之亲的皇甫和颜烁，不知道是否喜欢颜烁的皇甫和喜欢着皇甫的颜烁。

没有了一夜情的疯狂和激烈，他们矜持、控制、小心，同时又因为矜持、控制、小心而渴望、索求、持久。

皇甫和颜烁呼吸均匀而深沉地躺在床上，皇甫问道：“你有男友？”颜烁摇头。他接着问：“为什么不去你家？”

我不想在你离开后，我唯一可以躲避的家里到处都是你的影子，就像之前陈 Sir 的歌那样让我无处可逃。颜烁的心里无限哀伤，可是她不会这样对皇甫说。她只是淡淡地说：“没习惯带男人回家。”

皇甫沉默了，再没有说话。过了不久就自己扶着墙单脚跳到洗手间洗漱，然后老老实实地睡觉。他们像两个一夜情后的陌生人。

第二天起床，在皇甫的监督下，颜烁换上了新买的衣服。看惯了着正装的自己，颜烁着实不觉得这样怪怪的打扮有什么漂亮的。无所谓，纯粹为了取悦皇甫也好。

本来打算把皇甫送回郊区，皇甫说不需要颜烁送，刚好他们导演要来城里接明星一起回郊区。他和导演约在威斯汀酒店的咖啡厅见面。颜烁很自觉地说："要不要我先走？"

皇甫无所谓地说："喝咖啡吧。"

颜烁只好坐在那里，乖乖地陪他喝咖啡。

威斯汀的咖啡厅连咖啡杯和茶点都透着浓浓的欧洲贵族情调，来来往往的女人也都妆容精致、衣着时尚。颜烁看着隔壁桌的一个美女陷入沉思，愣愣地想，自己什么时候才能像她那么优雅呢？

皇甫突然说："学会穿衣服，你就会比她优雅。"

读心术？！颜烁疑惑地看着若无其事的皇甫。皇甫接着说："今天这样穿就很漂亮。"不管真假，这是皇甫第一次开口夸赞颜烁，颜烁心里美滋滋的。

正偷偷地甜蜜着，导演和明星等三五个人浩浩荡荡地进门了。气场太强，所有人都转头看他们。相比之下，普通老百姓是多么无聊啊！颜烁只认出来那个帅哥明星。

颜烁又自觉地跟皇甫说："他们来了，我先走？"

皇甫淡定地继续说："喝咖啡啦！"

颜烁只好继续坐在那里，看着这群人在众目睽睽之下围坐到这个最中央的大沙发座旁，俨然皇帝驾临。

皇甫简单地向大家介绍颜烁："朋友，Laura。"同时向颜烁介绍大家："这个不用介绍了吧，××× 导演；这个也不用介绍了吧，××× 大明星；这个也不用介绍了吧，××× 就是他的作品……"

什么跟什么啊！颜烁根本还是一头雾水，自己一个外行知道谁是谁啊！最后还是只认得明星。

坐下来颜烁才发现导演和自己今天穿的衣服是同一款，简直就是男女情侣装啊！

与此同时，这几个香港人也都不经意地打量着颜烁。

颜烁后来才发现，在香港，打量人和被人打量是一种乐趣。人们借由对方的服饰来判断对方是不是和自己同属一个品级，也借此找到共同话题。有的仅凭衣着品位就能成为好友，有的就凭衣着分辨对方的职位和阶层。你可以认为这是以貌取人，你也可以认为这是社交礼仪，无论怎样，这是香港某个阶层的文化里真实存在的入门考试。记得英女皇曾说过："她（赫本）是我们中的一员。"颜烁想，赫本的衣着品位也是重大的加分项吧。

随后的交谈随意平和，这些香港人锐利挑剔的打量并不能掩盖他们善良友好的内心。颜烁知道皇甫挑选的衣服帮她闯过了这些香港人的入门考试。她开始对这些怪怪的衣服有了别样的好感，自信心也上涨了不少。

现在的皇甫依然会对颜烁的服饰搭配指指点点，颜烁经常会被烦到不行，直接呛他："别管我好不好！"他从来不回嘴。有一天，皇甫忍不住说："以后你一定会学会自己搭配，那时我就不会再管了。"

颜烁的心里无限感慨。皇甫，其实，我希望你烦我一辈子。

如果我们可以在一起

颜烁还是主动地提前告别了他们，皇甫依然没什么表情。一个人出了威斯汀，颜烁有点落寞地想，此次和皇甫一别，又必定是数月不见。

晚上，夜已深，颜烁恍惚听见手机响，竟是皇甫的信息。皇甫说："很难有人像你对我这么好。我不善于说甜言蜜语，只是想让你了解我的感谢。"

颜烁一下子从睡梦中清醒。这是她还不了解的皇甫——那个淡然到甚至漠然的表情下面，是一颗柔软温情的心。真实的感谢远比甜言蜜语更加动人。

这条信息至少说明，从此以后，颜烁不再是皇甫生命里的路人，也不是简单的一夜情或两夜情关系。他感受得到她对他的好，他们至少可以成为朋友。

皇甫在郊区工作期间，经常发短信给颜烁，说一些无关紧要的话。说什么确实无关紧要，"说"本身却非常紧要。

在此期间，颜烁的 CFA 二级近乎惨烈地考过了。看到分数的那一刻，颜烁悲苦地想：要是上帝再给我一次机会，我一定选择像曲洋一样不要脸，而不是考什么要命的CFA。

人就是一种奇怪的动物，会主动地维护一种群体生活环境，会不自觉地形成圈子之类的东西。在得知颜烁和皇甫的貌似和谐的关系之后，曲洋和于邵忠对她也热络了许多，经常邀请她参加他们豪宅里的大小party。曲洋确实小有本事，跟了于邵忠之后，整个人的气质都变好了。

说实在的，颜烁也乐意跟他们混，尤其是在她的工作需要独立担当之后，烦心的事太多太多了。最恶心的莫过于要经常低三下四地请上市公司的人吃饭来套点内幕消息。

A股真是一个傻×市场。明明是不断被抽血，还要在里面苦苦挣扎着人吃人。看清之后，颜烁对自己的工作很厌烦，觉得很压抑、很苦闷。

日子过得太快，皇甫的腿伤恢复了，回了香港，之后因为别的事情又来，又在郊区。这么长的时间里，颜烁和他再没见过面。

这一天颜烁上班又憋了一肚子的气，跟曲洋吃饭时大放厥词。大概言辞过于激烈，吓到了曲洋。颜烁回家就收到了皇甫的信息："下周周末可以到城里过，陪你散散心？"

曲洋真是个大嘴巴的贱人。但是能见皇甫总是好的。颜烁非常坦然地霸占了于邵忠的车，下个周末去郊区接皇甫。

天气有点热了，皇甫穿着熨得平展的柔软的白色棉质衬衫，贴合他身形的牛仔裤，一双Made in USA的复刻版New Balance[1]，更显得白净清爽。他站在酒店门口，远远地看着颜烁，微笑如同一抹

1 美国制作生产的复刻版新百伦品牌球鞋。"复刻"指的是复制某个品牌曾经推出过的、具有标志性意义的产品，也许是因为一个年份，也许是因为一个历史时期，或者是因为某个设计师一鸣惊人的创意。复刻版产品从设计、材质、模板等细节上加以还原，再有所创新，是对当年那款产品表示怀念和敬意。

暖阳。

看见他的那一刻，颜烁不由自主地怦然心动。

颜烁知道此刻心动的感觉超越了那夜酒吧的初见。这心动也让她知道，这么久以来，自己是想念皇甫的。是的，皇甫，我想你，但我假装不知道。

他们还是去了酒店。酒店在一个安静的别墅区里，颜烁和皇甫一人骑一辆自行车到处逛。

皇甫很惊讶地问："你也喜欢骑单车？"

颜烁好笑地看着他："内地像我这么大的孩子哪有不会骑的？！不单会骑，还在放学路上结伴撒野呢！"

话题就此展开，皇甫宁静文艺的学琴香港童年和颜烁吵闹撒野有体罚的内地童年，那么多不同的事情，却有那么多相同的快乐。

那个骑着单车、聊着童年的下午，皇甫温软的港普和颜烁肆无忌惮的大笑声在那些晕染着夕阳色的老别墅里荡漾得好远好远。

晚上曲洋来取车，顺便约他们去酒吧玩。

颜烁嘟嘟囔囔地说："好久没去了。"

没想到皇甫也嘟囔道："我也好久没去了。"

颜烁和曲洋同时大喊："装什么装啊！"

皇甫一笑，不做解释。最后还是决定不去酒吧。曲洋发扬了一贯的不要脸精神，淡定沉着地做了一个大灯泡，留下来和颜烁、皇甫一起吃晚餐，席间还用水汪汪的眼睛看着皇甫，浪笑声声。

颜烁立刻胸闷了。第一次发觉自己又小心眼，又沉不住气。她黑着脸吃完饭，头也不回地往酒店走。皇甫不声不响地从后面追上来。

颜烁想说：怎么和我在一起就不健谈了？！怎么和曲洋在一起眼神都发亮？！怎么现在就没那么些笑模样了？！不喜欢我就算了！男人不就是喜欢那些像曲洋一样贱贱的女人吗！可她一句话都说不

出来。

皇甫说话了：“你不和她说话，我当然要多说一点了。她借我们车用，又来请我们吃饭，冷落她不太好吧。”

读心术？还是我太蠢？！皇甫这么一说，颜烁也讪讪的，觉得自己太小心眼，尴尬地挤出了一点笑容。

皇甫接着说：“我不会哄女孩子。两个人在一起很复杂，需要多沟通。”

在一起？在一起是什么意思？颜烁脸上的笑容一下子灿烂起来。还没等她反应过来，皇甫又换话题了，用眼角斜斜地看着她：“酒吧也不去，今晚又要累了。”

有种你忍住了别累！颜烁的心里很彪悍，脸上很羞涩。这样一个安静的夜晚，月光清亮，墨蓝的天空下飘舞着透明的云。颜烁忘记了一只青蛙的忧伤，在天鹅的翅膀上飞翔。

天亮，皇甫又要走了。一夜情演化成多夜情，还是免不了一个分别的结局。颜烁从背后抱着他，久久不舍得放手。

皇甫说：“别烦，放手。”

颜烁心里凉凉的。皇甫转过身，面无表情地说：“把 MSN 地址给我。”虽然面无表情，但此时的颜烁已经了解，皇甫有一颗柔软的心。这颗心里是有颜烁的，或多或少。多少都不重要，“有”很重要。做人处事还是抓重点比较好。

温柔的诱惑

转眼又是4月，皇甫在内地的工作一个接一个，颜烁则听说自己公司在香港的策略会一场接一场。但，只要皇甫在内地，她就不太愿意去。

上次升完职后，颜烁已经是正式的买方研究员了，卖方各家都给她发邀请函。还有个卖方的小姑娘叫Mandy，因为要拼新财富排名，专程来约颜烁一起去香港。所谓新财富排名，是所有卖方撕逼大战的重头戏，能在这个年度排名上排到第一就意味着你是这个行业的顶尖人物，再跳槽就可以把自己卖个好价钱，年薪五百万也不是梦啊。思来想去，颜烁觉得还是去香港囤点化妆品比较实惠。

晚上在MSN上和皇甫嘚瑟："看吧，都有人'专程'请我去香港了！"

皇甫随口问："什么时间？住哪里？"

颜烁查了半天行程，回答："下周，怡东酒店。"

没想到皇甫打来电话，用平静的语气告诉颜烁："你住在我家隔壁。"

太巧了！颜烁从来不知道皇甫住哪里，酒店也是 Mandy 订的。之前住过一次铜锣湾，觉得很方便，就跟 Mandy 说住铜锣湾。铜锣湾的酒店千千万，竟然住到他家隔壁了！

颜烁兴奋得叽叽歪歪半天，皇甫冷冷地说："那又怎么样？"

颜烁一时语塞。是啊，那又怎么样。

不料皇甫又说："周末见面吧，我把我家钥匙给你，你可以去玩。"

周末见到皇甫，他的脸色看上去不太好，一直咳嗽。颜烁很担心他，他说看过医生了。医生只问了他一个问题："刚来上海？"他说："对。"医生白了他一眼："来上海的外地人都这样，空气敏感而已，不用吃消炎药，回去吧。"

颜烁深知医院的处事风格，还是不放心，去药店给皇甫买了点止咳的中成药。时间很紧，她提前订好了餐厅带他去吃饭，又趁他去洗手间的工夫把餐都点了。

皇甫出来的时候有点不开心："你怎么这么奇怪，点菜多有趣，干吗帮我点了？都不知道我喜欢吃什么。"

颜烁暗骂："你才奇怪！点个菜而已！"忍住没发飙，说："你再点一些你喜欢的吧。"

皇甫不情不愿地说："点多了吃不完。不要浪费。"

真是个麻烦的家伙。颜烁又差点发飙，憋屈地吃了饭。

憋屈归憋屈。皇甫把家门钥匙给她的那刻，颜烁简直乐开了花！什么憋屈都拦不住乐开花！出于省钱和平等的考虑，这一晚，她把皇甫带回了家。

皇甫进家门后的第一反应："女孩子经常赤脚不好的。"

读心术！颜烁惊恐地看着他。他像安抚一个傻瓜一样地安抚颜烁，解释给她听："连拖鞋都没有，木地板这么干净，杂志和电视遥控器都放在地上，当然是经常赤脚了！"

好吧。颜烁平静下来，自我检讨是不是自己太笨。

皇甫简单地四处参观参观，结论是："你是完全没有生活的人。"

我怎么就没生活了？你哪只眼看见我没生活了？我没生活还不是长成了水灵灵的大姑娘！颜烁瞪他一眼，懒得说话。

皇甫参观完，自然而然地坐在颜烁身边，自然得就像在他自己家里。颜烁反倒有些不自然，怯生生地看着他。皇甫拨开她散开的发丝，温柔地说："你留长发应该很美。"

颜烁已经不留长发很多年。谁都有段"我已剪断我的发，剪断了牵挂"的往事，但当皇甫温柔地看着自己的那一刻，颜烁又想留长发了。

皇甫细长的手指顺着发丝向下，他的手指带着诱惑的味道和温度，让颜烁带着心醉和迷恋在他的呼吸里坠落……

皇甫身上永远都有一种很特别的若有若无的味道，颜烁不清楚那到底是什么，只是一味地沉溺其中，越陷越深。

躺在皇甫的怀里，颜烁紧紧抱着他，问："你身上到底是什么味道？"

皇甫点燃一支烟，小心地展开三张纸巾放烟灰："大概因为烟吧。"

以前颜烁是很讨厌别人抽烟的，可皇甫抽得那么优雅，她已经忘记了烟曾经是自己讨厌的东西。爱屋及乌是真的，是恋爱中的女人失去自我的最简单的表达方式。

皇甫把烟蒂慢慢地在纸巾里压灭，用纸巾小心地把烟蒂包起来，包得整整齐齐。

颜烁笑着："随便放那里吧，没事的。"

皇甫淡淡地说："不漂亮。"

在皇甫的世界里，真是容不得任何不美的事物。这是不是摄影师的职业病？和这个男人在一起，颜烁只觉"压力山大"。

也许是晚上吃饭的时候憋屈得太厉害，也许是晚间"运动"的幅度太大，又也许是不适应有人在狭小的空间里抽烟，下半夜的时候，颜烁的胃开始剧烈地疼痛。

皇甫已经睡着了。颜烁小心地起身，倒了杯热水，刚喝了半口，突然胃里一紧。她扑到洗手间，哗啦哗啦吐得一身冷汗。站起身来，眼前直发黑，身后皇甫递过来一杯温水给她漱口。

仅存的意识提醒颜烁，皇甫刚刚看到了自己的狼狈。没有什么比一个呕吐的女人更恶心的了。胃痛加上悔恨，颜烁难过得要命，不由自主地又吐了起来。

这么来来回回地吐了几次，皇甫一直站在她身后，帮她抚摩后背，倒温水，还帮她撩起不停往下掉的头发。

吐到最后，只剩下苦苦的黄色胆汁。

皇甫这时已经穿好衣服，又帮颜烁穿上厚衣服，扶她出门去医院。打车到半路，颜烁忍不住又要吐。司机很嫌恶地靠边停了车，颜烁飞快地下车，还来不及找到什么垃圾桶，直接蹲在地上吐了起来。皇甫在旁边紧紧地搂着她的肩膀，给她递纸巾。

颜烁从来没看过急诊，看到半夜急诊室里的情景，几乎崩溃。此时的急诊室就像地狱的现实版，地上睡满了等着天亮挂号的人，过道里挤满了因为各种急性疾病而来挂急诊的病人，病人痛苦的表情、家属不耐烦的争执声，充斥在小小的空间里，挑战着每一个人的神经和意志。

皇甫把颜烁安顿在一个相对安静的角落里，自己去排队。看着他干干净净的身影为她挤在庞杂的人群里，操着一口温软的港普努力地和人沟通……颜烁的眼泪簌簌而下，胃也好像没有那么痛了。胃痛不敌心暖。

那天晚上的结果是颜烁的屁股上挨了一针就回家了。医生说是食物中毒。真是见鬼，两个人吃的一模一样，为什么皇甫没有中毒？！这个世界，连医生都不能信了！不管怎样，不再吐了就好。颜烁甚至做好了心理准备，要是皇甫因为自己吐的丑样子提出分手也认了。他已经做到了作为朋友，甚至男朋友所能做的一切。

颜烁很窘迫地跟皇甫说："对不起，连累你。"

皇甫倒是一副无所谓的样子："没什么。我都没上内地的普通医院看过病，也是很有意思的经历。"

想起急诊室里的场景，颜烁不胜唏嘘，满脑子都是"人间地狱"四个字，皇甫倒像是什么事都没发生过一样，和颜烁讨论起内地医院和香港医院的差别。

真是个奇怪的男人。颜烁想道，难怪于邵忠曾经说过，皇甫从未有过相处超过三个月的女朋友。

颜烁果断地中止他的医院话题，直截了当地问："为什么你从来没有超过三个月的女朋友？"

皇甫不耐烦地说："很烦的。女孩子要哄，我又不会哄人。而且，我一直在变，她们不变，很快就觉得无趣。"

颜烁倒吸了一口凉气。她不知道自己现在和皇甫是什么关系，只是多夜情？也许多夜情会让他觉得轻松？仿佛触碰到了这个男人的柔软内心，却又迅速地被他周身竖起的防护墙挡出好远好远。颜烁真的好不甘心。

窗外的维多利亚港

今天难得加班到很晚。颜烁坐在电车上，在慢悠悠的叮当声里，在香港妩媚的灯光幻影里，慢慢地摇晃着回家。在这种从容的缓慢里，香港岛百年的岁月都沉默在微湿的夜色里。安静与从容一点点地在内心发酵，颜烁想起那时的不甘心与纠结，不禁微笑了起来。

皇甫今天应该依旧很晚回家。今天是周五。周五的晚上是香港人和朋友喝酒聚会的开心时光，周日是和家人团聚聊天的时光。香港人受到了多重文化的影响，生活习惯也多种多样。

颜烁是内地人，也不会说广东话。但即使她了解香港人的传统，听得懂广东话，依然没办法和皇甫一起见他的朋友。

但现在颜烁的内心再也没有不甘心，只有妥协和珍惜。很多事都不能强求。如果你要强求，你就是在勉强自己。

现在，在皇甫家来去自如的颜烁，时常想起第一次来到这里的情形。那是她第二次来香港，拿着皇甫家的钥匙，照着皇甫给她仔细画下的地图，和陪同的卖方小姑娘 Mandy 一起，小心翼翼地打开他家的房门。

打开门的瞬间，两人都傻眼了。维多利亚港！

那一岸，九龙璀璨的灯火在几十米宽的落地窗外肆意绽放，震撼了颜烁的眼睛。从未在谁的家里见到如此情景。两个姑娘手拉着手，站在门口，半天没敢踏进皇甫家半步。

皇甫究竟活在怎样的世界里？！

那一刻，颜烁明白，她从未进入过他的世界。那些感觉没有距离的短暂瞬间，都只是因为他在颜烁的世界里如履平地，轻松自如。和他的家一比较，颜烁上海那个小家，顶多只能算个“蜗居”。

颜烁在巨大的差异前有了巨大的失落。而 Mandy 可不管那么多，大呼小叫地挨件儿去看皇甫家里的收藏品。颜烁被她的情绪感染，也暂时抛开内心的小感伤，装模作样地看起来。

皇甫家里每件东西都漂亮，小到门口的伞架，大到墙上的油画。虽然颜烁和Mandy都不懂古董，但也看得出来每件东西都价值不菲。

Mandy 的爸爸是个二流的书法家，她比颜烁懂得略多，也因此喊叫了一整晚。她们把皇甫家当成了一家博物馆来参观，直到参观到他的卧室。

卧室里放着他的几只古董手表、老式的立身木镜、西洋派的精巧单人座椅、高级的床头音响和造型暧昧的台灯。床上是银灰色的床罩和孔雀蓝的被罩。

好想念皇甫的味道。颜烁伸手拉起床罩，准备上他的床好好打个滚儿，发现床上是条玫红的床单。真是个闷骚的男人，同时也不得不承认，这几种色彩搭配得美极了。

Mandy 也闯进来，呼叫着：“我要上他的床！这样我就可以说我上了著名摄影师皇甫的床啦！！”

颜烁的耳朵都被她喊聋了。皇甫给她钥匙的时候，大概没想到自己的家会遭遇这样的“浩劫”。

不过，他很快就知道了。颜烁打开他的电脑和他视频通话。他在上海电脑的那头，看着颜烁和 Mandy 疯了一样地唱着跳着喊着把他收藏的人物雕像搬到落地窗边，一排一排整齐地摆好，以维多利亚港和雕像为背景，各种摆 pose 拍照及自拍。

皇甫在那头也开始不淡定了，急得开始喊："小心！喂！那个要小心！很贵的！那个！哎！！那个很难找到的！！！"

那天晚上，颜烁和 Mandy 在皇甫家玩到半夜，玩得尽情尽兴。Mandy 那丫头的喉咙都喊哑了，说比唱 K 还累。

皇甫下线前再三确认："你们真要走了是吧？我家终于安全了……"

第二天早上，颜烁和 Mandy 双双没能爬起来开会。一觉睡到中午，起床后去皇甫告诉她们的地方吃早茶，从他家门口拐两个弯就到。

餐厅里人好多，却不吵闹。都是一家子一家子地来吃早茶，还有坐轮椅的老先生和老太太。想起在上海时自己艰难地推着轮椅上的皇甫上台阶的情形，颜烁着实觉得香港的无障碍通道普及得太好了。

早茶丰富便宜且美味，醇厚的普洱加上美味的流沙包，颜烁和 Mandy 的肚子都吃圆了，撑到坐在椅子上大喘气。

Mandy 幽幽地说："如果每天都能这样吃早茶就真是太爽了。"

颜烁看着周围悠闲的一个个家庭，幽幽地接话道："如果每天都能这样活着就真是太爽了。"

Mandy 想了想，补充道："如果每天能住在皇甫那样的家里，每天能到这样的地方吃早茶就真是太爽了。"

是的，这就是皇甫的生活。如果，有一天，我和皇甫也老到要坐轮椅，那时依然和皇甫在一起，过这样的生活，也真的真的好幸福吧。颜烁默默地想。

傍晚，颜烁和 Mandy 跑到太平山顶。从山顶向下看，香港岛和维多利亚港一览无遗。从山顶向上看，则是隐匿在绿树中的九位数以上价格的豪宅。整座山空气清新，天边落霞绚丽，远远近近的灯火也渐次辉煌起来。

两人选定在山顶的高级餐厅吃龙虾和生蚝，餐厅璀璨晶莹的水晶灯和巨大的环绕落地窗，烘托出一种不真实的氛围，就像你飘浮在香港历史和地理的上空，仿佛看得到一切，又仿佛一切都不再重要。

颜烁和 Mandy 沉浸其中，迷幻地满足着，努力地克制着自己的激动，举手投足之间多了分自觉的优雅，她们的周围也同样坐满了举止优雅的人。又是一家一家的，优雅的老人、成熟的先生、内敛的妇人、安静的孩子，小声地谈笑交流，专注地享用美食。

颜烁明白自己心里的香港变了。香港不再是她第一次来时印象中那个拥挤浮华的城市。

香港缓慢、柔和、丰富、美丽、宁静、安逸。香港有着颜烁对“幸福”从表象至内涵，从物质至精神，从现在至未来的全部期待。

颜烁觉得自己爱上了这座城市。

黑暗的谷底

回到上海，颜烁约出皇甫，把钥匙还给他。见面前，颜烁特意去衡山路那家老洋房买点心。这是颜烁印象中皇甫唯一夸过的食物。

皇甫瘦了点，也黑了点，穿得很是整齐，脚上还是颜烁送他的无敌昂贵拖鞋。颜烁的心里暖暖的，也许，他的心里是有自己的。

郊区没有什么好吃的，颜烁带他去吃黄记煌。小破店里乌烟瘴气，焖锅吃完肯定会落下一身的焖锅味道。

皇甫本来不想去，苦于周围其他餐馆都吃遍了，况且也都不好吃，勉强跟颜烁一起进门。想到皇甫这么挑剔的人，也不得不跟着自己来这样的小店吃饭，颜烁心里有一种修理别人的畅快感。

颜烁认真地对皇甫说："我到了你家才明白你为什么不愿意来上海。"

皇甫的咳嗽还是很厉害，他边咳嗽边断断续续地说："没办法，上海空气太差，阴雨，水也不好，我一直咳嗽，头发也掉得厉害。"

颜烁有点心疼他，工作很是辛苦，问他为什么不能少接几个工作。皇甫说要养自己。才高如皇甫，加上年少成名，十八岁就年入百万。只是他习惯了高品质的生活，花钱比赚钱还厉害。可怕的是他不懂，也完全不理会理财那一套，加上一直没有买房子，房价飞涨带动房租也飞涨，压力也是挺大的。

想到他之前腿受伤的事情，颜烁追问了他保险的情况。他竟然连保险都没有，更别提所谓的三险一金了。这些香港人的脑子里在想什么？颜烁扶额。

皇甫反驳道，他在香港看病不需要钱，而且实在没钱租房了也有廉租房住。他反倒不能理解颜烁的想法，觉得她年纪轻轻就背个房贷在身上，还给自己买齐了各种保险，简直是断绝了人生的更多可能性，最后还毁灭性地问："这个年纪难道不应该去爱去撒野？！"

千言万语化成了颜烁对他的一记白眼。饱汉不知饿汉饥，说了他也不懂。

吃完晚饭送他回酒店，一出门，大平地，皇甫先生大大咧咧地绊了自己一个大跟头，坐在地上。事出突然，颜烁没来得及控制自己嚣张的笑声。

皇甫站起来，拍了拍身上的尘土，斜着眼说："笑什么！"

颜烁弯着腰说："你怎么这么笨啊？这么笨怎么做摄影师啊？"

皇甫有点懊恼地辩解说："我在想事情嘛！"

颜烁那个开心哪，真是人无完人哪，这么优雅有品位的皇甫，也是个走路不长眼、理财没有脑的傻男人。这么想着，心里又舒服了一点。

在你无法达到对手那个高度的时候，你就一定要想办法拉他下水。颜烁觉得自己简直太机智了。

在皇甫的酒店房间里，他很开心地吃着颜烁带来的点心，像一个有糖吃的小朋友那么开心。

颜烁没好气地说："你刚才没吃饱吗？"

皇甫边吃边说："吃甜品有什么关系！"

吃甜品难道不用占肚子吗？怎么他都吃不胖的？！气死人的身材，浪费粮食。颜烁用仇视的目光上下打量着皇甫。

皇甫察觉到颜烁的目光，坏笑着说："原来你要拿人家当甜品，好吧，给你吃……"

当两个人的关系发展到这样的地步，就不再是简单的游戏。当两个人都不再游戏的时候，通常都需要个正式的身份。这是一个俗套的要求，后面隐藏着女孩子脆弱的安全感。颜烁不愿意承认自己的脆弱，她也不相信爱情。

周一一上班又是昏天黑地地工作。股市彻底歇菜了。这个时候，只要推荐股票就是错，索性什么都不做。可什么都不做也不行，那些拿股票走势做自己心电图的基金经理就各种找碴。被找了几次碴以后，颜烁觉得得躲着这些智商奇高、情商奇低的怪物。

找了几家公司去调研，颜烁飞快地申请出差，离开上海。在合肥和一家公司的老总聊行业，聊得挺不错的，从下午四点聊到六点。老总邀请她一起吃晚饭。

事后颜烁回想起来，觉得自己就是个傻 ×。那个家伙是个老手，吃饭时他的秘书不停地劝酒。颜烁本来没当回事，在这行跑了这么多年，深知民风彪悍，喝多了的情况也不在少数。

但颜烁是真没想到他玩硬的。喝到后来，虽然有点天旋地转，但大脑还清醒。颜烁清楚地知道他给秘书使了眼色。当时颜烁就觉得不妙，要自己打车走。他把餐厅包房的门关住，拦着她不让她出去。

这老总不算难看，事业有成，还是单身，人也挺幽默的。要搁在从前，喝成这样，颜烁也就顺水推舟了。可他关上房门的那一刻，颜烁全身上下都起了鸡皮疙瘩。颜烁想：我在抗拒，我不知道我为什么抗拒。

他把颜烁按在墙上，猛烈地吻下来。颜烁的身体在他的掌心之下徒劳地抵抗，大脑却超然事外地兀自发呆，甚至还有些幸灾乐祸：为什么要抗拒啊，接受啊，这不是你喜欢的吗？！

这是一场兵不血刃的战斗。那个男人在进攻颜烁的身体，颜烁在进攻自己的灵魂。

那天晚上，他没让颜烁走。颜烁只是挣扎，却始终没有喊叫。实质性战败后，也挣扎得累了，索性连挣扎都放弃了。

凌晨，那个男人像死猪一样地睡着，颜烁穿上肮脏不堪的衣物，像个妓女一样，悄悄地离开酒店房间。酒店的值班服务员和门童也像看一个妓女一样看着颜烁趔趄地走出大门。

合肥的凌晨，大风干燥凛冽。颜烁走在黑暗凄冷的路上，像走在无边无际的荒漠风沙里。第一次发现，原来自己并不是想象中的那么坚强、那么勇敢、那么无所谓。

一意孤行地离开

回到上海，又是连绵阴雨，还要上班，还要交调研报告。一写报告颜烁就想起那个不堪的夜晚，身边的男人像死猪一样心满意足的面孔。贪玩、陪吃陪喝套消息不代表颜烁没有尊严。

颜烁很是萎靡，不想上班，不想写报告，也不想去面对那些神经质的基金经理。

皇甫说他做完了事情要回香港。颜烁很想他，从来没有过的想念和牵挂。也许这就是所有人都要结婚的原因。人总有脆弱的时候，越脆弱就越感觉孤单。

见到皇甫那天是周二，颜烁还在用病假的理由拖延着不去上班。

皇甫看到她有点奇怪："今天不用上班？"

颜烁恹恹地说："我不想上班。"

皇甫眉头稍稍一皱："怎么能不用心工作呢？！"

颜烁有点心酸，只得勉强打起精神说："女人做事，太不容易了。"

皇甫仔细打量了她，斟酌了语句，说："你该趁年轻多赚点钱。"

颜烁没接茬，也不想说话。

回到家，皇甫发来信息："登机。不知道你怎么了。"

颜烁回复："我只是个普通的女人，也会有累的时候，也会希望有人在我身边说一句'有我在，我养你'。"

皇甫回复："一直没有女朋友，就是因为学不会负责。"

颜烁回过去："不用你负责，也不喜欢你对我施加压力。"

最可悲的不是受伤，也不是受伤后还要独自舔舐伤口。而是，这伤口尚未愈合，却要强忍着疼痛，撕开了给人看。

终于上班那天，晨会上，几个基金经理密集地追问合肥那家公司的情况，对公司资料的询问仔细到令人发指。

颜烁硬撑着一一作答，最后实在绷不住，一阵阵恶心的感觉让她想吐。她说："不知道！"

被顶撞的基金经理面色一黑，然后阴笑着说："不知道？不是听说聊得很深入吗？"在场的几个基金经理半明半暗地相视而笑。

隔着长长的会议桌，颜烁把手里的陶瓷咖啡杯朝那个基金经理重重地砸了过去。

对方本能地一躲，杯子砸在会议室的墙上，咣的一声，干净利落地粉身碎骨。

颜烁清脆地说："我 × 你妈！我要是你妹妹是你妈，你这个畜生也会这么说话吗？你和他有区别吗？你们这些垃圾！人渣！你闭上眼良心安稳吗？"说罢愤然走出会议室，留下整个会议室陷入一片死寂。

颜烁连辞职信都没交，什么都没收拾，直接回家。关了手机，闭门大睡三天，直到家里连泡面都没的吃。

没办法，洗把脸出门买泡面。没有买到喜欢的酸菜牛肉面，颜烁在超市里对着整齐的货架，止不住的委屈、止不住的心酸、止不住的眼泪，一直哭到再也哭不出来，拿着一堆各种口味的方便面回家。

这个时候你才会发觉有个自己的家真好，至少，当心里也下雨的时候，你可以安心地在家里避雨。颜烁把所有的抱枕丢满一地，趴在地上吃面看电视，什么都不想。突然想起皇甫说过“女孩子经常赤脚不好的”，颜烁找了双棉袜穿上。

在家窝了整整一周。没上网，没开机，除了超市，哪里也没去。直到有一天曲洋带着她特有的娇滴滴的声音在门外一边敲门一边喊：“Laura，Laura，Laura……”喊得人烦死了。

她见了颜烁喊道：“呀！你吓死人家了！”

颜烁侧身让她进门，问道：“你去公司找我了？”

她忽闪着一双种过假睫毛的大眼睛，说：“没有呀！皇甫让我来看看你的呀！你怎么都不开手机呢？吓到人家了！”

颜烁打开手机，无数短信，多数是同事的，看来大家都知道了。

皇甫只发了两条共六个字的简单的短信：“好些吗？”“在干吗？”

曲洋还在唠叨着皇甫怎么担心颜烁的事情。颜烁什么都不想知道，此时的她根本不想知道皇甫的任何消息。

颜烁平淡地说：“我没事，你走吧。”

曲洋不解地看着她：“你不给皇甫打个电话吗？”

颜烁说：“你别管了，你先走吧。”

曲洋问：“你要干吗？我陪你。”

颜烁随口说：“我要去雪山，你要穿你一万块的高跟鞋去吗？”

曲洋撇撇嘴：“骗人！”

颜烁只想尽快哄走她，打开电脑，开始搜“登雪山攻略”。曲洋看颜烁不理自己，又啰唆了几句，方悻悻地走了。

颜烁却被打开的网页上的文字吸引住了。

如果说牛 × 是行为的波澜壮阔，那么我的思想早比我闪耀很多。打小就梦寐着打马过草原，只身穿越沙漠，也无数次幻想孤独地站在雪山之巅。如果说爱情是种英雄梦想，那么旅行，则是我不灭的欲念。

对荒无人烟的秘境向往得心痒，大漠孤烟、日落雪山、明镜湖泊，以及磕长头者抚平的朝圣路，根根针刺般，扎醒晒在丽江阳光下慵懒的我。而立之年，是时候一意孤行，策马扬鞭去远方。

那些日照金山的神圣，那些高原彩虹的绚丽，那些汗流如雨的肆意，彻底点燃了颜烁此时奄奄一息的意志。

是时候一意孤行，策马扬鞭去远方。

颜烁立刻出发去公司收拾东西，为的是拿齐自己所有的保险寄给老妈，万一在雪山上再也回不来，老妈还可以靠保险金养老。

半小时收拾完东西，最后一次用公司的电脑办私事：买了去丽江的机票。按照登山俱乐部网站的提示，点进户外用品店买了最贵的装备。因为颜烁完全没有户外经验，不知道什么牌子好，只好买最贵的。

第二天早晨，飞丽江。到达古城那刻，颜烁简直不敢相信自己的眼睛。丽江古城沐浴在高原的朝阳里，尚未完全苏醒，干净、安静、古老。她想起皇甫相机里一张丽江古城的照片，当时和皇甫开玩笑说“摄影师的价值就是把垃圾都拍美”，而皇甫那时难得地反驳说：“丽江不错的。”

原来是真的。丽江真的像他拍出来的那么美。又是皇甫！为什么我总要想到皇甫？我不要想到皇甫！颜烁狠狠地一跺脚。

在甘甜的空气中一路小跑到登山俱乐部，那里会聚了来自天南海北的人。

几个藏族的领队在核对名单。第一次在《新闻联播》以外的地方看到活生生的藏族人，还是些皮肤黝黑光滑、身材高大健壮、微笑迷人魅惑的藏族男人，颜烁这颗不安分的小心脏，终于从沉默已久的死寂中活蹦乱跳地活过来啦！

颜烁在心中呐喊：“雪山！我来啦！”

这一趟梅里大环线，徒步了大半个月。看到了日照金山，还看到了金山下大大的彩虹。

看到彩虹的那天，次仁旺杰说这是佛和护法神在保佑他们。次仁旺杰是这次行程的藏族向导，是个正宗的康巴汉子。一米八六的身高，在海拔五千米的悬崖上负着重都能飞檐走壁。这一次行程，正是这个康巴汉子，在雪山上和在地狱谷两次将颜烁从危急中救出，让人好好见识了康巴人的骁勇威猛。

这一次的行程非常辛苦，颜烁几乎要撑不下来，更有几次生死一线，差点死于非命。但是也许真如次仁说的，冥冥中有股力量在保护着她，她不单保住了命，还结识了一群生死与共的兄弟姐妹。虽然不知道彼此的真实姓名，大家仅以网名相称，却不妨碍颜烁感受到比上海的灯红酒绿间真实得多的欢乐与充实。

所有的照片里，颜烁都笑得灿烂纯净，没有一点虚伪的杂质。

从雪山上撤下来的时候，颜烁坐在海拔四千米的悬崖边，再次被眼前壮丽的景色所震慑。所有人都拿出相机拍照，有人感慨道：“拍不下来的，拍下来的总比眼前看到的要逊色很多。”

听到这样的感慨，颜烁想，皇甫要是在就好了，他一定能拍得像真实看到的那样美。可惜，这些与世隔绝的美景，只能和到过这里的有缘人分享了。

恰在这时，手机终于有了信号，收到了皇甫的短信：“在雪山，要保重。”又是简单的六个字。在死里逃生地翻越雪山之后，这翻山越岭的六个字，直叫颜烁心酸不已。

颜烁回复道：“已开始下山，放心。”

回到丽江的颜烁无比感慨地和同行的兄弟姐妹们说：“真想在那

样的小村子里住着不走。”

海子瞅瞅她，说：“医疗卫生条件不行。”

颜烁笑笑，豁达地说：“大病等死，小病吃药。无所谓。”

海子说：“那教育也跟不上啊。”

一旁的婷婷插嘴道：“要教育干吗？读书工作到我这个样子，还不是想回来这个村子住……”

颜烁突然意识到，这就是那个著名的晒太阳的乞丐和富豪的故事的翻版。拼搏一生，如果只是为了这样的安宁，那我们又何苦为难自己。藏族人确实什么都不需要。有了信仰，有了这方宝地，足够了。

在丽江的每一晚大家都喝酒作别，这些共同经历过患难的兄弟姐妹，谁都舍不得谁。只怕相隔天涯海角，此去经年，这辈子再也难见了。这一天，颜烁最喜欢的一个丫头婷婷要离开了，她在香港大学读书，要回香港。

又是香港。颜烁的心里五味杂陈。果不其然，晚上在丽江的酒吧里又喝到烂醉。喝完杯中酒，颜烁还要喝，醉醺醺地把最后一瓶酒拿起来，却被一只大大的手按了下去。这是次仁的手。

只听见次仁用他的藏式普通话大喊道：“不要再喝了！”随之把颜烁毫不费力地抡起来，横抱在怀里，大步走出了酒吧。

在次仁的怀里，颜烁乖得像个小婴儿。听着他厚重的呼吸起伏，脚步声踢踏起落在丽江深夜宁静的石板路上。她把手伸进他薄薄的藏袍。他的皮肤湿润、光滑、微暖、无边无际。

次仁在树旁放下颜烁，定定地看着她，眼神锐利得像高原上空的鹰。颜烁借着酒意，笑着靠近他，再靠近他，他的身上有青稞的清香，就像那天他们撤到山脚，走错路茫然踏进的那片青稞田的味道。

次仁轻轻地吻了颜烁，小心得像对待一个瓷娃娃。他的吻那么柔软，那么温暖。颜烁抱住次仁，解开他的藏式腰封，点燃了这个康巴汉子的欲望。

那天晚上，一夜没睡，次仁根本不需要休息。这是颜烁人生中最完美的一夜情。

离开丽江的时候，次仁反复地问："你还会回来吗？"

颜烁有点舍不得他，回答道："我会的。"

是的，我会记得雪山下的河流，我会记得雪山上的冰川，我会记得雪山大本营里闪亮的篝火，我会记得次仁的歌。

进雪山的第一天，他在亘古的风景中嘹亮地唱：

三朵神在上
白云红太阳
会讲话的三朵神
指我去东方

东方路长长
绕在雪山上
我对你祈愿啊喂
挂在脚边上

带着好愿望
走在山路上
我要再走三百年
三朵神在上

最后一根救命稻草

回到上海，依然阴雨，依然抑郁。颜烁无比怀念丽江的蓝天白云，振作精神把房间收拾干净，泡上兄弟姐妹们送的普洱茶。

曲洋正在过来的路上，她说要看看颜烁难民一样黑瘦的德行。打开门时，颜烁愣了一下，像难民的不是自己，是曲洋。现实中的曲洋没了短信里的俏皮劲儿，她瘦得不像样子，还挂着两个大大的黑眼圈。这个惨相真是我见犹怜。

女人这副样子，不用问，一定是她的男人出了问题。

曲洋不再装绿茶婊，一屁股坐在地板上，破口大骂："男人真是浑蛋！脑子都长在下半身上！一有母的，马上就变成不管不顾的畜生！"

颜烁一边喝茶，一边听着她骂。大部分时候，女人只是需要个情绪宣泄的管道。听她骂得酣畅淋漓，颜烁心中从前的嫉妒和怨恨也消解了大半。

曲洋哭诉于邵忠在上海的时候经常瞒着她参加一些混乱的party，很多模特争先恐后地投怀送抱。

颜烁没好气地说：“他不在上海的时候说不定还有老婆呢，也没见你管。”潜台词是，其实本来遇见时就是一夜情，你不要脸才搞成他的情人，凭什么要求人家对你一心一意？

曲洋说：“他是有老婆，在香港，结婚七年了，不过他们早就不做爱了！”

做爱很重要吗？做爱不代表爱，不做爱不代表不爱。可做爱是曲洋唯一的稻草，是曲洋区别于于邵忠老婆的唯一优势，所以她才会这么拼死抵抗其他可以和于邵忠做爱的女人的出现。

现实太残酷，颜烁在心中叹息，却不能戳穿曲洋的幻想和美梦。

她转回原先的话题问道：“你怎么知道他去参加 party？”

曲洋又撒起泼来：“都是你那个皇甫！要不是他在上海郊区拍片子，老于也不会去找他，他们也就不会搞什么 party！我怎么知道的，我是在皇甫拍的一大堆照片里发现的！你说说，我们也会去酒吧混，但再怎么闹，也不会一大群人一起吧？还拍照呢！妈的！”

做爱很重要吗？做爱不代表爱，不做爱不代表不爱。可连做爱，都不是我的稻草。在皇甫的世界中，什么是我区别于其他女人的唯一优势？我连曲洋都不如，我连拼死抵抗的权利都没有。

现实太残酷，为什么要戳穿它？为什么要把自己的幻想曝晒于太阳之下？那个酒吧里迷离的皇甫，那个从来都是若即若离的皇甫，从来都没有属于过我，我只是他无数女人中的一个。

我们只是多夜情。

也许是所谓的物伤其类，颜烁对曲洋的同情也多了几分，更多的是对自己深深的鄙夷和嘲笑。

晚上，皇甫在 MSN 上震了颜烁一下，颜烁关机下线。原本打算和他分享的那些翻越雪山的奇遇，再也没有交流的必要。从来就没有多夜情的情人还能手拉手谈人生、谈理想的案例。

拜曲洋所赐，颜烁做回了原来的自己。麻木也许是最好的生活状态。颜烁开始整理简历，打算再找份工作养活自己。去完雪山，卡上的存款已经快还不起下个月的房贷了。

一周之后汪明打来电话：“给我介绍的女朋友呢？一起吃饭啊！”他听说颜烁离职的事情很吃惊，问她怎么打算。颜烁苦笑道：“投简历呗，有什么好打算的。”

汪明郑重地跟颜烁说：“你这行是吃青春饭，早晚熬不住的，跳去上市公司吧。”

颜烁笑笑：“哪有那么好跳！要找机会的。”

汪明思量着说：“我们在招人，但是工作地点是香港，怕你不喜欢香港，而且职位比我低。”

职位高低有什么重要，要饿死的时候有点剩饭就不错了，何况是在香港工作。颜烁直接请求汪明收留。汪明对颜烁的工作能力基本了解，答应她会尽力推荐。

原来，工作才是女人的最后一根稻草。

回家后，颜烁很仔细地准备简历，准备参加笔试和面试。想进汪明所在的那家大公司，只靠认识人是没有用的，还是得拼实力。为了抓住这根救命稻草，颜烁丝毫不敢懈怠，熬夜的劲头直逼高考的时候。

笔试和面试都在上海，参加的人很多。颜烁也不知道自己能不能成为幸运的那一个。只能一轮轮地拼，一轮轮地过。

最后一轮面试，面试官是女的。她问颜烁：“在基金行业做研究员比较容易，搞好和上市公司的关系就可以，可我们上市公司的要求更高，你觉得你有什么优势？还有，香港这个地方值得你放弃上海吗？”

颜烁猜测她是知道自己原先离职的原因的。这世界，总是女人为难女人。到底还是认真地说：“搞好关系是每个行业、每家公司、每个人都应该做的，上市公司也是一个很重要的沟通主体。在基金行业的研究员岗位磨炼过，了解基金经理和上市公司的沟通方式，无疑有助于在新的岗位克服新的问题，快速有效地以更扎实、稳妥、适宜的方法推进工作。我去香港，不是放弃上海，而是奔向世界。香港是中国对外的最重要的金融平台，我想也是基于此，贵公司才到香港上市的吧。”

见颜烁说完，面试官挑剔地看了她一眼：“第一个问题等于没回答。”

颜烁直视着她挑剔的眼神，无畏地说：“敢于直面你的问题，就是回答。”面试官回避了颜烁的目光，低下头在颜烁的简历上写了几句话。

面试就这样结束了。能做的就是回家等消息，焦灼地等消息。

第二周，汪明语气沉重地打来电话：“你面试时说什么了？我们那个人力资源总监好像不太喜欢你。”

颜烁心里一凉，看来是没过，反过来安慰汪明：“谢谢你啦，也没说什么，跟你们公司没缘分呗！”

汪明说：“你真的不考虑考虑？有我在，薪水会慢慢涨上去的！”

听上去这事有转机啊！颜烁赶紧跟上：“薪水不是问题啊，怎么了到底？！”

汪明这才放下心来，告诉颜烁那个人力资源总监在她的简历上写了：“同意招聘，但工作背景不符，薪金按学生标准发放。”学生标准是一个月一万多港币，确实太低了。

汪明气呼呼地要为颜烁去争取，颜烁很是感激，也只说：“不用，别人都这么写了，再去争取不是招人口舌吗？”以之前的灰色经历，颜烁深深感到能被招聘进来已经是烧高香了，她别无所求。

汪明批评她没有战斗经验，对香港的生活没有概念，因为香港的房租也要一万块港币。他觉得自己办了好事，但办得不漂亮，决定好事做到底，为颜烁申请免费的公司宿舍。

颜烁无限感慨，人还是要靠贵人提携的。平时做事一定多为别人考虑，因为你不知道将来哪一天会因为什么事就被哪个人帮助渡过难关。

在上海总公司办完入职手续，接着办香港的工作签证。貌似香港的工作签证也不是那么好办的，颜烁提交了一大堆材料给人力资源部，然后就回去痴痴地等、痴痴地等。

其间于邵忠来找颜烁吃饭，自然是为了曲洋的事。于邵忠看上去也不是那么舒心。

颜烁很不厚道地取笑他："女人多了玩不转了吧？不知道我们内地妞也会闹脾气吧？"他也不笑，整个人颓颓的。颜烁猜测他对曲洋也是有感情的，只是出于男人的动物本性而抵挡不住偷吃的诱惑。

面对这样的男人，一个爱你但明目张胆地背叛了你的男人，你该如何抉择？

颜烁其实并不知道答案。她像一个解卦的术士，只告诉求卦者他自己想知道的答案。她告诉于邵忠如何追回曲洋。老于的神情慢慢舒展开来，开始跟颜烁嘻哈谈笑。可他到底说了不该说的，香港人就是这么白目，也不知道是真单纯还是假单纯。

他说："我和皇甫认识这么多年，你是唯一能让他不停地主动去约的人。"

颜烁听到这句话脸色就变了。所以，我应该感恩戴德？感激皇甫在多夜情之后，仍能记得我推着他的轮椅在上海的雨夜里艰难来去？感激皇甫在坦言不懂负责之后，仍能关心我灰色绝望的失业的颓丧？感激皇甫在我从雪山回来之后，仍担忧着我的生死和下落？

可是所有这些，即使是曲洋，即使是同事，甚至，即使是一夜情的陌生人，也都应该做得到吧？他做不到，仅仅因为他是皇甫，而不是路人甲乙丙丁。

说到底，我只是一个需要普通男人呵护关心的普通女人。多夜情就是多夜情，不要扯什么虚伪的爱情。

颜烁没有回应老于。

于邵忠看她不太高兴的样子，也不太明白，只好说："走吧，去喝酒吧。"

在酒吧里一杯接一杯地喝酒，像死党那样，一干而尽，再一干而尽，两人的脑袋里思念着对方的死党。这种感觉很奇妙，这种感觉很好。

颜烁在半醉半醒中想到：我拿到一个不算好的offer，我有一段不算好的感情，我有一个不算铁的兄弟。人生哪能处处如意，我已经足够幸运。

于邵忠喝多了，大着舌头说："去香港别怕，有我！"

颜烁一下子哭出来。"别怕，有我！"太久没有听过这句话，而说这句话的人，竟然是老于。她也喝多了，抱着于邵忠，像兄弟那样，在酒吧里哭了很久很久。

亏了颜烁暗中帮忙，曲洋和老于和好了，曲洋又开始嘚瑟，装绿茶婊。颜烁和曲洋的关系依然可远可近，可她和老于已经铁得一塌糊涂。她就这么闲晃了大半个月，借了老于的钱，勉强熬了过去。

香港那边让颜烁去报到入职。除了汪明，颜烁谁都不认识。从哪儿入关，住在哪儿，在哪儿工作，通通不知道。汪明只是发了个香港地址给她，让她先找酒店，第二天到那个地址去上班。

收拾了简单的行李，订好了酒店，颜烁就这样义无反顾地飞向了彼岸。那时魂魄无依的她，并不知道去到彼岸的香港，自己的人生会迎来怎样的改变。殊不知，所有的命运转折处都是一念花开，一念花落。

What an Unforgetable Journey

感情寻找它的模特儿，衣服挂在橱窗，
有太多人合适，没有独一无二。

王菲〰〰〰《香奈儿》

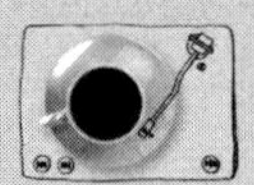

当我足够爱，才敢失去你

我还不够爱你

彼岸的重逢

到香港的时候已经是半夜了，第二天早晨就要去上班。中环半山的扶梯，早上向下走，傍晚向上走。这是老于告诉颜烁的。

在香港上班的第一个清晨，颜烁穿着自己最好的 CÉLINE[1] 裹身裙和小西装。半山扶梯上是来自各个国家的上班族，满目修身得体的衬衣和纤尘不染的皮鞋。

我要在中环上班了！颜烁静静地在心里呐喊。

昨天半夜查过公司地址，早上还是差点在中环的街巷里迷路。终于走到巨大的写字楼下的时候，颜烁这个从上海周边小城走出来的妹子，茫然了。

无数的入口，无数的手扶电梯，黑压压的面无表情的匆忙人群。颜烁心里惊惶不定，如同在战乱地走失。

换了两次电梯才到公司。楼太高，电梯太快，耳朵里始终有嗡嗡的声音。

1　思琳，法国著名时尚品牌，产品包括成衣、皮具、鞋履、配饰及太阳眼镜。

前台得知颜烁是新来的员工，很礼貌地带她四处参观，再把她交给人力资源部去做新员工培训和介绍。

新同事们很忙，非常忙，都只是随意地打个招呼就各忙各的。颜烁坐在新工位里，不知道该做什么，也不知道可以做什么。

半天很快过去，颜烁连洗手间在哪里都不知道，沿着走廊走了一大圈也没发现。实在不得已，去打扰前台妹子。她也很忙，随手给颜烁一串钥匙："防火门后面。"

又是第一次知道，香港的洗手间是要用钥匙的。

去完洗手间回来，公司里已经一个人都没有了。午休时间，大家大概都去吃午餐了。颜烁也不知道去哪里吃午餐。随便下楼走走，又陷入无数大门、无数手扶电梯、无数人的战乱地。

颜烁不敢走远，怕走丢；也不敢进看上去不错的餐厅，怕付不起餐费，已经亏空几个月了，还欠了老于的外债；也不敢迟疑太久，不知道下午几点上班，怕迟到。只能在公司楼下隔壁的巷子里一个非常破的小店里吃东西。

听不懂广东话，也不会说。颜烁指指点点地点了碗面。三十五元一碗的碱水面，硬硬的，也没有蔬菜。她不舍得再点蔬菜。

回到公司，同事们一个一个陆续回来，继续各自忙各自的。汪明抽时间简单地和颜烁说了一项工作，就忙得再也不见踪影。

收到老于短信："晚上接你去吃晚餐。"颜烁顾不得手机漫游的费用，快速地回复："好，好，好！"

下班，在无数门口、无数手扶电梯、无数人的战乱地见到老于高大的身影，颜烁简直是扑过去的。在扶梯上，她紧紧地抓着老于的手臂，老于不习惯地问："怎么了？"

颜烁继续紧紧地抓着，发自肺腑地说："见到你像见到亲人。"

老于带颜烁去办八达通，带她坐公交车，带她去餐厅。这家餐厅有个好玩的名字：店小二。

到了店小二，老于顺利地霸占了唯一一间包房。有名的人或者和名人走得近的人，就是做什么都会被格外关照。包房里摆了四人位餐桌。另外还有老于的一个朋友 Jason，一个独立服装设计师，在金钟有自己的店。

颜烁问道："多了一个位子，还有谁？"

老于边看菜单边回答："还有皇甫。"

本已轻松的心情，瞬间又紧绷起来。颜烁还没有想过如何面对皇甫——如果我们之间有感情，我们却都在别人那里放纵过自己的身体；如果我们之间没感情，我们却在自己的内心放纵过对彼此的思念。但是，在我最落寞的时候，是梅里雪山和次仁这个藏族人让我放下了那些灰暗的过往，偏偏不是皇甫。我没有忘记皇甫，可这种感情，也谈不上爱吧。

想破头也想不出所以然。皇甫淡然地走了进来，像一个久别的普通朋友，礼貌地点头微笑，自然地坐到颜烁的右手边。

他消瘦了，但还是文艺得那么让人心碎。他用颜烁熟悉的温软的港普淡淡地问："来香港工作了？"

这不是问句，他早就知道，应该是和老于同时知道的。老于也是个大嘴巴。可他没有联络颜烁，看上去没有高兴，没有惊讶，也没有恭喜，只是淡淡的，像知道一个陌生人的来去。

颜烁冷冷地回复："嗯。"

他看着颜烁，二十七摄氏度的柔情，笑笑："那就好了。"

那就好了。他和 Jason、老于用广东话随意地谈笑。颜烁静静地看着他，也许，他仍是那个令自己动心的皇甫，飘逸干净，有一颗温暖的心。

原来我还是喜欢皇甫的。这么简单的问题，在扫除了千里迢迢的地理障碍之后，变得扑朔迷离。颜烁想，我看不清，也控制不住自己的心。

店小二的东西好吃得不得了。颜烁第一次吃到嫩得像日本豆腐一样的猪扒，第一次发现鸡可以做得丝丝入味，第一次闻到醉虾里弥散的甜甜酒香。

老于拿来几个在冰箱里冻过的战斗碗，大家爽利地喝起了哈尔滨啤酒。店小二的店员和老于认识很多年了，也加入进来和他们一起喝。店员有个好玩的名字：鸡施。

皇甫不喝酒，还是有些咳嗽。

颜烁问他："你怎么还咳嗽？"

皇甫答道："看过中医了，没有用。"

他仍然干净地吸着烟。那淡淡的烟幕就像他气质的一部分，融在一片氤氲的颜色中，变成一幅平和的画。

大家都喝得有点多，店小二的老板也加入进来，一场混战。除了颜烁，所有人都是地道的香港人，所有人都在讲广东话。颜烁一句都听不懂。

在一整天紧张的工作氛围里，没有人和颜烁说过一句废话。在上海和同事一起吃午餐闲聊嬉笑的情形，在这里完全不可能出现。孤独感将会长期存在。下班变成颜烁所有的期待。

可是，下了班又怎么样？再有老于、皇甫的陪伴，自己也只是一个什么都听不懂的聋子，飘浮在他们的圈子之外。知道重新开始会很难，但没想到这么难。

颜烁越想越沮丧，不禁在热闹的说笑中流下泪来。大家静下来，安慰她。老于关切地问："怎么了？"

颜烁努力地试图优雅地笑，却还是不停地哭，呜咽着说："好难。"

皇甫说："不会说广东话没事，有我们。以后就好了，可以带你逛街了。"

以后就好了。会读心术的皇甫的话，颜烁傻傻地信了。

晚上，回到暂居的酒店，想起皇甫家那一落地窗的维多利亚港夜景和满屋烟草加古董的馨香，想起皇甫的一切，无法抑制的想念和寂寞让颜烁拿起电话，给皇甫打过去："我要去你家。"

皇甫的声音一下子冷了下来："来干吗？别来。"

颜烁的心瞬间被冻住了："你有女朋友了？"

他不耐烦地说："没有。"

颜烁有点不依不饶："那你来找我。"

他说："累了，睡吧。"

挂了电话，颜烁沮丧地坐在床边，看着酒店房间里不够转身的狭小空间和窗户外半山下中环夜景的璀璨高远，怅然不已。

香港，竟是一念天堂，一念地狱。

世事无常

早上颜烁很早就醒了过来。能睡懒觉是很幸福的事，年纪大了或者心思重了，想睡都睡不住了。在香港夏末的潮湿空气里，颜烁走过半山长长的扶梯。这次终于没有走错路。

上午和公司人力资源部的人签了合约，颜烁拿到了工作签证和宿舍钥匙。原来这张千盼万盼才盼来的工作签证，仅仅是一张香港特区政府发来的泛黄的纸，允许颜烁在一年之内无限次地进入香港。但是，这还没算完，颜烁还需要回到自己的户籍所在地，去拿一年之内无限次出入境的许可。

买好回家的机票。下次再回来的时候，颜烁就有香港“暂住证”和“暂住地”了。现在在香港，没有银行账户，没有电话卡，没有身份证，也没有住所，就是一个盲流。颜烁不由得苦笑起来。

中午，老于打来电话，说他在颜烁公司楼下。昨天晚上，眼见酒醉的颜烁哭着述说自己第一天中午一个人吃饭的惨况，这会儿老于良心发现，决定来陪颜烁吃午餐。颜烁感动得要哭，飞奔下楼，紧紧地抓住老于的胳膊，跟着他走在半山的街巷里。

与中环的繁忙不同，半山上是 SOHO 区，有一种艺术、商业和休闲混杂的味道。老于带颜烁去了一家不起眼的法国餐厅，小小的门脸、干净的露天餐桌、洁净的桌布、晶莹的餐具、漂亮的花草，服务生和客人都很安静，让人有一种如同置身欧洲的错觉。

老于在身边的时候，即使不说话，颜烁也总是很放松，像那种和亲人在一起的放松。老于叫了个朋友一起吃饭，他说怕颜烁孤独，要多介绍朋友给她认识。

朋友叫 Ricky，基本不工作，却住在半山，不单他和夫人住半山，他爸妈也住半山，他岳父母也住半山，简直是半山一家人。

从老于的口中，颜烁得知，Ricky 的工作就是每年拿出一个月时间去迪拜拉一笔资金到香港做投资，抽成，然后每天在中环吃喝玩乐，拿逛街当锻炼。

Ricky 来的时候果然悠闲地穿着一身运动服，颜烁眼拙，看不出来啥品牌，只看得出是好品质。他的普通话也烂得惊人，不过他还是很努力地跟颜烁讲话。

饭后老于有事先走，Ricky 就陪着颜烁一直走一直走，走过了整个中环，用很烂的普通话很细很慢地向颜烁介绍沿路经过的每条街道、每座大厦和每家餐厅。

颜烁从来没有在第一次见面的朋友那里受过这样的礼遇，简直受宠若惊，千恩万谢地和 Ricky 告辞，不迷路地回到公司。香港人，这就是颜烁第一印象里的香港人，会在店小二里和她干哈啤，会专程跑来陪她吃午餐，会走路一个小时教她认中环的路。

即使蝗虫和双非的问题闹得再严重，颜烁仍然要用自己的亲身经历不停地告诉内地的兄弟姐妹们：香港有很多很多有素质、有情义、有修养的好人。

回家后很快就办完了内地的许可。颜烁的妈妈送她到机场，拉着她的手哭个不停，那感觉就像是颜烁要跳进火坑一去不回一样。

颜烁耐着性子安慰妈妈，头也不回地过了安检。

无论是漂泊还是无助，无论是希冀还是温暖，好或者坏，天堂或者地狱，并没有本质的差别。花开终难免花谢，只要盛放的过程，不留一丝遗憾。

回到香港，坐机场快线，转地铁，再转公交，颜烁拿着宿舍的钥匙，提着大大的箱子去自己在香港的“暂住地”。真的是漂洋过海了，公司宿舍在一个小岛上。下了公交傻了眼，整座岛是一个社区，全是房子，高楼林立。颜烁傻站在路牌旁，不知道拖着这个比自己大的箱子应该往左走，还是往右走。

刚好有一家人路过，看到她茫然无助的样子，妈妈模样的女人停下来用广东话问她，发现她听不懂，又换用英文问颜烁需不需要帮助。颜烁看到女人身边的小孩子才五六岁，和爸爸妈妈一样都提着重重的超市的袋子。她礼貌地感谢了女人，说不用麻烦了，她自己慢慢找。女人还是仔细地问了她具体地址，又仔细地讲清楚应该怎么走，确认她真的明白后，才和老公、孩子一起离开。整个过程中，小孩子就提着重重的袋子，安静地站在一旁，认真耐心地听着。

颜烁看着他们一家三口的背影，不由得自我反省，如果换作自己，如果自己的孩子在一旁负重等待，她未必会停下来帮助一个陌生人。这就是素质上的差距，是她和香港人的差距。

终于找到“暂住地”，不得不说，这个“宿舍”看上去未免也太高级了点。屋外绿树掩映，挑高华丽的公共大堂，礼貌严谨的接待人员仔细地确认了颜烁的身份之后才放她进去，并说很快会给她配新的门禁卡并送上去。

开门进去以后，颜烁更吃惊了，谁说香港的房子小？这个八十多平方米的两居室，铺的是实木地板，落地窗面朝大海，有个漂亮的阳台，厨房和洗手间都明亮宽阔，比上海的家还要好！

颜烁把箱子一推，坐在沙发上自个儿乐了起来。香港也没有想象的那么辛苦嘛！可惜床上用品还没来得及置办，还好是夏天，颜烁掏出一件 T 恤垫在床上，能屈能伸地将就了一夜。迷迷糊糊中，她还想着，改天抽空去买点家具、电器和床品，就可以舒舒服服地住起来了。奔波了一天很是疲劳，没想多久，就坠入梦乡。

早上照例早早醒来，还不太清楚上班路上需要花多长时间，颜烁决定提早出门。拉开窗帘，窗外的大海好壮阔！阳光倾洒在海面，视野浩瀚无垠。

带着被朝阳和海景沐浴过的心情，颜烁轻快地去坐船上班。大堂里昨晚盘问她的工作人员友好地对她说："早安。"出了门，路旁草木葱茏，植物的清香直往心里沁，鸟叫声婉转悠扬。真不知道香港还有这样的宝地呢！一直走到码头，颜烁看到整个区域的全貌，才发现这正是新公司开发的项目之一。难怪宿舍会在这里了。

在内地长大的颜烁从来没有坐船上班过，心情新鲜得像个进了游乐场的孩子，守在窗户旁，目不转睛地看着船外的景色。激动的心情完全不像去上班，倒像是去旅行。从出家门到进公司，整整花了四十分钟。香港的交通太便捷了，像颜烁宿舍所在的这么远的郊区到市中心都可以只花四十分钟。要是在上海，十五分钟才走得出小区大门，更不用提打车永远打不到这种让人头大的问题。

上周老大布置的几项工作颜烁都做完了，周一的例会要开始讨论，也不知道自己是否合格，颜烁的心里有点新员工的小忐忑。例会上所有的同事都到齐了，各自拿出上周的工作成果。颜烁最后一个讲，好在她在以前的工作中也积累了不少经验，同事们提出的问题，颜烁都一一顺利作答。

会议的最后，汪明笑着对她说："不错。"颜烁心里一块大石头落了地，对未来的工作也没那么惶恐了。

下午去中环的另一栋大厦开会。走在路上，心情无比愉悦，自然而然地犯贱，想请老于、Jason 和皇甫吃饭，让他们不要再担心自己。打了老于电话，他没接。于是，颜烁给皇甫打了电话。

电话里皇甫的声音听上去很沙哑："干吗？"

颜烁高高兴兴地说："我有地方住了，而且工作报告被表扬了！我晚上请你们吃饭！"

皇甫有气无力地说："那就好了。不过我晚上不能和你们吃饭。"

颜烁听他的状态不太好，赶紧问："怎么了？"

皇甫低声说："刚从医院出来。"

颜烁关切道："感冒咳嗽还没好？"

皇甫平平的声音："刚查完了。肺癌。"

"啊？！"颜烁差点扔了电话。

皇甫用温软的港普费力地解释："癌，癌知道吗？肺癌。"

那一刹那，颜烁只觉得中环的阳光好刺眼，无数的人从身边快速经过，快得像黑压压的魂灵。无名的疼痛突然从身体里爆裂开来，痛得她渗出一层密密麻麻的冷汗。她木然地拿着手机，哭着向电话的那头喊："皇甫源！你是个骗子！不可能！你骗我！"

皇甫的声音还是那么微弱："别哭，还没死，晚期而已。"

颜烁在中环的人群里哭到眩晕。二十出头的她还太年轻，并不懂得什么叫作"世事无常"。好不容易来到香港，本以为即使香港的工作和生活很辛苦，但一切都会像皇甫说的，以后就好了；本以为生命即使不完美，也依然可以很漫长；本以为皇甫即使爱着别人，也依然是可以陪在身边的有着温暖柔软的心的朋友；本以为……

可是，世事无常，世事无常啊。不经世事，哪知敬畏。颜烁第一次在命运的重压下，毫无反抗之力。

这个世界，我们根本不知何时就会离开，也不知将如何离开。

颜烁穿着高跟鞋，不知疼痛、不知疲倦地向皇甫所在的位置跑去。心中只有一个念头：不管他的生命还有多久，我要每分每秒都和他在一起。

只想好好爱你

皇甫脸色灰黄，比颜烁上次见到他时又消瘦了很多。他前几天肺部痛到不行，是叫紧急救护车送到医院的。

颜烁难以想象这些天他是怎么熬过来的。他的父母都已不在，没有女友，没有孩子。他也没有告诉任何朋友。

肺癌晚期。他在上海时就开始咳嗽，应该那时就有问题了。颜烁不断回想，不断自责，自己是有多笨！为什么不催他去做胸部透视？她哪里有真正地关心过他的身体！想起他陪自己在医院看急诊的情形，颜烁越发地悔恨交加，恨不得扇自己几巴掌。

自己还各种矫情地躲着他！还几个月不和他联络！可他从来都没有放弃联络自己，她在雪山上都还收到过他的短信！颜烁泪水涟涟地想：我竟然还吃些无聊的醋！上次他不让我去他家，应该是身体已经很不舒服了。我都在想些什么？真龌龊！简直不能原谅自己！

面对皇甫，面对冷酷的命运宣判，面对那些错失的美好时光，颜烁一句话都说不出口，任由眼泪吧嗒吧嗒地掉。

皇甫淡淡地说："还没死，不用哭。医生说还有三个月。"

听到这样的话，颜烁心里像插着一把八角刀，处处伤痛，处处血痕。

皇甫说："走吧，带你坐电车，两元三角可以转香港岛一整圈。你以后有时间可以坐着玩。"

颜烁第一次坐电车，排队上车，一步一滴眼泪。坐在电车二层最里面的座位上，看着皇甫消瘦的面庞在香港岛渐渐明亮的灯光里暗淡下去，心如刀绞。

下了电车，电车的叮当声慢慢远去。皇甫熟练地带颜烁穿过铜锣湾广场，一边走一边说："要记住路，下次你自己就会走了。在香港要多认识些朋友，这样你就不孤单了。"

颜烁忍着不哭，紧紧地跟在皇甫后面从人群里穿过，跟得那么紧那么紧，生怕他突然就消失不见。

皇甫带她去义顺牛奶公司，他说："胃口不好，吃点甜品吧。你要记住这里，下次你就可以自己来了。"

听到这里，颜烁终于憋不住，崩溃地哭出来："我不要记住！我记不住！我在香港没有朋友！我只有你和老于！不要离开我！你要好起来！"

皇甫递过来纸巾，低声说："人都会死的。你总要自己生活。"

颜烁哭得张不开口。即使张开了口，她又能说什么？

如果时光能够倒流，我不会躲开你；如果时光能够倒流，我会拼尽全力去爱你；如果时光能够倒流，我不会在乎你会不会拼尽全力爱我，如同我拼尽全力爱你。

皇甫，我爱你！求你，不要离开我！

这一切，哭泣、恳求、悔恨、执着，一切的一切，再也没有意义了。爱情在死亡面前，不值一提。我只能，把以后的每分每秒，当作独一无二的一去不复返的弥足珍贵的每分每秒，尽我生命的全部可能，在你生命的全部可能里，放肆地爱你。

颜烁陪皇甫回到家，走在熟悉的楼道里，打开那道熟悉的门，看到熟悉的落地窗外依然灯火璀璨的维多利亚港无敌夜景，觉得恍如隔世。

皇甫很憔悴，咳嗽得很厉害，颜烁手忙脚乱地扶他在沙发上坐稳，进厨房给他倒水。从厨房走出来时，看到皇甫皱着眉头在沙发上蜷缩着，头发松散地遮着因为消瘦而越发轮廓分明的脸庞。轻轻地把水放在茶几上，颜烁跪在木地板上，伏在沙发旁，帮他拨开额前的几缕发丝，静静地看着他。

他有气无力地说："自己照顾自己。我很累。"

颜烁尽量放平心情，心疼地说："我扶你进房间睡吧。"

皇甫费力地回答："不了，这里才是能睡着的地方。"

颜烁不再打扰他，看着他闭目养神，直到呼吸平顺，好像睡着了，方才小心地准备离开。这个时候，她瞥见皇甫的书架上那个手工翻页的古董日历架，日期是 2011 年 4 月 5 日。

4 月 5 日，那天颜烁第一次打开皇甫家的门。Mandy 发现了这个尘封的日历架，叫嚷着说："来，来！我们记录下这个伟大的日子！我们踏进了伟大的摄影师皇甫源的家！我们在这个日历下摆几个作威作福的 pose！"

那天颜烁和 Mandy 两个疯丫头以参观博物馆的心情参观了皇甫的家，犹记得皇甫在网络的那头着急地说："小心，小心！"

就是那一次，颜烁爱上了香港。现在，自己竟然来到了香港工作。那时的自己如果知道会来香港工作，应该也会无比开心吧？可现在，为什么感觉心力交瘁。

今天是 2011 年 8 月 23 日，颜烁调整了日历，记下了自己第二次到来的日期，这是刻骨疼痛的一天，皇甫被确诊为癌症晚期。她轻轻地关上门，走进香港的夜色。

从铜锣湾返回宿舍的路，长得仿佛没有尽头。颜烁在庞杂的过街天桥上不停地兜转，不停地迷路……夏夜的空气黏腻冰冷，无情地吸食掉她身体里仅存的热量。

在码头看着对岸的维多利亚港，艳丽却闪烁不定的美好，珍惜却不能拥有的遗憾，颜烁禁不住失声哭泣。不知道向谁倾诉，也不知如何倾诉，那悲哀像海风淹没她的哭声一样淹没了她的呼吸。颜烁如同溺水的人，被淹没在无法呼吸的悲苦中。她像求生一样给Mandy打去电话。

Mandy愣愣地听着颜烁断断续续夹杂着哭泣的讲述，声音也哽咽了："你不会是一个人，你还有我……我在香港也有朋友，我介绍给你认识……皇甫会好起来的……"

颜烁明知道这些都是安慰，可是除了安慰，谁都无能为力。她在海边哭了一小时，等情绪终于稳定下来，坐上回宿舍的船，漂洋过海。

回到家，在透支了体力和精神的疲惫中，颜烁沉沉睡去。多么希望醒了发现这就是一场噩梦。这些年来，颜烁也经历过很多灰暗的事情，但从未像这次，有了不愿意醒来、不愿意活着的念头。可皇甫还在，颜烁告诉自己，我必须醒来。

早晨，香港下雨了。好在香港的遮雨棚做得非常人性化，四十分钟的路程，只有几步距离淋到了雨。可是，就这么几步也浇得颜烁透心凉。一整晚加上早上都滴水未进，颜烁逼自己喝了一杯咖啡，硬是重启到工作状态。

十点钟，老于回电话过来，懒洋洋的声音："昨晚找我干吗？我昨天在飞机上，刚回香港。"颜烁拿着手机冲出办公室，躲在洗手间大哭："你怎么才回我电话！皇甫得了癌症！肺癌晚期！还有三个月！我好难过好难过好难过！！我不知道怎么办！！我要心痛死了！！！"

老于在电话那头一声不吭。许久许久，才说："别哭了。我去找你。”

颜烁红着眼向汪明请假，汪明抬头看看她，没让她做任何解释，挥挥手就让她走了。

老于在楼下抽着烟，脸上的沉重是颜烁从未见过的。

老于说：“先吃饭吧。”带颜烁去了生记粥店。颜烁依然难过得水米不进，絮絮叨叨地说昨天得知皇甫患病的过程，又撑不住哭了。香港的粥店都很小，四人的座位坐了两拨人。旁边的陌生人看着颜烁哭的样子也十分郁闷。

老于说：“别哭了，哭得大家都吃不下，老板会赶你走的。”

颜烁哭着说：“我太难过了！我知道谁都会死，但我希望我死在你们前面！不要让我来承受你们离开的痛苦，行不行？《非诚勿扰2》是部混账电影！这种事情真的发生的时候根本没有办法像电影里那么平静！我觉得天都要塌了！！我不要！！！”

老于叹气道：“早死晚死都一样，死得舒服一点就好了。”

颜烁明白他的意思，肺癌晚期，癌细胞扩散到脊髓会让人异常疼痛，而且肺癌到了最后，将让人难以呼吸，必须上呼吸机。呼吸机就是把一根很粗的管子从嘴、喉咙插到肺部。人会在清醒的状态下痛苦挣扎，一直到死。想到这些，颜烁又大哭起来。

老于沉着地说：“别哭，我们可以带他去阿姆斯特丹，有毒品，也有安乐死，实在不行，我们就用煤气。”这些不着边际的“杀人”方案反而让颜烁轻松了很多，像是找到了和皇甫永远在一起的幸福方法，有了一种梁祝化蝶般的美好憧憬。

事到临头，颜烁和老于才发现，他们最大的问题是，没有信仰。

如果有信仰，就有来生。如果有来生，我们就会再相遇，深爱，苍老，死去；再有来生，我们还可以再相遇，再深爱，再苍老，再死去……再去无穷无尽的来生。

这一刻，颜烁突然明白，自己一直以来追求的那些物质、金钱、地位、名誉，终究都要失去，终究都是痛苦。

一切有为法，如梦幻泡影，如露亦如电，应作如是观。

Mandy 发来一条信息，是北京一位很有名的中医的药方，这个药方曾治好了很多肺癌晚期的病人。这种时候，只能宁可信其有，任何一根救命稻草都不能放过。

颜烁和老于在上环的药店里抓了药，去找皇甫。皇甫没接电话，颜烁猜他在医院。昨天她在皇甫的病例档案袋上看到了医院名称，怕自己记不住，还用手机拍了下来。

老于一看，说就在湾仔。他们打了车就去。

这是颜烁第一次去香港的医院。自小对医院就没什么好印象，这次是前去看望绝症病人，更是感觉胸口沉闷。

老于跟她说："这家医院都一百多年了。"

医院里病人不多，很安静。他们直接按照指示牌进去找胸透科室。透过两层玻璃的防菌门，看到皇甫在里面穿着紫罗兰色的病服等着拍片。皇甫看到窗外的颜烁和老于，眼神一亮，让护士放他们进去。

皇甫还穿着颜烁送他的那双战斗机拖鞋，手上插着针，有个小绷带，脸色比昨天好了一些。看到老于，皇甫很开心地笑，说着颜烁听不懂的广东话。老于看了看颜烁，用普通话对皇甫说："她告诉我的，她很担心你，一直哭一直哭，别人还以为我欺负她了。"

皇甫很温柔地说："哭什么呢，又没死。"

颜烁讷讷地说："你脸色好多了。"

皇甫说："昨天刚从医院住了三天出来，在里面睡不好吃不好，昨天休息一下就好多了。"

颜烁又开始心疼，在他最需要人照顾的时候，自己却不在他身边。

穿着淡紫色护士服的护士来叫皇甫，拉着皇甫的手，甜甜地说："我要拔掉针了，会有点疼，你不要打我啊！"

颜烁震惊了，从来没被护士这么温柔对待过的土包子赶紧问老于：“这是私立医院？”

老于说：“公立。”

颜烁不敢相信地问：“很贵？”

老于说：“不要钱。”

颜烁更震惊了：“看病不要钱？！”

老于说：“只要你是香港人，就不要钱。”

皇甫这么严重的病，他这么一个没有任何保险的人，每天包吃包住包治疗才一百二十元港币！

皇甫做完检查，换完衣服，便和颜烁他们一起离开。护士细心地提醒他下周来拿检查结果。老于带着他们从医院的地下穿过，像拍惊悚电影一样。医院的地下和湾仔之间有一条连通的地下通道，好玩。

三个人在一起相处，皇甫的优雅、老于的大方、颜烁的傻头傻脑中和得恰到好处，配合得天衣无缝，置身其中的每个人都有一种无拘无束的舒适感。皇甫带大家去金凤茶餐厅吃甜品。这家伙可真爱吃甜品。颜烁又想起在上海的时候，他半夜抱着自己买的老洋房的点心，贪吃得像个小朋友。

皇甫还是咳嗽得厉害，纸巾不离手，咳完就背着大家仔细地一层层叠好纸巾，再小心地扔掉。一起走路的时候，他尽量走在颜烁和老于前面，这样咳嗽就不会被他们看到。

出于害死人的好奇心，颜烁趁皇甫去洗手间的工夫，偷偷地看了他叠好的纸巾。纸巾里分明是血！他在咯血！刚刚缓和过来没多久的颜烁只觉得自己脆弱的小心脏又分崩离析了。

她忍着痛，眼巴巴地看着老于，虽然她知道老于也和自己一样无可奈何。皇甫很快回来了，颜烁别过头去，忍着不哭，假装无所谓。

饭后三人继续溜达，也许是今天的相处很愉快，皇甫的心情明显很好。他不想回家，要逛街。

湾仔往山上走一点就有很多宁静的小店，每家店里都有很多特别的二手货，是皇甫喜欢的调调。这是颜烁第一次和皇甫一起逛街。走进那些小店的时候，她才明白，自己的审美还停留在很粗浅的水平上。内地人尚处在连奢侈品牌都认不全的阶段，和皇甫这种挑剔到必须在历史长河里才找得到喜爱的物品的阶段，差得绝对不是一点点。

看着老于和皇甫安静细致地欣赏、挑选着艺术品，颜烁心里悲凉地想："若不是来了香港，我一辈子也不会了解皇甫。即使来了香港，我也一辈子都达不到皇甫的境界。"老于看的东西和皇甫看的东西截然不同。老于偏重出差旅行的实用，皇甫则偏重居家摆放的美感。从挑选物品的不同就能看出人和人不同的生活习惯，挺有趣的。

颜烁一会儿看看老于喜欢的东西，一会儿又去皇甫那边看看他挑的东西，试着去感受他们感受到的美，又要记得拍照和发微博，也确实是蛮忙的。

皇甫看着忙得欢实的颜烁，白了她一眼："逛街不看东西，玩什么手机啊？"

老于紧接着说："就是，讨厌，发什么微博。"

颜烁气鼓鼓地说："关你俩屁事！讨厌！"

香港的有趣在于，转过繁华闹市的街角立刻进入遮蔽成荫的绿树和草地，仿佛踏入另一个寂静美丽的世界。初来乍到的颜烁看什么都是新鲜的，开心得就像在游乐场。

要命的是颜烁穿了高跟鞋，刚走过一个街区，脚就痛了，哭着喊着要买平底鞋。于是皇甫和老于两个大男人陪着她一家一家店看过去，挑平底鞋。三个人的审美各不相同，想达成一致实在太难了。从湾仔一直逛到金钟，还一无所获。

金钟长长的手扶电梯上，老于和皇甫站在前面不时地说笑，两边的繁华缓缓退去。颜烁恍惚觉得，皇甫也许没有生病，那么他们三个人就会一直这么开心下去。她拿起手机，拍下心里分量最重的两个男人的背影。

在金钟的连卡佛，终于有了大量美鞋可挑选，三人最终在一双英伦范儿的 rag&bone[1] 前达成一致。颜烁解放了双脚，心情轻快起来，开心地陪老于和皇甫去看衣服。

皇甫最喜欢买衣服，他喜欢一切漂亮的东西。颜烁对上次在上海逛街的情景还记忆犹新。

三人同时看到一件非常漂亮的羊毛外套，很适合皇甫。老于劝皇甫买下。皇甫笑笑说："不买了，不然我死了以后，你们还要烧给我。"

这句轻描淡写的玩笑话，又伤了颜烁。此时的颜烁不能想象任何皇甫离开以后的事情。她不能没有皇甫。颜烁的眼圈又红了。

老于看看颜烁，对皇甫说："你胡说什么，你看看她，又要哭了。死有什么可怕，说不定我出门就被车撞呢。"

实在听不下去了，颜烁号道："你俩都闭嘴！"

两人笑嘻嘻的，继续逛，继续试衣服。老于试衣服的时候，皇甫很贴心地给他整理好领子和下摆。一旁的颜烁拿着手机不停地拍他们，仿佛要把所有的场景刻在镜头里，刻在回忆里，刻在骨头里。

逛完街时间还早，老于提议去看电影。跟两个圈内人看电影实在是爽呆的经历，看的是《窃听风云 2》。

老于去买票，店员问："几个人？"老于拍拍颜烁的脑袋，回答："两个半。两个大人，一个小朋友。"

店员和皇甫都笑起来。颜烁也傻乎乎地跟着乐。她挑了三张票里中间的那个位子，一边皇甫，一边老于。颜烁感觉很幸福。也许

---

1 美国著名时尚品牌，以牛仔时装著称，中文名称为瑞格布恩。

正因为这种幸福注定不会长久，所以才觉得格外幸福。

颜烁自问：以前在上海，为什么从来没想到制造这样的机会，甚至从不珍惜这样的机会？我们总是觉得自己很忙，我们总是觉得有很多更重要的事情，我们总是觉得尊严和身份比爱情更重要，所以，我们总是错过，错过爱情，也错过生命。

第一次在香港逛街，第一次从湾仔走到金钟，第一次和两个男人一起看电影，而且看的是一部优秀的香港电影。看到中间，老于小声说："看，这镜头是在你公司楼下拍的！"颜烁兴奋极了，仿佛自己在电影里有份演出或者自己在电影的幕后工作一样。这感觉真的很奇妙，比老于带陈 Sir 去浦东办公室拍 MV 还有趣。

看完电影，老于带他们穿过香格里拉酒店后面的花园。颜烁突然意识到，这里正是她第一次来香港开会时深深迷恋的那家奢华优雅的香格里拉酒店，顿时有了一种如同穿越的恍惚感。

也许世间的一切都是注定的。你注定会在这一生的某一刻抵达你所未曾想到的某地。你注定会在此生的某刻遇到某人。而在相遇那一刻，我们甚至无知无觉。

晚餐地点在码头的西餐厅，刚坐下来，就听到皇甫说："电影开始那段是在这里拍的。"这两个人真是眼尖，也许只是因为这是他们的专业，但不可否认的是，他们对香港岛的每寸土地都如数家珍。

餐厅里灯光盈盈，完美地衬托着雪白的桌布。皇甫很喜欢外面的大平台。平台悬在海面之上，被维多利亚港的璀璨怀抱着。颜烁的眼睛都看直了，嚷着要拍下这如梦如幻的情景，被皇甫白了一眼，说："反光，拍不出来的。"

这就是颜烁了，虽然技术极其菜鸟，却极有勇气，一直在无知者无畏地迎着反光拍个不停，还是当着专业摄影师的面。

巨大的龙虾、生蚝、贝类的三层拼盘端了上来，这华丽丽的阵势！颜烁顾不上吃，又忙着拍照，发微博。

老于说："又拍，又拍！烦死人了！"

皇甫不紧不慢地接着问道："没有微博你会怎样？"

老于说："她不会怎样，因为她还有豆瓣……"

两人一唱一和到天衣无缝。

时间过得好快，转眼就十一点多了，颜烁还要坐船回宿舍，不能久待。舍不得维多利亚港的夜色，舍不得分域码头的美食，也舍不得一天下来已然情比金坚的三人组。

皇甫看穿了她的心思，淡淡地说："你可以住我家。"

颜烁心中一动，可是，皇甫的病况和他之前的拒绝又让她犹豫了，还是选择急急地打车告辞。赶到中环码头，才发现最后一班船已经开走了。真是人算不如天算！不，应该叫上天怜我心。

颜烁又打车回来找皇甫和老于。三人一起在皇甫家楼下的一间小居酒屋聊天。颜烁在幽暗的灯光里拍下了这两个男人的剪影。

我想要的，只不过是大家可以这样开心地一起慢慢老去。八十岁的时候，我拿出今天拍的照片，嚣张地说："要不是当年我不停地给你们拍照，就凭你们现在的老年痴呆，一定什么都不记得！"

颜烁在心中默默祈祷：愿我们一切都好，愿皇甫好起来。

晚上回到皇甫家。住在可以看维多利亚港的铜锣湾豪宅里实在是太方便、太安逸了！对岸灯火通明，家里连灯都不用开了！

皇甫显然是累了，咳得厉害。身体这么虚弱，要不是因为心里开心，想必无论如何也撑不到这么晚。颜烁简单地洗漱，自觉地不再和皇甫说话，躺在沙发上，准备随便对付一夜。

刚躺下，皇甫说："别烦，上床睡。"

当下颜烁开心得如获大赦，跳起来跑进卧室。皇甫家的床不大，她小心地窝在床的另一边，生怕打扰他休息。哪怕是只能看着他入睡，都是幸福的。

皇甫身上有淡淡的香味，那种熟悉的味道还在，只是变得更淡了。生病让他的呼吸变得困难，半夜他悄悄地起身，到洗手间剧烈地咳起来。

颜烁哪里睡得着。从未听过这样的咳嗽声，有一种挣扎的惨烈，如同从地狱传来的一样，听得颜烁五内俱焚。那一刻，她在满室黑暗里睁开眼睛，仿佛看得到死神的手臂。

在生死面前，我们是脆弱的，我们不能谈判、不能拒绝、不能反抗，只能默默承受。颜烁看了看时间，凌晨三点。万籁俱寂的深夜，只有皇甫一声紧似一声的咯血声。

这一夜，颜烁陪着皇甫，孤独地和命运对望。

爱已无法回头

皇甫在洗手间咳到早上五点才回到床上。他病得痛苦，颜烁的心里更痛苦。肺癌末期，癌细胞会扩散到脊髓，皇甫会比现在更加生不如死，颜烁不知道到时自己要怎么挨过去。

不知道那一天什么时候来，也不知道自己到时能怎么做，这大概就是——绝望。

颜烁在绝望的情绪里默默地想：如果我有足够的钱，我会用私人飞机把皇甫送到美国，让他接受最好的治疗。钱是有用的，它不是用来炫富的，它应该用来救人。就算你觉得自己能够吃苦，能够看开，也不要就此觉得自己超然脱俗，有一天你一定会为没钱而痛苦。

可是，就算送到美国，癌症始终是癌症，付出一切努力，只怕还是免不了一样的结局，到那时，我会不会更难过？颜烁陷入自问中。答案是不知道。她就这样混沌地在对皇甫的心痛和对自己的失望里睡睡醒醒。

早上颜烁很早就要起床上班，闹钟响的时候真的很想死。生活和工作还要继续，颜烁真希望自己有钱或者有机会找到最好的药。

中午依旧是和老于、皇甫一起吃午餐。有了他们，颜烁中午再也不是孤单一人。而她内心所希望的是，有了他们，人生也不再是孤单一人。

也许正是因为人生太过悲哀，我们才有所期待。

午餐地点在一家老式的酒楼，喝汤、吃点心，有点像是下午茶。皇甫穿一件材质拼接的藏蓝色衬衣，看上去很特别又不招摇。他的肩膀宽阔，把衬衣穿得格外伸展。老于高大一些，穿一件有型的T恤。两人在中环诸多西装革履的人中，气质卓然不同，淡定却显眼。

颜烁这个大近视眼都能在酒楼的人群中感受到他们所在的位置，这大概就是传说中的气场。和他们两人在一起，是一件很能满足虚荣心的事。席间皇甫说开始吃他们给他买的中药，吃完之后舒服很多。

颜烁和老于都松一口气。皇甫还给了老于一大袋烟，说快死了，这些都派不上用场了，索性送给老于。他用开玩笑的语气说出来，颜烁和老于也配合地笑了起来，笑得无比揪心。

人生本来就是一场戏，只是没有人知道剧本。我们那么努力地演出，我们把所有的痛苦都藏起来，我们把所有的幸福都写下来，我们以为这样下去就是一出喜剧。

晚上公司聚餐，颜烁完全不想去，她不想浪费任何一点和老于、皇甫相聚的时间。老于说他也一样。他已经推掉了所有内地的工作，安心地留在香港，陪皇甫到最后一刻。公司的聚餐吃到一半，颜烁就找借口溜了，去铜锣湾找他们。

结果两个大男人结伴去看电影了，让颜烁等着。颜烁无语地跑到百脑汇看苹果的产品。她一直想在宿舍楼下的鸟语花香里跑步，需要买个最小号的iPod shuffle[1]。虽然只要三百多块，看来看去还是

1 苹果公司生产的一款轻巧的音乐播放器。

不舍得下手。

第一个月的薪水还没发，还有房子要养，还有老于的债要还，还希望能攒点钱帮皇甫治病。正看着，他们俩的电影散场了。于是一起去吃夜宵。

皇甫说澳门茶餐厅的红豆冰最好吃。他看看颜烁，又重复道："要记住，以后自己就可以找到了。"颜烁的心里又是一酸：我不要自己来。如果你不在了，我永远都不再来。

消磨到很晚，皇甫又说："你可以住我家。"

想来想去，颜烁说："算了，我还是回宿舍吧。楼下有花园，早上可以跑跑步。"

皇甫补充道："我家隔壁就是维多利亚公园。"

于是，颜烁第一次知道，香港还有个公园也叫维多利亚。于是，她又没走。当然，又几乎一夜没睡。

连续几天无法正常睡觉，颜烁撑不住向汪明请假。汪明实在是个好人，给了她一个台阶："你回上海出趟差吧，把个人资料整理一下，拿回香港办身份证、银行户口和电话卡。"

其实颜烁根本不想出差，只想每分每秒都跟皇甫和老于在一起。不过汪明考虑得很对，是要处理一下这些事情。

下午才起床。房间里都是皇甫身上的微香。颜烁在阳光里静静地看着熟睡中的皇甫。那个迷人的皇甫一直都在，一直都像她第一天遇见他时那样。他头发乱乱的，陷在大大的枕头里，苍白温柔，婴儿一样芬芳。

颜烁的整颗心都消融在午后的阳光中，一直等到皇甫醒来，才若无其事地跟他一起去吃下午茶。

出门的时候，皇甫从桌上拿了两枚硬币。香港的天好蓝，阳光好暖。皇甫还穿着颜烁送他的蓝色拖鞋，精神得很。路过街口拐角，看到一个漂亮的小姑娘，皇甫顺手把两枚硬币给了她。小姑娘笑得很甜，递给皇甫和颜烁一张心形贴纸。

皇甫带颜烁去了翠园。颜烁记得那么清楚，这正是她和 Mandy 来过的地方。时光倒转，那时的 Mandy 幽幽地说："如果每天都能这样吃早茶就真是太爽了。"那时的颜烁看着周围悠闲的家庭，幽幽地接上："如果每天都能这样活着就真是太爽了。"

那时的颜烁想到上海那岸的皇甫，莫名地产生了一种和他有关的幸福感。现在，她仍然认为，如果将来有一天，真的老到要坐轮椅，那时也能和皇甫一起过着这样的生活，真的会很幸福。可是皇甫可能已经等不到和她一起老去的那一天了。

看了看正在研究餐单的皇甫，颜烁的心猛地一痛。千难万苦，在那么多可以破灭的巧合里，在自己跨越千山万水来到的彼岸，当自己终于可以真正地了解皇甫的生活，皇甫却要离开了。

回到宿舍，颜烁收拾好行李，奔向机场。赶时间跑得一身汗，脱下外衣才发现上面被贴了个东西。仔细一看，竟是街角的那个女孩子递给皇甫的贴纸，红色的心，上面还写着"香港明爱"。原来是一家慈善机构。

皇甫这个家伙什么时候贴在她外衣上的？好幼稚啊！想到他不动声色的淘气，颜烁傻傻地笑了。原来皇甫是特意准备了硬币要给慈善机构的，那么自然和顺手，想必是这样做了很久，养成了习惯。他总是在不经意间让人觉得温暖。

上了飞机，颜烁才觉得心里空空荡荡。就这么离开了香港，离开了皇甫，连一个拥抱都没有，苍凉如未曾来过。

生命不过一梦，我们何必那么执着。

下了飞机，匆忙坐上熟悉的方向盘在左边的上海出租车，听到司机师傅熟悉的上海话，颜烁的眼泪突然涌出，没有任何征兆。

颜烁的心里又痛又怕。痛的是她离开香港的日子里，皇甫一个人在深夜里绝望的孤立无援的喘息和咳嗽；怕的是她离开的短短数日里，香港已不再是以前的香港，维多利亚港还在，那个健康的皇甫已经不在。

人在上海，却归心似箭。颜烁头一次感觉到自己已经属于香港，一踏上彼岸，就再也回不了头了。爱情，亦是如此。可她没有爱情，以前是不愿意相信，现在，就算相信也无济于事。

司机师傅很体贴地将车里的音乐声调大，稍稍盖过了颜烁的哭声，竟然是陈 Sir 在颜烁原先公司拍 MV 的那首歌。那时的皇甫和老于是颜烁的人生中遥不可及的天鹅；那时的颜烁只是一只井底的青蛙，压根不知道彼岸的模样；那时的上海还是她生活和工作的全部，也是她未来人生的全部。怎么一眨眼就全变了？颜烁想：我应该开心的啊，可是为什么我哭得天昏地暗？

有一种变化，是我们无力掌控的。一切冥冥中皆有注定，该来该去，全不由己。我们终于，不得不，敬畏生命，敬畏因果，敬畏神灵。

眼泪是滚热的，因为我们用尽了心里的温度。

哭得太久，这天晚上，颜烁开始发高烧。在睡梦中昏沉得分不清现实和幻觉。击倒颜烁的不仅仅是累和难过，更多的是一种深入骨髓的漂泊感。这种深深的漂泊感来自于香港的陌生，来自于皇甫的病，更来自于经济的窘迫。

颜烁拿到了在香港公司第一个月的试用期薪水。虽然少，却解了燃眉之急。撑着高烧未退的身体，颜烁奄奄一息地爬到离家最近的取款机，一笔一笔地取钱。港币换成人民币的手续费奇贵，取款机每次只能取三千元，每取一笔都要单独收费，每取一笔心都在滴血，每取一笔都觉得体温又升高了几度。取了钱再拖着发着高烧的身体到不同的银行还上海房子的贷款和信用卡欠款。

漂泊感很难讲清楚是什么，但有了它，你会懒得做你之前想做的任何事，却疯狂地想见各种聊得来的人。

重遇初恋

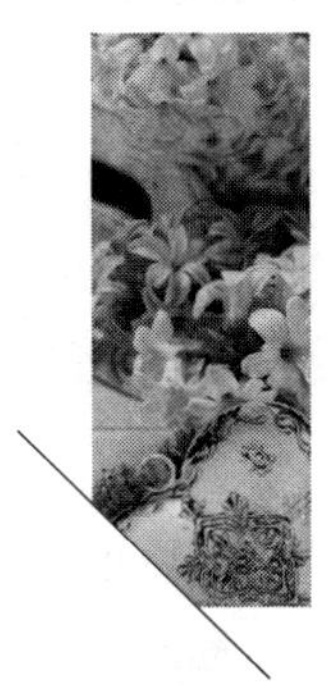

上海初秋的傍晚，颜烁穿过大半个城市去赴一个十年之约。上海这座城市的每一个地方都有着某年某月某个人留下的某些痕迹。有些痕迹还看得到，有些痕迹却隐藏在内心深处，偶尔泛起或疼痛或冰凉的感触，看不到，却总是记得。

前男友 Eason，那个让颜烁决绝地剪短了头发的人，从第一次见面到分手后这一次的约见，时间已经过去了整整十年。

太久不见，他仿佛已经不太认得颜烁。还记得十三岁那年，颜烁第一次到上海市区参加表姐的婚礼，在婚礼上认识了他。

Eason 比颜烁大六岁，香港人，那时正在香港读大学。虽然他自认为已是大人，但仍然只能和颜烁这些孩子坐在一桌。他的普通话说得很标准，带着台湾口音。他的母亲是日本人，父亲是台湾人。他在日本出生，在台湾长大，后随父母到香港定居。这一切，让他和颜烁这些从江南小城出来的第一次来到繁华大上海的孩子截然不同。

十三岁的颜烁，刚完整地看了一遍琼瑶阿姨的书，正是对爱情充满朦胧幻想的时期，Eason 就像一部完美爱情小说里的完美男主角，在一个最完美的场景里出现了。

这段感情一直封存在颜烁的青春记忆中，却给了她考大学的原动力。她拼命地考入了上海的大学。现在想来，Eason 算是她生命里出现的第一只天鹅。原来，颜烁一直都是一只不安分的小青蛙。

入读上海的大学后，颜烁经常周末去表姐家蹭吃蹭喝。某一个周末，Eason 出现了。他显然已经不记得颜烁，所谓女大十八变，颜烁已经不是那个第一次进城的小女孩。

颜烁当然记得他，于她，这是一个六年后的重逢，对 Eason 来说却是初见。十九岁的颜烁重遇了二十五岁的 Eason，后面发生的事情也是自然而然的。

彼时的颜烁因为圆梦而欣喜、沉醉，觉得爱情果然如小说里描绘的那么美好：儿时的暗恋、青春的初恋、成年的爱恋，都是同一个人，人生的轨迹竟然可以如此圆满，从相恋携手到结婚生子，从此相濡以沫，白头到老。Eason 也正经八百地和颜烁讨论过毕业后结婚的事情，打算婚礼场地就选在表姐当年结婚的地方。

就在颜烁毕业前夕，Eason 回香港过新年，在香港的马会里认识了一个混血女孩子。也是一个偶然的机会，颜烁在他的手机里发现了两人亲昵的自拍。那一刻，颜烁如浸冰水，冷得周身的血液仿佛都凝固了。琼瑶阿姨的书里可没说劈腿的事情！颜烁想：我再也不相信爱情了！

颜烁毅然决然地说了分手，不料对方连道歉都没有。一段看似完美的恋情最后居然完全没有挽回的余地。所以，不要怪男人骗你，如果他肯骗你，至少他还不愿意失去你；当他根本不在乎失去你时，那就是连骗都懒得骗了。

那时的颜烁年纪还小，涉世未深，外加性格单纯刚烈，名义分手实则被甩之后，一气之下做了很多毅然决然的错事，剪了头发，开始化妆，开始买醉，夜夜笙歌。

与 Eason 分手之后三年，颜烁再没有过固定伴侣，如同浮萍一样，载浮载沉于繁华都市。在那个被漂泊感、无力感彻底打倒的夜里，颜烁突然想起了 Eason，试着拨通了他的电话。他的手机号码居然没变。这也算是缘分吗？颜烁想不明白，只是决定去赴这个十年的约。

Eason 比颜烁早到，外表看上去依然没什么变化。当他看到颜烁走来，眼神很复杂。颜烁的心情倒是异常平静。

Eason 说："好久不见。"

颜烁笑笑："好久不见。"

Eason 神色复杂地说："听说你去香港工作了？"

颜烁自从自暴自弃就没怎么去过表姐家，不曾想对方对自己的近况还是挺了解的。她又笑了笑，算是回答。

Eason 说："你变了。"

颜烁说："你没变。"

他的表情有点尴尬。

颜烁补充道："不变也许是好事，很安稳。"

他低着头，说："不是所有人都和你一样幸运，可以去香港工作。"

仿佛拨云见日一般，颜烁的心情就因为这么一句话，陡然明亮了起来。是啊，不是所有人都可以和她一样幸运地去香港工作。有变化的人生是会漂泊，可也会成长。

十年之后，来自上海周边小城的颜烁去了香港工作，而自幼定居香港的 Eason 反而要回内地来讨生活。面对这个曾经让自己痛不欲生的男人，面对这只曾经看起来很遥远的天鹅，面对这些打倒过自己的挫败和迷茫，此时此刻的颜烁已经完全释然了。

当我长出自己的翅膀，我再也不必仰望别人的飞翔。

这一次和前男友的见面很是愉快，至少颜烁很是愉快。

颜烁承认自己车开得不好，所以慢点开；承认自己英文很烂，所以天天看英文报告恶补；承认自己很爱花钱，所以尽量少逛街，少被广告诱惑；承认自己记性很差，所以天天加班，熬夜看资料。任何不够好乃至烂到底的情况，总会有一个简单的解决办法，只是需要持之以恒地去加以改善。

至少，颜烁开始知道，漂泊感的背后，是一个越来越坚强、越来越优秀的自己。

Eason 说他快要结婚了，颜烁坦然地祝他幸福。

第二天，颜烁一个人拖着大行李箱再次踏上去往香港的这条艰难的路。

筋疲力尽地回到宿舍，看到公司人力资源部发来的邮件，要求颜烁去考公司内部的入职资格认证，是和香港的法规、公司的制度有关的考试内容。据说每年都有人好不容易过了面试，却被这个小考试放倒。

点开附件里的复习资料，颜烁顿时觉得苦海无涯。几百页密密麻麻的资料！赶紧跟老于和皇甫通报了一声，这几天要全力准备考试。

白天要上班，只能利用晚上的时间看资料，颜烁三天只睡了七小时，又刷新了自己的熬夜纪录，比混酒吧那阵子睡得还少。

机考，考试成绩当场就出来，排在颜烁前面的几个国际部的老外撕书的撕书、骂娘的骂娘，终于知道老外也有不淡定的时候。轮到颜烁，分数出来了，还好，87 分，优秀。颜烁结结实实地松了一口气，高兴得都忘记困了。

行走在人生路上的我们就像是打游戏、过关卡。颜烁不知道前面还有多少关卡等着自己，只知道过了这一个小小的关卡，就可以再见老于和皇甫。

快乐是短暂的，痛苦是长久的。若每一次小小的快乐都懂得珍惜，是不是人生就会容易一点？

最幸福的时候最痛苦

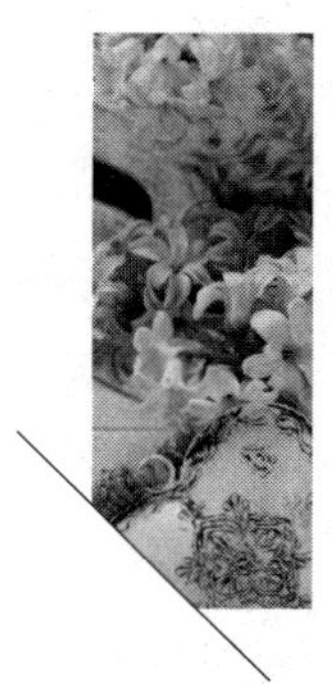

香港很大，但香港岛很小。当好多人张嘴就说“香港好小”的时候，颜烁就会在心里默默地骂“没文化”。香港总管辖面积是2755.03平方公里，其中陆地面积1104.39平方公里，水域面积1650.64平方公里。

而大家都觉得大得没边的北京，市区面积也仅仅是735平方公里。当然，北京还有一万多平方公里没人去的山地。上海倒是大，但是建成区面积也不过1500平方公里。其他的中小城市更别提了。

抛开面积不谈，香港是个真正的立体都市。以颜烁的公司为例，大门外二十来步的距离，有十多家不同银行和五家不同的电信公司，至于餐饮和商场，更是数不胜数。

当然，香港岛很小。但是，香港岛只是香港的一部分！香港是由香港岛、九龙和新界三部分组成的，其中最繁华、最优雅的当然是香港岛。

这种区域分布是有历史由来的。香港的三部分分别来源于不同时期的三个不平等条约。1842年，中英签订《南京条约》，清政府割让了香港岛；1860 年的《北京条约》割让了九龙半岛；1898 年，中英签订了《展拓香港界址专条》，强租新界，租期为 99 年，直到 1997 年 6 月 30 日才算结束。

对英国人来说，割让和租不是一回事。于是英国人很拿香港岛当回事，按照英国的建制来建设，当时所有在香港的英国人都住在香港岛。所以，过去住在香港岛的人非富即贵。九龙地区隔着维多利亚港，也是割让，英国人也下了点力气建设，不过，和香港岛相比，档次就低了不少。再到新界，那是租借地，是将来要还的，英国人直接忽略不计了。新界的发展直到今日也远远落后于香港岛，历史使然。

感谢香港岛的小而全和香港政府的高效，颜烁在一小时之内办完了自己的电话卡、信用卡和身份证。香港的手机话费便宜得不像话，还可以签约送手机，很划算的套餐。颜烁用的是 iPhone 4，想到皇甫的手机已经用了很久，索性签了一个 iPhone 4 送他。如果颜烁有足够的钱，她真想把全世界都买下来送给皇甫，让他在最后的日子里过得无忧无虑亦无憾。

拿着手机，颜烁蹦蹦跳跳地回到办公室，喜滋滋地想：以后皇甫上微博就方便多了，等他也依赖上了这部新手机，以后我闷头刷微博、玩手机，他就不能说我啦！

一天之内搞定了考试，办妥了信用卡和身份证，又有了电话卡，颜烁顿时又自信满满起来，用新号码给皇甫和老于打电话，问他们晚上准备在哪里给自己庆功。

打完电话已经是下班时间，颜烁走上半山去逛逛。半山上很清静，与喧闹的中环形成极大的反差。有很多有品位的小店和画廊，也有老外把整栋旧房子买下来，重新装修后再住进去，让人有一种置身欧洲的感觉。

颜烁逛到出不来的一家小店，店主是一个法国女人，里面有很多很漂亮的连衣裙。颜烁前前后后试了差不多有二十条，终于选定一条。店主很友好，一直不停地给她提供建议，一点都不嫌她烦。

老于和皇甫转眼就到。小小的香港岛真好。在店里就听到皇甫远远的咳嗽声。他在阳光下面静静地站着，在画廊的门口站成了一道清新的风景。

皇甫转身看了看迎面走来的颜烁，挑剔地说："衬衣不合身，要改。"颜烁白了他一眼，都病成这个样子了，还这么挑剔。

老于开了辆车，要载他们去西环吃海鲜、看落日。颜烁第一次上香港的私家车，很是新鲜，又是第一次去西环吃海鲜，高兴得不得了。

皇甫撇撇嘴说："高兴什么，有什么特别。"

颜烁也撇撇嘴，简直懒得理他。

虽然是下班时间，但是香港不堵车。老于开得如行云流水一般，几分钟就到了西环。在餐厅坐下点完菜，西边的太阳还没落，金灿灿的，挂在海中央小岛的山头上。海上偶尔有大船静静驶过，美得像一幅画。

颜烁和老于一人干了一碗啤酒，消解了夏末的温热。这家餐厅的海鲜无敌新鲜，颜烁吃得完全顾不上说话。老于和皇甫看她吃得欢，便自顾自用广东话聊天。颜烁也不在乎，和他们在一起，即使什么都不说，心里也觉得很踏实。

吃喝聊天到很晚，皇甫笑眯眯地说："好，请大家吃甜品。"真是典型的皇甫的风格，永远都忘不了甜品。颜烁都已经撑得半死了，摸着圆滚滚的肚子，咬着牙跟着去吃甜点。

源记甜品专家的全蛋鸡蛋糕和桑寄生莲子蛋茶，皇甫说这才是最传统、最正宗的香港甜品，以前的妈妈都会做。可惜现在渐渐没人会做了。我们的传统，似乎一直在消亡。

其实颜烁也没吃出这个号称全香港最传统、最正宗的甜品有多么好吃，这大概也是传统渐渐消亡的原因。当我们面临的选择越来越多，当新事物的诱惑越来越多，旧事物就会被忘却、被抛弃，爱情也是如此。

第二天，本就没上几天班的颜烁终于正经地开始上班。香港人的工作效率太高，搞得她压力很大。市面行情不好，房子卖得不顺利。汪明被上面要求出几个市场报告，这活儿自然又落到了颜烁身上。内地人在这家公司里的优势就是比其他同事更了解内地。

颜烁吭哧吭哧地写了一整天报告，中午抽出半小时的空闲和老于吃了顿简单的午餐。好心的老于怕她孤单，时不时还会过来找她吃饭。

报告的核心内容是降价降价再降价。汪明的眉头皱得舒展不开，颜烁的心里也紧张得放松不下来。快下班的时候，汪明说："你先走吧。报告放我这里，我再想想。"

解放了！颜烁奔去和老于、皇甫见面。今天老于搞到了三张《全球热恋》首映式的票。第一次参加首映式啊！颜烁又激动了。来了香港以后，太多太多的第一次，每一天都是新的。

看电影前颜烁去了皇甫家，献宝一样把昨天买的 iPhone 4 给他。皇甫不肯收，说自己不会换手机，觉得 iPhone 4 太贵了，让颜烁省点钱，或者自己用。颜烁没理他，把手机放在桌上就要下楼。皇甫拦住她，给了她一个最新的 iPod shuffle，说："想跑步听歌是吧？在苹果店里看半天都不买，给我就买 iPhone 4，你真是够笨的。"

读心术。颜烁想，他还是那个能随便读懂自己的皇甫。读得懂，是因为在乎。礼物是否珍贵和价格是没有关系的，礼物珍贵是因为送礼物的人用心。

皇甫真的没有换手机，颜烁依然坚持着，把手机放在了他家里。

吃饭的时间不多，三个人在皇甫家楼下的住家菜馆[1]快速地解决

1 "住家菜"是香港及广东地区的方言，即家常菜。

晚餐。

还没进门，服务员就喊：“三位……皇甫先生……”

颜烁说：“你经常来？”

皇甫说：“没约朋友的时候总来。”

颜烁的心一阵抽痛，这个男人是怎样挨过那么多的寂寞的？

住家菜没有味精，是很健康、很传统的广东菜，汤煲得也不错。颜烁好动，又忍不住拿手机拍来拍去，把老于和皇甫烦得够呛。室内的灯光太暗，总也拍不好，皇甫一把抢过她的手机，随便调了几个什么，就咔嚓拍好了。

拿过手机一看，颜烁肃然起敬，果然是大摄影师，效果天差地别啊！免不了向他投去景仰的目光。

老于用筷子敲敲她脑袋：“快吃！对他来说是小意思啦！”

颜烁止不住地笑，嘚瑟地发了微博，这可是大摄影师拍的呢！

夜晚的铜锣湾好热闹。高高大大的老于在前面大跨步开路，皇甫不紧不慢地淡定地跟在后面，颜烁则像一只被火烧了屁股的猴子，东蹿西蹿，一会儿给他俩拍照，一会儿溜进街边的店里看一眼，再去追赶他们。

首映地在铜锣湾的影院。影院前有很多很多人在排队，老于和皇甫带着颜烁站在一旁。

颜烁土土地问：“我们不排队吗？”

老于和皇甫异口同声地说：“不用。”

颜烁抬头看看他俩，他们一直不停地向队伍里的人点头微笑。

颜烁又问：“他们是谁？”

老于说：“电影人。”

皇甫说：“朋友。”

颜烁惊异地问：“这么多电影人都是你们的朋友？！”

他俩非常默契地同时没有理睬她。

电影放映厅里人头攒动，大概好多人都是互相认识的，彼此熟络地打着招呼。首映礼的票上没有座位号，颜烁他们就随便找地方坐了。颜烁坐在老于和皇甫中间，想到还没看到明星，好不甘心。于是，她又像只火烧了屁股的猴子一样蹿出去看明星。原来明星来得都比较晚，正在外面接受采访、拍照。

颜烁走到一个被采访的大哥面前好奇地看来看去，他朝她笑了笑，她认不出来他是哪个明星，悻悻地溜达了一圈，回到座位上。

老于幸灾乐祸地问："看到明星了？"

颜烁闷闷地说："大概是个新人吧，不认识。"

老于说："奇怪哦，这部电影里面没有什么新人的。"

颜烁不理他，兀自发着微博。过了两秒钟，微博下面有个姑娘评论说："郭富城啊！"颜烁不由得定睛一看！妈呀！真是郭富城！那个对我笑的大哥是郭富城啊！自己是有多眼拙，就这么错过了郭富城！

电影里面的女主角好漂亮，颜烁嘀咕："这谁啊？"老于忍无可忍地憋出一句："Angelababy！"

这电影也许不算多好，但是把颜烁看笑了，也看哭了。陈奕迅掉下那滴眼泪的时候，颜烁开始泪奔。不管相不相信爱情，都是时候来场热恋了。总有些事，事后才能明白；总有些错，错过才能醒悟。最后，你发现，永远地分开才是不可抗拒的必然，努力地在一起才是你们可珍惜、可把握的唯一可能。

皇甫，我不要分离。我要我们永远在一起。颜烁在电影院的黑暗里大滴大滴地掉着眼泪。她知道终有一天自己会伤心欲绝，但此时此刻，她是真的喜欢，真的开心，真的珍惜。

看完电影，三个人又去了皇甫家楼下的小居酒屋。一室的烛光昏暗，老于抽完的烟蒂在烟灰缸里渐渐退去热度。皇甫用纸巾垫着，用自己修长的手指慢慢地把烟蒂摁熄，干净得如同往常，挑剔得如同往常，容不得一丝不美好。

颜烁依然沉溺在皇甫患肺癌的魔障中伤心欲绝。这一刻，三个人沉溺在各自的悲伤里，无言以对。

这一晚，颜烁住在皇甫家。能住在皇甫家是一件幸福的事情。闻着他身上淡淡的香气，看着他入睡，仿佛他的气息、他的一切沁进了自己的身体，成为自己的一部分，他们再也不会分离。

真实的夜晚却是痛苦的。凌晨三点，皇甫又开始剧烈地咳嗽，那声音像是从地狱传来，撕心裂肺。他又吐血了。

颜烁的心中充满了恐惧。这个房间里到处都是死亡的气息，仿佛看得到魔鬼的影子飘浮在房屋上空，黑压压的，让人透不过气。

皇甫又在洗手间咳到早晨六点。其间的分分秒秒都是让颜烁难以抵挡的噬骨钻心的痛苦。她现在才明白那种宁可用自己的生命换取爱人生命的心情。如果真的可以换，颜烁会哀求上苍：让皇甫活着！让我早点死！让我死吧！

皇甫怕吵醒颜烁，小心翼翼地开了卧室的门，轻轻地躺回床上。颜烁不敢哭，不想让皇甫知道自己的痛苦和担心，只能假装睡熟。

只愿来日方长

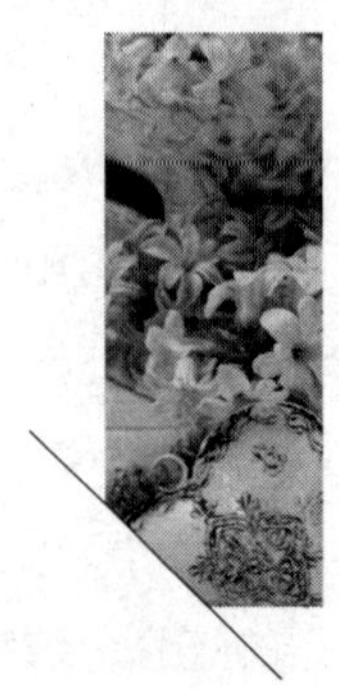

上班的时候，连续几天没有睡好的颜烁只觉头痛欲裂，开始大杯大杯地灌咖啡。

临近中午，皇甫大概醒了，给颜烁发了条短信：“去做头发，地址是……”这家店在圈内很有名，Robman 是皇甫和老于指定的发型师。说到底，还是皇甫这眼里容不得沙子的家伙又嫌颜烁的发型难看了，他是有多难伺候？

这家店与公司只隔一条街。颜烁午休时强打起精神去了，前台不让进，说要提前预约。刚好 Robman 走过，一听是皇甫介绍的，就让她进去。

Robman 好帅！像极了男模！颜烁暗想，做发型师真是可惜了。他的普通话讲得差，根本不问颜烁的意见，让助手给颜烁洗完头就直接开剪开烫，足足折腾了三小时。最后一次洗完头发，他帮颜烁吹干定型。颜烁从杂志上抬眼，登时觉得镜子里的自己是个前无古人、后无来者的大美女啊！

当然，神来之笔也不便宜，花了颜烁两千港币。与上海同等级别的店相比，颜烁觉得还是很划算的。不用说，下午上班又迟到了，颜烁偷偷摸摸地回到座位。幸好没人发现，中午不用打卡真是便民举措啊。

换发型变美了，真的让人心情好。颜烁从公司六十层楼的落地窗向外看去，维多利亚港在阳光下澄澈透明。

我知道终有一天自己会伤心欲绝，但此时此刻，我是真的喜欢，真的开心，真的珍惜。

晚上和老于、皇甫相约去店小二吃饭。那么好吃的食物！熙熙攘攘的人群，地道的香港感觉，排档中的五星级。也难怪这家店火得不像话，颜烁到的时候店门口坐着几十个等位的人，鸡施大哥忙得团团转。

颜烁趾高气扬地走进包房，老于和皇甫在里面等她。拿着菜单狂点一通，什么都好吃，什么都想吃。颜烁还是老样子，上一道菜就忙着拍照、发微博。最好喝的冰啤酒也上来了，喝啤酒的海碗是冰过的。颜烁又要拍下来发微博的时候，老于终于抓狂了："他妈的啤酒你都拍！拍完了就不冰了！！"

看他那气急败坏的样子，颜烁乐不可支，突然发现皇甫同学今天很安静嘛。转身一看，皇甫同学正拿着颜烁送他的手机，淡定地发着微博。

皇甫说医生让他开始做化疗了。想到化疗后遗症，颜烁好担心他漂亮的头发。他说他已经找了很多朋友，朋友们介绍了香港最好的医生给他，应该不会掉头发。他已经做好准备，中西医一起治。有希望总比没希望好。

晚上回到皇甫家。皇甫拿出一件自己的棉 T 恤给颜烁，淡淡地说："穿这个，把衣服换下来，给你洗了。你以后放几件衣服在这里吧。"

颜烁一时竟然没反应过来，皇甫让她把自己的东西放在他家！

通常男人做出这种表示就意味着他不怕别人知道两人的关系，同时也是承认了你是他家里合理的存在啊！

躲到卧室里换上皇甫的T恤，颜烁得意地横着走出房间。皇甫半笑着打量着她说："为什么我的衣服你能穿？"

颜烁说："我怎么知道？！"

他说："因为你胖。"

颜烁瞪他一眼，自顾自趴在大大的整块木料的写字台上玩电脑。过了一会儿，皇甫走过来，温柔地握住她的手腕。颜烁的心瞬间融化了。太久太久，她与皇甫毫无肌肤之亲，连握手都没有。皇甫的温柔，久违了。

皇甫握着她的手腕，拿出一只Cartier[1]的手表比了比。又拿出一些小工具，对着手表捣鼓，把表戴在了她的手上。虽然这不是一只新的手表，但仍看得出来它昂贵的身价，它带着历史感的经典、精致和简洁。皇甫的品位实在很好，淘来的每一样东西都很漂亮。

颜烁抚摩着手表问："古董？"

皇甫说："不算。这是我的第一块高级表。年轻时，谁都有个买块好表的梦想。我的第一块好表就是这个。戴了很多年了，送给你。可能被我戴得有些脏，你取下来，我擦擦。"

颜烁赶紧捂住手表："我不要擦！我要你的痕迹！"

皇甫又突然问："你是不是不喜欢戴表的？"

颜烁忙回答："喜欢！喜欢！"

颜烁的回答倒不是违心的，是真的喜欢。每次坐飞机不能开手机看时间的时候，她都很焦躁，非常想买块手表。就像皇甫说的，年轻时，谁都有个买块好表的梦想。这个梦想太昂贵，她连买几百块钱的iPod shuffle都要费上一番踌躇，怎么舍得买表呢？这只手

1 卡地亚，法国著名钟表及珠宝制造商。

表，皇甫的第一块好表，颜烁拥有的第一块手表，注定会被颜烁无比珍惜。

这天晚上，颜烁开心得戴着手表就睡了。

凌晨三点皇甫开始咳嗽的时候，轻轻地帮颜烁摘下手表放在床边。与此同时颜烁也醒了，清醒地在黑夜里听着皇甫的咳嗽声，装睡，心痛在半睡半梦的边缘。

第二天是周六，早晨皇甫终于不咳嗽了，刚准备好好睡一觉，老于打来电话："在你们楼下，起来吃早茶！"

昨晚吃到半夜，早上九点就被叫醒吃早茶真是很让人无语。这种见面频率简直像是在热恋期，颜烁很是无奈。

老于一眼就瞥见颜烁手上的手表，很有深意地笑了笑："你戴很合适。"

吃早茶是香港人典型的生活习惯，或者说，是广东人典型的生活习惯。一大家子一起去茶楼，慢慢吃，慢慢聊。颜烁看着老于和皇甫，心里喜滋滋地想："我们也是一大家子……"还没高兴完，汪明打来电话："明天去向董事长汇报工作，我已经在上海，你晚上飞来。"

天知道颜烁有多不想离开香港，一分钟都不想！她咬着牙接完电话。吃完早茶就回宿舍收拾行李，飞上海。

半夜才回到上海的家里，回到自己家的感觉很安稳，颜烁却怎么都睡不着。她发现自己陷入了无解的局面：人在香港时想念上海的安稳，人在上海时却惦记香港的各种。任何事情，没有绝对的好，没有绝对的坏。人生的任何时间，都是被天使和魔鬼共同统治的。一半是海水，一半是火焰。

周日一早去公司参加董事长的会。报告写的时候还算认真，在这行混了这么几年，颜烁的心里多少还是有谱的。只是第一次见大老板，颜烁有点小紧张，说话也不那么顺溜。

出了门，颜烁惊慌地问汪明："没事吧？！"

汪明没当回事，说："你还会紧张呢？不要紧，实力还是看得出来的。"

颜烁约了以前的同事还有 Mandy 一起吃饭，都是姑娘家，都好久没见，都喜欢香港，应该会聊得很开心吧？

结果却大大地出乎她的意料。Mandy 倒是没什么大问题，颜烁以前的同事却处处冷脸，以一种高高在上的姿态说："在香港辛苦吧？压力大吧？节奏快吧……我们就还是老样子，上班也可以吃吃饭、聊聊天，要我说啊，你当时就不该放弃嘛，毕竟上海好嘛！拿着上海的薪水在香港生活，你得多苦啊……"

颜烁听罢只是笑笑。Mandy 却替她抱不平，说了些在香港的好处和好事，有娱乐圈的人带着吃喝玩乐……

颜烁只是觉得无聊。宁可要自由的灵魂，不可要装 × 的身份。可惜，这个道理很多人不懂。

老于还不知死活地恰在这时给她发了一张他和皇甫在南丫岛游玩的照片，这家伙现在真是专职陪皇甫吃喝玩乐。

南丫岛的天空好蓝！颜烁的心情也瞬间随之明媚起来。她抬头看了看上海灰暗的天空，无奈地笑笑，回复老于说："你俩浑蛋！不带我去！你俩不用回香港岛了！"

Mandy 说："笑什么呢？"

颜烁说："老于他们开车去南丫岛吃海鲜，发照片气我。"

前同事势利地问道："在香港开车很贵吧？老于是那个来公司拍广告的于邵忠吗？"

在青蛙说世界只有井这么大的时候，天鹅从不屑于反驳。现在的颜烁有了自己的翅膀，虽然这翅膀还稚嫩，虽然彼岸风大浪大，虽然世事不如人愿，但毕竟她已经开始飞翔。

Eason 说过："不是所有人都和你一样幸运，可以去香港工作。"

饭局草草结束，颜烁不再觉得这么贵的饭菜有什么好吃，无比想念店小二的喧闹和美味。回家的路上，她看到很多拿着假 Gucci[1] 包的女孩子，不知道为什么会有人买假货。哪怕是买个便宜的无印良品，也比拿假包好吧？

当你拿着假包在分辨不出真假的人面前，你得到的是虚荣；当你拿着假包在分辨得出真假的人面前，你失去的却是尊严。想起已经超脱于众人自在游弋于古董中的皇甫，颜烁觉得皇甫好难得。

颜烁在心里自嘲，到了香港不过短短一个月，想法好像完全不同了。不知未来，只知成长。逼自己成长总是没错的。短短一个月，颜烁不再是从前的颜烁。

每天早上睁开眼，每天晚上闭上眼，颜烁都会静静地许一个愿。这个愿望叫作——来日方长。

1 古驰，全球奢华精品品牌之一，借由其独特的创意和革新，以及精湛的意大利工艺闻名于世。旗下精品包括皮件、鞋履、香氛、珠宝和腕表。

一起度过的每一夜

上海飞香港的港龙航空，整整两个半小时的空中飞行距离。颜烁归心似箭，在飞机上一次次地看表。

这块手表上有着颜烁并不了解的皇甫逝去的青春岁月，也有着她深深了解的皇甫温暖至极的呵护之心。在拥有了这块手表之后，颜烁终于开始明白古董的意义、礼物的意义和纪念日的意义。贵重的不是价格，而是物品的内涵，以及选择时、购买时、送出时的情景和心意。这些物品，因为背后的人和情感，拥有了生命。

颜烁想到自己还没有给皇甫过过生日。她知道他的生日，只是忘记了。从前只觉得过生日好烦人，记得别人的生日很烦人，为别人的生日选礼物更烦人。可是，这时候，她多想给皇甫过一次生日。

今年的错过了，谁知道明年他还有没有生日可以过。

我们都一样。谁都不能保证比别人活得更久；谁都不能保证那些千奇百怪的意外不会发生在自己身上；谁都不能保证今天来不及做的事情，明天还能有足够的时间和机会去做。

我们竟然还这样虚耗生命。

急匆匆地回到宿舍放下行李，颜烁就坐着船漂洋过海去皇甫家看他。一进房门，看见皇甫和一群好面熟的人在聊天。

有个男人和她打招呼说："Laura，是你吗？"

颜烁一愣，半天才反应过来，是在上海威斯汀酒店的咖啡厅里一起喝过咖啡的那个导演，好像叫郑瑞。她不好意思地打个招呼就缩到一旁玩电脑，听见皇甫和他们聊天。皇甫的声音听上去好嘶哑。

颜烁忍不住问："你声音怎么了？"

皇甫说："咳得太厉害，咳破了。"

他们用广东话聊得很开心，皇甫咳嗽的时候会不由自主地捂住胸口。

颜烁瞥见，又忍不住打断他们，问："怎么了？"

皇甫说："前天把肋骨咳断了。"他轻描淡写的口气就像不是在说自己。

当颜烁在上海腻歪着自己的小情小绪的时候，皇甫正在和癌症惨烈地战斗。自此，皇甫每咳一声，颜烁的心里就像被捅了一刀。

旁人永远都不会明白这种痛苦究竟可以有多深，连死亡都无法缓解。

送走了客人，皇甫说："周末去放生吧。"

放生？颜烁从来没去放生过。从小到大她所接受的教育都没有让她产生放生的意识。到了现在，连放生都成了救命稻草。

和皇甫去吃晚餐，出门之前，皇甫给了颜烁两把钥匙："我家里的钥匙，别弄丢。"

颜烁简直乐开了花！皇甫依然面无表情地嘱咐她："来之前要告诉我。"

皇甫家隔壁就是世界贸易中心。很少有游客会到写字楼里逛街，下班时间的大楼里，人不多不少，逛街很是悠闲自在。

皇甫身体很虚弱，走了没几步路，后背就渗出点点汗珠。他趴在一个橱窗前看得很认真。颜烁凑过去，发现里面是一些古董表。

他自言自语："二战前的东西比较美，现代化让所有的东西都可以规模化生产，但是规模化生产就失去了以前那些手工作品独一无二的精致。"

皇甫喜欢的东西都是简单、精致、独一无二的。颜烁渐渐地走近他，渐渐地了解了他的喜好。在古董表的柜台里，那些耳熟能详的品牌都有着别样柔雅的光泽，连纯金的 ROLEX[1] 都褪去了暴发户的外衣，变得优雅得体。颜烁摸着自己手上的皇甫的手表，暗自想：不知道柜台里那些手表，都有着怎样动人的故事。

回过神的时候，皇甫正定定地看着她。

颜烁问："干吗？"

皇甫撇撇嘴："吃饭！反正你也看不懂。"

晚餐在古董表店隔壁的吉列猪扒专门店吃。颜烁想说：炸猪扒这种玩意有什么好吃？但皇甫又是一副跃跃欲试的样子，还叨咕着："这是香港最好吃的吉列猪扒，比店小二还厉害。"

病人为大，颜烁忍了。这一忍，就陪他等了一小时。排了一小时的队啊，这家店是有多好吃？

终于进门，每个人面前放一小碗芝麻、一个小捣锤。皇甫同学很努力地磨啊磨啊，把一小碗芝麻磨成粉。

颜烁坐在那里故作镇定地研究菜谱，不过是些换了高级名字的炸猪扒、炸猪柳、炸大虾、炸生蚝、炸蔬菜……边看边腹诽："炸你妹啊炸？老娘又要起痘痘了！"

皇甫终于磨完了芝麻，抬起头看她："你还不磨？"

颜烁看看自己这碗完整的芝麻，再看看对面皇甫那碗细细的芝

1　劳力士，瑞士著名手表制造商，以庄重、实用、不显浮华的风格广受成功人士喜爱。

麻粉，毅然决然地在三十分之一秒的时间内把他那碗换了过来，然后看看他："你还不磨？"

皇甫白了颜烁一眼，低下头，又开始努力地磨啊磨啊磨啊磨啊……

吃到嘴里才知道，这个吉列猪扒真的非同小可，外表酥脆，内里多汁。从日本空运来的黑豚加上一丝不苟的烹饪工艺，整个猪扒浑然一体，绝不会有内地那些日本料理店里面皮和猪扒分开的窘况。

当你觉得一种舶来的食物不好吃的时候，请务必确认，你真的以轻松愉悦的心情吃到过正宗的好餐厅的地道食物。否则，所有的评价都建立在无知的基础上。

越来越觉得香港好。有那么多人愿意沉下来专心地做自己爱做的事情，哪怕只是一道简单的日本料理。

好吃的猪扒当然也不会便宜，这顿猪扒吃掉颜烁六百大洋，这就是香港。香港所有的基本消费都比上海贵，比如坐地铁很容易花出去十几块，公司楼下的午餐最便宜都要三四十，晚餐随随便便也要一两百。

好处是，相应的质量都比较高，比如地铁干净整洁，四通八达，再便宜的茶餐厅也没有地沟油，一百五十元的晚餐是上海人均三百元水平的服务和口味。在香港，如果你舍得花人均一千大洋，可以吃到很好的龙虾鲍鱼大餐！在上海，人均一千也不觉得吃得特别好。中高端的消费，还是上海比较贵。

又是月底，颜烁看着钱包里不多的几张零钱，开始发愁剩下来的一周要怎么过。人最没底气的时候就是，你想和你爱的人在一起，可你却没有和他在一起的物质基础。

独自回家的路上，码头边的过街天桥上，一个流浪艺人在哀伤地唱着 *Besame Mucho*[1]。

---

1 中文歌名为《深情的吻》，由墨西哥女作曲家 Consuelo Velazquez 所作。它是拉丁美洲家喻户晓的经典爱情歌曲，在全世界广为流传。

Besame，Besame Mucho（吻我，深深地吻我吧）

como si fuera esta la noche la última vez（就好像今晚是最后一夜）

Besame，Besame Mucho（吻我，深深地吻我吧）

que tengo miedo a perderte perderte despues（我好怕今夜之后就会失去你）

听着听着，颜烁的眼泪就流了下来。这曲子本就是作曲者在探视病重的亲友后，忽然感到人生短暂，领悟到要珍惜现在美好的生活和身边的爱人的真情流露之作。那惆怅浓得跨越了国界和岁月。

颜烁想：我在香港的每一夜，都好像是最后一夜；我在香港的每一夜，都怕这一夜以后就会失去皇甫。可是，我连自己都照顾不好。

因为我穷。我痛恨贫穷。

颜烁把手里的硬币放在了艺人的吉他盒里。他停下歌声，递给颜烁一张纸巾，优雅地说：“Good luck！”

颜烁在他的歌声中继续向海边的渡轮口走去。她明白这是人生的低谷，会困顿无助，会漂泊无依；她更明白若没有这样的低谷，便永远不会有重新开始的喜悦和人在顶峰的幸福。

一个人在香港，说到底谁也无法真正地帮助自己，她必须靠自己才能挺过去。

上天不用太仁慈，前方还有多少困顿漂泊，一起来吧！千万别浪费了这难得的坎坷！

不能不爱你

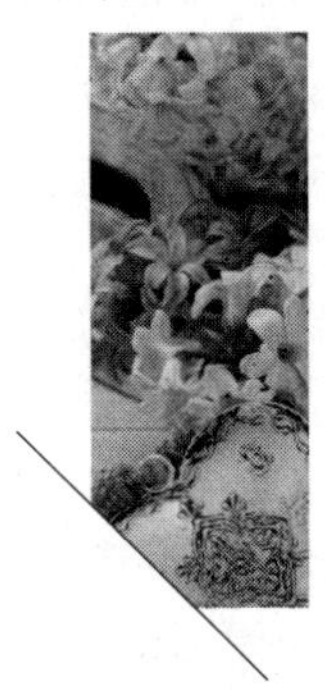

根据皇甫同学的指示，颜烁周末拿了几件衣服去皇甫家，以备不时之需。有了他家钥匙，第一次自己上楼，也不知道该带点什么，于是在楼下买了些水果和矿泉水。

香港的水果超级贵，都只能一个一个地买。买了几个水果就花了一百多块。好在已经熬到周末了，下周一就发薪水了。

今天要去放生。颜烁也不懂什么礼仪，只是穿得朴素一点。皇甫刚刚起床，也难怪，晚上咳得太凶，根本没办法入睡。颜烁等着他收拾自己，饿得眼冒金星。

坐车到北角码头只要五分钟，还来得及吃碗面。颜烁狼吞虎咽地吃了一大碗，皇甫突然说："这是你来香港吃得最多的一次。"是吗？颜烁从没在意过这种事。而皇甫，似乎时时刻刻都在意着她。

北角码头上有很多自海上返回的渔民，带回了好多鲜活的大鱼。来了个白白瘦瘦的女子，叫 Tina，是皇甫的朋友。Tina 人超好，知道颜烁第一次来，一直拉着她的手，带她上船坐下。

船上的鱼更大更多，都是要放生的。主持放生的大师看上去很年轻，但据说道行很高。颜烁听不懂广东话，就看着别人，依葫芦画瓢，照着大家做的事情做，跟着大家一句一句地诵经，写上自己的心愿给大师，然后接过大鱼，一条一条地放回海里。身心俱轻。

船在海上转了一小时，回到岸上。每个人都领了一袋小点心和五十元钱，还有开过光的小挂件。这些都是保平安的。

Tina 的姐姐得了癌症，她来为姐姐祈福。

颜烁写的心愿是："皇甫身体健康。"

晚上住在皇甫家。看到新闻说乔布斯离世了，也是癌症。颜烁心里又难过起来，她说："还好你有了 iPhone 4，乔布斯辞世了……"

皇甫正在用 iPhone 4 给朋友发 WhatsApp[1]，听见了也是一惊，反应过来后说："还好有了乔布斯，我才有 iPhone 4……"

上网看了看微博，全球哀痛，如果用 iPhone 发微博，会显示客户端为"来自乔布斯的 iPhone"。皇甫看了看微博，说："为什么要哀痛，他已经是名留青史的伟人，没半点遗憾，是功成身退。"

颜烁看着皇甫，委婉地说："谁都难免一死，只是舍不得。死亡就是离开。此生永难再见，再见已是来世。距离下次天堂再见还遥遥无期……"

皇甫没有看她，只是低着头，禅悟一般地解释："存活不在于形态，佛千百年来还在跟人见面。"

我没有那么高的境界，我只想你健健康康地留在我身边。颜烁这么想着，嘴上却只能说："有时候想想，真心觉得早死早超生，人世间苦乐参半，也没什么好执迷不悟的。"

皇甫起身去泡了一壶普洱茶，用两只漂亮的小杯子盛放，每只杯子旁边还各放了一颗天坛梅。皇甫说："知道为什么要死，就明白

1　一款跨平台应用程序，用于智能手机之间的通信，用户可即刻接收亲友和同事发送的信息。

怎样去生，开开心心过每一天。这梅是严格沿用古法制的，很贵，尝尝吧。”

清雅的梅香冲淡了颜烁的忧伤。从未吃过这么清爽甜香的梅，合着普洱茶的醇厚，沁人心脾。皇甫真的是个懂生活的人。

是啊，生活这么美好，开开心心过每一天吧。

只是到了夜里，皇甫咳得仍是厉害。他的肋骨伤还没愈合，这咳真的是伤筋动骨。颜烁当然也睡不好，战战兢兢地躲在床的一角。

香港的夜化作地狱，让深陷其中的人每一秒都像是煎熬。凌晨四点，皇甫回到床上。颜烁轻轻地靠近他，小心翼翼地拉住他一只手指，生怕一松手，他就走到了和自己不相干的世界里去。

皇甫的手指还是那么纤长柔滑，在初秋的夜里有着微微的暖意。颜烁握着他的手指，就在这一点幸福的暖意里睡去。只要皇甫在身边，地狱又有什么可怕。

皇甫家的床并不大。颜烁担心会影响他的睡眠，不敢翻身，直到听到他起伏平稳的呼吸，才敢稍稍挪动，轻轻地把头靠在他的肩膀上。皇甫身上熟悉的香味围绕着自己，恍然之间，颜烁以为还是那夜酒店里醒来的自己，看到一个陌生的皇甫安然地睡在身边。

爱，却不敢深爱；深爱，亦不敢表白。曾经远隔沧海，却不知想念；如今近在身畔，也远如天边。

皇甫，我好想你。

天终于亮了。皇甫睡得安稳得多。

今天要去浅水湾，皇甫的朋友开车来接。他的朋友可真多。是一对夫妇，Michael 和皇甫认识很久了，他在内地、香港两边都有生意。Michael 的太太 Yvonne 很安静，只是微笑，不怎么说话。

初秋的浅水湾，阳光温凉，沙滩净白，聆听风声潮起，闻着淡淡的树木香，海滩上只有不多的几个闲散游人。

《倾城之恋》就是张爱玲在浅水湾酒店里写的，她在书里说：

“‘死生契阔——与子相悦，执子之手，与子偕老。’……我看那是最悲哀的一首诗，生与死与离别，都是大事，不由我们支配的。比起外界的力量，我们人是多么小，多么小！可是我们偏要说：‘我永远和你在一起，我们一生一世都别离开。’好像我们自己做得了主似的。”

生与死与离别，都是大事，不由我们支配。比起外界的力量，人是多么渺小！

颜烁坐在浅水湾酒店的咖啡厅里，听着皇甫和 Michael 柔柔的广东话，目光穿过 20 世纪的岗亭和修剪得一丝不苟的草地，一直看向远处茫茫的海岸线。

世事轮回。我们以为自己与前人不同，其实，我们与他们一样：纠结着同样的往事，惆怅着同样的前程。为心灵的浩大而感动，为生命的难测而悲凉。

我们都一样。

在浅水湾的沙滩上留下四个人齐齐的脚印，拍照……一直玩到傍晚，去赤柱吃饭。路上看到很多大别墅掩映在安静的山间，面朝大海，春暖花开。皇甫介绍说这些都是豪宅，有泳池，面积也很大，价格上亿。

赤柱很像欧洲的小岛，有很多外国人在路边看海、聊天、吃东西，悠闲得要命！

在美利楼里吃晚餐。美利楼是一座很有历史的建筑，1844 年建于中环。1982 年，因香港中银大厦的建筑工程，美利楼需要被拆卸。曾经的美利楼属于一级历史建筑，香港政府决定将这座建筑物完整地保留并迁移至赤柱，与八间屋相辉映。

当年分拆出来的逾三千件建筑物料都被妥善地记录及保存，直至 1998 年重新安置工程完成，1999 年重新投入使用。可惜的是，迁移后由于位置不同，建筑物料亦有所改动，美利楼由原先的一级历史建筑降至不予评级。

颜烁眼前的美利楼糅合了中式和西式的建筑设计，采用了西式的圆柱和中式的瓦顶。这是香港殖民地时期早期最常见的维多利亚式的建筑设计，而美利楼则是现存此类建筑物中历史最悠久的一座。除了地下的海事博物馆，地面上的都是氛围极烂漫美好的餐厅。

晚餐选的餐厅叫 Saigon at Stanley[1]。颜烁想起 Marguerite Duras[2] 的《情人》里的句子："他对她说，和过去一样，他依然爱她，他根本不能不爱她，他说他爱她将一直爱到他死。"

皇甫正在饶有兴致地点餐，颜烁在心里默默地对他说："和过去一样，我依然爱你，我根本不能不爱你，我爱你将一直爱到你死，或者我死。"

---

1 美利楼内一家颇具法国殖民地色彩的西贡越南餐厅。
2 玛格丽特·杜拉斯，法国著名作家、剧作家、电影编导，《情人》是其代表作。

澳门的幸福时光

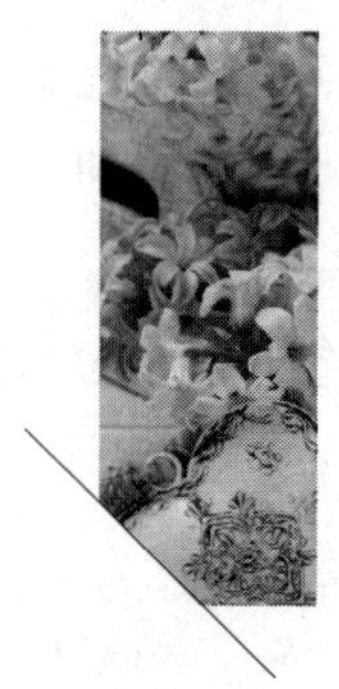

回到家里，皇甫看电视，颜烁忙着加班。两个人静静地感受在一起的时间。在一起，分享生命。

对颜烁来说，最忙碌的日子来了，10 月的会议非常多，而且是在各地举行。她接下来两周的日程是：深圳—香港—澳门—香港—上海—常州—无锡—南京—天津—石家庄—上海—香港。

颜烁还没有去过澳门，很是期待。她扭头问皇甫："和我一起去澳门？"

皇甫无所谓地回答："再算。"

再算？什么再算！明明应该是"再说"。永远说不好普通话的香港人！

香港公司的差旅标准比以前的公司高，颜烁他们被安排住在澳门威尼斯人酒店。地产公司就是好。和颜烁一起去的是部门同事 Brian，比她小半岁的小帅哥，内地人，在香港读的书。

在公司旁边坐船出发，船上都是赌场和演出的广告，灯红酒绿的奢靡感扑面而来。一小时就到了澳门。酒店的免费巴士在澳门码头等着接客。远远地就看到城堡一样的酒店傲然耸立着。

赌场就设在酒店里面。人来人往，熙熙攘攘，有人兴奋得满面红光，有人颓废得一脸晦气。服务生端着免费的咖啡和水不停地穿梭其间。空气里都是让人跃跃欲试的味道。

可惜，要先开会。颜烁和同事放下行李就去酒店旁边的会场。这会是美林[1]邀请香港公司开的。不知道是美林的派头足还是澳门的会议一向规格高，连星巴克都搬进会场了。星巴克的服务员在会场里搭了个临时的工作台，现场制作咖啡，供参会者免费饮用。颜烁心想，真是赚了，玩命一样地连续喝了三杯。

Brian 有点看不下去，对她说："你出息点行吗？"

颜烁才不管，又拿了一杯，傻呵呵地乐着说："没见过世面的都这样……"

会场上很多人，台上在讲一些地产相关的议题，台下很多帅帅的男人酷酷地从随身的包里拿出 iPad 和专用键盘、支架，把 iPad 当作笔记本电脑开始做记录。颜烁目不转睛地看着，觉得他们真是聪明，iPad 既轻便，又好用。以前在上海的同事们提着沉重的 IBM 电脑包到处赶场的场景简直弱爆了。

开会的时候，颜烁看到有澳门当地的电话打来，不知道是谁，想省点漫游费，就挂断了。开完会，同一个号码又打来。接起来才知道竟然是皇甫，还以为他不来，现在他反倒在电话那边怪她不接电话！没谱的男人真是让人伤不起。

皇甫正在威尼斯人酒店，他有朋友在酒店里面开了一家餐厅。他朋友真多！颜烁赶回威尼斯人酒店，找到餐厅。皇甫正在非常淡定地和朋友聊天。他们就在餐厅里吃晚餐。地道的葡国菜，菜式一流，甜点木糠布丁更是好吃，吃得颜烁话都不多说，一直吃到肚子圆圆。

---

1 世界最大的金融管理咨询公司之一，总部位于美国纽约。

吃完饭，颜烁兴致高昂地要去赌钱。皇甫明显很懂行，却不赌，只在她身边旁观，在她转台的间隙偶尔做一点指导。颜烁不停地输，真应了那句老话，“情场得意，赌场失意”。这样想着，颜烁倒也输得容光焕发。

晚上皇甫和她睡一间房。酒店没有大床房了，给颜烁安排的是标间。颜烁想，也好，皇甫可以睡得更安稳一点，免得因为身边人的翻身被弄醒。

酒店的房间很大，有像样的客厅、奢华的高床、独立的浴室和卫生间、很大的浴缸。洗完澡各自躺下，颜烁忽然发现身边没有皇甫，她睡不踏实了。翻来覆去了一阵，她跑去皇甫床上，在他身旁轻轻躺下。

皇甫冷冷地说：“干吗？”

颜烁轻声说：“抱抱。”

皇甫背对着她，没有说话。

颜烁轻轻地从背后抱着皇甫，很轻很轻，像怕把他碰碎似的，感受着他的体温给自己的幸福感。几分钟以后，颜烁起身，回到自己的床上。连拥抱都没有，放纵惯了的颜烁，现在竟然要收敛到如此地步。这大概就是传说中的“现世报”。

第二天开会的时候，Brian 问颜烁：“昨晚干吗去了？”

颜烁回答：“忙着输钱。”

Brian 有点意外，没想到颜烁一个女孩子会跑去赌钱，说今晚一定要跟着去看看。

晚上订了马戏团的票。本来是要看新濠天地的《水舞间》，皇甫说他朋友是《水舞间》的编导，可以免费看，刚把颜烁高兴坏了，又听说《水舞间》刚好这几天休演，真是太倒霉了。

散会后，皇甫说他在朋友的餐厅里。颜烁问他要不要一起吃晚餐，皇甫说刚吃完，气得颜烁连翻三个白眼。

碰巧 Brian 约她一起吃饭，颜烁就跟 Brian 一起找餐厅。过了十分钟，皇甫打来电话：“在哪里？不是一起吃饭吗？”颜烁气结，这男人真是太没有逻辑性可言了。颜烁说：“你不是刚吃完吗？”皇甫淡淡地说：“陪你吃。”

三个人一起吃晚饭，让颜烁没想到的是，皇甫很随和，也很容易交谈。他和 Brian 聊了很多金融行业的事情。

颜烁有点奇怪：“这些问题你为什么从来不问我？他是我同事啊，我们的工作是相同的啊……”

皇甫不屑地解释：“每天都在一起，有什么好问的……”

颜烁在心中捶地，你要是拿正常人的思维和逻辑来和皇甫相处，一定会被他气死。

马戏团的演出很一般，看完又去赌场。皇甫建议颜烁去老葡京看看，那里才是真正的澳门。于是，大半夜的，颜烁和皇甫两人千里迢迢地跑去老葡京。

和老葡京一比，威尼斯人酒店就显得太招摇、太年轻、太暴发户了。老葡京里无数身着紧身衣、高跟鞋的女人不停地来来回回地走过，旁边很多男人围观。围观了几轮以后，其中几个女人就被不同的男人领走了。这么不加修饰的赤裸裸的欲望，也只有澳门才有。

在老葡京，颜烁输得更惨。老葡京的服务生真不是盖的，手狠得不像话，逢人必杀。皇甫彻底看不下去，把颜烁从赌桌旁拖走。

下半夜回到威尼斯人酒店，Brian 已经睡了，懒得再下来观战。颜烁不服输，自己又赌到天亮，算是扳回一局。

回房间洗漱。终于不用再开会，去逛大三巴，皇甫带着她去玛嘉烈吃正宗的蛋挞，还有隔壁的生利咖啡面食，吃正宗的猪扒包。皇甫帮她滤奶茶，高高地举起茶壶，把茶用最美的弧线倒出来。奶茶浓郁的香味混合着他身上淡淡的香，让颜烁深深地沉醉其中。

记忆中那天澳门的天空蓝得一望无际，不含一丝杂质。颜烁和皇甫沿着老巷子一路向上，穿过杂乱的晾衣竿，穿过枝叶繁茂的榕树林，穿过古老的石板路。皇甫戴着口罩，站在阳光下，背影长长的，占据了颜烁所有的视线。

逛完了大三巴，看过了澳门博物馆，皇甫陪着颜烁一家一家地看他喜欢的古董店。就在这里，就在这样一个慵懒静谧的午后，颜烁突然分辨得出古董和赝品的差异。这种感觉就像一个盲人突然看见了奇异的变幻的天空，欣喜之情难以言喻。

回到香港，面对未来的长长的出差日程，颜烁真觉得自己应该买个好点的行李箱。她拖着皇甫去了金钟的连卡佛，一咬牙买了个 Rimowa Salsa Air[1]。贵是贵，但一分钱，一分货，就是轻便坚实。连卡佛还在她的行李箱上扎了一个萌萌的蝴蝶结。

连卡佛隔壁有家不错的泰国餐厅，吃饭的工夫，皇甫突然问："老于什么时候回来？"颜烁立刻登进微博，呼唤道："老于，皇甫想你了！"

老于这时正在台湾。他和曲洋的关系越来越淡，据说在台湾又找了个新欢 Angela。这个社会总是对男人疼爱有加。男人三妻四妾都不会被责问，但女人只要出轨一次就会被诋毁到死。老于说他周末才会回来，已然在台湾销魂度日到不思归途了。

带着新行李箱和对皇甫的所有牵挂，颜烁匆匆踏上长长的旅程。一天一家酒店，一天一座城市，一天六个项目。每一天都累得灵魂出窍。不过颜烁觉得这趟旅程有价值，没有这趟长长的出差就不可能对公司项目有完整、全面、深刻的了解。只要有成就感，就不会觉得辛苦。

半个月后，颜烁终于坐上国泰航空的航班从上海飞回香港。一想到能回到温暖的香港，见到温暖的皇甫，颜烁就心花怒放。体贴的国泰航空的餐单都是有名的大厨制作的，还有免费的哈根达斯吃。这又让没有见过世面的颜烁得到了巨大的满足感。

---

1 Rimowa 是德国高级旅行箱品牌，Salsa Air 是其中一个产品系列。

一下出租车，颜烁就看到皇甫的家里亮着灯，那暖暖的灯光仿佛有感情一般，让归人的眼眶一热。

皇甫安静地窝在沙发里，看一部艺术电影，名字很长，叫作《能召回前世的布米叔叔》。

将死的人问鬼魂："死了以后怎么回来找你，或者去哪里找你？"鬼魂说："鬼记不住地方，只能记住活人。"将死的人说："那我死了你怎么记住我？"之后是大段的沉默和黑暗的丛林。

"无无明，亦无无明尽，乃至无老死，亦无老死尽。"颜烁恍然明白，自己这么希望赶回的地方，其实，是一个死神的领地。

半梦半醒、半知半解地陪皇甫看完这部生涩的电影，颜烁开始收拾自己从上海带回来的行李。女人就是鞋子多，随便带来几双鞋就已经占领了皇甫门口的大部分地方。颜烁笑嘻嘻地说："你还打算让我放东西在你家吗？连鞋都放不下，衣服就更别提了。"

皇甫玩着 iPhone，头都不抬地说："已经给你收拾出了一个空衣柜。你把衣服摆好，不要乱放。"

颜烁走进储物间，看到干干净净的衣柜里还摆着一张带着香味的吸潮的纸，心里暖暖的。

心情那么好，当然要拖皇甫出去吃大餐。世贸中心隔壁的名店街有很多漂亮的露天餐厅，皇甫说他从来没去吃过。颜烁一听就来劲了，帮别人实现"第一次"这种事情她最喜欢啦。

有家装修得很是雅致的餐厅叫"无名"，进去就看见几只身宽一米的大海蟹在鱼缸里张牙舞爪，颜烁和皇甫毅然决然地把其中最霸气的那只点了，用来做姜葱炒蟹。皇甫吃完看了价钱，皱皱眉："太贵了。"

也不知道怎么回事，只要和皇甫在一起，只要他开心，颜烁完全不会心疼钱。虽然她自己会舍不得坐四块六的地铁，常选择坐两块三的电车。

钱本身是无意义的，有了让你愿意花钱的人，钱才会带来幸福感。

日夜颠倒的生活

夜晚的时光总是难熬，颜烁在皇甫的咳嗽声中睡睡醒醒，一夜不成眠，于是早上上班又迟到了。

终于，人力资源部来找颜烁了，扣了半天当日薪水以示惩戒。钱倒是小事，主要是作为一个试用期的新人频频迟到，在公司非常抬不起头来，颜烁在心里暗暗刻了个记号，发誓再困也要早点到公司。

上午向汪明汇报出差的情况，汪明倒没提迟到的事，直接提出了个新问题：香港房价松动，去做个调查。这就是香港公司的好处，大家各司其职，各负其责。人力资源部管他们该管的事，汪明管他该管的事，没人会重复施加无聊的压力。工作安排也非常简单，直接说任务内容，没有拐弯抹角，没有细细碎碎的要求。工作不是根据要求来做，而是根据你的能力来做，做得好就留下，做得不好就走人。干净利落，同时也冷酷无情。

不过，颜烁喜欢这种挑战和压力。

颜烁对香港地产情况一无所知。还好，香港政府和中介机构的数据统计非常完整翔实。她埋头看了一整天数据，稍微有了点底。

下班的路上，颜烁在电车上琢磨，香港房屋的租金回报率是4.5%，贷款利率是2.5%，一成首付。也就是说，四百万的房子，首付四十万，一年可收十八万租金，年付十七万供款。香港银行的存款利率近似于零，买房这笔买卖不亏啊，比存银行合算啊。

这么想着，颜烁突然觉得自己应该买套房了，总住皇甫那儿不合适。

房子这东西没什么可分析的，无非就是挑地段买。买贵了就忍几年，价格总会涨上来。通货紧缩是阶段性的，通货膨胀才是世界历史的主旋律。

这个世界上只有三种人：有房的、供房的、没房的。你也可以对号入座：富翁、中产、穷人。真相总是如此直白而残酷。

回到家看到皇甫在休息，倦倦地窝在床上，让人心疼。颜烁没敢打扰他，连电视都没开，握着手机继续查香港岛的房产信息。

皇甫睡了一阵后起床，脸色煞白煞白的，他说肋骨很痛，西医开了药效很强的止痛药。同时他也一直在吃中药，只是咳嗽依然没有好转。朋友又介绍了几个香港最好的中医给他，他还在做最后的选择。

西医那边，他转去了养和医院，那是香港最好的私立医院，澳门赌王何先生的专属医院。养和的医生建议他开始做化疗。他担心掉头发，担心反应大，希望能安稳地离开，也在艰难地做着抉择。

颜烁不知道怎么选，问来问去也问不到关键，白白着急，像只热锅上的蚂蚁，催皇甫随便选个医生快点开始治。

皇甫冷静地说："别烦。要谨慎地选，选错了就没有回头路了。"

死亡又一次充满力量地压迫过来。选错了，皇甫就会永远地离开。颜烁不知道皇甫如何做到这么冷静，而自己所能做的只是让他开心。

皇甫问："吃什么？"

颜烁问回去："你想吃什么？"

皇甫皱皱眉头："问你，你又问我。"

颜烁撇嘴道："那你干吗问我？"

两个人把没用的话啰唆了半天才出门。颜烁希望陪皇甫吃的每一顿饭都合他的心意。去了时代广场楼上的钟菜。皇甫熟得不得了，直接点套餐。原来套餐是鲍鱼。颜烁心里一哆嗦，眼看着几千块又将随风而去。这套餐确实做得好吃，香港的大厨们，手艺被挑剔的食客训练得出神入化。颜烁在上海的时候也经常跟着大佬们混吃混喝，大手笔的宴请也见过，但真没吃过这么好吃的鲍鱼套餐。

埋单时发现，人均才四百多，真是出乎意料地便宜啊。颜烁埋完单，皇甫给了她五百块钱。

颜烁说："干吗？"

皇甫说："香港吃饭很贵，跟内地不同，所以我们都AA吧，不要随便请吃饭。你不要乱请客了。"

颜烁说："请你也不是乱请。"

他不再跟颜烁争辩，只是把钱放到她的钱包里。

回家的路上，颜烁说："我不能总住你这里，我想买套房。"

皇甫停下来，瞪了她一眼："住我这里有什么问题？"

颜烁低声说："你会不方便，而且东西也放不下。"

一贯镇定自如的皇甫看上去有点烦躁："香港的房子这么贵，你买完了房哪里有钱逛街吃饭？！为什么这么年轻就要背上这么久的房贷？！"

一时间，颜烁不知道怎么跟他解释。他是租了一辈子房子的人，他和颜烁在理财这件事上从来都不是一种人。

路过地产中介的门口。香港的地产中介门脸都很小，所有房子的照片、价格、资料都大大地贴在落地玻璃上。颜烁眼睛不好使，趴在玻璃上看来看去。皇甫在前面走出去一段，发现她没跟上，回头找她，顺便也跟着看了看。

房子之所以重要，在于它不只是消费品。它寄托了人们对“家”的所有憧憬。颜烁指着一套漂亮房子的照片，屋子里有着漂亮的木地板、洒满阳光的宽敞客厅，说：“买套房子有什么不好？可以按照自己喜欢的方式装修，买家具。你不是最喜欢逛街买东西吗？你可以帮我买很多东西。”

皇甫白了她一眼：“有钱再算，这么贵。”

颜烁很清楚买房这种事情一定要自己拿主意。

第二天下班，皇甫说他约了人。他只要一约人就会很晚才回。颜烁索性回宿舍，把自己上海房子的房产证拿出来，自己在网上把信息填好，登记了卖房的需求。

晚上十一点多，皇甫发来 WhatsApp：“在哪里？”

颜烁回复：“在宿舍。怎么啦？”

皇甫回过来：“回到家看到你不在。”

颜烁的心里暖暖的。皇甫是一个从不表达思念的男人，很多时候，颜烁甚至觉得他根本没有想过自己。大概是因为他的病让他压力太大，他也顾不上去想什么和做什么。但这种时刻，颜烁想，也许他还是希望自己在他身边的吧。

周五，老于终于回到香港。他和皇甫在金钟逛街，颜烁下了班直奔过去，一见面就在老于身后狠拍一巴掌：“你丫死哪儿去了？”

老于把住她的手，作势要把她从二楼的平台推下去。嬉笑打闹完，三个人溜达着找地方吃饭。他们俩又在叽叽咕咕地讲广东话，讲得一边的颜烁好生寂寞。

她问老于：“‘金钟’用广东话怎么说？”

老于拉长了音调：“g—i—n— z—o—n—g—”

颜烁也拉长了音调跟着学：“g—i—n— z—o—n—g—”然后老于摸了摸她的头，三个人嘻嘻地笑起来。

11月的秋天，香港的树还是绿的，天还是蓝的，风还是暖的，让人有一种这样的美好时刻会持续到永远的错觉。

周末皇甫约了朋友，老于带颜烁去白沙道的太平馆吃饭。和皇甫逛街的时候曾经路过这家饭馆，皇甫说："周恩来的婚宴就摆在太平馆。"从那时开始，颜烁就一直想来一次。

颜烁对老于说："周恩来的婚宴摆在这里。"

老于问："谁说的？"

颜烁说："皇甫。"

老于随手从他大大的包里拿出他寸步不离的iPad，查来查去，然后说："真的。"

皇甫这个家伙总是知道一些别人不知道的事情。

太平馆的猪脾饭和瑞士汁牛河无敌美味。吃完很久，老于都仿佛意犹未尽，不肯离开，颜烁催他说："埋单走人啦！"

老于笑着不说话。又等了好久好久，终于等到压轴的甜品——一个硕大的苏芙蕾[1]。甜香松软，热气腾腾。

老于说："怎么样，值得等吧？"

颜烁正恨不得把头埋在苏芙蕾里面吃个痛快，口齿不清地"嗯嗯"两声，应付着他。

他说："每次看到这个苏芙蕾就很开心。"

颜烁也很开心，不只是因为这个苏芙蕾，还因为老于。

皇甫的病让人绝望，皇甫时不时的沉默也让她透不过气来。大大咧咧的老于每天没心没肺地开心，让颜烁觉得安心。

皇甫最近很是忙碌，他得病的事情一传十、十传百，圈内所有的人都知道了。一拨又一拨的朋友前来探望他。人就是这样，无病

1　一款奶酪蛋糕。其法文名字"Soufflé"有"轻、泡、膨胀"的意思，它在烤箱中膨胀开来，犹如云朵一般，一旦出炉遇上冷空气，就会慢慢塌陷，所以这种蛋糕在出烤箱后要尽快吃掉。

无灾的时候，都拿彼此当透明，把自己的丁点事情看得比天大。恍然有一天，生死之际，才发现错失了对方，错失了时光。

皇甫在圈内的人缘很好，颜烁是替他开心的，只是，当他频频晚归的时候，总会担心他的身体。有几次颜烁一个人睡到半夜，发现皇甫还没回，每当这种时候，她就孤独得像一只不小心上了岸的鱼，惶恐无助。

皇甫回家后，她什么都不能说，只是继续假装睡着，听他咳嗽，聆听着他怕吵醒自己而轻手轻脚地洗漱，小心翼翼地上床。在他睡熟之后，轻轻地靠在他日渐瘦弱的肩膀上，从那有限的身体接触中获得度过长夜的热量。

周日颜烁约老于去看《大蓝湖》的首映。《大蓝湖》是一部关于找寻故里、找寻回忆、找寻亲情的独立电影，很是温馨感人。香港政府给这些追求艺术梦想的年轻人一部分资金支持，让他们能够去做自己想做的事。导演和演员都很平实，在首映礼上笑谈因为拍摄资金短缺而造成的各种窘况。虽然没什么钱，但看得出来，他们很开心。

开心不开心，和钱真的没有必然联系。

电影里喜欢唱歌的阿姨是导演的妈妈，就坐在旁边，看到颜烁给她照相就很配合地朝她露出笑容。老于则淡然地在里面睡着了。

回到皇甫家，他正在和朋友聊天，一个很帅的男模特，帅到让颜烁不淡定地多看了几眼。他们晚上和《大蓝湖》剧组一起去店小二包场，颜烁却要回公司加班，继续写她的香港地产报告。

告辞的时候，皇甫说："和我们吃完再走啦。"

颜烁说："我来不及。"

皇甫说："现在就去，早点吃，早点回。"

颜烁看了看他送自己的手表："才六点，算了，我先走，你们好好吃。"

皇甫是从不会这么早吃饭的，他挽留人的样子很可爱。颜烁想着想着，在电梯里不由得笑了出来。

这一笑出了问题，电梯竟然突然快速向下掉落，然后卡在了半空。颜烁惊魂未定，身边的人按了呼救铃，呼救铃一接通，她赶紧喊："你好！你好！！"

身边的人笑着重复道："你好？"

颜烁抬头，看到一个性感的外国帅哥。他继续笑，用英文说："你竟然喊'你好'？"

颜烁气鼓鼓地说："喊'你好'怎么了？"

他说："你至少应该喊'唔该'吧……"

颜烁慢慢回过神来，被一个外国人嘲笑自己用普通话对香港人说话，这种事情也只有在香港才会发生。

呼救铃那头的工作人员说："不用担心，我们马上修。"

一修修了四十分钟。颜烁和外国帅哥在电梯里天南海北地聊，他是澳大利亚人，非常喜欢香港，也住在这座楼里，在湾仔工作，正准备去隔壁的维多利亚公园跑步。他特别喜欢颜烁，因为她的广东话还不如他好，让他很有自信。

回到公司一个人加班，想到此时的老于和皇甫在店小二相聚，一定又是欢声笑语，颜烁当下心生凄凉。人生最幸福的事莫过于可以随心所欲地与心爱的人相聚，想做什么就做什么，这大概也是最高形式的自由。

半夜十二点加完班，整栋大厦空寂漆黑。想起那部老港片《Office有鬼》，颜烁连厕所都不敢去。她疲惫不堪地拖着半条命爬回皇甫家，家里也是空寂漆黑。皇甫还没有回来。

不知道在一个又一个这样的夜里，有多少人在这样一次又一次地等着别人。这样的等待是啮心的。身心疲惫，却因为等待牵挂的心，久久不能入眠，被门外走廊上的每一个脚步声惊醒，被窗外的每一个声音吸引，被楼上的每一次开门声扰动。深墨色的夜，唯有听觉在煎熬里苏醒，像初生的精灵，对一切都敏感到极点。

天色在颜烁的辗转难眠中渐渐地亮了起来。想到周一的例会，要面对的诸多盘问和敲打，自己却彻夜未眠。五点多，响起开门的声音，皇甫终于回来了。颜烁连打招呼的力气都没有。等待，让人奄奄一息。

两个世界的陌生人

和皇甫躺在同一张床上，两个人却远得像在两个世界。在他躺下一小时后，颜烁挣扎着起床去上班。三个月了，皇甫从未和她一起入睡，从未牵过她的手，他们从未有过一个拥抱。颜烁想不出该怎样定义这样的关系。躺在他的床上，就像一个陌生人，错过他精彩绝伦的黑夜，迎接自己“压力山大”的白天。

上班路上，颜烁在巴士里看着香港惨白的日光，竟有一种眩晕感，她连累的权利都没有。试用期，稍不留神就会被炒掉，香港身份也会随之作废，就此灰溜溜地回到上海的日子里去。

地狱，确实是十八层的。

一口气灌下两杯咖啡，颜烁的心跳快得仿佛要崩溃，手指瞬间冰凉。她逼着自己再看一遍报告，等待例会开始。

上海总部视频连线。视频里外都是一屋子黑压压的人。上海总部的研究部先讲，数据翔实得让颜烁倒抽一口冷气。相比之下，她这熬夜赶出来的报告幼稚得就像“1+1=2”。心脏跳得更快了，四肢冰凉得像僵住了。轮到她发言，声音竟然是颤抖的，思路更是一片混乱。另一个自己在心中默默地说："你搞砸了。"

好不容易磕磕巴巴地说完，到了质询环节。总部某位大佬在视频上问："美国和欧洲各国政府的土地收入为什么也那么高？"颜烁愣愣的，不知道该回答什么。汪明解围道："房产税及其他税金收入统一合并到土地类相关收入。"那大佬迟疑地看了颜烁一眼，没有再继续问。

中场休息，颜烁跑到独立的残疾人洗手间，反锁住门，大哭一场。不知道自己还能不能撑得住，镜子里的自己，在这短短三个月里，没有完整地睡过一个好觉，承担着极大的压力和极苦的心思。恍惚看上去，仿佛老了十岁。没有期望中的工作前景，也没有想象中的爱情，颜烁惊觉自己正在枯干耗尽的生命毫无意义。

生活就像一道门，你以为推开它就是一片坦途，却发现荆棘密布。说什么最大不过生死，为什么现在的颜烁比皇甫还要痛苦？她宁愿将死的那个人是自己，好就此肆无忌惮地挥霍青春年华，然后让生命戛然而止，再无牵挂。

生活，为什么，为什么，这么这么艰难？

哭完擦干眼泪，用冷水冲脸后回去继续开会。散会后汪明路过颜烁的办公桌，放下一张邀请函："一个会，在你老家开，回去看看吧。"觉察到汪明的好意，颜烁心里一酸，眼泪在眼眶里打转，赶紧低了头。

老家没有从香港直飞的航班，颜烁要从深圳转机。回皇甫家收拾行李，离开时，刚好碰到皇甫从医院回来，一脸的疲惫。他的检查报告出来了，癌细胞扩散到了整个肺部，肺积水也很严重。他决定做化疗，在养和医院。

皇甫的主治医生是养和最好的癌症专家，用的药也是目前国际上最好的。他故作轻松地说："医生说这化疗不会掉头发，不会难看。"

颜烁丝毫没有觉得轻松。之前医生说皇甫只能活三个月，算算时间，已经差不多了。这逼近的死亡让颜烁的每次出差都可能是一场生离死别。今天还在正常说话的皇甫可能明天就要到医院急救。下面的事，颜烁连想都不敢想。

颜烁尽量平静地说："我走了，一周后回来。"

皇甫轻轻地吻了吻她的脸颊，说："一路平安。"

这猝不及防的柔情让颜烁顿时泪如雨下。她很清楚自己要的其实不多。在暧昧不明的氛围里待得太久了，皇甫仿佛离自己越来越遥远。颜烁很担心，担心在医生宣布皇甫得了癌症的那一刻，自己就已经失去了他，或者皇甫自那刻起，就不再是自己爱的那个温暖的男人。

她终究只是一个需要拥抱的小女人。

妈妈看到颜烁回家了很开心，但看着她愁眉苦脸的样子，便嘱咐全家人都不要问她工作上的事。即将到月底，颜烁快要转正了，她很怕因为上次报告的事情，有什么闪失。

晚上，妈妈溜进屋里，说："我就说一句，你妈没什么大本事，但是养个闺女还是养得起的，实在累了就回来陪我打麻将。"

颜烁笑了。是啊，她还有父母，还有一个温暖的家，自己总归是有后路的。如果皇甫不在了，又何必为了留在香港把自己逼得那么辛苦呢？这样一想，颜烁发现，自己原来比想象中要更爱皇甫。当初去香港纯属机缘巧合，现在是否留在香港却取决于皇甫的生死。

我们从来都不了解自己，因为我们一直都在不停地改变。

回来路过深圳，颜烁特地多留了一晚，约了登山时认识的兄弟姐妹一聚。海子开车来接机。从雪山上回到现实的世界里，海子是一个出色的老板，有一家属于自己的不小的公司。

见到颜烁，海子亲昵的劲头还像是在雪山上，没有掺杂一点现实里的杂质，只是他看上去很憔悴。

颜烁关切地问道："你混啥呢？把自己熬得跟熊猫一样。"

海子说："正要找你，我妈妈直肠癌晚期，不知道香港有没有好的医生。"

看着自己最好的兄弟和自己一样承受着至亲至爱身患绝症的痛苦，颜烁的心里又是一沉。

小夏和小夏媳妇在家做好了菜等着大家。久别重逢，颜烁自己的困境，再加上海子母亲的事情，大家的话说个没完，却也说得很是沉重。酒喝到一半，颜烁就开始掉眼泪。

气氛太憋闷，海子提议道："走吧，咱们去酒吧闹闹。"

在喧闹的灯红酒绿中，大家像在雪山上一样喝酒，不停地喝，大杯大杯地干。很快小夏就吐了，他最不能喝，总是第一个倒下。颜烁和海子在半醉中掉眼泪。

颜烁说："海子，人是最无能的，我们什么都做不了。"

海子不信，他的眼神里流露着异常活跃的求生欲望，就像自己是那个濒死的人："可以找到好医生，说不定没事。"

颜烁继续说："海子，有时候，这种痛苦，还不如自己死了。"

海子，一个大男人，眼泪就这样大颗大颗地掉了下来。

一点一滴的改变

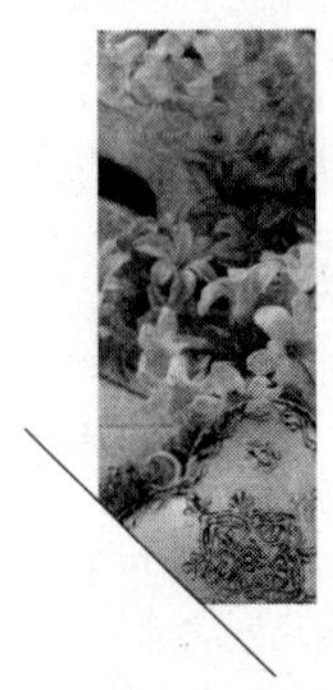

回到香港，颜烁一进门就发现家里变样了。皇甫把她的鞋子摆在了一个漂亮的木质鞋架上，就像从前她在上海的家里那样，还买了可爱的洗衣机、热水壶、马桶垫和吸尘器。要知道，他在这个家里已经住了十八年，从来没有改变过！这些改变是为了她？一定是为了她！颜烁暗想。皇甫只是若无其事地随口说："这个吸尘器漂亮吧？"连一个吸尘器都要漂亮才行，真是典型的皇甫源。

又回到可以和皇甫吃大餐的香港，颜烁很开心，絮絮叨叨地把海子母亲的事情告诉皇甫。皇甫很热心，把自己看过的不错的中西医医生的联系方式都给了颜烁，让她转告海子。皇甫觉得海子的母亲年龄太大，吃中药比较好，化疗太辛苦。

很快海子的母亲就来香港治病，因为内地的医院只给了一个途径：开刀，做人造肛门。海子的母亲宁可死也不要做这种手术，海子就豁出去似的花钱，把公司业务都停了，陪母亲来香港，他们没有选择中医，而是在九龙的一家医院做化疗。

重回正常的工作轨道，汪明抽空和颜烁谈了谈，觉得她的优势在于对市场的感觉，劣势则在于数据的搜集，让她注意在这方面做一些加强。

想来汪明也是力挺自己的，颜烁正常地转正了。没有什么事情不会过去，再难的事情也一样。11 月底，颜烁签了正式的工作合同，合约期三年。虽然公司还是随时可以开掉自己，但现在至少有了一点底气。

陪母亲治疗期间，海子偶尔会来中环找颜烁吃饭。这才知道，山友里和婷婷一起的姑娘小米，她也在香港。婷婷去了美国，小米选择留在香港。晚上，小米、海子和颜烁就在半山兰桂坊附近找了一家安静的餐厅，一起闲聊。颜烁想，自己和海子的心情，小米未必能体会。没有经历过的人，都很难体会。

就好像有一个人你珍爱如水晶，却在你转身之间，静静碎裂。你无法弥补，于是你寸步不离地守着，希望相守的每一秒都漫长，每一分都圆满，每一时都无憾，虽然也不知道自己究竟在等一个怎样的悲喜不明的结局。

这种等待太煎熬，甚至比死更煎熬。我们都没有死过，我们只是本能地畏惧着。

席间小米倒是提供了一个很好的建议。她说她刚来香港时就是靠 TVB 的电视剧学会了广东话，让颜烁也试试。

结果是，香港不能下载这类资源。颜烁只得让海子在深圳下载了 2011 年全年的 TVB 电视剧。从此以后，上下班的路上，排队吃饭的时候，等皇甫回家的时候，颜烁都拼命地看啊听啊。她把全年的电视剧都看了一遍。

周五的时候，有机构请颜烁公司去参加香港马会的活动。马会、赌马，这些词颜烁只在香港电影和电视里听说过，觉得挺刺激的，晚上特地向皇甫请了假，跑去马会的包房。

包房的位置极佳，在私属看台上可以俯瞰赛道，很多优雅的马匹在赛道旁昂首挺胸地站着。包房内摆满了香槟和红酒。周围很多外国人，颜烁的英文这么烂，只羞涩地打了招呼就躲在一边。

这时，一个干净帅气的男人走了过来，用算是标准的普通话和颜烁打招呼。他就是Peter，一个很懂内地的投行人士，做了很多很大的上市项目。颜烁想到自己小家子气的模样，有点不好意思。不过能认识朋友总是不错的。在香港，如果你英文不好，简直就和文盲一样。

回到家，皇甫已经睡下，他难得地早睡了。颜烁轻轻地躺下，从背后抱着皇甫。赛马场上的热度还未退去，颜烁的呼吸还一阵紧似一阵，皇甫转过身来，颜烁没有来得及调整，手臂刚好碰到了他身体上最敏感的部位。

他是有反应的！这么久以来，颜烁和皇甫“相敬如宾”，颜烁一直以为他的病让他已经彻底没有了欲望，也丝毫不敢打扰他本来就很脆弱的睡眠。爱，会让你在拥抱对方的时候，自然而然地产生欲望，做出本能的身体反应。身体是不会骗人的。在此之前，颜烁只能苦苦地压抑自己。可是今天，皇甫的身体告诉了她他的欲望和他的本能。

这一刻，颜烁再也控制不住自己的手、自己的呼吸、自己的意乱情迷……皇甫终于也克制不住，如同出笼的野兽，狠狠地攻击了颜烁。

颜烁觉得幸福，让自己爱的男人占有自己，是一种无法言喻的幸福。而且，这种幸福已经太久没有了，太难得。

皇甫洗澡的时候，颜烁甚至默默地想：我希望有个孩子，皇甫的孩子，哪怕以后是我自己养都没关系。我爱皇甫，我要他在我的生命里一直活下去。

皇甫还是咳得厉害，颜烁深知他的身体真的不能太劳累，疼惜地为他盖上薄被，自己躲到床边，紧靠墙睡。皇甫一直一个人住，床也只有一米五宽，颜烁只有紧靠着墙，他才能有大一点的地方，睡得安稳些。

颜烁再次下定决心，真的要买房子。反正自己的工作也是要看香港地产，干脆一起看了。于是，不管上班还是下班，颜烁都奔波在香港岛、九龙、新界所有新旧不一、大小不等的楼盘里。

下班的时候，皇甫也会陪颜烁一起看。不过常常是看一次吵一次。皇甫始终觉得那些房子很不好。当然，以颜烁目前的财力，她买得起的房子，都差皇甫现在住的房子好几个档次。他的理念始终是，租得起这么好的房子，为什么要买一个差的房子去住？吵到最后，颜烁也懒得解释。好在皇甫也一直忙着和各种朋友吃饭，颜烁索性自己去看。皇甫依然很晚回家，很晚，几乎没有在十二点以前回来过。

颜烁不知道他去了哪里，去做什么，和什么人在一起。她赌气地在心里揣测，也许皇甫和她在一起的乐趣远远不如和朋友们在一起的时候多，不然，他也不会一夜一夜地把她留在家里，孤独地等待。

凌晨，听到皇甫开门的声音，颜烁经常会想，之前想不通为什么会有癌症，让自己不知所措地面对失去皇甫的结局。其实，即使没有癌症，也一定会有别的事情。失去皇甫是命中注定的，颜烁和他从来都不是一种人。

想通这些，也许反而该对癌症心怀感激。

9月的时候，医生说皇甫还有三个月的时间。颜烁祈祷着，期待着奇迹出现。一个人的时候，查了很多资料。资料显示，1970年中国肺癌发病人数居全球第四位，而目前已上升为第一位。肺癌成为中国增幅最大的病种，北京市肺癌死亡率在三十年间增长了167%，北京、上海、沈阳等大城市已成为令人瞩目的肺癌“大户”。前十位恶性肿瘤的死亡率，近二十年来，增长最快的就是肺癌……这超乎寻常的增长率意味着，每一万人里就有三个人因肺癌而死。

微博里到处是北京不见天日的天空，到处是美国大使馆监测出PM2.5为危险级别的警告，到处是大家对政府环境部门的质疑。大部分人只是质疑，都不愿意去看一组更为惊人的数据：北京的肺癌死亡率已经是其他几种常见癌症死亡率的总和。现在，北京市人民健康的第一杀手是肺癌。

我们都是赌徒，我们都以为在这样明显有致癌作用的环境下，不会成为四个人中得癌症的那一个，我们的家人也不会是得癌症的那一个，我们的朋友和同事也不会是得癌症的那一个。

如果得癌症不再是小概率事件，如果有人告诉你不久的将来你或者你的至亲至爱会罹患癌症，如果罹患癌症的结果就是不得不痛苦地等待，痛苦地死去，你会做出怎样的选择？

可悲的是，大部分人不愿意知道，不愿意承认，也不愿意有所选择。赌性蒙蔽了我们的眼睛，终有一天也会毁掉我们的人生。

小米周末来找颜烁吃饭，知道皇甫病着，还带了一束漂亮的白玫瑰。她和婷婷都喜欢摄影，也都是皇甫的超级粉丝。她邀请颜烁和皇甫下周和海子一起给她过个生日。皇甫也是温厚的人，看到小米的花，没怎么犹豫就答应了。

生日在中环的蛇王芬吃蛇羹。小米本来要去一家奢华的餐厅，被颜烁拦住了，家人一样的朋友，不需要那么多虚礼。再见海子，他又瘦了一大圈，整个人像丢了魂。皇甫一直关注着海子母亲的事情，也很热心地询问。海子是广东人，两人便用广东话聊着。

过了一会儿，小米反应过来："你们不要一直说广东话！颜烁姐听不懂的！"

颜烁突然醒悟："没事，小米，我今天一直都在听他们说话，我突然发现我听懂了！我听得懂广东话了！"

仿佛漫天的乌云里有了一丝金色的缝隙，阳光就这样不经意地透了出来。

可是海子的母亲却没这么幸运。她年纪大了，对化疗的反应特别大，两次以后就无法走路，吃什么吐什么，恶化得非常快。海子决定放弃化疗，带母亲回深圳保守治疗，吃中药。

作为朋友的颜烁一帮人，什么忙都帮不上，只是默默地关注、心痛、焦灼。

海子说："癌这个病就是要耗掉你所有的钱和耐心，再痛苦地死去。"这一句话，让庆生的场面悲凉了起来。

小米为转变气氛，让拼桌的两名大帅哥给颜烁他们四个人拍合影。其中一个大帅哥看到他们桌上的生日蛋糕，笑笑说："今天我也过生日，人生何处不相逢啊！"

邀请他们一起合影，他们腼腆地拒绝了。

小米看着合影，超开心地朝颜烁挤挤眼睛。皇甫带病来参加她的生日聚会，真是把她高兴坏了，她还是个小孩子。

颜烁还是拼命地找房子、看房子。此时正是 2011 年 11 月末，香港地产被悲观的预测所笼罩，所有的大机构都预测香港房价会在 2012 年下跌 20%，并在 2013 年持续下跌。

但根据颜烁的个人经验，她认为香港的房产价格调整期不会超过三个月。11 月出现的房价调整性下跌和 1997 年完全不同，香港的贷款利率处在历史低位，和 1997 年刚好相反。货币供应和资金成本将最终决定核心地段住宅价格的走势。2012 年不会是第二个 1997 年。那么，既然不是漫长的熊市，根据 1997 年的经验，香港房地产的短期调整应该在三个月内结束。

香港岛住宅高度密集，颜烁心急如焚地想，自己需要在三个月内选择出性价比最合适的房子，并迅速成交。这简直就是一项超负荷的工作。再一想，这是在为自己打工，颜烁振作精神，全情投入。

香港岛寸土寸金，大部分土地和房产都是 999 年产权，集中在个人手里。这就是资本主义所保护的私有权。因此，香港岛在历经百年之后，几乎没有新楼盘供应。偶尔的新楼盘都是用极高的代价收购旧楼盘，然后拆掉重建。这就使得香港岛的新楼盘售价比同区项目价格高30%左右。

香港的贷款控制严格，首套房七百万以下可以贷七成，首付三成。通常，还可以通过保险再贷两成，这就意味着七百万以下的房子，首付只需要一成。

颜烁是穷人，把自己上海的房子卖掉，大概只赚六十万人民币。这六十万人民币除了付香港房子的首付，还要装修和买家具。预算这么紧张，她只能看老房子。老房子和新房子相比，除了价格以外，还有其他的优势，比如得房率高、楼层高度高、位置处于核心地段……

想明白了这些，颜烁利用下班以后的时间，几乎走遍了香港岛东西南北、大大小小的所有老楼盘，与香港地产中介建立了广泛联系。短短一个月，她对香港的地产行情了如指掌。

皇甫偶尔兴起也会陪颜烁去看几个他感兴趣的房子。两人一起坐着叮当车，从中环晃晃悠悠地穿过金钟，穿过修顿球场，穿过维多利亚港。夜色浅亮，维多利亚公园周围环绕着中产聚居楼盘星星点点的灯光。

颜烁的眼睛亮晶晶的，她说："这些房子里一定有我的一套！"

皇甫不屑地说："买得起再说。那边是跑马地，那边是大坑，那边是天后，都是高档住宅。"

颜烁说："我知道。最低都要一千万吧。现在买不起，以后会买得起！哎，你看那个楼，好奇怪，好细一栋！"

皇甫坏笑着说："要那么粗干吗？粗的是我。"

颜烁的脸默默地红了，很久没听到皇甫开这种玩笑。太久远了，上一次可能还是在上海初识的时候。那种情侣之间亲密无间的美好感觉，真是久违了。

来香港之后的陌生与孤单，突如其来的生死时刻，皇甫喜怒不形于色的性格，都让颜烁离“美好”越来越远。这一刻，皇甫偶然的玩笑，就让颜烁觉得“美好”了起来。她要的，就只是这么简单而已。

最温暖的圣诞节

这边香港的房子还没选好，那边上海的房子已经效率极高地卖掉了。颜烁赶回上海签合约。老于和曲洋的露水情缘还断断续续，两人藕断丝连，此时老于也在上海。

签完合约，老于和曲洋来给颜烁庆祝。好久不见曲洋，颜烁发自肺腑地感觉到她变了。这个女人一直在用自己的经历教育颜烁：井底之蛙如果想飞翔，除了自己努力长出翅膀以外，还可以不惜一切代价抱紧天鹅大腿。通常情况下，抱紧天鹅大腿的方式，拼搏成本比较低。

看着艳丽更胜往昔的曲洋，颜烁想：我又败了。在颜烁看来，这两种方式最大的不同，在于完全不同的自由、平等和尊严。她去香港工作，没想过在香港养老，也不想在香港赚大钱，只是享受着做一个普通老百姓的悠闲日子，不用看人脸色，不用担心空气和水的污染，不用担心吃到地沟油，也不用担心地铁太远，打不到车……有些有文化的老友，十五分钟就可以凑到一起，喝一壶老酒。是的，颜烁去香港的目的，就是获得自己的自由、平等和尊严。

颜烁想：即使在香港的日子万般辛苦，我也是幸福的。

那晚，曲洋聊了很多一年前发生的事情。颜烁却发现很多事情自己都不记得了，有些事情却清晰如昨。人生也是如此吧，大部分的事情都是在浪费生命，不值得记忆；值得记忆的只有一点点，正是那“一点点”造就了人和人之间本质的不同。

老于问起皇甫的病。颜烁说：“没有恶化，可能是化疗的作用。香港的药和医生也确实厉害，他没掉头发，还和正常人一样。”

老于说：“还是很辛苦的。上次回去和他聊天，他说他第一次化疗，第一针打进去以后，回到家，天昏地暗，吐得倒在地上起不来，连急救电话都打不了，就那么一个人躺在地上，看着天花板，以为要这么一个人死掉。”

颜烁听到老于这样说，顿时就掉下泪来。这件事从头到尾她都不知道，皇甫根本没有告诉过她。大概那时颜烁正在出差，她还记得问过他化疗进行得如何，他说一切都好。

这个男人到底藏了多少痛苦独自忍受？

老于和曲洋看到颜烁流泪，也不胜唏嘘。老于安慰她说：“没事啦，上次见他，他已经适应了化疗，还和我一起抽烟呢。”

颜烁顿时不哭了，但是怒了：“你干吗让他抽烟？他不能抽烟！怎么回事你们？”

老于哈哈地笑：“没事啦，没事啦！一两支而已，他开心最重要！”

晚上，颜烁在 WhatsApp 上把皇甫一顿数落。

皇甫淡淡地回复了她两个字：“别烦。”真是典型的皇甫，拿他一点办法也没有。

回到香港。推开家门，还是一如既往的药香扑鼻，暖黄的灯全开着，电视声热热闹闹，皇甫懒懒地在他最喜欢的古董躺椅上半躺着，玩 iPad。

每次看到这一幕，颜烁就会不由自主地呆呆地笑，皇甫也浅浅地有点笑模样，装作漠不关心的样子继续玩 iPad。颜烁窸窸窣窣地换鞋、换衣服，絮絮叨叨地把离开他的这段时间里所有的见闻说给他听。他总是一边听着，偶尔点点头，自己该干吗干吗。

在颜烁出差回来的日子，他总是不约别的朋友，等她一起吃晚餐。他等着颜烁捣鼓完，差不多就是吃晚餐的时间。

他总会问："吃什么？"

颜烁总会反问："你说呢？"

他又会恼恼地回复："问你呢，你又问我。"

颜烁哈哈地笑，跟在他后面拖拖拉拉地出门，使劲地在有无数好餐厅的香港岛找一个他满意的餐厅。这就是家的感觉，这就是颜烁一刻都不想离开的人，这就是因为爱而使自己的灵魂得以停靠的地方。

至于皇甫爱不爱她，颜烁不知道。大部分时间，他还是没有表情的、沉默的、自由自在的。偶尔，他会像变魔术一样变出几件衣服送给颜烁，颜烁穿上总是非常合身。从他的手表开始，颜烁就知道了礼物的意义。那种爱不释手，那种形影不离，那种敝帚千金的感受，只有真的爱了，才会有。

香港的冬天，房间里总是比外面还冷。颜烁身体弱，夏天怕空调，冬天怕冷风。皇甫送了她一件在家穿的毛茸茸的小外套，颜烁总是一回家就套上。想到自己不在他身边的时候他还会惦记着她，想着她怕冷，给她买衣服，颜烁就打心底里不怕冷了。

好日子总是短暂。又要出差，去更冷的北京。已经 12 月了，皇甫已经挨过了医生所说的三个月。但是，还能不能挨过圣诞节，能不能挨过新年，谁都不知道。生命的每一天，都有可能是最后一天。这句话，又有几个人真的明白？

出差很令人烦恼，但是国泰航空的服务还是不错的，颜烁签了正式的工作合约后就申请了美国运通和国泰航空的联名信用卡，攒里程一流。颜烁坐飞机通常会选在靠近过道的位置，特别是去北京这种三小时以上的航程，图个进出方便。结果这次惨了，飞机刚平稳飞行，旁边的人起来拿行李，头顶的行李箱也许刚开始就没放好，大大的箱子从上面掉下来，刚好砸到颜烁的头和鼻梁。这两个地方立刻肿得老高。

颜烁心想完了，鼻骨断了，八成是要毁容了。国泰的空乘没有一个敢留联络方式给她，只是让机场的工作人员和紧急救援医生来给她看看，而且是收费的。

颜烁气鼓鼓的，在 WhatsApp 上跟皇甫诉苦，皇甫淡定地说："发照片来看看。"

颜烁自拍了一张照片发过去，皇甫回复："恭喜，像个外星人。"

过了一会儿，皇甫又说："回来做检查，向国泰投诉就好了。香港这边会处理的。"

颜烁半信半疑，快速处理完公事就回到香港。皇甫介绍他的医生朋友给她看鼻骨，看办公地点就知道这家私立医院很高级。

果然，看了五分钟就付了六百元港币。排在颜烁后面的人看上去是一个西藏活佛，被两三个小喇嘛簇拥着。他看着颜烁捂着鼻子的怪样子，依然没有失礼，只是安然地笑。看到他笑，颜烁也有了一种很平静的感觉，好奇妙。

诊断结果是鼻骨没断。真是虚惊一场。颜烁发誓以后再也不坐靠近过道的位置。回家写邮件向国泰投诉，一周以后，国泰竟然回复邮件，说颜烁所有的医疗费用他们全报销。

颜烁觉得不可思议，这种投诉完全可以不认账的啊！他们难道不怕她是讹他们的？最后颜烁也懒得寄发票给国泰，直接从公司的员工保险里报销了。香港公司都会给员工上保险，看病基本不花钱。

马上就要到圣诞假期了，为了好好过假期，颜烁一连加了几天班，加得身心俱疲。好在上海卖房的钱顺利转成港币放到了香港账户里，颜烁的财务状况大为改善。

老于也回来了，他简直成了大家的救命稻草。他一回来颜烁就格外开心。看得出来，皇甫也很开心，他可以更安心地抛下颜烁去见其他朋友。

晚上颜烁和老于吃饭，颜烁显摆说："我能听懂广东话啦！"老于试了她几句，发现果然能听懂了，大夸她聪明。两人开开心心地一起吃完饭。

颜烁自己回到家。12月23日，下一个晚上就是平安夜了，她还是一个人。老于也不能拉近皇甫和她之间的距离，什么都不能拉近皇甫和她之间的距离。事实是，虽然她和皇甫住在一起，可他始终给自己留了一片闲人勿进的领地。

在他生病之前，在颜烁来香港之前，在他最后一次离开上海之前，他们本来有很多机会可以在一起的。可是，没有。颜烁想：我们放弃了在一起。本以为癌症会让彼此跨越一切障碍，分秒必争地在一起。现在看来，也是徒劳。

事情之所以如此，而不像爱情小说里所描写的那样，是因为你从来不了解别人，也忘记了去真正地了解自己。如果再给你一次机会，一切也依然会不可控地滑向今日的局面，因为他还是那个你不了解的他，你也还是那个你不了解的自己。我们都不会改变，唯有岁月分秒必争地逝去。

放假始终是好的。凌晨时分，皇甫回来了，照例咳嗽，颜烁照例装睡，不想真的睡着了，一直睡到自然醒。睁眼就看到皇甫安静地躺在自己的身边，带着他独特的淡淡体香，褐色的头发散散地垂在白皙消瘦的脸颊上。颜烁觉得无比满足。

终于等到皇甫睡醒，他仿佛刚想起来今天晚上是平安夜，微微笑着对颜烁说："圣诞节应该去买东西，打折很厉害。"颜烁一想，对哦，这又是自己的一个第一次，第一次经历香港的圣诞节和圣诞折扣季。

有钱就是底气足，颜烁直接跑到皇甫最爱的 I.T 和 Comme des Garçons。会员有八折优惠！可惜颜烁穿不了这家的衣服，总是感觉怪怪的，到底还是没那个艺术范儿。好不容易找到一件穿着合适的经典羊毛开衫，还有情侣款。颜烁立刻开开心心地买了两件。买完又担心皇甫不肯和自己一起穿，他应该是那种最讨厌和别人撞衫的人。颜烁甩甩头，就当送给他的圣诞礼物，分开穿也好，能和他有一件一模一样的衣服也是非常开心的。

皇甫正在试衣服，看到颜烁送他的开衫，脸上露出浅浅的笑容。颜烁暗暗松了一口气，看他试衣服。一直试到一件绿色的羊毛外套，像是为他量身定制的，太合身、太好看、太优雅了！从来没觉得一件衣服可以达到这种效果。只有一件。颜烁转身去看价格，令人喷血的九千八百块大洋！

皇甫也瞥见了价格，转身就去看别的了，他拿起一个大大的纯黑的皮质公文包，说："你上班就应该拿这个。"颜烁一看价格，又喷血，六千三百块，还不打折！

颜烁顿时觉得底气不足，说："算啦，算啦，不用的。我买个小的就好了。"

皇甫有点恼，说："小的不好看，这个好看。别烦！送你的圣诞礼物！"

买完包，皇甫溜达着去别的店逛了。颜烁偷偷地折回去，把那件像是为皇甫量身定制的绿色外套从店员手里抢过来，说："买了，晚点再来取。"再偷偷地回去陪皇甫逛街。一直逛到下午，皇甫乏了，又咳得厉害，要回家休息。颜烁飞跑着去把衣服取了。

午休后，皇甫起来洗澡、吹头发、换衣服，自己嘀咕着："要多穿点，今天很冷，电视上说是这几年最冷的一个圣诞节。"

颜烁跳到他面前，谄媚地把衣服递上去，说："所以，你要穿外套！”

皇甫的眼神一亮，随即脸色一暗，拿起衣服换上，嘴里责怪道：“这么贵，你买来干吗？乱花钱！”一边数落颜烁，一边在镜子里反复地审视自己。颜烁开心得像个小孩，盘腿坐在床上，看着他反复地试着衣服。皇甫继续嘟嘟囔囔：“真的好看哦！合身得离谱！”颜烁在床上安静地笑开了花。

皇甫转头轻轻瞪了她一眼：“笑什么笑，这么贵。以后别乱买。”

穿上皇甫在上海陪自己买的那件皮衣，两人漂漂亮亮地出门，和老于碰面，融入洋溢着圣诞喜悦的人群里。打车到中环 IFC，穿过 IFC Mall[1] 去码头坐天星小轮。老于说这样才可以看到两岸的灯火，才有圣诞节的感觉。

两个超龄大男孩路过冰激凌店，怎么也不肯走了，一人买了一球冰激凌，旁若无人地吃起来。史上最冷的圣诞节啊，颜烁冻得够呛，无语地看着他们吃冰激凌，哆嗦着跟在后面。

第一次坐天星小轮，圣诞节的人多到排队限行，这吓人的阵势让人以为到了北京。老于乐呵呵地说：“两元多就可以看这么美的夜景，在内地坐游船都要几十元人民币哦！”这种比较听上去很无聊，又有点好笑，三个人都傻笑了起来。

三个人并排坐在天星小轮上，随着海浪起伏，摇摇晃晃。船上装饰着各种颜色的柔光小灯，在海面上倒映出美丽色泽。在彼岸的九龙和此岸的香港岛之间，颜烁只觉如入幻境。

订好的圣诞大餐在前香港水警总部。香港的圣诞节是大节日，好的酒店往往提前一个月就被订空，晚餐价格也都是天价。颜烁担心老于找各种借口不回香港过节，也希望皇甫能开心地和自己一起

1 即 International Finance Center Mall，国际金融中心商场，位于香港岛中环海滨及商业中心，为香港的国际性地标。

度过这个可能是唯一的一次圣诞节，狠下血本，早早订下这家餐厅，逼他俩就范。

香港前水警总部位于九龙尖沙咀，在1884年至1997年曾是香港水警的总部，并于1994年成为香港法定古迹。这座大楼有三层，具有鲜明的维多利亚时期的建筑特色。后来，在保留原有建筑物的前提下，改装成文化酒店和高档餐厅。

从天星小轮下来，从码头一路穿越沸腾的人群，在长长的旋转石梯上拍了三个人的第一张合影。这天晚上香港的空气很好，不湿不燥，有一种干净的凛冽感。颜烁订的位置正是能看到人群的已经点起炉火的阳台。餐厅送上圣诞节的小玩具，有纸做的国王王冠，有亮晶晶的小帽子，有各种拍手器和口哨。皇甫像个小孩子，把王冠和帽子挨个戴在头上玩，戴上后还合掌扮悟空让颜烁照相。老于更不安生，到处溜达着看晚餐有什么好吃的，溜达完就来汇报：头盘是自助，有鹅肝酱、生蚝、龙虾、各式法国奶酪、各式鱼生……

颜烁和皇甫登时坐不住了，跑去取菜。皇甫其实不能吃生冷食品，可他这天完全不忌口，什么都拿，什么都吃。颜烁很是担心，他一吃这些，晚上就会咯血咯得很凶。

再多的担心也不能冲淡平安夜的快乐。开了香槟，三个人无拘无束、海阔天空地边吃边聊。这样聊天的时候，就好像什么都没有发生，有很多美好的过去，也会有更多美好的未来。而皇甫偶尔的咳嗽声还是会把颜烁拉回那个阴郁的现实。

吃完晚餐下来，香港前水警总部已经一片辉煌。1884年的老建筑在灯光和夜色的掩映下，漂亮得无与伦比。半岛酒店的喷泉也开着，低调而优雅地烘托着气氛。路上的人群更是沸腾，游行的队伍招摇着，快乐地呼啸而过。到处都是灿烂的灯火，到处都是笑意满面的人群，照得悲伤无处遁形。

夜深了，街道上依然到处都是人，打不到车。皇甫和老于边走边打车，颜烁哆哆嗦嗦地跟在他们后面。老于突然停下来，把自己的围巾围在颜烁身上。

回到家已经是下半夜了。颜烁催促皇甫早点睡，因为很快就要到他痛苦咯血的时间了，那样他就完全无法入睡了。让颜烁惊讶的是，这天晚上皇甫只咳了两次！只轻轻咳了两次！没有那种撕心裂肺的咯血不止！想到他今天一整天很累，而且吃了很多不该吃的东西，颜烁觉得简直不可思议。

早上起床，颜烁兴奋地说："你只咳了两次！"

皇甫淡定地回答："化疗吃药当然会好，有什么特别。"

颜烁反驳："你前天还咳得要死要活的，昨天突然就不咳了！"

皇甫依然淡定："那就好了呗。"

颜烁接不下去了，皇甫真是一个没有表情的面瘫患者。

老于和一个朋友来接颜烁和皇甫，那朋友很年轻，也是内地人，三十出头的样子，戴一副大大的眼镜，文艺青年范儿。老于介绍说这是知名导演宁海的助手刘伟。宁海是老于的死党，他们认识了很久。宁海这个导演颜烁还是知道的，他那部震惊国人的小投资黑马电影真是把人笑得前仰后合。

四个人一直在IFC逛啊逛，颜烁在看适合皇甫的衣服，皇甫在看适合颜烁的衣服……最后的结果是，颜烁买得比谁都多。皇甫最喜欢的事，就是把她当成一个换衣公仔那样玩。只要他高兴，颜烁怎样都可以。

说实话，那些衣服的价格真的让颜烁心疼得默默滴血。香港人，或者说像皇甫这样条件中上的香港人，和颜烁这样初来香港的内地人对服装的要求是完全不同的。他们完全无法容忍一件有丑陋褶皱装饰或者质地不好，又或者剪裁不合体的衣服。而在颜烁的大脑里，熨衣服很麻烦，质地属性只有棉，另外，根本没有剪裁这回事……

三个娱乐圈的男人陪着自己逛街，颜烁感觉挺有趣的。铜锣湾的圣诞假期，街道和商店里比以往更加喧闹。灯火通明的都市，让人几乎忘记还有黑夜。一路拍照，颜烁只负责在三个人中间傻笑。那种真实的快乐，时隔多年，依然如在眼前。

皇甫的家拥有辉煌的维多利亚港夜景的代价是朝北。香港的冬天不好过，朝北的房子更是阴冷到骨头里。一贯怕冷的颜烁每天早早就上床，在皇甫的位置躺平，等他在客厅磨蹭完了，要进卧室时，再滚到自己那边的角落。为的，只是给皇甫暖一暖床。

有时候看到微博里拿男朋友暖床的搞笑段子，颜烁总是笑不出来。幸福其实是微小细致的构成，那些身在幸福中的人，是不是真的明白？

这个时候的颜烁，即使冻得瑟瑟发抖地给皇甫暖床，也是幸福的。在世间的无常里，幸福是如此卑微。

好消息是，皇甫真的不怎么咳嗽了。

有一天晚上，皇甫突然对颜烁说：“香港很冷的，要穿袜子睡觉。”

从走进颜烁上海的家的那刻起，他从没忽略颜烁的任何细节。他从没忽略颜烁，只是他从来都不表达。无论是面对死亡的威胁，还是面对声色的引诱，皇甫始终是那个内心温暖的皇甫。

无法天长地久

Mandy 来香港了，圣诞节血拼，她可不愿意错过。当然更重要的是，她知道颜烁和皇甫住在一起，她要来见她的偶像皇甫大人。

刚好老于租了车，要带着刘伟去西贡吃海鲜，于是五个人浩浩荡荡地出发了。香港的交通真不是盖的，一路不堵车，老于把车开得飞快，从铜锣湾到西贡不过半小时。一直在 TVB 的电视剧里听到西贡，颜烁还以为是个很远的小岛。

太阳落山了，码头边上很多船坞点起了灯。路边的摊贩叫卖着晒干的海产品，鱼、虾、蟹、蚌，应有尽有，热闹得很。老于挑在海鲜岛吃晚餐，龙虾和皮皮虾当然是必点的。煮熟的皮皮虾端上来，大家傻掉了。像人的胳膊那么粗的皮皮虾！第一次见到这么大的皮皮虾，都不知道如何下手，三个大男人拿着大剪刀来来回回地比画，才终于搞定。

Mandy 和颜烁全无淑女形象，吃到没空说话。三个男人反而比较淡定，一边吃一边聊天，老于和皇甫还时不时地给颜烁和 Mandy 夹菜。Mandy 偷偷说："你也太幸福了吧，要是我能每天这么活着，让我明天死也无所谓。”

吃蒙了以后的玩笑话，很多人都这么说过。我们也许看过太多“人生苦短须尽欢”的故事，所以觉得当下的欢愉胜过了一生的平淡。殊不知，厮守本身就胜过了绚烂。

Mandy 住在和颜烁第一次来香港时住的酒店里，离皇甫家只有一分钟的距离，第二天一早就来按门铃，说喜欢皇甫的眼镜，非要颜烁带她去买新的眼镜。

皇甫最喜欢的店在铜锣湾的巷子里，低调得连个 LOGO 都没有。店里的眼镜也大多没有 LOGO，只是低调地刻着“HAND MADE IN JAPAN（日本手工制造）”。店里的客人很少，但每个人都很时尚，连店员都透着一股精雕细刻的劲儿。Mandy 一下子就爱上这个范儿了，但是有点挑花眼了。最终还是不得不在两个大男人的帮助下，从二十几副眼镜里挑了一副。老于也没闲着，一边帮 Mandy 参谋，一边给自己挑。颜烁损他：“你是在挑老花镜吗？”

皇甫帮颜烁挑了一副，确实很好看，价格也很吓人，最近虽然有了钱，但是房子还没买，又买了很多衣服，有点下不了手。皇甫又要开始说：“真搞不懂你们内地人，为什么要为了房子降低生活品质呢？”颜烁最听不得这种话，果断刷卡。

晚上照例去店小二。店小二简直变成了大家的据点。过马路的时候颜烁看到老于的手机壳很好看，马上扒下来安到自己手机上。

老于说：“五百块欸！”

颜烁美滋滋地说：“废话，便宜的我还不要呢！”

皇甫凑过来看了看，赞同地说：“这个颜色很漂亮，拿好。”

老于就只能去一边郁闷了。

Mandy 第一次参加店小二的聚会，high 到不行，大口吃肉，大口喝酒，瞬间变身女汉子。临走的时候，趁着酒劲，Mandy 在马路上拖住皇甫，说：“我要和你合影！”

皇甫很随和地说："好啊，等电车来，这里是一个电车总站，会比较有香港的感觉。"

颜烁听到了，一想自己也没有几张和皇甫的合影，也嚷嚷道："我也要！"

皇甫还是一副不耐烦的样子："好啦好啦，不要烦。"

于是颜烁和 Mandy 就像两个脑残粉围绕着男神一样，在香港的电车站和皇甫拼命合影。

当初颜烁和 Mandy 第一次踏进皇甫的家门，被落地窗外维多利亚港绚烂的夜景迷住了双眼。那个晚上 Mandy 开心得一直喊到声嘶力竭，就是那么轻易地爱上了香港。现如今，大家都在香港，可以守着这个爱的男人，爱，却变得那么艰难。

临走前，Mandy 在微博里说："朋友、朋友的朋友，真的友好且可爱。共同的特点是对生活很认真，积极乐观，更重要的是他们都很有才华。这才算真正的优秀吧，欣赏，也羡慕。"同时她跟颜烁说，自己考虑跳槽了。因为现在的颜烁让她明白自由的可贵。她终于相信世界可以很大，决心也为自己换个环境。

颜烁什么都没说。人只能看到他想看到的那部分世界。颜烁不知道，看似精彩的世界里的那些苦痛，Mandy 能否承担。每个人都想拥有一双自己的翅膀，自由地飞翔，但大部分人都无法忍受面对悬崖时的恐慌。这几个月，颜烁过得并不安宁。跳槽就像离婚，一不小心就会伤筋动骨。

香港的圣诞节气氛一直延续到元旦，过完元旦再一直懒散到春节。香港真的是个福地，圣诞放假，春节放假，清明放假，佛诞也放假……除了带薪假期比内地长，连法定假日都更多。同事们说，12 月和 4 月是没人上班的月份，因为随便请几天带薪假，就可以把法定假日和周末连起来休，一个月都不见人影。

在香港出行也异常方便，飞台湾自不必说，飞日本、飞泰国等亚洲国家的机票都便宜到不忍直视。更赞的是，连飞成都、厦门等内地城市或者飞洛杉矶和旧金山等美国城市也便宜得不行，真正靠市场竞争逼出来的大众福利。

只可惜，以皇甫目前的身体状况，他没办法远行。老于已经决定去台湾，颜烁琢磨着元旦假期要怎么过。

跟皇甫商量的时候，他淡淡地说："约了朋友。"

这种话的潜台词多半是："你这种不会讲广东话的内地妹子就不要参加了。"

颜烁开始想，也许他口中的"主流圈子"是真实存在的。无论你怎么努力，都始终无法融入这个圈子。之前看过很多华人在国外的愤懑和抱怨，大多与此有关。这也许就是套在颜烁这种内地人头顶的紧箍咒吧。

颜烁倒没有什么愤懑，也懒得抱怨，只是无奈。不知从何时开始，她已经渐渐习惯这种无奈的感觉。无奈地看着皇甫得肺癌，无奈地等待他的离开，无奈地看着他在一个与自己无关的圈子里享受最后的时光，无奈地听不到也得不到他的爱。

人生里有太多太多的东西，不是单靠努力就能得来的。我们的努力只是成因里最微不足道的一部分。但，即便如此，我们依然不能放弃努力，因为除了努力，我们一无所有。这真是让人无奈。

这些深深浅浅的心事让颜烁的情绪很是低落。

皇甫主动和她说话："新年夜的时候，IFC 会有烟花。"

颜烁懒懒地说："哦，在家里可以看到。"

皇甫斜斜地瞥了她一眼："在家里看多闷，去 IFC 看啦。"

颜烁依然提不起精神："有什么特别，我上班的地方而已。只有你们这种不在中环上班的人才觉得稀奇。"

皇甫没有理会她的挖苦，继续说道："晚上一起去朋友家吃烧烤，然后一起去看烟花啦。"

颜烁一时竟没有反应过来，愣愣地看着皇甫。皇甫像个恶作剧得手的孩子，骄傲地说："那天人会很多，我没空理你的，你去了不要觉得闷哦。"

第一次参加皇甫朋友圈的聚会，颜烁不知道要怎么表达自己的心情，紧箍咒慢慢地松了……

新年夜，几辆电车被Party包下来，带着欢呼声穿梭在香港岛的夜色里，更增添了几分节日的氛围。路上的行人都身着盛装，满是喜悦地匆匆而过，各赴各的约。

颜烁和皇甫去了湾仔靠近山前的朋友家里。Party已经开始了，很多男男女女正在忙着烧烤、倒酒、聊天。皇甫简单地和朋友们介绍了一下颜烁，颜烁赶紧自己补充："我听得懂广东话。"

皇甫的朋友们很友好，用非常蹩脚的普通话说："没事啦，我们练习一下普通话啦。"这就是香港人，无论普通话说得多烂，还是很努力地练习。可是，内地人，至少是颜烁在工作中接触到的大部分内地人，却对说普通话有种莫名的优越感，不太愿意去学习广东话。

皇甫果然没有时间搭理颜烁，他如鱼得水地穿梭在人群中。颜烁一个人烤着鸡翅，竖起耳朵听身边的人聊天。他们正在讨论内地和香港未来的经济。这倒挺稀奇，颜烁还以为他们都是娱乐圈的，不由得问道："你们不是娱乐圈的吗？"

对面的男孩说："我不是，我是跟朋友过来玩的，我是做金融的。"

这个男孩很高很帅，长相是异常标准的美籍华人长相，普通话是异常标准的美籍华人普通话。

颜烁笑笑："同行啊，你是从美国回来的吧？"

男孩一下子打开了话匣子，干脆移到颜烁旁边。烧烤炉成了他们讨论经济问题的表演台，越来越多的人凑过来听。原来大家都对经济感兴趣，说白了，都对赚钱感兴趣。

过了一会儿，皇甫走过来，有点莫名地拉着颜烁的胳膊，接过她手里的烧烤叉，殷勤地帮她涂上酱料，还说："多吃点。"

对冷淡惯了的皇甫来说，做出这种举动简直就像是中邪了。

快十二点了，皇甫说："我们该去看烟花了。"

一直围着聊天的人群方才散去，美籍男孩要了颜烁的电话，说平时可以一起吃午餐。

去中环的路上，男孩给颜烁发 WhatsApp 问："他是你朋友？"

听到手机声，皇甫警觉地说："谁啊？这么晚。"

颜烁确定，皇甫今天真的中邪了。

她笑得很不给他面子，回复那个男孩："他是我男朋友。"之后，把手机递给皇甫看。

皇甫假装不在意地看了一眼，淡淡地说："你们女人真烦，什么男朋友女朋友的。"

IFC 满满的全是人。皇甫带着颜烁来到中环码头，在这里可以看到最完整的 IFC 烟火。灯光亮起，几万人一起倒数，场面惊天动地。2012 年了！那是颜烁看过的最绚烂的烟火，胜过银河繁星，胜过记忆中一切灿烂的画面。以至于，很多年以后经过 IFC，她都能感觉到当年记忆残留下的丝丝温暖。

皇甫看着硕大的"2012"的数字，发着呆。他能随意读懂颜烁的心，颜烁却始终不知道他在想什么。她想偷偷拍下自己和皇甫的这一瞬，但是怎么都拍不好。皇甫一把拿过她的手机，随手拍下一张完美的合影。

"我的 2012，我们的 2012，终于来了。希望 2012，皇甫一直在我身边。"颜烁在心中默默许愿。也只有这样，一年一年地许下心愿，却不敢随意许下天长地久。

What an Unforgetable Journey

得到你的爱情，还要再得到你任性。
一切原是注定，因我跟你都任性。

许美静 ～～～～～《明知故犯》

当我足够爱，才敢失去你

我爱你，
胜过爱自己

我不害怕，我很爱他

新年刚过完，老于就回到了香港。他到底还是放心不下皇甫。这段日子他几乎不工作，几乎不出去混，也几乎没有陪女朋友们，就陪着皇甫和颜烁。

不知道还有谁能做到这一点。俗话说，人生得一知己足矣。颜烁要到现在才真的明白这句话。可惜皇甫这个没良心的不买账，自己约了别的人，老于只好也约了别人去店小二。颜烁下了班赶过去的时候，看到包房里有一张陌生的面孔，老于介绍说："大导演吴果。"又和对方介绍："这是 Laura。"

颜烁终于不再茫然了，这个导演真的是太有名了，她看过好几部他的电影，于是谄媚地说道："哇！电视上看过你很多次啊！"

老于翻个白眼，说："她能认识你就说明你真的有名咯，基本上我们圈子里的人她谁都不认识的。"

颜烁在暗地里狠狠地掐了老于一把。

从晚上八点钟一直闹到半夜十二点。店小二的两个东家和鸡施大哥也跑来包房喝酒，每个人都喝到半晕，饭店的音响开成了震天响。大厅里的一桌客人集体喝高，正在群魔乱舞。除了店小二，估计香港再也找不到这么随意的地方了。

颜烁第二天还要上班，打算先走，便叫鸡施拿账单埋单。结果吴果把账单接了过去，很绅士地说："我从来不会让女孩子埋单的，而且我们香港有个习惯，就是吃大佬，谁赚钱谁埋单。你就不要争了。"

老于淡定地说："吃大佬啦，让他埋单，让他埋单。"

吴果埋了单，带着颜烁穿过疯癫的人群要出门，老于也醉醺醺地赶过来："等等我，我也走。"就在等他的一会儿工夫，吴果被人认出来了，本来就热闹的排档，顿时像是炸了锅。无数人围上来要和他合影，吴果也很随和，和大家一起照了十几分钟的大合照，方才脱身。

次日颜烁去参加一个大型的午餐会，身边竟然有个吃饭吧唧嘴、束马尾、穿大红闪钻毛衣配绿色羽绒服和棕色面包鞋的胖大姐，背着一个 Chanel 2.55[1]。不是颜烁非要以貌取人，只是这位大姐，赚钱和花钱都不应该是女人的终点，不漂亮，但至少也该有点修养和品位吧？整桌人都因为她的吧唧嘴而减少了沟通。好在演讲安排得很不错。

演讲的这个姑娘叫叶青，颜烁在上海时就认识。普通的家庭出身，大学毕业后进入某投行做分析师，靠自己买房买车。之后跳槽到私募。如今刚辞职，准备去国外读书。这次演讲的主题是"蜗居"，她被请来做 80 后成功买房的代表嘉宾。

因为有切身经验，叶青讲得很中肯。颜烁也十分认同。等她讲完，颜烁过去和她打招呼，这才发现旁边有个老外也在等她，颜烁笑笑，示意他们先聊。原来这老外是伦敦一家三十五亿美元规模的对冲基金公司的老板，他诚邀叶青加入他们公司，明天就可以上班。

人生真是比戏剧还精彩。事后和叶青聊天，她说她还要再考虑

1 Chanel 即香奈儿，法国著名奢侈品牌。Chanel 2.55 是一款配有金属链条的双层翻盖可闭合方形包，它的命名源于它的诞生日 1955 年 2 月。

考虑。无论她做出什么决定，颜烁都为她高兴。叶青的境遇足以证明颜烁的观点：无论房价涨跌，我们都可以买到一套自己的房子；无论世事多么糟心，我们都可以拥有一个精彩的人生。

周末，皇甫大人终于在百忙之中抽出时间来跟颜烁和老于吃饭。他们三个照例从铜锣湾出发。这一天皇甫穿了一件日本制的古着限量款三叶草。

颜烁拍下他坐电车的照片，取笑他说："要是在上海，肯定会有很多人嘲笑你穿 adidas[1]。"

皇甫不以为然地说："设计和历史很重要。"

老于看了看颜烁拍的照片，说："他就算穿 adidas 也会穿得像个广告大片。"

颜烁假装不忿地哼了一声，内心却十分赞同。

气场这种东西，是盖不住的。皇甫喜欢古董，喜欢古着，因为历史刻在这些物件里，让每一件物品都拥有了独一无二的魅力。香港近半个世纪的岁月也就这样刻在了皇甫的灵魂里，他所经历的一切，让他有着独一无二的魅力。这样的物件和这样的皇甫结合在一起，想想就让人难以抗拒。

最近关系越来越近，皇甫有时也会很嚣张、很坦白地跟颜烁说："我以前去酒吧的时候，想泡女孩子没有泡不到的。"

一想起自己和皇甫的相遇，颜烁不知是悲还是喜。我们的一生里会发生太多的"意外"，我们把它们叫作"命运"。

晚上在跑马地的英皇骏景酒店吃饭。老于悠闲地说："今天晚上来的都是电影圈的人。"颜烁翻个白眼，说："除了你俩，我谁都不认识。"老于淡定地说："这就够了。"

两个导演、两个制片、两个编剧、一个摄影……貌似都很有名，

1 阿迪达斯，德国运动用品品牌，"三叶草"是其旗下运动传统系列产品。

可颜烁还是一个都不认识。香港餐厅难得有大包房，颜烁他们在这家餐厅最大的包房里。大家一边喝香槟，一边吃打边炉，一边聊娱乐圈八卦……

一聊到颜烁听不懂的内容，颜烁就干脆装死。偷偷用手机百度在座各位的八卦，发现其中几个人是得过金像奖的，坐在皇甫旁边的仁兄Steven是靠《花样年华》得的奖，他是1967年出生的。1967年！那岂不是四十五岁了？颜烁还以为他只有二十几岁。怎么这么不显老呢？

颜烁实在忍不住，说："你们都吃什么了？四十几岁还像二十几岁！而且还是男人！简直没有天理！"

Steven笑得很开心。皇甫淡淡地回答："吃防腐剂咯！"

颜烁又扭过头去问老于："你们三个是同龄人，怎么你就看着像七十呢？"

老于差点把捞勺扣到她头上："他们都在香港好好地养着，我天天在内地辛苦工作！"

颜烁说："那又怎么样？香港不是我国领土不可分割的一部分吗？"

老于说："那又怎么样？香港政府刚拨了一亿港币，用来给六十五岁以上的老人镶牙，内地可以吗？"

一说就说到我们的软肋，颜烁只好撒泼："那你干吗不回来？我都来了，你还在内地干吗？自己笨，还不承认。"

大概是太久没有人这么胡搅蛮缠，其他几位仁兄都跟着笑闹，很尽兴。吃完饭又去隔壁尔冬升开的酒吧唱歌、喝酒。

颜烁晕晕乎乎地想：也许是英皇骏景的打边炉太好吃，所以我喝了太多香槟；也许是尔冬升的酒吧太暧昧，所以我喝了太多红酒……总之，颜烁喝多了，大家也喝多了。只有皇甫不喝酒，遗世独立地看着一帮人笑闹。

喝多了的众人一起把熟悉的驻唱歌手轰下台，一个接一个自告奋勇地上去唱歌。闹哄哄的人、闹哄哄的歌、闹哄哄的夜……等颜烁被推上台的时候，不会唱粤语歌的她只好唱了一首他们熟悉的国语歌，王菲的《彼岸花》。

颤抖的镜头，模糊的背影，飘零的旋律，黑色的王菲，一个人的等候。

看见的　熄灭了
消失的　记住了
我站在　海角天涯
听见　土壤萌芽
等待　昙花再开
把芬芳　留给年华
彼岸　没有灯塔
我依然　张望着
天黑　刷白了头发
紧握着　我火把
他来　我对自己说
我不害怕　我很爱他

整首歌的歌词只唱一遍就结束了，唯有尾声的配乐和余韵久久回荡在不大的酒吧里——

他来　我对自己说　我不害怕　我很爱他
他来　我对自己说　我不害怕　我很爱他
他来　我对自己说　我不害怕　我很爱他
…………

唱到最后，酒吧里一片寂静。

我不害怕，我很爱他。

颜烁恍惚地走下台，一步一滴眼泪。老于走过来紧紧地抱住她：“别哭，我们是一家人。你还有我。他会放下你，但我不会，我保证。”

趴在老于的怀里，颜烁让眼泪肆意地流淌下来。灯光太暗，大家都以为她只是喝醉了，不知道她的心已经碎了。

皇甫走过来挨着颜烁坐下：“从来不知道你唱歌唱得这么好。别喝了，我们走吧。”多么难得的一次，是他主动要回家，而不是留下颜烁孤单一人，仿佛无止境地辗转地空洞地等他……

醒来的时候，颜烁看着天花板和身边熟睡的皇甫，想起老于昨夜的醉话，忍着宿醉的头痛，一字一句地给他发了信息：“你昨晚喝多了，讲的那些醉话不知道你还记不记得。我只知道我盼你回香港的心情与我妈盼我回家过年的心情一样。我只知道，无论你在这个世界的任何地方，找到或者失去任何种类的幸福，有我和皇甫在的香港，一定都有一种属于你的永远不变的幸福。我们是朋友，更是家人，祸福与共，白头到老。”

这大概是颜烁给别人发过的最煽情的一段话，句句真心。

老于竟然也醒了，回复道：“记得。半小时后下楼吃早茶。”

皇甫的身体明显好转了，晚上几乎一点都不咳了，饭量也大了很多。老于每天都来，三个人的主题除了逛街和吃饭，又多了一个：看房子。因为皇甫，也因为地段，颜烁选的房子都在铜锣湾附近。

此时的香港二手房市场一片低迷，很多从不放盘的楼房都出现了卖盘。这也让颜烁非常忙碌，因为香港和内地不同，香港岛的二手房不像内地那样，一个小区一个小区地建起来，每个小区都有一些几乎一模一样的户型。香港的二手房是一栋一栋的，每一栋户型都不同，价格又因为朝向、风景、修建年份、建筑材料、地契时间而各不相同。哪怕同一栋楼里的不同楼层、不同朝向，价格都可以差上百万。所以，颜烁必须一间房一间房地亲自去看。看到真正喜欢的，价格不离谱的，才会让皇甫和老于一起去看。

卖掉上海的房子赚的钱，除了还掉欠老于的债，还掉信用卡，换成港币，还有差不多六十万，这笔钱刚好可以支撑颜烁付一个总价四五百万的房子的首付。如果是总价四百万的房子，月供大概是一万三千块。同样的房子，租金大概是一万五千块，就算租出去，也是现金净流入。这笔账真心不亏。

颜烁在心里盘算着，如果皇甫愿意和自己一起住，那他大把的房租就可以省下来。但是，如果他不愿意和自己一起住，那她就把这个小房子租出去，赚租金，等待地段升值。以她的专业能力，她相信香港的房价会涨。

资金的账不难算，难的是皇甫和老于的挑剔。四五百万的房子，他们哪里看得上眼。颜烁有时候也会很恼火，明明是两个没有房子的家伙，偏偏对房子挑剔到不可理喻。这就是香港人和内地人在理财观念上的差异。像他们这样的香港人，有了钱第一时间就是享受生活，而像颜烁这样的内地人，有了钱后想的总是房子、保险、养老……一大堆的未雨绸缪。

根本无法沟通。

在等房东开门看房子的时候，老于站在街上抽了一根烟，随手把烟头扔进下水道。这时，不知道从哪里钻出来一个女警察，直接说："你违法，请出示证件，罚款一千五百元。"

颜烁蒙了。

平时那么彪悍的老于，竟然一句辩驳都没有，直接亮身份证，接罚单。

颜烁说："你怎么不解释呢？你是扔到下水道里面，又不是街上。"

老于说："违法了就是违法了，有什么好解释的。"

在老于和皇甫的齐齐反对下，颜烁还是从无数房子里选定了两套小房子。一套面朝维多利亚公园和维多利亚港，这样的风景实在是太难找太难找，未来升值空间应该很大。还有一套朝南面山，三面窗户，阳光充足，视野开阔，最重要的是还有一个大大的平台。这套房子属于特色户型，价格比一般房子要高，但是业主也是内地人，一是懒得出租维护；二是认为香港房价要跌，急于出手。

颜烁分别给两套房子的业主开出了订金支票，要的买价都比他们的卖价低 20%，让中介去跟业主谈。

中介面露难色："业主都已经放价放得很低了，你开这么低的价格，都已经回到 2010 年前的低价了，很难成交的。"

颜烁胸有成竹地说："你只管去谈。"

做完这些事，就该回家过年了。每当这个时候，颜烁都感觉自己是一只迁徙的候鸟。

爱如烟花易散

香港的春节假期很短，大概像颜烁这样需要飞半个中国回家过年的候鸟还不够多，没有春运那样浩浩荡荡的感觉，机票也很容易买到。

老于要去台湾过年，看来 Angela 的魅力在近期打败了所有对手。香港只剩下皇甫。但皇甫永远都不会是一个人，他有太多朋友。

皇甫这样的人有那么多朋友，却始终没有女朋友。你永远觉得自己懂他，但其实永远不可能懂他。颜烁想，所谓舍不得，只是自己一厢情愿的感觉，她和老于的暂时离开没有让他感到丝毫不爽。

临走的时候，皇甫说：“记得带手信。”

颜烁问：“手信是什么？”

皇甫说：“当地特产啦！”

颜烁说：“你不可能对那些特产感兴趣的，连我都不喜欢。”

他说：“想想我平时都让朋友带什么手信。”

颜烁想了想，说：“玻璃杯，各式各样的，精致的。”

皇甫笑了：“你怎么变聪明了？”

颜烁懒得理他，心想：当我眼瞎看不见你玻璃柜里无数的玻璃杯吗？算了，离开这个刁蛮冷淡无理的男人几天，回家透透气吧。

人是回家了，心还在香港，颜烁低估了自己对皇甫的依赖，看到任何事都想和他絮叨几句。皇甫一般不理颜烁，终于有一天把他逼得在 WhatsApp 上说："你这是在直播你的生活吗？可不可以好好陪家人过年？"

颜烁也开始觉得自己很烦，强忍住不发信息，只在 WhatsApp 上偷偷地看皇甫何时上线、何时下线。如果他上线了，颜烁就会想，他在和谁聊天，在聊什么有趣的事。结果发现，他每天凌晨三点还不睡。颜烁也发飙了："我不吵你，你还不是一样不睡！你还以为你是健康的人哪！这么熬下去，普通人也会熬死的！每天都这样！等我买了房子我就搬出去！再也不管你！"

皇甫冷冷地回复："别烦，在 eBay 拍古董。"

颜烁很难过，在这样的时候，她认为最重要的是两个人都珍惜在一起的分分秒秒。人生太短了，短到她连发脾气、撒娇、要一个拥抱都不敢。而皇甫显然和她想的不一样，没有珍惜，也没有用心，只是肆意地用其他的人与事浪费所剩不多的生命。

她忍住伤心，一字一句地打过去说："老于说得对，他是放不下我的，但你是可以放下我的。"

皇甫回复她："如果要做一个感性的人，就选择做一个快乐的人。"

没错，皇甫说得很对。但是这样的态度尤其伤人心。颜烁本以为他是一个很文艺、很浪漫的人，结果却是一个理智到冷漠的人。吃一堑，长一智，颜烁下定决心，以后再也不相信任何偶遇的男人。酒吧里、灯红酒绿中的动情都是灯光、香水和酒精催生出来的幻觉。

颜烁逼自己放下对皇甫的思念，放下对一个人的执着。大年夜，和家人吃完年夜饭，一边陪着家人看春晚，一边为她选定的房子画简单的装修图。忍不住问皇甫哪个房子更好，他回复："我在和师父吃饭，让他给算下风水好了。"

颜烁才不相信那些神神道道的东西，皇甫之前和她提过这个师父，他是香港最有名的道家师父，给很多名人算过风水，还带皇甫他们去看过鬼。后来，因为他们两个人的性格都比较怪异，关系渐渐疏远了。今天竟然凑到一起吃年夜饭，不知道是不是都找不到别人吃，不得不在一起将就。

颜烁正不怀好意地揣摩着，也没接皇甫说看风水的茬儿，问道："竟然和他一起过年，你怎么不去你哥哥家过年？"

皇甫回答："没打算去和他们过年。我们家的关系就是这样。"

与家人都老死不相往来，这就是人太孤僻所要付出的代价吧。这在中国普遍的价值标准体系里，完全就是悲哀到不行的反面典型啊。

皇甫好像早已习惯，吃完年夜饭又和一群朋友去逛维多利亚公园买花。颜烁这边则被大红大绿的春晚节目雷得外焦里嫩，最让人崩溃的是，天后王菲唱《因为爱情》竟然唱破音了，让人情何以堪！

大年初二晚上，皇甫突然发来一条视频信息。颜烁点开一看，竟然是在家里录制的维多利亚港的烟花。春节的香港也有烟花，可惜自己没能目睹。视频里能隐隐听到皇甫的呼吸声。他一个人，静静地、仔细地录下维多利亚港这一刻的繁华，只为了发给颜烁。从前的他肯定是不屑于做这些事的。

一瞬间，颜烁仿佛又忘记了那些纠结的情绪，只想立刻回到香港，和他在一起。

颜烁说："希望明年和你一起过年，在家里看烟花。"

皇甫说："睡吧。"

是啊，他连一个明年的诺言都无法给她。颜烁只能自己在心里许下心愿：今年是他的本命年，希望他平平安安。

过完年回到香港，中介告诉颜烁面朝维多利亚公园和维多利亚港的那套房子已经卖出去了，平价卖掉的。颜烁又问了一下之前看过的其他房子，几套比较好的都成交了。香港房产市场果然如她当时预计的那样，经历三个月的低潮之后开始反弹。看来这次反弹的速度会很快，颜烁必须抓紧时间。

颜烁马上开了一张新的支票，把那个拥有平台的房子的价格从降价 20% 提到降价 10%。她对中介说："告诉业主，我可以直接给他人民币。另外，如果成交，我给你双倍佣金。"这其实并不合法，但是非常有效。第二天，中介告诉颜烁业主愿意成交。

颜烁马上签了约。签完之后，告诉皇甫："房子买完了，那个带平台的。"

皇甫很不高兴："你怎么不让我再去看看呢？"

颜烁懒得解释，以他这种挑剔的性格，再看十次也不会成交。好房子不等人，最后一定买不成。买房子这种事情，她还是相信自己的专业。

颜烁买完房的第二周，香港房产成交数据明显反弹；第三周，价格开始全面上扬；之后，香港房产价格在短短一年内，创造了 1997 年以来的新高。

颜烁抄到了这一轮行情的大底。最重要的是，她是一成首付。这意味着，房价每涨 10%，她的本金就赚了一倍。

这件事在颜烁的公司引起轰动。作为一家地产公司，里面还有这么多香港本地人和常住香港的人，在颜烁多次写报告提醒的情况下，没有人出手买房。颜烁用自己看似大胆的真金白银的投资证明了自己的专业。其中最高兴的是汪明，毕竟当初是他力挺颜烁进公司的，他觉得很有面子。

经此一役，颜烁在公司谈香港和内地的房地产走势，几乎没人提反对意见了。这真是意外的收获，但这个收获非常重要，甚至和买房本身一样重要。

香港买房的税并不高，律师费和中介费也比内地便宜。最重要的是，律师和中介都是持牌人，可信度很高，一切都非常顺利。购房的合同非常厚，记录了这个房子从第一任买主到现在的屡次交易情况。所有的手续办完，一共才花了四十万元港币，颜烁还有二十万可以用来装修和买家具。

这个房子便宜，是因为年久失修，看上去乱糟糟的。在香港装修是件很麻烦的事，人工很贵，装修的水准比较高，也造成装修时间往往很长。

颜烁不打算请设计公司，设计公司设计出来的香港范儿都让人觉得很土。身边有皇甫这样的人，请设计公司就是多余。皇甫也赞成，只要是花钱买东西、装修布置家里这类事情，他都觉得有趣。

颜烁和皇甫的生活重心从吃饭、逛街、买衣服，变成了吃饭、逛街、买家具。

以前在上海，看到豪宅样板间的装修，总是用 hansgrohe[1] 的卫浴，颜烁便以为这牌子是顶级的好东西。和皇甫逛了几家店以后才明白，这个牌子真的很一般，在香港的价格非常“平易近人”，比起那些动辄五六十万的浴缸，实在算不上什么。慢慢地，颜烁的心里也有了底，香港的装修成本固然要比内地高，但是品质也会提升很多。

颜烁和皇甫的审美差距在一点点拉近，几乎所有他喜欢的东西，颜烁都能一眼挑出来。他们也经常一起逛书店，挑一些非常优秀的设计师图集。外国的书真的很贵，几百块一本。买了几本颜烁就吃不消了，跑去维多利亚公园旁边的图书馆办借书卡。

香港的图书馆非常现代化，借书卡只是在香港身份证里增加一

1 汉斯格雅，德国著名卫浴品牌。

点信息，也就是说，你交一个申请，之后用身份证就可以借书。借书还书都是自动的，很方便。

房子买完，工作顺利，皇甫不再咳嗽，两人一起琢磨装修和买家具的事。这段时光必然是颜烁和皇甫相识以来最为安定的日子。在这种安定下，两人的体重都迅速上升。

有一天皇甫在卧室穿衬衣，颜烁坐在床上看，只见他突然鼓起肚皮，衬衣的扣子就华丽丽地崩开了。

颜烁叫起来："皇甫源！你竟然变成了一个胖子！"

他笑嘻嘻地说："有生以来最胖的时候。"

原来，我能想到的最幸福的事，就是和你一起慢慢变胖。

胖了就要重新买衣服，颜烁的裤子也都穿不下了。买衣服又是皇甫喜欢的事情，只要是花钱，他就喜欢，真是个败家的货。

他带颜烁去了一家很小众的日本品牌店，叫作45R。随便一件衣服都三四千块。颜烁真的不明白，这么小众的店、这么贵的价格、这么没特点的衣服，它是怎么活下来的。

大概是看颜烁在皱眉头，皇甫开始自言自语："你手里这件毛衣，它是纯手工制作的，作坊和Chanel是同一家。在日本，爸妈会把和服之类很好的衣服留给子女，代代相传。这家店的每一件衣服都有精湛的手工，就算是第一次穿，也会有一种旧物般的漂亮。这么好的质量，真的可以代代相传，留给你女儿咯。牛仔裤也不错，很多是收藏级别的。"

一聊起这些，他的香港普通话就流利起来。颜烁拿了几件衣服去试穿，在试衣间门口看见一个大明星。有这些明星和皇甫一类的怪人捧场，这家店看来一时半会儿倒闭不了。穿上以后，颜烁不得不承认，一分钱，一分货，这家店的衣服确实很好。

皇甫看见她试衣服的效果，说："对嘛，这家店的衣服就是给像你这样没身材的人穿的。欧美的牌子是给模特穿的。没身材的人穿着都可以好看的衣服，才是好衣服。”

“你才没身材！”颜烁吼完以后，店员都笑了起来。

晚上回到家，颜烁坐在客厅里看电视，皇甫穿着她的新裤子从卧室里走出来。

颜烁笑得岔气：“你有病啊，干吗穿我裤子！”

他撇撇嘴：“我为什么能穿进去你的裤子？你这个肥婆。”

老于终于舍得从台湾的温柔乡里回来了，约了 Steven 和一堆人吃饭。

大家听说颜烁买房子了，都很吃惊，大概都觉得一个小姑娘在香港买了一套将近四百万的房子很不可思议。颜烁又只得不厌其烦地给这些大龄男孩讲一下理财的必要性和理财方法。还告诉他们，短短几周，她买的房子已经恢复原价，也就意味着她赚了总价的10%，即用四十万本金又赚了四十万回来。他们又大大地吃惊了。

皇甫和老于的表情里透着那么一点不易察觉的小骄傲。颜烁想：好歹我这个内地妞没给他们丢脸。

这一下，大家对房子的热情都被激发出来了。毕竟不管多文艺的人，也都需要地方住啊。聊得热闹了，大家就说去 Steven 家玩，因为他家的布置是大家公认的有品位。

Steven 家简直就是《花样年华》的拍摄场景，美得如梦如幻。和皇甫家一样，家里的每一件东西都漂亮，小到茶杯，大到灯具，甚至一个随手放置的旧式旅行箱，都透着浓浓的说不出的雅致味道。

这间老房子本来其貌不扬，后来 Steven 和太太租下来，将它重新装修改建，才成了现在的样子。Steven 补充说，因为是租的房子，所以当时用的很多装修材料都是很便宜的，只是搭配得比较好。

租金便宜得离谱。颜烁想，房东应该完全想不到他的房子里住了个名人，也应该完全不知道他的房子漂亮到可以拍老电影。如果知道这些，房租至少要翻三倍吧。想到这里，不禁提醒 Steven：“千万不能让房东进你家门。”

Steven 想到这个问题，也略显头疼。这才说起来，他以前也买过房子，在 1997 年的高点。当时房子的价格高到离谱，开发商一开盘，很多人会彻夜排队，排在前面的人领到号就可以转手卖给排在后面的人，一转手就至少赚五十万。那年他和太太凑够钱付了首付，一年的贷款利率将近 10%，还款压力本来就很大，之后又遇到房价暴跌，眼看着首付快跌没了，但是为了银行信用，还是撑住还贷。没想到，房价一跌就跌到了 2003 年 SARS 时期。那几年过得真是非常辛酸。SARS 一过，楼价反弹，他们赶紧把房子卖了，再也不想买房子了。但是，没想到，房价从 2003 年一路高涨到 2007 年，翻了五六倍。与此同时，租金也一直在上涨，虽然在他们可以承受的范围内，但他们还是很不开心。

颜烁唏嘘不已。Steven 他们的收入不算低，但投资时机错了，十年努力就白费了。薪水再高，也不过是体力劳动者，真正的脑力劳动者只有李嘉诚手下的打工皇帝那种少数的高级管理者。单靠体力劳动是无法致富的，用钱赚钱才是唯一出路。不过若干年的工夫，两个同样职位的同事，会用钱赚钱的和不会用钱赚钱的，财富的差距应该不止十倍。

即使知道这个真相，又有多少人愿意拿出吃饭、睡觉、逛街、和朋友闲聊的时间去钻研投资呢？每个人都在抱怨自己时运不济，又有多少人看得到自己的不学无术？这个世界上，每一分钟都在诞生百万富翁，每一分钟都有人破产，不是没有机会，而是你抓不住机会，甚至抓错了机会。

可怜之人必有可恨之处。性格决定命运，性格又取决于你出生在什么样的家庭、接受过什么样的教育。说白了，还是 90% 的宿命加上 10% 的努力。如果命不怎么样又不愿意努力，那就等着挨穷吧。

正当颜烁沉浸在自己天马行空的神游中时，门开了，Tina 和几个人一起走了进来。自从上次一起放生后，颜烁就再没见过 Tina，原来她是 Steven 的太太。

也许因为颜烁是在不同场合下分别认识的他们，她总觉得两个人看上去一点也不般配。Tina 看上去是个正常的女人，温和、善良、瘦小，正常年纪里的正常女人。可 Steven 是皇甫的同类，在千万人之中都可以一眼被看到，是有着自己独特光芒的名人。又加上是幕后名人，比台前的名人更多了一点积淀的分量。

也许，别人眼中的自己和皇甫，也就是自己眼中的 Tina 和 Steven 吧。像皇甫这类怪人的太太，一定是像 Tina 这样隐忍的女人。颜烁不知道自己是不是这种女人，更不知道自己能不能做到。

就算做了他们的太太，真的就能幸福吗？ Tina 幸福吗？

和皇甫在一起的情感，总是一半海水、一半火焰交织着的无奈和无常。那种“我的黑夜是你的白天”的错过的无奈，那种如彼岸花般开一千年、落一千年却花叶永不相见的残酷无常。

如果皇甫没有生病，他会不会破天荒地接受她这样一个女人和他住在一起？如果皇甫没有生病，她会不会放下自己，义无反顾地和他住在一起？如果皇甫没有生病，香港还会不会是这样的香港，让人深爱，让人心疼，更让人无法离开？

无论颜烁如何努力地寻找，她发现自己永远都找不到答案。

男人们在一边玩摄像机等器材，讨论拍摄技巧和器材问题。颜烁和 Tina 在另一边聊天，一直聊到下半夜两点。Tina 和 Steven 在一起二十年了，恋爱了十几年才结婚。在此期间，Tina 得过非常严重的抑郁症，一直反反复复。

几次话到了嘴边，但颜烁终究没敢问：“Tina，嫁给他，你幸福吗？”人生走到 Tina 这步，不管幸福与否，已经没有回头路。

如果还有欺骗

好不容易等皇甫聊够了、玩够了，准备回家。起身的时候，颜烁看到墙上挂了一张黑白老照片，里面是一对非常优雅的夫妇，简直像电影《花样年华》的剧照。

颜烁问 Steven：“这是剧照？”

他笑了：“这是我父母。”

颜烁想起老于说起过 Steven 的父母。他的爷爷是上海的大亨，抗战时期上海沦陷前去了美国。他的爸爸妈妈来了香港，当初可是提着满满的几箱金条来的。在香港，他们还是过着老派的上海生活，一直到现在。皇甫的父母也是差不多的情况，只是没那么有钱。

美感其实是一种自幼儿时期起耳濡目染培养起来的感受。这部分香港人有足够的物质基础保有自己的生活，也保留着上一代沉淀下来的最古老、最挑剔的审美，如此一代传一代，从未中断。这样的家世渊源和审美习惯，大概也是他们在娱乐圈中占有一席之地的原因吧。

皇甫在这样的吃吃玩玩里，胖了很多，也健康了很多。大明星陈 Sir 又叫他去深圳开工，皇甫竟然接下了这活。颜烁很不高兴，又不是缺钱，虽然看着好了一点，但是毕竟是癌症啊。皇甫不听劝，他从来都不是一个听人劝的人。

皇甫走了，颜烁终于可以好好地正常睡觉。他即使不咳嗽，也从没有在凌晨两点前睡过。这就意味着，颜烁从没有一天可以在正常时间入睡。白天要上班，要不是她年轻，身体肯定垮了。颜烁明显地感觉到自己的皮肤和身体都不如以前了。皇甫一天一天地健康起来，自己却一天一天地枯萎下去，有时候真希望得癌症的那个人是自己。

皇甫走了，颜烁一个人去看装修，一个人去买书，一个人去鼎泰丰吃小笼包，一个人去“住好嘀”看家具，一个人去吃黑松露比萨……没有了经常惹人讨厌的皇甫，香港这座城市也显得没有那么可爱。颜烁开始想念皇甫。

情人节，铜锣湾的空气里都是蠢蠢欲动的荷尔蒙气息。颜烁一个人穿过人群回到家，看到皇甫跷着腿躺在躺椅上玩手机。

看到她进门，皇甫说：“你该去做头发了。”

永远都这样！永远觉得她是个丑女人！非常讨厌！

颜烁瞪他一眼。他接着说：“换衣服啦，你们上班的衣服好闷。”

永远都这样！永远觉得她是个丑女人！非常讨厌！

颜烁一边瞪他，一边乖乖地去换了衣服。

皇甫带颜烁去了跑马地。颜烁猜到了，果然不是什么浪漫的地方，这个家伙是制造浪漫的高手，但是不屑于在真实的生活里制造浪漫，因为他觉得浪漫很土。

他们在跑马地的竹园海鲜餐厅吃芝士焗龙虾。这里的芝士焗龙虾是全香港最好的。踏踏实实地吃真正好吃的东西，不做作地相依为命地活着，就是一种浪漫吧。以情人节为由头，两个人吃得很开心。

颜烁说：“算你有良心。看来你最近在深圳过得不错嘛，又胖了。”

皇甫说："住 Ritz-carlton[1]，床很大，睡得很舒服。"

颜烁说："床舒服有屁用，反正你晚上也不睡的。"

皇甫在万分之一秒内反击道："我不睡还不是因为要你先睡啊，那么小的床，两个人睡能睡好吗？！"

颜烁怒了："我去！你还有理了！明明就是在 eBay 上看古董，还说要我先睡。我不在香港的时候，你也一样半夜不睡。"

他撇撇嘴，不再说话。

颜烁将这件事记在了心里。反正要买家具，不如先买张大床吧。

皇甫第二天就回去深圳继续开工。颜烁逛到腿软，终于看上了一款床垫，试躺的时候，当下就想睡死在床上，根本不想再起来。这款床垫是这家店的镇店之宝，十一万大洋，欧洲全手工制作，亚洲地区只此一张。真的是好东西，也真的是高价钱。

颜烁盘算着，买完这个床垫，装修预算直接没了一半。她的内心相当挣扎。还是卖家会做生意，直接告诉颜烁，不需要一次性付清，可以用信用卡二十四个月免息、免手续费分期付款，算下来一个月不到四千六百块。

十一万和四千六一对比，颜烁立刻就没有理智了，当下就买了。

回去兴奋地发信息告诉皇甫，结果被皇甫骂得狗血淋头。

这种情况下的颜烁无比执着，她不愿意皇甫的病痛因为自己的缘故有所加剧，她不愿意自己成为皇甫晚睡的借口，她容不得这短暂的相聚时光里留下任何遗憾。只是有些遗憾是无法解决的，还没有和皇甫一起旅行，还没有和皇甫正常地谈一段肆无忌惮的恋爱，甚至，还没有听他说一句"我爱你"。

真的好遗憾，好遗憾，好遗憾。

---

1 世界著名顶级豪华酒店管理公司旗下的高级酒店。总部在美国，由万豪国际集团控股。

皇甫经常给颜烁发一些他和陈 Sir 在一起的工作照片。照片上的他笑得那么开心。颜烁总是会小心眼地觉得照片里的他比和自己在一起的时候开心。

颜烁一个人去做了头发，发型师 Robman 说夏天快来了，话落时发丝也落了。老于回来，看到颜烁，惊讶地说："你现在几乎是一个女版的皇甫。"

是发型、眼镜，还是气质？抑或都有？或者，只是因为想念。当你想念一个人，属于这个人的点点滴滴就会渗入你的灵魂。

装修已经开始。为了省钱，颜烁只请了两个装修工人。把原来的隔断全打通，变成一个宽敞的大开间，再简单粉刷。用 Steven 家装修的路数，简装修，重装饰。皇甫偶尔看看照片，给一点意见，大部分时间在深圳工作，抽雪茄，享受他原本的生活。

一个人在香港孤单得太久，颜烁觉得有点累了。皇甫咯血的夜里，她曾那么诚挚地祈祷，希望他好起来。现在，他真的好起来，颜烁连祈祷的心力都没有，只剩下孤单。这份孤单，比以往的孤单，更让人无力招架。

这世上总有一种人，无论如何都给不了你想要的幸福，而你却无法轻松地离开他。颜烁开始有点明白 Tina 的抑郁症了。

老于真的是救命稻草。来香港已经快半年，颜烁和同事们相处逐渐融洽，但只要老于在香港，他还是会像半年前一样，怕她孤单，每天来公司楼下陪她吃午餐。和皇甫一比较，老于对颜烁的关怀几乎算是宠爱。

没多久皇甫也回来了。他说他腰疼腿疼。中医诊断是肾虚，开了新药调理。颜烁查了很多资料，最大的可能性其实是癌细胞的骨转移。把她的担心和皇甫说了，他很不耐烦地回答："已经查过西医了，肺部肿瘤缩得很小了，癌症指数没有升高，不要烦，神经兮兮。"

被老于约去店小二喝酒，去 Steven 家抽雪茄，去逛街，一切的一切都像从前一样。只是颜烁身在其中的时候，有一种说不出来的累，是心累。什么都不想再细想，什么都不想再计较和计算，过去、现在、未来，没有一样能掌控。过一天算一天吧，能开心一天就开心一天吧。

大概酒喝多了，半夜颜烁难得起来上洗手间，而此时皇甫还没睡。一推开卧室门，正对着皇甫的电脑屏幕。皇甫已经来不及合上屏幕。

是 AV。颜烁一时愣在那里。每天晚上等皇甫一起入睡，但他总是迟迟不睡。颜烁以为他一直在逛 eBay，自己真单纯，竟然以为他会每天逛 eBay。

颜烁觉得自己真傻，傻到付出全部的精力和心力去等一个根本没有珍惜自己的人。自己还不如一部 AV。

皇甫看着僵住的颜烁，尴尬地说："怎么起床了？"

颜烁什么都没说，也不知道该说什么。面对这样的局面，连生气都是多余。她一分钟都不想和他待下去。凌晨三点，颜烁洗了澡，化好妆，冲出家门。

出门穿高跟鞋的时候，皇甫无力地问："去哪里？"

颜烁还是什么都没说，她也不知道自己要去哪里。铜锣湾凌晨的街道，并没有想象中那么热闹。马路上偶尔驶过的一两辆车，带着海风的气息，呼啸来去，盖过了高跟鞋敲打地面的声音。

这么繁华安全的香港，颜烁想，我却无家可归。刚买的房子还是个工地，也不愿意再去混酒吧，这个时间更不方便打扰老于。想来想去，颜烁还是去了公司。公司是唯一能够收留自己的地方。

趴在办公桌上，颜烁睁着眼，侧着头，看着维多利亚港的上空渐渐明亮，在心中默念："要快快把房子装修好，要快快搬出去。"

和皇甫在一起，越来越是一种折磨。他病重时，陪伴他是要对得起自己的良心。现在他好了，再陪伴他就是自己多余。

和老于一起吃晚餐的时候，颜烁半自嘲半认真地说："我丑到这种程度了，我躺床上皇甫都懒得碰我。这是不是作为女人最悲哀的事？"

老于说："别多想，男人有时候看 AV 就是打发时间。做爱太麻烦，看 AV 多自由方便。"

颜烁还是第一次从男人的角度来看待这件事。这么一来，好像是自己小题大做一样。老于简直是妇女之友，有着神奇的治愈力。

吃完饭老于送颜烁回家。皇甫像没事发生一样，在家里看电视。两个男人翻出雪茄，在窗边聊天，抽雪茄。

颜烁还有点工作没做完，借用皇甫的电脑加班。已经半夜了，皇甫的 Skype[1] 突然跳出对话框，有个女人说："好想你，今天都做了些什么？"

一瞬间，颜烁的手指冰凉，如同被冰封在这个亚热带季风气候的春天。皇甫和老于的聊天声就在耳旁嗡嗡作响，颜烁却一下子什么都听不见了。

这个世界，到底怎么了？

---

1 一款即时通信软件。

爱情随风而逝

不知道过了多久，寒冷的感觉渐渐消失，恢复知觉的颜烁，只觉心脏刺痛，几乎要支撑不住倒下去。她用颤抖的手点着鼠标，做了自己平日里最厌弃的事——看了他们的聊天记录。

最早的聊天记录是从颜烁在上海时开始的，最近的聊天记录则是今年她回家过年之前。颜烁回家过年那段时间，皇甫对她发去的WhatsApp信息那么不耐烦，原因是那个女人在香港，在皇甫身边，抱着他合影。

颜烁总是原谅皇甫的冷淡和忙，却忽略了，在爱情里，只有爱和不爱，没有忙和不忙。

皇甫源从来都是那个风流的皇甫源。颜烁以为他病了，以为他变了，以为他收留自己住在家里意味着什么，原来那些都只是颜烁一厢情愿的以为。女人最蠢的，就是拿自己的逻辑去套男人的规律。

去他妈的爱情。我不相信爱情。傻 × 才需要爱情。忍着心脏的痛，颜烁关掉对话框，把工作做完，关机，站起来。

皇甫和老于不约而同地说："加完班了？"

颜烁懒得说话，迅速地洗澡、换衣服、化妆，她要出去透透气。不知道从什么时候开始，她被这段感情改变了，她变得隐忍、温顺，还变弱智了！翻出很久没穿的超短裙和高跟鞋，颜烁对着镜子，仔细地戴好美瞳和假睫毛。

走出房间时，老于和皇甫又都不约而同地“哇”了一声。老于不太开心地说：“你最近是不是没钱了，要去站街吗？”

颜烁冷冷地说：“我约了朋友去酒吧，你们慢慢聊。不用等我。”

皇甫自言自语地说：“这么晚了……”

颜烁出门打了辆车，跟司机说：“麻烦，失恋，找家热闹的夜店喝酒。”香港的司机就是职业素养高，礼貌安静，一句废话都没有，直接开到中环的Beijing Club[1]。来香港这么久，颜烁竟然是第一次来夜店。

颜烁恍惚地想，皇甫得了肺癌，自己大概是得了脑癌吧。两年前的自己，在上海夜夜笙歌、不醉不归，要多潇洒有多潇洒。现在呢，被人背叛了这么久还全然不知，还死心塌地，还心甘情愿地忍受冷暴力。对！皇甫就是在用冷暴力对待自己！什么腰疼、腿疼，通通活该！中医说得没错！就是肾虚！得了肺癌还这么多女人，天天看AV，不肾虚才怪！

在一种近乎报复的发泄性情绪里，颜烁玩得很开心。甭管上海的夜店还是香港的夜店，也甭管内地人还是香港人，香槟还是Whisky，混起来根本没有差别。颜烁带着醉意去了一个意大利人家里，她甚至不记得他的长相、他的味道和他的职业。早上六点，颜烁从他半山的公寓打车回到皇甫家，洗澡、换衣服，准备上班。

衣服换完，还有半个小时，颜烁躺在沙发上休息。皇甫从卧室里走出来，看着她，深深地叹了一口气。

1　香港热门酒吧，电影《喜爱夜蒲》取景地。

上班以后颜烁又自我反省了一下，转正以后，因为时时记挂皇甫，多次推掉出差的日程，对市场的感觉都快耗没了。这样下去不行，她向汪明请命出差。

汪明说："去年我们的报告说房价会松动，现在各地区公司已经降价了，去化率还不错。你去看看年中报告要不要调整策略，日程你自己定吧。"

有这样的领导，有这样的信任，有这样的机制，真的是职场上的万幸。颜烁为自己感到庆幸。

昨晚一整晚几乎没睡，刚到中午就昏昏沉沉，颜烁强打起精神订了下午的机票，香港—厦门—上海—北京—重庆—成都—香港。一趟差，半个月不用回家。在房子装修好之前，她都不打算再和皇甫一起住了，她要保有自己仅剩的尊严。

回家收拾行李，皇甫不在。也好，省了说些言不由衷的废话。临上飞机前，颜烁给老于打了个电话。他要回台湾，差不多也是半个月，半个月以后回来参加亚洲音乐节。他说颜烁可以做他的女伴。

老于把自己家的大门密码告诉了颜烁，说他不在的时候，颜烁可以随便去住。有朋友收留的感觉真好。颜烁无比庆幸自己还有老于这样的朋友。

把厦门三天的日程压缩在一天里，连饭都没时间吃，把三天该看的项目都看完了。这一股脑的狠劲最节省时间，也容易得到最直观的对比。晚上犒劳自己一顿大餐，反正餐费也能报销，何苦替公司省钱。

香港公司的差旅费用标准比内地公司高很多，在大部分的内地城市都可以住到五星级酒店。颜烁暗想，真的要好好对待自己。

这世界，真诚的甜言蜜语难敌枯燥的油盐酱醋，床前的柔情蜜意难敌别后的形容枯槁，缠绵的青春年少难敌风干的春夏秋冬。你若追问爱情，爱情早已归西。我又何苦活得像个苦逼。

厦门的夜店很热闹，颜烁在这座潮湿的海滨城市又恢复了夜夜笙歌。多出来的两天时间，她白天在鼓浪屿遛弯，晚上在夜店喝酒。俗话说贼不走空，更何况她是铁了心要来偷腥的。

没想到的是，第一天晚上，颜烁睡的竟然是夜店老板，而他的身份她是第二天才知道。本来以为是一场普通的一夜情，所以第二天颜烁还是去了同一家夜店，没想到他还在那里。颜烁也不想再搭理他，她再也不要把一夜情睡成多夜情，再睡出一个皇甫源。

颜烁被两个看上去很干净的男孩子请去喝酒。他们一开口就是台湾腔，配上这么两张干净青春的脸，倒是挺招人喜欢。其中一位台湾同学叫许程智，舞跳得很好，人也幽默，挺会玩的。三个人玩得正高兴，被夜店莫名地送了一个果盘。

服务员说是他们老板送的。颜烁倒也没多想。酒过三巡，颜烁和许同学对视的眼神就有点暧昧，动作上也有点不老实了。颜烁正和许程智头挨着头要亲吻的时候，老板又出现了，后面还跟着两个保安，竟然过来拉开颜烁和许同学。颜烁大概喝蒙了，也根本没管到底是个什么情形，拉着许同学就要出门。气氛一下子紧张起来。

后来许同学心有余悸地说，他在内地出差经常看见夜店里有人喝多了打架，但没想到那一次自己就差点被打。

颜烁只是觉得很可笑，都是来玩的，都知道对方不是什么贞女烈妇，却依然希望对方能在如此短暂的时间里保持所谓的忠贞，简直搞笑。

千钧一发之际，许同学说："我们是港台同胞，我们是工作伙伴，我们不想惹事。"然后拿出他的台胞证，又从喝晕的颜烁的包里拿出她的香港身份证。

这方法看上去挺土的，但是奏效了。夜店老板看了看他们的证件，掂量了一下，放他们走了。只是告诉他们三个，不要再踏进他家夜店大门。

许同学很自然地留宿在颜烁的酒店，因为他的酒店太差了。台湾公司真是抠门，这也许从侧面反映了台湾近年来的经济发展状况。

出了夜店，吹了点夜风，颜烁倒也清醒了几分，她发现这个许同学是话痨，加上台湾口音的柔雅，简直跟个娘儿们似的，一直碎碎念。最后连出租车司机都被他念崩溃了，以为他们是认识了很久的，还好奇为什么会有男女朋友一起进夜店。

他也是个几乎不睡觉的男人。除了床上运动就是床上谈心，把颜烁累得不行，深感应付不来。早上很早他就要起床上班，趴在颜烁耳边碎碎念："你就不能再留一个晚上吗？就一个晚上？"开启了无敌复读机模式，搅得颜烁无条件投降。

也许是被皇甫冷暴力对待太久，颜烁太需要男人的温暖，从身体到内心。她也有点不想离开。性爱很容易让人上瘾，沉迷其中，这种点燃自己身体的行为，会让所有的道德和理智化为灰烬。凉透了心的颜烁想：又能怎么样呢？不过就是一时的取暖，有一晚算一晚。加上出差的下一站是她最熟悉的上海，晚一天去关系不大。

厦门最好的夜店已经给颜烁他们三个下了封杀令，他们索性也不在城里住了，搬到了鼓浪屿岛上的老别墅。

这座老别墅占地约五千平方米，始建于 1895 年，由五栋西洋建筑组成，是鼓浪屿十大历史风貌建筑之一，前身为清末民初东南第一名门望族的宅第。时光如梭，沧海桑田，曾经的官宦贵族的家宅，早已物是人非。

颜烁喜欢的只是酒店里百年树龄的香樟树，静静地待在树下喝茶，已经是难得的地偏心远的安宁。

鼓浪屿的步行街和手信店早已逛过，传说中最有名的东西都没有香港的好吃，颜烁不禁感慨，香港真是会把人宠坏的地方。昨天晚上太过疲累，颜烁整个下午都待在酒店里发呆、休息。与此同时，许同学的信息几乎是一条接着一条、不间断地发过来，温情脉脉得像个初恋中的高中大男生。

他是做咖啡生意的，一天到晚忙个不停，说是要看很多个店面。颜烁不太懂，她只是会喝咖啡而已。感觉上他们应该是类似于厂家直派的品牌监控人员，到各个分店的店面去检查和指导。颜烁没有去过台湾，只对台湾的经济数据有所了解。她知道现在台湾的就业压力很大，大学生的就业起薪少得可怜。想起在上海和香港遇见的刚入职场一两年的毕业生，被房子、爱情、工作逼得一脸的愁云惨雾，难得许同学和他的朋友还能这么乐观开朗和幽默。

许同学晚上十一点多才结束工作，赶轮渡来鼓浪屿。他来厦门已经一周了，天天从早忙到晚，从没有来过鼓浪屿，也不认识路。颜烁去码头接他。

颜烁是个大近视，厦门又下了淅淅沥沥的小雨，轮渡码头上人来人往，颜烁甚至不确定像自己这样没心没肺的人是否能认出许同学，索性低着头站在门口玩手机。没过多久，许同学走过来揽住她的腰，顺势在她脸上轻轻一吻，熟练得好像他们是在一起很久的男女朋友。

他很自然地拉着颜烁的手，眼睛里都是笑："你平时的打扮很可爱哦，和在夜店完全不同的感觉。"

很久很久，没有男人拉着颜烁的手在马路上走。颜烁的眼眶有点发热，想起皇甫说过："我最烦拉手。女人总是很烦，要拉手、要抱抱，还要说些没用的话。"

想到皇甫，她的心像被重锤砸了一下，猛地一疼。许同学马上注意到她细微的表情变化，问："你是不是因为失恋才去夜店？"

颜烁哑然失笑。

他以为自己猜对了，自顾自地说："太好了，不然你怎么会遇见我呢？天注定啊！我是第一次来厦门，你也是第一次来厦门。我们一个从香港来，一个从台湾来，这就是天注定啊！"

皇甫说过：“如果要做一个感性的人，就选择做一个快乐的人。”

感性而快乐，这大概就是许同学吧。颜烁抬头看看许同学，他长长的睫毛在灯光和雨滴下有星星一样的光泽。

许同学又是一晚上不停地和颜烁聊台湾、聊香港、聊内地，聊旅行、聊喝酒、聊工作，聊历史、聊电影、聊梦想……

颜烁有点累，撑住头说：“你还真是话多。”

他很不服气：“明明就是你话少好不好！不过，我们台湾男孩子的嘴是会贱贱的。”

颜烁打了个哈欠：“你每次跟别人一夜情都聊这么多，人家不烦你吗？”

他像被扇了一巴掌一样，从床上跳起来说：“我哪有跟别人一夜情？”

颜烁一边在心里流汗，一边对他的反应不置可否地笑了笑。

他盯着颜烁，很认真地说：“我是说真的。我和蔡健民是十几年的同学、朋友、同事，那天晚上第一次去那家酒吧。因为那几天实在太累了，想要去喝酒，稍微吐个槽。看到你在舞台上跳舞，我们呆住了。蔡健民已经结婚了，就不敢去约你。我也不太敢，怕被拒绝啦！后来，他说我不去一定会后悔，我不想后悔。你不知道吧，除了我们，还有个摄影师一直在拍你。大概你喝多了，都没注意。”

颜烁不愿也不敢再相信男人了，只是礼貌性地一笑。

许同学不依不饶，像个受了委屈的女人：“内地酒很贵，也很难喝，我老板说有很多假酒。我们一般是一大堆人一起到小店或者摊贩那里吃夜宵、喝啤酒而已。台湾有很多夜市，你知道吗，就是那种。”

话题终于顺利地转换回台湾。颜烁真后悔去碰他这根“一夜情”的筋。

天亮了，许同学要去上班，颜烁要坐中午的飞机去上海。临走前许同学把她的 Skype、WhatsApp、e-mail、MSN、QQ、WeChat 账号，以及内地手机号码和香港手机号码都要了去，就差没要生辰八字了。

颜烁说：“你要干吗啊？”

他又很认真地说：“我不想和你只是两夜情。”

颜烁轻轻地吻了吻他干干净净的青春的脸颊。可是，她不想再相信男人了。一夜情也好，多夜情也罢，情人这种关系，真的再也不想要了。

鼓浪屿和老别墅里的一夜，就当成是美梦一场吧。

爱情不可挽救

刚到上海，颜烁就收到了皇甫的 WhatsApp 信息，他说："我看到了你。"

颜烁大吃一惊，问："哪里？"

皇甫说："在他们的毛片里。"

毛片？！颜烁相当震惊，想自己虽然有点随便，但是从来没拍过AV啊！什么乱七八糟的？被偷拍了？！不能吧！越想越后怕，后背一阵发凉。出来混，早晚是要还的。

皇甫见颜烁没回复，又说："等你回来，我把剪完的给你看。你是毛片里最适合的人选，但我想你不会愿意参加我们的拍摄。"

这在颜烁看来完全是听不懂的天书，再加上最近酒吧之类的场合混得有点多，她有点心虚，心想随便了，爱咋咋的，反正一切天注定。

这一趟半个月的差，紧赶慢赶地出完了。这一圈看下来，颜烁心里基本有数了。各个地方的楼市冰火交加，各不相同。以北京、上海、深圳为代表的一线城市，只怕要在 2013 年初有个像模像样的反弹了。现在开发商都不买地、不动工，意味着届时没有可售项目，买房的多，卖房的少，不涨价都不行，恐怕出什么政策都压不住噌噌上涨的房价。重庆一类的城市一向是买房的多，卖房的也多，没完没了的需求和没完没了的供应，房价涨得比蜗牛还慢，一时半会儿也不会改变行情。

第三类情况就是中国大部分城市了，也是目前来看最危险的。需求有限，供应无限。房价高企，空置率也同样高得吓人。晚上九点钟，颜烁站在街上看看亮灯率，结果看见大片大片黑漆漆的楼盘，堪称死城。这种地方，房价崩掉，指日可待。

在售楼处，颜烁看到很多家庭老老小小一起来看房，内心充满复杂的情绪。他们如果知道房价要跌，还会买吗？人有时候是在刻意给自己加上各种条条框框的束缚，比如，我要结婚，就一定要买房。其实，租房就不能结婚了吗？放眼世界，只有中国有这么奇葩的逻辑，还美其名曰“丈母娘经济”。殊不知，买房的本质是投资，如果投资时机错了，那就意味着要用两代人的所有积蓄和未来去弥补。中国的经济周期太短了，短到没人知道什么是经济危机。万一经济危机真的来了，颜烁真不知道这些人能不能像 Steven 那样熬过去。

这个世界就是这样，同样的时间点，总有人做出完全相反的投资决策。数年之后，高下立见。

回到香港，皇甫不在家。之前颜烁每次都会提前告诉他自己回家的时间，皇甫总是懒懒地躺在家里，等她一起吃晚餐。这一次，颜烁没说，结果必然是不在家。现在，颜烁才明白，皇甫真的是忙啊。

过了两天，老于给颜烁发信息，问她怎么还不回香港。

颜烁回复说：“我在香港呢好吗！”

老于怪她不早点现身，然后说：“我和皇甫在看毛片呢。”

心里有鬼的颜烁装出一副特别有底气的模样：“这么高大上的娱乐活动啊，我得参加，在哪里啊？”

在老于的工作室，铜锣湾时代广场后面的一个小门脸。看着不起眼的小地方，却出产了大量耳熟能详的歌曲的MV和广告。工作室里面并不小，有一个整面墙摆满书的会议室，有一个整面墙摆满奖杯的工作区，还有一个专门看片子的小影院。影院的设备和一般市面上常见的设备不同，相当地“不明觉厉”。

小影院里面只有老于和皇甫，一人叼着一支雪茄，很认真严肃的样子。皇甫看见颜烁，挑挑眉毛，算是打了招呼。

颜烁故作镇定地坐到老于旁边，只见屏幕里是陈Sir最新专辑的MV。她急着知道自己和毛片的关系，假装无所谓地说：“说好的毛片呢？”

老于指指屏幕说：“这不就是吗？你玩得不错啊。”

颜烁干瞪眼，这是文化差异吗？还以为是什么宅男必备利器呢，真是虚惊一场。可是这和自己到底有什么关系？

皇甫在一边淡淡地说：“最后还是决定不用你。”

老于调出颜烁的片段，是在厦门的夜店里，那一晚她还没遇到许程智的时候，镜头里的她像磕了药一样迷幻，孤独地站在高台上跳舞。当时她完全没注意到对着自己的镜头，那神情简直像放弃了整个世界。

老于对皇甫说：“我还是觉得这个感觉最好，你现在选的那个有点刻意了。”

皇甫转头问颜烁：“你当时在想什么？”

颜烁很没耐心地白他一眼：“干你屁事！”

真相大白，颜烁顿时觉得没什么可担心的，反正皇甫也不打算用自己的镜头，站起来准备走。

皇甫和老于也站起来说：“等下一起走啦。”

一瞬间，颜烁看见皇甫在揉腿，不由得问道：“你腿还疼？”

老于抢答：“越来越厉害了，回来养病的。”

颜烁冷笑一声："肾虚，是得好好养养。"

皇甫说："西医认为是坐骨神经痛。"

颜烁直视他："我告诉过你，肺癌晚期 75% 的疼痛是因为骨转移。你重新拍过片子没有？"

皇甫不耐烦地说："都说了癌症指数没有升高，拍片子要很久的。不要烦。"

颜烁说："就算很久又怎么样？拍个片子排除骨转移你有什么损失？但是，万一真的是骨转移，你再想回头就晚了！"

皇甫突然有点生气："什么就晚了？你这样说话很难听的！"

仿佛被什么点燃了怒火一样，颜烁瞬间爆发了："是谁说不怕死的？是谁得了肺癌还熬夜抽雪茄的？是谁肾虚还看 AV、泡妞的？都这么不怕死了，说一说死就接受不了了？！"

皇甫从来不知道颜烁有这么强硬的一面，一时也愣住了。这是颜烁第一次正面地强硬地和皇甫顶嘴，也是他们第一次正儿八经地吵架。老于在一旁也有点蒙了，好半天才回过神来，赶紧打圆场说："哪个男人不看 AV、不泡妞的？很正常的。"

颜烁索性把郁积已久的怨气一股脑地倒出来："我告诉你，皇甫，你不要以为你病着我就会一直忍让你。我又没傻又没瞎又不是老到没人要，你要是想混，我躲得远远的让你混，各自生活，谁也别烦谁。你也犯不着天天对我爱理不理地冷暴力。"

皇甫的声音一下子软了下来："我哪有对你冷暴力，我只是不喜欢那些婆婆妈妈的恋爱习惯。"

颜烁真想把他和那个女生一起过年的事抖出来，但是她又不能承认自己看过他的 Skype 聊天记录。本来理直气壮的情绪和不得不咽回去的委屈，加上皇甫半认错的柔软态度，逼得她的眼泪一下子掉了下来。与此同时，不知道是不是因为内心太过憋屈，颜烁的心脏一阵紧似一阵地疼起来，疼得她连哭的力气都没有了。

老于看颜烁不哭了，以为事情差不多过去了，就打着哈哈撵他们去吃晚饭。颜烁不愿意拂了老于的面子，忍着疼痛去了。皇甫比以往都要殷勤地说笑，给她夹菜，颜烁却一直冷着脸，没有任何开心的情绪。

想要“开心”，心里是不能有结的。大概这个心结存在太久了，颜烁的心脏疼了一整个晚上。回到家，她也放弃了等待皇甫一起入睡。经过这么久，她终于明白，和他一起入睡是不可能的事情。

你能等到一个人，是因为他愿意让你等到。如果他从来没在乎过你的等候，你的等待只会是永远的形影相吊。

皇甫从未愿意为他人有所改变。

许同学倒是每天晚上下班以后会给颜烁发信息，从和他分开以后从未间断。颜烁还真的有点佩服他的毅力。有了许同学的嘘寒问暖，皇甫到底在客厅里做什么，颜烁也不太在意了。找个下家，也许是最拙劣的分手技巧，颜烁非常清楚这一点，但她真的黔驴技穷了。

和许同学聊完天，心脏的疼痛竟然好多了，颜烁走出卧室去洗手间的时候，刻意弄出很大声音提醒客厅里的皇甫，她不想再重演上次撞到皇甫看 AV 的尴尬场面。进了客厅，看到皇甫半躺在沙发上，不停地揉着腿，形容憔悴。

皇甫这副憔悴的模样让颜烁想起他确诊癌症的那一天。颜烁陪他回家，他指着沙发说：“这里才是能睡着的地方。”家里的古董日历牌还停在那一天，正是颜烁离开前翻到的日期：2011 年 8 月 23 日。那是颜烁第二次到皇甫家，不同于第一次的欢天喜地，那一次充满刻骨疼痛。

颜烁心里一软，问他：“腿疼？”

皇甫揉着腿，没抬头，说：“没什么，你快睡吧。”

他这个样子，颜烁哪里能真的睡着，她说：“我帮你按摩吧。”

皇甫说：“不用，不要烦。”

颜烁忍不住说："你真的要去检查。"

他皱着眉说："已经约了医生，下周查。"

凌晨的时候皇甫才上床睡觉，一直辗转反侧。看来他的腿不是一般的疼。第二天，他让颜烁下班陪他去买木盆。中医要他开始泡脚。

约在湾仔的永华面家碰头。皇甫说："这是香港四大面家之一，手打竹升面，快失传了。"颜烁一贯对香港的碱水面没什么好感，硬着头皮吃而已。

猪手面是招牌，就是纯粹的猪手和纯粹的面，加上纯粹的水煮芥蓝。颜烁刚在想，香港人的这种简餐真是毫无技术含量……一吃下去，就认错了。她真的想错了。这是她这辈子吃过的最好吃的猪手面。软滑香甜，回味无穷。实在太好吃了，颜烁忍不住吃了两大碗。其貌不扬的永华面家彻底改变了她对香港碱水面的印象。

香港还有多少事、多少地方、多少故事是自己不知道的？如果没有皇甫，自己会不会像很多其他内地同事那样，在香港待了很久，却始终游离在真实的香港之外？人能不能在一个地方扎下根，首先取决于你爱不爱这里，而你爱不爱这里，大多取决于这里有没有你爱的人。

湾仔有很多卖装修用品的店，也有很多家具店。不在香港，你都不知道平底鞋有多重要。整个香港岛，想要好好逛，肯定是用"走"的。

还记得去年，老于和皇甫带着颜烁从湾仔的医院一直走到金钟，走完一个街区，买一双 rag&bone，看一场在香港拍的纯港片。那时的颜烁觉得香港就是他们三个人的游乐场，只要皇甫的病好了，他们就会是世界上最开心的人。

半年过去了，深爱皇甫的颜烁竟然要靠别的男人来"开心"。人生这出戏，从来没有剧本。

老于赶过来了。三个人一起逛装修用品店，老于和皇甫讨论着新房子里的灯具、浴缸、地毯，从颜色、形状到材质，细致得就像马上就赶着下订单。颜烁反而落得一身清闲，自己在一边悠闲地看自己想看的东西。她早已经习惯他们的做派，按照她目前的装修预算，他们选中的东西一定是她买不起的。

皇甫偶尔会问问颜烁的意见，但颜烁知道他只是礼貌性地询问罢了。他对自己品位的认可度是别人无法撼动的。

不知道是皇甫他们太固执，还是颜烁自己太固执，颜烁会执意买下他们不喜欢的房子，也会执意装修成自己可以负担的样子。彼此那么亲密，却始终不会无间。

这中间的差距，应该就是价值观的问题。价值观是最难以逾越的鸿沟，有着不同价值观的人越是靠近，越会发现彼此之间横亘着的沟壑深不可测。

想到这里，颜烁明白了，如果自己得了癌症，皇甫不会像现在的她一样执着，他只会和她保持一段若即若离的距离，安然地继续过自己开开心心的日子，看着她痛苦，然后死去。

木盆买到了，皇甫急盼拿新木盆泡脚，脸上流露出期待的微笑。一个一辈子不懂得养生，也从来不在意养生的人，还是在病魔面前低下了顽固的头。

一回到家，皇甫就从逛街时的悠闲状态迅速切换成愁眉苦脸地半躺在沙发上。看他这副样子，颜烁也只能帮他去接洗脚水。木盆很沉很沉！装上热水的大木盆更沉！从洗手间的浴缸里接满热水，再把木盆搬到沙发前，绝对是个搞不好要闪腰的重体力劳动！

皇甫看着电视，直起身，难得地说一句：“辛苦了。”当然辛苦了！不但辛苦，还心苦！颜烁这辈子都没给爹妈端过洗脚水！

一贯手脚冰冷的颜烁看着皇甫泡脚泡得怡然自得，提出来：“我也要泡！你自己霸占那么大一个木盆好意思吗？”

他看着电视，头都不回地说：“不卫生啦！”颜烁很是冒火，泡脚而已，整得跟个洁癖患者似的。但她习惯性地不再争辩，准备回房。皇甫看她不再说话，又拖长声音说："好啦好啦，一起泡吧……水凉了，加点水。"

这么一来，颜烁又觉得能和他一起泡脚完全成了给他加水的回扣。皇甫就是善于把一件简单的事情，搞得让人有一种莫名的不舒服的感觉。

泡脚的时候，颜烁光脚踩在他的脚上。他低着头，突然说："你也要多泡脚，这样脚就不会冷。"

一时间颜烁不知道该说些什么。也许他一直都没有变，他就是原来那个皇甫，只是自己从来没有真正了解过他。这个男人，忽远忽近，从来都没有离开过谁，也从来都没有真正地被谁所拥有。这真是爱上他的女人们的集体悲剧。无一幸免。

颜烁转移话题："下周三亚洲音乐节，老于邀请我们参加。"

皇甫说："去不了，要去深圳。"

颜烁又急了："你下周不是拍片检查吗？腿疼成这样去深圳干吗？"

皇甫完全无视她的抓狂，淡定地看电视，不再回答。

周末约了老于去逛街，颜烁要买一件像样的晚礼服，参加亚洲音乐节用。皇甫因为腿疼，睡得很不好，一直没有起床。

颜烁坐在客厅里看电视，皇甫的手机放在茶几上，忽闪忽闪地发着光，颜烁想一定是老于急了在催自己，拿起来一看，屏幕上是WhatsApp信息："好期待你的礼物，周三见，kisssss……"还有各种扭捏的亲吻扮嫩图标。

周三的深圳，原来是这么一回事。早该想到，他哪是那种会为了工作而放弃亚洲音乐节这种好玩事情的人哪。真是吃了一堑，还没长一智。颜烁又手贱了，这一刻，她完全变身为自己所最不齿的女人类型——执着、肤浅、失控。她颤抖着手，看完了他们全部的WhatsApp信息记录。

友情不可挽救

她是陈 Sir 的助手 Ivy。皇甫那些和陈 Sir 在一起开心工作的照片都出自她手，她也是一个疯狂地拍着皇甫的女人，就像前段时间的颜烁一样。她认识皇甫比颜烁早，也许也是一个疯狂地爱着皇甫的女人，就像前段时间的颜烁一样。

颜烁没被选上那支 MV，不是皇甫的想法，是她的干扰。她见过颜烁，那次在上海拍陈 Sir 的 MV 的时候。皇甫带颜烁见陈 Sir 的时候，她就在旁边。颜烁已经什么都不记得了，而 Ivy 也不是唯一敌视她的女人。

还有一个姑娘叫 Joanna。在颜烁每天白天上班的时候，她都会来家里陪皇甫。她每天都给皇甫发信息说："想你，晚安。"颜烁觉得自己真是蠢，竟然不知道白天有女人来过家里，而且是这么长时间、这么多次，呵呵。

皇甫是真忙啊，皇甫的世界是真复杂啊，皇甫到底有多少事是颜烁还不知道的啊？颜烁觉得自己好傻，竟然就这样和皇甫一起住了半年。现在想起皇甫经常说的那句口头禅"别烦"，才明白原来自己真的是很烦，完全打扰了他的正常生活。

为什么还让她住在这里呢？这又是何苦呢？颜烁原本以为，照顾一个癌症病人是她不可逃避也愿意承担的义务，这又是一个自欺欺人、自讨没趣的神经病逻辑。很显然就算她走了，皇甫也并不缺人照顾。

就像是猛地喝了一顿大酒，颜烁的脑子空白一片——我到底是为什么住到这里来?！忍受这半年的苦难，我到底图个什么?！如果一切都是假的，是幻梦一场，那我现在拿着手机的手发着抖、心脏疼得停止跳动、全身像死人一样冰冷又有什么意义?

这真的是我做过的最莫名其妙又最伤人的一场梦了。

人总是这样，活着活着就不明白应该怎样活着，甚至，不明白为什么活着。

颜烁的大脑持续地空白着——皇甫爱我吗?在他心里，我和那些女人没有什么不同吧?只是我太傻，拼尽一切地对他好。拼尽了钱，把自己逼到捉襟见肘，连一块钱港币都要省；拼尽了精力，把自己逼到一天喝三大杯咖啡才撑得起一天的工作，然后夜夜等他到凌晨；拼尽了耐心，把自己所有的小女生气藏起来，不撒娇、不生气、不多说话，像个隐形的却随叫随到的侍者。

因为这一切，因为颜烁的隐忍和不顾一切，所以他容忍了她的存在，容忍了她进入他的生活，容忍她占据一点点他和别的女人相处和调情的时间。这竟然成了一种施舍。

颜烁决绝地想：我不需要这种施舍。放下皇甫的手机，她喝了一大杯温水，试图温暖一下自己冰冷的身体。身体渐渐暖回来，心却冷到了极致。颜烁努力恢复了一点理智，行尸走肉般穿上外衣，出门去了。

见到老于，颜烁什么都没跟他说。在爱情这件事情上，老于也是和皇甫一样的货色。晚餐时，皇甫来了，第一句话是问颜烁买了什么样的礼服。在他眼里，买了什么衣服永远比她的心情如何重要。他根本没有注意到，这是颜烁第一次在周末时没有等他起床，等他一起出门逛街。

这些细枝末节在皇甫眼里都是小女生情绪，很无聊、很烦人、很莫名其妙。他只是享受和女人在一起的快乐，享受女人们对他的景仰、崇拜、爱护。如果哪个女人有了情绪，反过来需要他的照顾与呵护，他就会选择置之不理。

皇甫，没有人比你更自私，所以你注定不会得到一段善始善终的爱情。你不配。

颜烁没有兴致再搭理皇甫，自顾自地和许同学发 WhatsApp。另一边皇甫和老于聊着天，聊到了亚洲音乐节。

老于说："不要去深圳啦！和我们一起玩。"

颜烁冷冷地说："他一定要去，有人等他的礼物。"

皇甫有点恼羞成怒："神经病！"

就猜到是这么一回事。

颜烁说："对，我是神经病。我这个周末就搬走，你好自为之。"

皇甫叹口气，说："你这个女人真的很麻烦。有的女人吵吵架也就算了，走也走不了。但是你每次吵完架就走，关键是你还真的有能力走。你想一想，就算我对你再不好，可我从来没有离开过你啊！"

皇甫从来没说过这种大段大段的软话，颜烁和老于都有点吃惊。颜烁不作声了。

老于笑着打圆场："等你的新房子装修好再说啦，不然付房租的钱还不如请我们吃饭。"

颜烁攒的一顿脾气没地方发，硬生生地憋在这个大圆场里。

很快到了周三，颜烁提早下班，回家化妆、换衣服。到家拿钥匙开门，没打开，再试着开的时候，手机响了，是皇甫的信息："家里有客人，你先去外面等下。”

什么样的客人需要反锁房门？！什么样的客人不敢介绍颜烁和他认识？！什么样的客人非得让她在外面等，而不能进门？！颜烁心中的怒火一下子冒了起来，发了狂一样地连踢了大门无数脚。房子再大，这动静也够他们听的了。

想着再这么闹下去，保安很快会上来。颜烁不想惹麻烦，定定神，坐电梯下楼。到了一楼，保安正直愣愣地看着监控屏。颜烁挤出一点僵硬的笑容，被保安尴尬地无视了。出门后，颜烁发信息给皇甫：“你最好马上滚到深圳去！在我搬家之前不要回来！”皇甫马上打电话过来，颜烁按掉，再打回来，再按掉，反复三次。终于安静了。

在铜锣湾逛了一圈回来，颜烁问保安：“他们走了吗？”

保安说：“走了。”

颜烁镇定地上楼、化妆、换衣服，对自己说，千万不能在家里闷着，该干吗干吗，今天老娘要出去风华绝代地疯。

亚洲音乐节在香港会展中心举行，颜烁到的时候，前门已经被红地毯覆盖了。颜烁晃到后门，进到 Moet & Chandon[1] 赞助的大厅喝香槟、聊天、拍照……明星们走完红毯也会来这个大厅。其他拿普通门票的人就只能直接进入会场。

颜烁一个人在里面溜达，看到莫文蔚和桂纶镁在接受采访，都瘦得只有自己的一半，真心感慨明星不容易当啊，她们是不是连饭都不能正经吃……我们在羡慕别人的时候，往往忽视了别人的辛苦和付出。也正因为我们不愿意像别人那么辛苦，所以我们得不到别人那些幸福。老天是如此精准地公平着。

很多记者和公关在拍照，大家都是随便凑个头，貌似很熟地笑

---

1 酩悦香槟，法国名酒，曾因拿破仑的喜爱而赢得“皇室香槟”的美誉。

一笑合个影，大部分只是出于工作原因来混个脸熟。这个圈子里，哪来那么多真情。

颜烁到处看帅哥的时候，有只胳膊环住了她的腰。一回头，是老于在搞怪。他难得一见地穿上了正式的西装，白色的礼服，绸缎一般的质地，加上他本来就超乎一般人的身高，让他在明星堆里非常显眼。他和 Ricky 一起来的。

好久没见 Ricky，颜烁和他打了招呼，又寒暄了几句，他说他去了中东几个月，刚回来，又拉了一笔投资，今年又可以踏实玩了。这种生活模式真是爽爆了。香港人就是这样，没有什么约定俗成的套路，大家都在按照自己想要的方式活着。

三个人喝了很多香槟，老于本来就很能喝，没想到 Ricky 也能喝，颜烁又被皇甫搞得心闷，也是喝个不停……算是没浪费赞助商的好意。

一直喝到颁奖礼正式开始。第一次到颁奖礼现场，才知道还是有很多有趣的地方。很多现场的突发状况都不会在电视里出现。有个外国女明星得了大奖，颁奖的人是华仔，结果她上台后的第一句发言是："我得这个奖就是为了和华仔自拍一张合照……"然后华丽丽地拿出手机，在台上和华仔玩自拍……所有人都爆笑，看着他们在台上自拍够了，才开始正常的致辞。

华仔本人依然那么帅、那么优雅、那么绅士，真招人喜欢。请来的歌手颜烁也很喜欢，王若琳和方大同。已经喝到半晕的颜烁沉浸在熠熠星光和美妙的音乐里，仿佛忘记了一小时前的所有烦心事。

热热闹闹的颁奖礼结束，老于发来信息："店小二见，好玩的在后面。"他是真正的圈内人，所以坐在前排，和明星们在一起。颜烁和 Ricky 坐在后面几排。Ricky 说太晚了，他不去了，他要回去陪太太。听到这种话，颜烁的心里一阵悲凉，为什么好男人总是别人的老公？自己怎么总遇不到这种靠谱的男人？大概也是因为自己太不靠谱吧。刚好，她也不想回家，直接杀去店小二。

店小二被包了场。要不是亲眼看到，颜烁根本无法想象这么正统的晚礼服、这么闪耀的明星会和这么嘈杂而充满排档气息的店小二融合到一起。店小二里放着震耳欲聋的夜店音乐，坐着的、站着的，大笑的、吵闹的，外国人、中国人，都一改在颁奖礼上的优雅风度，变成了豪放派。

颜烁脑洞大开，想到当初某 3D 三级大片剧组在店小二庆功，会是怎样的豪放和香艳……鸡施大哥忙得团团转，不停地给各桌拿酒。颜烁也没少喝，穿着礼服拿着大海碗干哈啤的样子，自己都不忍直视。老于在忙着教外国人划拳，很快，所有人都用英语喊："五！十五！二十！"

十二点过，颜烁喝得有点大，摇摇晃晃地站起来准备走，被老于拦住了，说要送她。但他根本走不了，没一会儿就被人团团围住。

也许是酒精让人敏感而脆弱，一进家门，颜烁就被满屋的雪茄味道和皇甫的体香伤到无法呼吸。脱了高跟鞋，坐在木地板上默默地哭。她什么都不想要，也不知道该要些什么。走到这一步，颜烁只觉身心俱疲。

不知道过了多久，传来砰砰的敲门声。颜烁爬起来，窗外维多利亚港的流光溢彩仿佛在旋转。这么晚，不知道会是谁。如果是皇甫，颜烁不知道应该如何面对他，这个自己依然爱着的皇甫，这个深深地伤害了自己的皇甫。

是老于。"你在哭？"老于一把抓住颜烁，吻掉她脸上的泪水。几乎在一瞬间，颜烁的礼服掉落了，整个人仿佛毫无重量地被他带到了卧室里。

颜烁在眩晕中说："老于你疯了！"

老于不管不顾地说："你让我疯了！"

在老于的嘶吼声里，颜烁仿佛看见那天午后，他们三个人在金钟香格里拉花园的阳光里的剪影，渐渐地扭曲、撕裂、破碎……

是不是真的什么都无所谓，爱情、友情、道义、原则、未来、责任？我们难道是一群任由欲望滋长的没有底线的狂乱盲目的动物？我们只是希求快乐，却总是引致伤害，伤人伤己，最后变成一只生人勿近的刺猬。

老于早上才走。激情过后，颜烁和他只是抱着，没有一句话。彼此太了解，说什么都是白费。

身体是热的，是因为心太冷了。我们的心，承受不了太多的快乐。

生与死的边缘

第二天上班的时候，颜烁接到海子的电话。海子在电话那头哽咽着说："我妈妈去世了，葬礼刚结束。"颜烁的眼泪也流下来。终究还是逃不过。在生死面前，一切都是小事。

一下班颜烁就和小米奔去深圳。海子瘦得只剩下骨头。这段日子，他过得太艰难。颜烁只是面对一个皇甫就痛苦得无法自已，可海子面对的是生他养他的母亲。

海子暂停了公司所有的业务，把妈妈带去香港化疗。结果第一个疗程还没结束，妈妈的反应非常激烈，虚弱到无法下床。再回头吃中药，一喝就吐，滴水不进。

皇甫说得对，这条路，一旦走错，就回不了头。

海子结婚了，为了圆他母亲的梦，他前几天和一个知书达理的姑娘结了婚。刚结完婚，母亲就闭了眼。

小夏和媳妇也来了。加上小米、颜烁、海子和海子媳妇，六个人，围着一桌大餐，每个人都红肿着眼睛，动不得筷子。我们在雪山上的那些青春飞扬、快意人生的日子，再也回不去了。只一年，一切都变了。有些改变是无法预测、无法拒绝、无法追回的，我们只能接受。这就是人生最残酷的真相。

小夏突然一拍桌子，说："都别这副德行！我们去登雪山！"吓了大家一跳。

人总得有点盼头。在极端恶劣的条件下，心会回归最单纯的面貌，也许那些苦痛的纠缠、不休的回忆也会消散。

颜烁第一个跳起来赞成："去！找个难登的！不就是生死这点事吗？"

海子大哭起来，那些累积了太久太久的痛苦，就这么在深圳闹市的喧哗里不顾一切地宣泄出来，哭痛了每个人的心。身为朋友，只能跟着痛，却不能替他分担一丝一毫。同生共死最容易，身体的一切表达都容易，涉及心，就无能为力。

我们永远不能真正地了解一个人心里的喜怒哀乐，更不能真正地分享。太多时候，我们连自己的心，都茫然无知。

当晚就定下日程，第二天各自安排工作和假期，第三天订机票，第四天是周日，一群人杀到旺角的攀山中心买装备，清一色始祖鸟和 Canada Goose[1]。

这一次的挑战是四姑娘山的幺妹峰，这条线路号称国内最难的登山线路之一。幺妹峰海拔 6250 米，仅次于被誉为"蜀山之王"的贡嘎山，人称"蜀山皇后""东方圣山"。

在当地联系到的登山向导劝说："登上三峰的人已经很少，都是有比较丰富的登山经验的半专业人士。很少有人能登上幺妹峰，一是海拔较高，二是天气变化较大，三是登山路线较险。不是专业人士，还是不要尝试去登幺妹峰。"

颜烁他们回答："我们不是专业人士，但我们是亡命之徒。"

---

1 加拿大鹅，羽绒服品牌。

登山的好处就是可以肆无忌惮地吃垃圾食品，只有巧克力、红牛一类的高热量、轻重量、体积小的食品才能满足那么高的海拔、那么低的气温下轻负重的要求，补充身体不断流失的热量。

临行前，颜烁在香港买好了进口食品，写了封遗书向爸妈交代了自己不多的财产和保险。

到成都当晚，成都热辣辣的川菜和成都人热辣辣的性格，温暖了颜烁一行人寒冷的灵魂。第二天依然是在路上颠簸，晚上住在四姑娘山下，第三天才是暖身运动。这种日程，对穿越过梅里大环线加装备这么专业高端的颜烁他们来说，毫无压力，他们硬是拖着登山向导喝了一顿大酒。

喝多了，每个人都是用吼的声调在说话，完全不像来自深圳和香港，与成都的餐馆氛围融合得天衣无缝。我们为什么喜欢高声说话，是因为我们过得太没底气、太不幸福、太需要发泄了。

第二天晚上住在山下的三嫂家。三嫂是藏人，她老公是当地最有名的高山向导，在一次雪崩里，拼死推开了驴友，自己却被深埋。自此，三哥成为四姑娘山登山者人人皆知的传奇。每一个登山的人都愿意住在三嫂家，多付点钱，帮助孤儿寡母。

这里的住宿条件并不好，汶川地震的时候，村里的房子都被震裂了，三嫂也没有能力翻修，就一直小修小补，将就着住。

海拔 3190 米，又赶上下雪，这种地方没有暖气，颜烁连衣服都不敢脱，更别提洗澡了。来这里，就是为了自虐。好在村里的菜蔬新鲜美好得有儿时的味道，大部队狠狠地吃了一顿补充体力，迎接接下来的暖身运动和正式的登山。

早上起床，山上一片白茫茫的冰霜。

向导看完天气，和大家说："不知道明天大本营会有多冷，有太阳和没太阳的高原完全是两个季节。"

明天的事交给明天吧。大家踩着雪去暖身锻炼，徒步走完了长坪沟，登了几个矮矮的坡，最高上到海拔 4000 米。山间气候多变，一天四季。晴天时山谷里的树木竟然透出红色，映着白雪，甚是艳丽；雪大时远近高低一片苍茫，只有黑色的鹰缓缓地飞过，又似一幅活动的水墨画。景色太美，大家都兴奋起来，拍照的拍照，打雪仗的打雪仗，唱山歌的唱山歌，浑然忘记了自己原本的身份和背负的使命。

晚上回到三嫂家，饿极了，缠着三嫂杀羊、烤全羊。三嫂是藏人，信佛，不忍心下手杀生。颜烁一群没有信仰的家伙觉得有钱不赚实在是不可理喻，去隔壁饭店要了羊，拿回三嫂家烤。三嫂一直没有吭声，闷闷地站在一边。

颜烁说："三嫂，烤羊占了你家地方，我们也会付钱的。"

三嫂用不太流利的普通话说："不要钱，不要钱。但是你们杀羊，护法神会不高兴。"

又是护法神。颜烁想起上次走梅里大环线的时候，看到日照金山和金山下彩虹的那天，次仁旺杰说那是佛和护法神在保佑他们。登山的圈子里是有些传说，说有些峰特别难登是因为护法神很厉害，比如梅里雪山的主峰卡瓦格博峰，海拔才 6740 米，高是不高，就是山难发生过无数次，足以令闻者丧胆。四姑娘山的主峰幺妹峰也属此列。

颜烁从小就被教育成无神论者。拿神佛来当祝福语，也就听了；拿神佛来做威胁论，不信就算了。颜烁想，三嫂可能是被三哥的事搞怕了。生死的事，自有天定，躲也躲不了。

天亮开始登山，有点不大的雪，颜烁他们的防寒装备是 Canada Goose，南北极科考的装备利器。就这么无所畏惧地上了。

四姑娘山确实险要，大部分路在山脊上，窄窄的山路只容一人通过，两边都是刀削一样的纵深三四千米的悬崖，感觉像走在飞机翅膀上，有恐高症的直接在第一阶段就会被放倒。中午的时候，天放晴了，太阳带着七彩的日晕，童话一样出现在征途里。颜烁他们这才停下脚步，抬头看看风景。

雪山的魅力就在这里。站得那么高的时候，世界都在你的脚下，干净无瑕。你的头顶也是同样干净无瑕的天空。我们自己，那么微小，微小到连淹没自己的那些肮脏岁月都可以忽略不计了。这时，心灵的重重束缚悄然消逝，融化在天高地远的一片静谧里。

颜烁一行被眼前的静谧美景震撼了，大家静默了许久。席地而坐，吃巧克力补充能量。在路上不能生火，也没有热的东西吃，水更要省着点喝，不然喝完了就只能吃雪。吃雪是会消耗热量的。冰雪天地间，一个人就像一只蚂蚁，热量很容易消耗殆尽。

到大本营就好了，颜烁他们雇了马队，已经把一些装备驮到大本营了。今天的路程只是为登顶热身，大家都不想太辛苦，大部分体力和物资要留给更艰难的登顶。好天气总是短暂，下午天就阴了。向导望一望天，催促大家快走。

颜烁说："不急啊，以我们的速度和状态，天黑前赶到大本营是没有问题的。"向导一改往日的服务态度，凶巴巴地说："你懂什么！计划要是有用，就不会有山难！这天要下大雪。一旦下了大雪，连路都看不见，能不能到大本营都不一定！我们现在的装备不足以在雪里扎营。而且，这路这么窄，下大雪以后看不到路的边界，你万一踏空，就没救了！"

这么一说，大家都有点怕，不敢再多说废话，铆足了劲儿往前赶。很快，雪真的越下越大，大到看不清五米以外的路况。前方的脚印很快就被雪覆盖，视线所及，全是冷冰冰的白花花的雪，如同一片冰冷的白色海洋，他们随时都会溺水而亡。

刚开始的时候，颜烁他们还前后喊一两嗓子，确认队友们都在。渐渐地，海拔越来越高，雪也已经下到大腿根那么深，每挪动一步都要喘三分钟。谁都喊不动了，也根本不知道队友们都在哪里。颜烁明白，以这种速度，大家是不可能在天黑前到达大本营的。到了夜里，如果雪还这么下，他们就有可能被活埋在雪里。这种负面的想法比暴雪还消耗热量。颜烁拼了命地喊前面的海子和海子媳妇，又拼了命地喊后面的小米。只有海子媳妇回话了，她在前面等颜烁。

不管怎样，有人陪伴还是好的，颜烁深一脚浅一脚地追上海子媳妇，她也已经累崩，躺倒在雪上。颜烁拉起她，两人互相鼓励着，继续踩着已经不太清楚的脚印往前走。再不加把劲，万一脚印被雪盖住，就真的只有死路一条了。

不知道过了多久，颜烁和海子媳妇已经轮流崩溃了几轮之后，隐约看见一个人影在前面。她们仿佛见到救星一样，连滚带爬地往前赶，走近后看到是向导和马队。那种心情，真的像见到了佛祖一样。颜烁带着哭腔问："是不是到大本营了？"

向导没理她，一边走过她们身边往回赶路，一边说："再往前走半小时就是大本营，只有一条路，你们继续走。还有几个人在你们后面，我带马队去找。如果天黑之前我们回不来，你们明天早上自行下撤，不可以登顶。"

还登什么顶啊！都快死了！也没有力气说别的话，听说只剩半小时的路，心里就又升起了希望。只盼大家都能早点到大本营团聚，能喝一口热水就是莫大的幸福。说是半小时，她们实际上足足走了一个半小时。崩溃是没用的，抱怨是没用的，绝望是没用的，你就得走下去，不走就是死。我们没有来时想象的那么坚强，我们在等死和前行之间，始终选择了前行，即使清楚地知道前行有多么艰难。

生的欲望总是会战胜死亡的安逸，这大概就是人们常说的"好死不如赖活着"。不经历这种被动的选择，永远不会明白死是多么容易的事，更永远不会明白活下去需要多么勇敢。

大本营矮矮的木房子终于出现在雪雾里。颜烁和海子媳妇顾不得抹眼泪，互相搀扶着摇摇晃晃地在已经深达一米的雪地里一步一步地挪动。大本营只是两个漏风的木房子，被马粪包围，里面臭气熏天，用木板隔成离地半米高的棺材一样的几个长条形的孔洞，人可以钻进去睡觉。海子已经到了，钻在睡袋里面取暖，听见她们进门的声音，他嗖地一下坐起来，带着哭腔说：“你们终于来了！”

一个“终于”，道不尽的凄凉。颜烁和海子媳妇都冷透了，海子帮她们铺好睡袋。她们用仅剩的一点力气把裹满泥雪的冲锋衣、防寒服扒下来，套上干衣服，迅速钻进睡袋。

代表人类科技领先水平的足以对抗零下四十摄氏度的高端防寒装备，也终究敌不过大自然轻轻的一个皱眉。人类是不是太盲目高傲了，我们真的该有所敬畏。

天渐渐黑了，大家都在担心小夏他们。天黑之前见不到他们，就意味着可能永远都见不到了。三个人没有力气，也没有心情讨论，只把自己裹得严严实实的，像只茧一样缩在木板隔断里。

咣当的推门声夹杂着呼啸而来的冷风和大雪，小夏他们终于到了。三个人第一时间跳下木板，帮小夏他们安置。小夏媳妇和小米已经冻得近乎没有知觉，只是呆呆地任由别人脱衣服、套衣服。小夏算是最结实的，脸也冻紫了。海子一边干活一边祥林嫂一样不停地嘟囔：“到了就好，到了就好……”

还是向导厉害，他没事一样把马拴好，喂了料，又忙活着给大家做饭。没有水，只能煮一盆雪。全部的热源是一个小小的燃气灶，这点燃气只够煮一顿饭，烧一小锅热水。这个小小的燃气灶，像是大家全部的希望所在。大家挤在燃气灶旁边，生怕漏掉一点点热气，庄严地等着它被打开。

饭很简单，就是牛肉加泡面。泡面难消化，热量高。登山就是需要这种东西。向导说他带队这么多次，这种又急又大的雪确实少见，平时他可以轻松地在一天之内在三嫂家和大本营之间来回，但是今天这种路，他也不敢走了。如果今天夜里雪还这么下，明天连下山都困难。大本营没有信号，营救人员短期内也无法赶到，大家只能自求多福了。

颜烁突然想起三嫂说过的，护法神会不高兴。难道真的有护法神？

大本营的夜晚好难熬，是颜烁有生以来经历过的最艰苦的一晚。太冷太冷，只能两个人挤在一个隔间里，紧紧地彼此靠着，互相用体温取暖。夜里，温度降得更快，挤在一起又有点缺氧。大家经过一天的损耗，头痛、哮喘、呕吐、发烧的症状都相继出现……海子媳妇不停地问海子几点了，海子报时，感觉过了很久很久，其实只有半小时。度秒如年，海子不断地说："我们能回去的，我们一定能回去的……"

下半夜，颜烁的心脏竟然出了问题。突然心悸，胸口像压了一块大石，没来由地一阵阵扭紧，整个颈部、背部、手臂都跟着麻木起来，紧接着，呼吸也困难起来。小米和她在一个隔间里，听见她呼吸的声音一阵紧似一阵，如同被卡住脖子一样地挣扎着，吓坏了，大喊起来，把所有人都喊醒了。

颜烁已经说不出话，本能地捂住胸口。向导看了看她，马上找出心脏病的药塞到她嘴里，把唯一的氧气罐打开给她。迷迷糊糊中，颜烁听到他说："你要挺住！我们撤不下去！你得自己救自己！"

是不是山太高、雪太白、阳光太耀眼，颜烁的眼前只有光。那光没有源头，也没有终点；没有颜色，也没有阴影；没有温度，也没有重量；无处不在，又无处可见。颜烁感觉自己飘在一个透明的容器里，连自己也是透明的。看不到自己，自己却在。

三岁时，颜烁偷了隔壁邻居的一块小滑石；五岁时，她扇过一个小男孩耳光；七岁时，妈妈病得很重，颜烁给她煮面；十一岁去北京旅行，在路边随口吐掉了一个嚼完的大大泡泡糖；十三岁那年，在表姐的婚礼上第一次见到 Eason；十八岁考进了上海的大学；十九岁和 Eason 开始了自己的初恋……人生的点点滴滴，每一件事和每一张擦肩而过的面孔在颜烁的脑海里清清楚楚地回放着。

这个世界上没有一个人是陌生人，他们那么熟悉、完整且丝毫无错地构成了自己的人生——我在上海醉生梦死，混酒吧，和很多看似陌生的人上床。我放纵自己的身体和情欲；我被强奸，也引诱别人；我充满戾气，也被别人憎恶。整个世界渐渐变成满是污血的颜色，让人惊惧。

我遇见了皇甫，我爱上了他。他从酒吧的众人里走来，他在上海郊外等我，他挤在医院里为我挂号，他轻轻地吻我的脸颊，他给我戴上他最爱的手表……他在 2012 到来之前陪我倒数，他和我分享春节的维多利亚港烟花……我曾经那么倔强地付出，明知有所缺憾，却执意地快乐，所有的隐忍只为换他每一个刹那的快乐……那污血的颜色瞬间散去，整个世界又是晶莹无比的亮泽。

颜烁突然明白过来，自己要死了。这所有的回忆，这如同电影一样的回放画面，只是生命最后刹那的回光返照。这个事实让人难以接受，颜烁短暂地处于一片空白中。很快，这个仿佛已经无形的自己开心起来，有一个念头如柳絮一样在这片空白里游走：“皇甫源！我终于可以死在你前面了！！”

可是，就在她这样感到开心的刹那，这个空间又变了。她感觉到冷，呼吸困难，身体沉重；她听到向导在喊她的名字，小米在哭，外面有很大的风声。她又回来了。

这个结果，让颜烁不知该悲该喜。一切不过是宿命。生或者死，我们从来都无力选择。她努力睁开眼睛，原来，从那个世界到这个世界，需要穿越整整一生的距离。

看起来，其他人比颜烁还受惊得厉害，不只小米在哭，大家都在哭。向导也有点惊魂未定，一个劲地说：“没事了，没事了，大家都去休息，都去休息……不要再有人出问题了，我们快没氧气了。现在四点，还有两小时天才亮。哭没用，不如祈祷别下雪了，不然我们连门都推不开，集体被埋在雪里。”

祈祷……如果大家都是无神论者，那么应该向谁祈祷？

这个时候，颜烁的心里自然地流出一句话，就在刚刚“死去”的那个空间里，电影一样地闪过这一句，也许是小时候在电视上听过的，“唵……嘛呢……嘛呢……叭……咪……吽”她有气无力地哼出来，问向导：“这句话在藏语里是什么意思？”

向导有点奇怪地看着她：“唵嘛呢叭咪吽？你怎么还用唱的，这是什么调调？六字真言，观音菩萨心咒。”

颜烁说：“刚刚我突然就想起这个咒，不知道是哪首歌里的。这个是干吗用的？”

向导说：“观音菩萨的电话号码，有求必应。”

海子说：“那我们就念这个吧。”

于是，接下来的两小时，整个木房子里都是嗡嗡的念咒声和偶尔的咳嗽声。一个人没有信仰，大概是因为他没有真正地面临过生死。

六点钟的闹钟声在失魂落魄的颜烁一行人听来，恍如天籁。汉子们都先起床，准备把门前的雪推开。开门之前，没人知道开门以后的情况，也许，房子的一大半都已经被埋在雪下了。如果雪依然那么厚，那么即使可以打开门，他们也绝对没有可能走下山。

海子和小夏一起拉开门。随着凌厉的风，一阵刺眼的白让大家花了眼。过了一会儿，小夏大喊：“我们可以下山了！雪停了！没那么厚！”

没时间相拥而泣，大家迅速地收拾了装备，随便吃点东西就开始下山。路已经完全看不到了，向导让骡马驮着装备在前面走，它们腿长，又认路。人有的时候求生能力还不如牲畜。

下山比上山难，大家没有心思讲话，一路都在各自念观音菩萨心咒。如果这天没有念咒，大家也许已经没命了，也许照样可以下山，谁知道呢？回头想，很多事情你觉得可有可无，但在当时却是唯一的出路。不是所有人都可以接受“万念俱灰”的，到最后面对死亡的那个刹那，你总会想抓点“稻草”。这或许就是宗教的意义。

下山有惊无险，颜烁一行人在天黑前赶到了三嫂家。三嫂看见颜烁，紧紧地拉着她的手，随口念了一句“唵嘛呢叭咪吽”。她随口念的一句，让大家泪流满面。经历过这两天一夜，颜烁开始确信在我们看不见的世界里，是有着一些东西的。虽然她仍旧说不清，虽然她仍旧无法像三嫂那样有着坚定的、纯净的、热烈的双眸，虽然她仍旧不愿意相信这一场天降暴雪是护法神的愤怒，之后大家的平安下山是观音菩萨的护佑，但一切都不重要了，终于下山了。

隔天返回成都，大家带着大难不死的喜悦包了五星级酒店的总统套房，胡吃海喝到航班起飞。这几天心理和生理的极端落差，让大家暂时放下了来时的困扰，回归到最简单的幸福——活着就是一切。

放开你的手

回到香港，一开家门，皇甫正在沙发上斜躺着，开着一个按摩仪按摩腿。颜烁的心还保持在大难过后的平静中。人生苦短，何苦为难彼此。

皇甫看了看全副武装的她，问："去哪里了？"

颜烁很累，放下背包就往卧室里走："登雪山。"

她睡得天昏地暗，不想起床，也不想回到现实里，好不容易活过来的人生了无生趣。睡睡醒醒地过了很久，皇甫进来，对颜烁说："起床了，不要再睡，会变得更傻。"

颜烁把头埋在被子里，装没听见。又过了一会儿，闻到一股香气，肚子很不争气地咕噜咕噜地叫了起来。正在纠结要不要起床，皇甫又进来，敲着碗，像哄小孩似的说："我做的面可是天下第一好吃的哦，再不起床就没得吃了。"

颜烁被他这滑稽的腔调逗笑了。面也确实做得非常好吃，想不到皇甫还有这么一手，颜烁吃了两大碗。

皇甫很高兴，挖苦她说："还登雪山咧，登完就吃成这样，减不了肥的，肥婆。”皇甫笑的时候，身边的每一缕空气都带着暖意。对于不久之前的不堪过去，两人不约而同地选择了回避。

吃完面，皇甫让颜烁陪他逛街。看他在沙发上一直揉着腿，估计是想出去走走，分散一下注意力。他说去时代广场选电视。其实家里的电视已经够大了，不知道他想干什么。去了才知道，他早就看上了一款非常专业的看电影的电视机，屏幕超级宽大，像电影院的屏幕一样，效果非常好，就是价格吓死人，要四万多。

颜烁说："你真是吃饱了撑的。"

皇甫眼睛一动不动地盯着电视，兴致勃勃地说："赚钱就是为了花的啊。现在在打折，最后一台了。"

看他那兴致高昂的样子，颜烁也不忍心打击他，她开了张支票给他，说："我这几个月的房租。"

皇甫看了看，收下了，很高兴地说："那房子和这台电视都算我们一人一半好了……"

与此同时，颜烁房子的装修中期款该付了，最近钱花得太多，又开始捉襟见肘。颜烁开始发愁，哪里来钱买家具。偶然看到汇丰银行寄来的推介信，说是可以低息预借现金，每个月还一部分，三年还清。申请方式很简单，填个表就妥了，汇丰回邮件说下个月就会有三十万到账。真是雪中送炭哪，颜烁顿时理解了资本主义国家人民没有一毛钱存款全靠举债过日子的心理。

周末的时候，皇甫说约了 Steven 一家吃饭。颜烁起床早，照例洗完澡，在巨大无比的电视机前看香港八卦节目。皇甫最近腿疼得厉害，晚上还是睡不好，照例拖到下午才起床。

就这个空当，放在茶几上的皇甫的手机又响了。也许是女人天生的敏感，眼睛就跟雷达似的好用，手机亮起的一瞬间，颜烁看到了 Ivy 的名字。这个名字就像一根扎在心里的刺，只要一出现，颜烁的心情就不会好了。不去看他的手机，颜烁就会在心里不停地猜疑；看他的手机，则会得到预料之中的答案。

想治好这个毛病，只能把扎了刺的那颗心给挖出来，揉碎了，远远扔掉，再也不管。所谓的“放下”，只是“不爱”的另一种表达。现在的颜烁，依然放不下。

颜烁最终还是选择了去看皇甫的手机，知道真相总比一直猜疑要好。原来亚洲音乐节之后自己不在的这段时间里，皇甫回了香港，Ivy 还在深圳，这女人的短信几乎每小时不停，撒娇、扮萌、装可怜，无所不用其极。明知道颜烁的存在，还能这么无所顾忌，颜烁真心佩服她。

反过来想想，或许也不能完全怪她。皇甫从来没承认过颜烁的身份，他一直完美地扮演着钻石单身王老五的角色。这种事情，男人和小三谁更欠抽还真的很难讲。颜烁自己是个傻 ×，这件事倒是确认的。

今天 Ivy 住在附近，要皇甫晚上过去，理由是她带了很多赞助商送给陈 Sir 的名牌衣服和鞋子，陈 Sir 自己穿不完，交给她带来分给兄弟们。她当然会让皇甫先挑，挑完再给别人。

颜烁果然被恶心到了。这么长的聊天记录看得她胸口隐隐发闷。自从回来，皇甫一直表现得很乖，今天晚上又约了 Steven 吃饭，颜烁倒要看看皇甫怎么处理这个 Ivy。

Steven 和 Tina 一起在“谨候诸君来挑剔”的钟菜等他们。这么牛 × 的广告语写在钟菜的各个角落，可见老板有多自信。钟菜是像皇甫这样苛刻的吃货全员喜欢的不多的几家餐厅之一，道道菜都精致，服务也着实无可挑剔，价格还不离谱。

不知道为什么，每次看到瘦瘦的 Tina，颜烁都心生怜悯。这夫妻俩，明明是同龄人，Tina 看上去却比 Steven 老十岁。虽然从未和 Steven 一起鬼混，但凭颜烁自己多年鬼混的经验，他在女人堆里肯定也是风生水起。还好皇甫比自己大很多，不然，将来自己和皇甫在一起也会是这样的结果。就算看上去没那么惨，也一样毫无意义，实际情况比看上去惨得多。

皇甫去洗手间的时候，Tina 很担心地说：“他说他现在都要扶着墙才能尿出来，Steven，你要不要去看看他？”

颜烁大吃一惊，自己没有留意到皇甫已经到了这种地步。皇甫从来没跟她说过这些！Steven 无辜地说：“看什么啊，看也不能帮忙啊！他这腿疼的蔓延速度这么快，应该不是坐骨神经的问题吧？”

颜烁的眼前猛地一黑，她看完了皇甫和那个贱人所有的聊天记录，却不知道皇甫病情恶化的状况。颜烁想：我也是个贱人。

可是，皇甫能够这么坦白地跟 Steven 他们讲这些私事，却对同在一个屋檐下的颜烁守口如瓶，是太在乎她的感受，还是太不在乎她的存在？同样，他和 Ivy 的聊天记录里，也只字未提自己的病情。这大概只是一个男人的尊严。

早就说过要彻底检查，首先就要查清楚是不是癌细胞转移，他不听。现在病痛这么严重，他还是一副漫不经心的样子。这真是皇帝不急，太监急。他是真的不怕死，还是不愿意接受现实呢？

皇甫回来了。Steven 自动转移话题，说：“老于那个孩子不知道是男孩还是女孩。”

皇甫说：“肯定是女孩啦，你看他那个样子就是生女孩啦！”

颜烁又是一惊：“什么男孩女孩？”

Tina 转向她，说：“老于那个台湾女朋友怀孕了，你不知道吗？”

不！知！道！颜烁想：我什么都不知道！登了一次雪山回来，世界都变了！我都怀疑自己是不是真的死了，去了另一个世界！

突然接收到太多信息，脑子里乱成一团，颜烁一晚上都漫不经心，只想早早回家休息。皇甫他们还没玩够，这些人都是夜猫子，又叫了几个人一起去 Steven 家抽雪茄。

晚上十二点，颜烁发 WhatsApp 给 Steven：“你们还没散？”

Steven 回：“半小时前就散啦。”

半小时。皇甫从 Steven 家打车回家只需要三分钟，坐叮当车也只要十分钟。半夜又不堵车，半小时，都可以到新界了。不用说，皇甫一定是去了 Ivy 那里。

果然还是放不下。如果是放不下 Ivy，颜烁为自己感到悲哀；如果是放不下 Ivy 要送他的那些名牌衣物，颜烁为他感到悲哀！腿疼成这样，还挡不住他发浪的节奏。真是该死！自己还心疼他，为他着急，颜烁想：我也该死！

这一个晚上发生了太多事。老于有了孩子，告诉了所有人，偏偏没有告诉颜烁。算起来，自从亚洲音乐节那晚后，他们就再没联系过。这是笑话吗，自己和老于才是真正的一夜情。

半夜三更，皇甫现在正在另一个女人那里，只要他不回来，颜烁就一分钟都睡不安稳。他只是觉得他在享受别人的爱慕和自己的生活，从不曾对任何人抱有歉疚之情。

可我们每一个人都不是独自活着。若是借了钱，父债子还，世代跟随。若是用了情，又怎么能一了百了？一夜夫妻，哪会只有百日恩。颜烁想起雪山上自己在死亡的边缘，那些在脑海里掠过的过往的点点滴滴，每个人的面孔、气味和喘息，如影随形，从未离去。

颜烁算是懂了，可他们还不懂。不到死的那一刻，是不会懂的。

皇甫，你是不是真的要到死的那一刻，才能明白你爱我？到那时，你会不会后悔？我死时能够坦然面对，因为我对你无憾。你能吗？

即使到了那时，你真的明白了一切，又能怎么样呢？你回不了头了。我们这一生的时光，虽然短暂，不能够白头到老，但也可以相安无事，相濡以沫。可是，你依然选择了放纵。在死的那一刻真正地来临之前，我们都是有选择的。

不是爱不爱的问题，而是够不够爱的问题。爱，但是不够爱，所以，不能在一起。

你有你的选择，我也有我的。我爱你，那么爱你。我曾经收敛了所有的身心放纵，只为给你这短暂的美丽时光。你却不愿意给我。那么，让我离开吧，不要让我用最后的力气去恨最后的时光里的你。

颜烁给他发了信息："今天是我们一起过的最后一个周末。"

皇甫马上回复："什么意思？"

颜烁迅速地打字过去："下周去上海，下下周搬家，不会再这样陪你。你有你的朋友，我也有我的生活。同居九个月，够长了，谢谢你。"

他没再回信息。十分钟以后，他回了家。颜烁正坐在沙发上看微博。陈 Sir 微博上关注的人没几个，很容易就找到了 Ivy 的微博，她正在开心地说她爱的男人刚刚去她家里试穿衣服。颜烁看到了她的照片，一个微胖的中年女人。

颜烁在心里暗暗地冷笑了几声，然后她的心就开始痛。皇甫源，为了这样一个女人，值得吗？皇甫看到她无声地坐在维多利亚港的阴影里，吓了一跳，张嘴就说："你又在搞什么？！又要搬什么？！怎么总是搞这么多事情？！"

心脏很痛很痛。从什么时候开始，这颗心就这么不由自主地痛，颜烁忍着痛说："我们这个状态是不会开心的，我希望你开开心心。"

皇甫说："世上本无事，庸人自扰之。你最大的问题是自作聪明，自导自演，有问题不拿出来讨论是幼稚及愚蠢的处理方法，你活在自己想象的世界里，不断把问题放大。"

想象的世界？！颜烁冷笑，也是疯了。你可以不要脸，但你不能把你的不要脸强加在别人身上。她把手机重重地摔在茶几上："Ivy 也是我想象的？这么晚了，你从哪里回来的？我不说不代表我不知道！"

皇甫一愣，马上狗急跳墙道："你乱想什么！我跟她是完全没机会发展的朋友！我对她一点兴趣也没有！连她你也怀疑，你只会一辈子活在爱情恐慌中！不是任何人都有问题，是你的思想有问题！如果有人知道你吃 Ivy 的醋，你会变成一个笑话！”

颜烁很累，累到不想继续争执：“我不是吃她的醋，而是对你失望。你为了她都可以把我忽略掉，不许我去深圳，烦躁地对我发脾气。在你的世界里，我永远是不需要在乎的那个人。你总是很累，总是懒得理我，却半夜跑去她那里。真是笑话。我不吃醋，我再说一遍，我失望。她什么样子、我什么样子我很了解。只是之前不了解你，多说无益。好好养病，开开心心的。不开心就不要在一起。”

皇甫更加急躁，声调也抬高了：“神经病！我工作时从来都不想身边人来！Ivy 是我经常取笑的对象！我们这行半夜不见什么时候见？我不想再解释跟她的关系，你不要再冤枉我，非常讨厌！随便你如何想象！我说了真相，可你还是相信自己的幻想！没办法，这种事只会不断发生，最不尊重对方的不是发脾气，而是不信任！”

也许是他的声调太高，也许是颜烁的疲累积累了太久，她的心脏又开始出现在大本营时的症状，不断地扭紧，左半边身体痛到麻木，呼吸急促，气若游丝：“我从来没幻想你们的关系，我说得很清楚，是她喜欢你，我没说错。而你毫不避讳地让她喜欢你，我也没说错。不讨论了，这些没意义。

“我们的标准不同，我认为知道对方喜欢自己还半夜跑到对方家里是不好的事情。这种事情总是不断地发生，因为你懂得照顾别人的感受，很好。可惜，你总是忘记照顾我的感受。我累了。

“我想我永远也不会明白，病到没有力气拉一次我的手、拥抱一下我，却有力气半夜去别人家里；我永远也不明白，从不愿意说一次你爱我，却能把各个喜欢你的女孩的心情都安抚好。如果，将来，只是因为你不愿意做的这些，再也见不到我，你会后悔吗？”

说完最后一句话，颜烁全身都是冷汗。这里是香港，没有氧气和药品，也没有训练有素的向导，颜烁几乎瘫倒在沙发上。

皇甫没有觉察到她的异样，还在大声发脾气："神经病！已经说清楚我跟她不可能有发展，这样也不许见面？你不停地制造双方的矛盾，从买房子开始就令我很烦恼，这个月是我发病以来最痛苦的一段时间，真没兴趣聊不喜欢的事，在家里只想活在自己的空间里，不需要应酬任何人！"

颜烁的声音已经开始哆嗦，她全身冰冷，眼前黑一阵、白一阵，皇甫的身影也渐渐模糊："我从来没说不许你们见面。我说的是'半夜跑到对方家里'不好。而且我从来不管你，也管不了你。你要的自由生活里可以没有我。我也会生病、会死。我们的差异在于，我死之前想到的是'皇甫源！我终于可以死在你前面了'，而你想的永远不会是我。"

皇甫看上去很是厌烦，说："我一早就说过，我不喜欢谈情说爱。讨厌一脚踏两船，因为拍拖已经很烦，为什么要再找麻烦。我认为最好的相处方式是各自好好生活，一切尽在不言中。没有多少人跟我拍拖会愉快。不可能是你想象的形式，受不了当然要离开，为什么要受苦。"

颜烁的眼前全黑了，维多利亚港的灯光全都黑了，她困在一片不能动弹的黑暗里，用最后一点力气说："好。记住我问过你，'如果，将来，只是因为你不愿意做的这些，再也见不到我，你会后悔吗？'"

很遥远很遥远的地方，传来皇甫的回答："后悔是最愚蠢的自虐行为，在余下的日子我只想开开心心地过，也不要负任何人。"

之后，颜烁什么都不知道了。

无法改变的彼此

又进入了那个有着无尽光芒的领地，没有身体，没有影子，没有呼吸。只有那些细细碎碎的回忆不停地来去。颜烁清楚地看到自己和皇甫越来越多的争吵，那么清晰地看到皇甫的心，他的心烦、他的不安、他的执着。这所有的情绪，累加在心里，更多了一道枷锁，让自己虚无却不得自由，最终沉溺至沉没。

醒过来的时候，颜烁发现自己躺在医院里。皇甫正在床头像钟摆一样晃来晃去。她试着叫他，却因为喉咙太干，只发出一个奇怪的声音。

皇甫转过头，那表情颜烁之前从未见过，掺杂着恐慌、焦虑、挫败还有愤怒，他说："你有心脏病？！你有心脏病还去什么雪山？！"

颜烁被问得哑口无言。我有心脏病？我也没想到。本以为雪山上的状况只是极端情况下身体的正常反应，不能代表什么。家族里并没有心脏病患者，不会是遗传，自己又这么年轻，所以这段时间以来，心脏各种不时的疼痛，颜烁并没有放在心上。

皇甫看颜烁也一脸茫然的样子，缓和了语气，接着说："医生说你以后不可以单独睡觉，容易有生命危险。别搬家了。"

真是世事难料。一直为皇甫的身体着急的自己，竟然就这样被下了一道招魂书。

已经两次与死神擦肩而过。接受医生的最终宣判，颜烁也没觉得有多么大不了。她拒绝开刀。她不能想象把胸部切开，把肋骨剪开，在心脏里放入一个东西再缝合之后的自己。那不再是自己。生亦何欢，死亦何苦。

颜烁这短暂的一生，比很多人放纵得多，比很多人幸运得多，也比很多人悲哀得多。人终究要死，不如死得平淡一点，不要在最后时刻还折磨自己。不求好生，但求好死。

皇甫竟然理解她的决定。也只有真正地面对过、思考过死亡的人，才会比较容易接受这种平静等死的心态。

颜烁没有告诉家人，只是抽空去了趟律师楼，把上雪山前写的那份简单的遗嘱交给律师。香港的律师服务真的好，不但可以帮你立遗嘱，还可以帮你执行遗嘱。也就是说，如果颜烁死了，房子、保险和所有的银行存款，都会按照遗嘱上的安排，由律师在香港办完所有的手续，直接变成人民币转交给颜烁父母。

难怪香港人这么有安全感，一个社会的法律秩序，是保证你从生到死都能安然面对的底气。

同时皇甫的检查结果也出来了。出这个结果几乎用了一个月。颜烁真是对香港的检查效率无语了。

香港的医生和医院是分离的，普通科医生和专科医生也是分离的。除非是像颜烁这种差点死掉的急诊，否则就要先约普通科医生，然后转专科医生，然后等检查时间，然后检查，然后等检查结果，然后再约专科医生，最后才能见到医生，知道结果。

结果和颜烁之前预料的一样，癌细胞转移到了脑部和盆腔，从而导致皇甫腰腿的疼痛和排尿的不便。癌细胞是最聪明的，当你在肺部化疗的时候，它们就往身体的其他部位跑。自皇甫病了以后，颜烁查过那么多资料，结果就是，她完全不相信西医可以治愈癌症，想要治愈，只能从完全改变你的心入手，全面改变你的作息、生活环境和生活习惯。也就是说，你要彻底变成另一个人。但是，人最难的，就是改变自己。

两个收到死亡诏书的人，心里存着大吵之后的芥蒂，身体上还承受着各自的病痛，不知道应该如何相处。还住在一起，却礼貌得像彼此世界里的客人。颜烁慢慢地不爱回家，也不爱面对皇甫。

公司的事情也多，汪明遇到公司内部的政治斗争，如果他能再升一级，连带颜烁都会从中受益；反之，如果空降一个副总裁来，大家都跟着倒霉。他在美国待得太久，有点老美的傻劲，大大咧咧地不在乎。

颜烁主动约汪明吃饭，一是为了他这么久以来给予自己的无私帮助，二是为了他能够争取再上一个台阶。他是典型的美国人做派，虽然看到颜烁动不动哭成傻子，也从不打听她的隐私。吃饭的时候，颜烁才第一次和他细细讲述这九个多月的事，从皇甫的绝症到自己雪山上的濒死体验……

汪明听得目瞪口呆，感慨道：“生死才是真正的大事啊。”

颜烁说：“我们永远不知道自己什么时候会死，但是死之前，每一个刹那，我们所做的一切，都要无愧于心。遗憾才是生命不可承受之重。”

汪明听了，若有所思地皱皱眉头：“其实我不缺钱，我现在也不知道自己每天在图什么。”

颜烁回答道：“让我猜猜看，家庭和地位。前者是你的安全感，后者是你的荣誉感。”

他想了想：“嗯，也许吧。可是，都很难得到吧。这两者都是钱买不来的。”

颜烁说：“钱是买不来，但是不代表不可以争取。没到临死的那一刻，都还是有机会的。家庭这个问题暂时解决不了，至于地位，现在就有机会，你也有能力，不要给自己的人生留遗憾。当然，如果觉得不遗憾，那也无所谓。”

汪明笑笑，说：“虽然认识你挺久了，现在又是同事，但是总觉得不了解你。你每次都能在关键的时候跟我说一些关键的话。”

颜烁说：“这话应该我对你说，在我最需要的时候，是你顶着压力给了我莫大的支持和帮助。所谓的‘贵人’，也就是如此吧。”

就这样一道菜一道菜地慢慢吃、慢慢聊，汪明和颜烁居然喝完了一整瓶红酒，越聊话题越宽，心也越宽，气氛也融洽得不行。

第二天早上五点颜烁就到了公司，给汪明准备一些升职的资料，忙碌到晚上十二点才回家。这种事情比较敏感，汪明对别人也不放心，只能颜烁一个人帮他做，把他来公司以后的所有成绩和资历都整理出来。一连一周，颜烁每天只睡四小时。资料整理完，心脏的疼痛频率也越来越高，最后干脆演变成持续性疼痛。

如何习惯与疼痛相处，不过一个“忍”字，颜烁强忍着痛，一直撑到汪明拿着完备的资料去上海总公司出差，才休了两天病假。她不想在家里待着，也不想面对皇甫，便一个人跑去逛街，一个人去看 IMAX 版本的《泰坦尼克号》，一个人去国际博览馆听张学友的演唱会。

张学友在台上唱《她来听我的演唱会》，颜烁一个人在台下哭得天旋地转。过去十年，总有些什么让她伤了心。再过十年，如果张学友还在唱歌，如果自己还活着，不知道会在哪里，以什么样的心情听他的演唱会。

“情若是会变老，你我都该好好把握。”

听完演唱会，到家已经快半夜一点。皇甫还没睡，看着颜烁开了门，看着她换完鞋，看着她放下包，阴郁地问：“去哪儿了？”

习惯了这些日子以来相对的沉默，颜烁对他的问话有点吃惊：“听张学友的演唱会。”

皇甫着急起来：“一个人？你真是很奇怪！为什么不叫我一起去呢？”

有了上次吵架的先例，颜烁明白和他吵架是没有意义的，价值观不同的两个人，吵破天也解决不了问题，只会伤害彼此，便随口应付：“怕你忙。”

皇甫不耐烦地说：“我哪里有忙！这么晚不回来，也不知道发条信息吗？你晚上容易犯心脏病你不知道吗？！”

颜烁什么也不再说，转身去了卧室，再吵起来就真的要犯心脏病了。

第二天颜烁去新房子看装修的进度，香港工人的效率真是急死人。大概是推崇慢工出细活吧，整个行业都是如此，催也没用。

阳台收拾完了，颜烁坐在上面远远地看山，看山色染翠的美好。阳台上要种些植物才更好，她又一个人跑去旺角花墟买花。细雨中的花店，历尽岁月沧桑的食肆招牌，黄色的临街旧屋，帅气的执勤警察，这里是另一种感觉的香港。颜烁终于可以一个人享受香港。

皇甫刚确诊癌症的时候，每次带她去一个好地方，都会说：“你要记住这里，下次你就可以自己来了。”

颜烁曾经那么不愿意接受这句话背后隐藏的含义。而如今，就算皇甫还在，她也更愿意一个人在香港流浪，即使她依然放不下思念他的心。爱一个人，是希望和他分享自己所有的生活和感受。爱，离不开真真切切的陪伴。可皇甫和自己注定不能相互陪伴。

颜烁挑了一棵紫藤和几盆豆瓣绿，还有几个可爱的小花盆。紫藤还是一根小小的枝丫，老板说可以种在盆里慢慢养大，之后就会满阳台枝繁叶茂地爬。颜烁想着反正还有时间，可以带回家慢慢养。

皇甫不在家。颜烁第一次自己种花，手忙脚乱地装土、埋根、浇水……忙得不亦乐乎，弄了一地板的土。一抬头，发现皇甫不知道什么时候回来了，拿着拖把站在旁边等着给她收拾残局。

颜烁有点不好意思，讷讷地说："你回来了。"

他挑挑眉毛："怎么买这么丑的一根树枝……"典型的皇甫语气。

颜烁说："你知道什么，这是一棵紫藤，它会长大的。"

皇甫撇撇嘴，一声不响地把地板收拾干净了。

皇甫收拾地板的时候，颜烁看见茶几上有一套全英文的榨汁机资料，看上去很是高级。皇甫看到她在翻，就说："这是最高级的榨汁机，朋友推荐我买的，说是对身体有好处。"

看了看说明，牌子是 Super Angel，核心技术是可以慢速运转，以保证果蔬营养不被破坏，同时榨汁更快、更完全，可以分离掉农药和重金属，比直接吃蔬菜和水果更有利于人体吸收营养。

想着一个榨汁机能卖多少钱，颜烁随口说："那就买一个吧。"

皇甫一直都能瞬间洞察颜烁的想法，他回道："你说得轻松，很贵的……八九千块呢。"

颜烁听到这个价钱简直要跳起来。你买一个几万块的电视机也就算了，一个榨汁机都要上万块，还有没有天理！

皇甫看到颜烁吃惊的样子，大获全胜似的说："就知道你不懂这些，你们内地人都不懂生活。"

就你懂！你懂所以你晚睡！你懂所以你放荡！你懂所以你得肺癌！颜烁的内心瞬间如同火山爆发，无数句伤人的话就在嘴边翻涌，但这样的话真的不能说。说出去的话有时比刀还伤人。刀伤了人伤口可以愈合，话伤了人无药可救。

已经不想再和皇甫吵架，她依然记得那天晚上他说的最后一句话："在余下的日子我只想开开心心地过，也不要负任何人。"

肺癌晚期，脑转移，骨转移，能活两个月已经是奇迹，但医生不会这么直接地告诉病人，所有的医生都会说不一定。可是，数据不会支持任何盲目的乐观，肺癌总治愈率不足10%，其中还包括早期患者。

无论你多在乎自己，觉得自己独一无二，受上天眷顾，你还是逃不过大概率。概率是冷冰冰的事实，容不得太过美好的遐想。颜烁曾经很努力地劝说皇甫改变生活习惯，抓紧时间检查治疗，结果都被他不胜其烦地挡回去了。现在，一切都来不及了，不如什么都不说，是该让他开开心心地过。

皇甫见她默不作声，接着说："明天能陪我去看医生吗？"这么久以来，他从来都不让颜烁陪他去看医生，一直是他嫂子在陪他。他不让颜烁参与的事颜烁从来不过问。这次很蹊跷，他竟然要颜烁一起去。

颜烁闷闷地问："为什么？"

他说："明天见医生，讨论手术的事，想让你也提提意见。"

颜烁想，查了那么多资料，那么多血淋淋的案例告诉我们，这个阶段去做手术根本就是找死。她忍不住发火："扩散到很多地方了，做手术没有用的！脑部手术是要开颅的，你看看你的身体，哪里扛得住这么大的手术！普通人做一个普通手术都要大伤元气，你哪有元气去做这样的手术！都跟你说了有标靶药可以吃，有中药可以吃，改变作息习惯，调整饮食结构，慢慢养，有人控制得很好！

"Tina的姐姐也是晚期，可人家现在每天参禅拜佛吃素，控制得多好！你从来都没听过我的！一边拼命地熬夜鬼混，一边又大吃大喝地乱补，身体不是机器，经不住这么折腾，你哪里补得进去？你做手术就等于是在赌命！我被急救过都可以放弃手术治疗，你为什么还要去赌？我真的不明白！皇甫源，你真是一个不可理喻的人！"

皇甫就像没听到她在说什么，只是淡淡地说："活成Tina的姐姐那样有什么趣味？"

颜烁快疯了：“难道死就有趣吗？！”

他摆摆手，说：“不要总说死啊死的，很难听的。”

世界观、价值观的不同再次把他们带入无法交流的语词困境。我们听得懂对方的话，我们看得到对方的心，可我们就是无法接受彼此。颜烁努力控制自己的怒气，沉着地说：“我宁可死在你前面，也不要承受这种痛苦。你不懂，你这辈子也不会懂。”

皇甫像在听又像没在听，自言自语地说：“不要想得太极端。既来之，则安之。”

颜烁说：“我不极端，我又不是要自杀，生死有命。如果我死在前面，一定是你上辈子欠我的。反之，就是我上辈子欠你的。活下来的都会比较痛苦。没什么新鲜，又不是没活过。”

皇甫点燃一支雪茄，打开巨屏的电视机，说道：“可以预计将来的是神仙，人只需要活在当下。”

最好的生日礼物

卧室的门开着，颜烁一个人躺在床上，往客厅望去。客厅里电视发出的光像鬼火一样跳跃，皇甫坐在沙发上的影子像一个没有温度的孤魂。

每个人都不同，自我们生下来开始就不同。有的人喜欢情爱，有的人喜欢钱；有的人喜欢热闹，有的人喜欢安静……这些不同的喜欢，一点点累积成我们的习惯，习惯去追逐一个爱人，习惯去拼命赚钱，习惯去热闹的地方鬼混，习惯待在静谧的地方独处。这些习惯，慢慢地在我们的身上留下烙印，也许是大肚腩，也许是眉间纹，也许是黑眼圈，也许是亚健康……再假以因缘际会，就会演变成各种各样的疾病。你会得这种病，只是因为你是你；你能痊愈，也是因为你愿意改变你自己。如果坚持做以往的自己，延续之前的所有习惯，任何疾病都是无法治愈的。

颜烁不是皇甫，所以她没有得肺癌，她得了心脏病。她无法劝说皇甫改变自己，改变生活习惯，把病治好，反而在对他人苦口婆心的劝说中，在自己的病里越陷越深。

这简直就是一个死结。想到这里，颜烁又开始胸闷，像一条被晒在岸上的鱼，大汗淋漓，无法呼吸。晚上果然是最危险的时候。她坐起来，倚靠着床背，昏昏沉沉地睡着，直到皇甫上床。

他看着被冷汗浸透的颜烁，大惊道："又不舒服？去医院吧！"

颜烁笑笑："不用了，去也白去。"

他生气了，他竟然生气了："你神经病！有病不看医生！做手术有什么问题！总比你现在这个样子好！"

看着他的愤怒，颜烁反而释然了："我们是不同世界的人，谁都无法说服谁，睡吧。"

早上起来，颜烁看到手机上老于的信息："皇甫的生日准备怎么给他过？"这才想到下周就是皇甫的生日，居然差一点忘记了。

颜烁回过去："没想好。恭喜你。"

老于回复："人生无常。"

四个字，足够了。颜烁唯有衷心地祝福。

是该给皇甫准备过生日了。皇甫的性格很怪，朋友又多，加上今年的生日又赶上比较特殊的时期，还是事先询问他的意见比较好。去医院的路上，颜烁问皇甫要不要让老于回香港陪他一起过生日。皇甫说不要麻烦老于，这段时间老于也有很多事，很忙碌。

也好，颜烁心想，我们都各自过各自的关卡吧。

香港的医生大都有自己的诊所。皇甫这次请的刘医生是全香港最厉害的脑科专家，给很多富豪做过主治医生。到诊所的时候，皇甫的嫂子和朋友已经等在那里了。皇甫给大家做了简单的介绍。阿嫂看上去很年轻，一点皱纹也没有，皮肤和身材都很好，穿着也很时尚，一点也不像两个孩子的妈妈。阿兰是皇甫多年的好友，是一个护士，自皇甫生病以来一直帮他联络医院和医生。

刘医生拿着皇甫的片子看来看去，然后说："大脑部位的肿瘤是没有办法处理的，只能再做化疗。最危险的是脑干附近的肿瘤，如果继续长大，压迫脑干，就会导致呼吸停止。我建议做手术，切除脑干附近的肿瘤。”

皇甫聆听的神情十足虔诚温顺，是颜烁从未见过的。她知道他在心里已经做了决定。

出了医院，送走阿嫂和阿兰。颜烁说：“和你一起住这么久，没人比我更了解你的状况，我有点担心你做了手术后身体抵抗力下降，引发其他问题。不过，和你住了这么久，我也了解你的脾气，你怎么决定都好。我宁可离开你，也不愿意再争执。”

皇甫说：“我只是晦气，不爱争执。”

颜烁不解：“‘晦气’是什么意思？内地人不懂了……”

皇甫说：“不知道怎么解释，普通话应该一样。”

颜烁叹口气：“普通话说‘你晦气’，意思是‘你给人带来霉运’。你这话的意思应该不是吧？”

皇甫说：“不是，是敷衍、冷淡、发脾气的意思。”他也是很了解他自己的，他只是单纯地不愿意顾及别人的情绪。

颜烁说：“对，你对我就是‘敷衍、冷淡、发脾气’。不喜欢我，我走就是了，没必要互相折磨。”

皇甫又缓和了语气：“不觉得是折磨，有时会烦……”

是啊，烦要怎么办呢？两个人相爱，一起生活，但是烦了，要怎么办呢？一个人孤单，两个人厌烦，要怎么办呢？这世上到底有没有平平静静的相看两不厌的爱情？烦，是不是爱情的绝症？这间歇性发作的绝症，要怎么治愈呢？

颜烁苦笑道：“和你在一起，生活就是一半海水、一半火焰。你这脑转移是被我气的，我这心脏病是被你气的。我们俩算是扯平了。别烦了。”

皇甫约了朋友。颜烁自己逛街，想送他一份难忘的生日礼物。这辈子可能只能送他这么一次生日礼物，不得不用心。人生到了皇甫这一步，早看过了所有的浮华美景，还能送他什么呢？

一路走，一路看，颜烁始终没有看到称心如意的东西。生死面前，你会发现一切都不过是身外之物而已。两次把颜烁从生死线上拉回来的，都是对皇甫的爱。之前的她那么不相信爱情，可是，最后的那个刹那，出现在眼前的，不是父母，不是事业，不是金钱，是皇甫，是和他在一起的点点滴滴，是他对她的所有情绪，是颜烁对他的义无反顾和执迷不悟。

什么是唯一的？什么是可以带走的？什么是临终那个瞬间出现在皇甫眼前让他穿越生死的？颜烁真的不知道，也真的好想知道。

就这样心事重重地恍惚地穿过每条街道，湾仔的山上，那些有着艺术气息的琳琅满目的小店，里面都有皇甫最喜欢的小玩意。现在，就算颜烁买下来，他也带不走了。

就是这么巧，颜烁正在一家日本店里逛的时候，皇甫和一个女孩子说笑着走进来，是 Joanna。女人的直觉真是可怕，颜烁只在皇甫的 WhatsApp 上看过他们的聊天记录，知道她每天晚上会说：“想你，晚安。”那个 WhatsApp 头像和 Joanna 本人只有七分相似，可是，颜烁就是能够一眼认出来。

皇甫看到颜烁，微微一愣，有点尴尬地说：“你也在。”

颜烁冷笑一声，转身走了。给你们时间！给你们空间！给你们自由！看看这些女人会不会像我一样对你！

回家把东西翻出来准备打包，老于不在香港，颜烁打算去他家暂住几天，等到新房子装修好再搬进自己家。打包是件令人难过的事。到香港后买的每一件衣服都是皇甫陪她买的。这个时候，每拿起一件衣服都仿佛是在和那些欢笑着的美好时光告别，有一种揭开伤疤的活生生的痛苦。

长痛不如短痛。与其被皇甫这么慢慢地折磨，不如自己狠狠地捅自己一刀。看到这些充满回忆的物品，颜烁终于知道要送他什么礼物了——把曾经的陪伴和爱恋以及这些生命里最闪亮的时光送给他。像临死前的那场电影，一幕幕地播放，一幕幕地回忆，一幕幕地诀别。

颜烁打开电脑，开始整理自遇见皇甫以来的所有照片。

在上海老东家那里拍 MV 的时候，皇甫给颜烁和陈 Sir 拍的后台合影；皇甫久别之后再次出现在颜烁的生活里，在上海郊区坐着轮椅，等着颜烁去接他；皇甫穿着颜烁给他买的蓝色战斗机拖鞋，很骄傲地坐在威斯汀酒店的咖啡厅里；皇甫和她在老别墅区的夕阳里骑单车……

第一次进到皇甫的家里，颜烁和 Mandy 被眼前维多利亚港的璀璨夜景所深深震撼；到香港工作的第一天，重见皇甫，他融在一片淡淡的烟雾里；皇甫确诊肺癌那天，第一次带颜烁坐电车，他消瘦的身影在香港岛渐渐亮起的灯光里逐渐暗淡；皇甫在医院里穿着紫罗兰色的病服；皇甫、老于和颜烁一起逛街，皇甫帮老于翻衣领；三个人一起看电影，一起吃海鲜，一起在居酒屋里聊天……

皇甫在他最爱的吉列猪扒店里慢悠悠地磨芝麻；皇甫带颜烁去海上放生，颜烁默默许下心愿，只愿来日方长；在浅水湾的沙滩上留下了四个人齐齐的脚印；一起去澳门，一起过圣诞节，一起品尝美食，一起逛街，一起看房子，一起在 IFC 大楼下倒数迎接 2012……

每一个刹那，颜烁都那么细心地拍下来保存着，放在心里最珍贵的角落。

拍照的时候，颜烁想要的只不过是，大家可以这样开心地一起慢慢老去。八十岁的时候，颜烁可以拿出年轻时拍的照片，嚣张地说：“要不是当年我不停地给你们拍照，就凭你们现在的老年痴呆，一定什么都不记得！”

可是，我们等不到八十岁了。

另一个世界的你

在交织着幸福与痛苦的回忆中，颜烁整理完照片已经半夜了。皇甫回来得更晚，等他回来时颜烁已经睡了。也许皇甫也不愿面对那种尴尬和争吵吧。

上班的午餐休息时间颜烁去冲洗了照片，买了一本号称能保存一百年的 Made in Japan 的粘贴型相册。她一张张地把照片剪好，贴在相册上，细细写下当时的心情。可以说，自从高中毕业，她就没干过这种婆婆妈妈的事。但这确实是好的告别方式，做完整件事后，颜烁的心情像被熨烫过一样平静。

下午汪明回来了，叫颜烁下楼喝咖啡。上海之行很顺利，以汇报工作为由，他见到了几位总部的大佬，聊到最后提出了个人职业发展的困境。领导层一直以来的考虑是，既然当年是兴师动众地用高薪把他从高盛挖来的，当然也不舍得轻易放他走。再花高薪招一个人放在汪明头上，说不定能力还不如汪明，这笔账无论如何不划算。而一直迟迟没有推荐汪明，是因为他一直马大哈地没有表过忠心。这回捅破了窗户纸，大家都安心了。香港公司的副总裁兼财务总监的职位，应该没有太大问题。

颜烁真心为他开心，也为自己这一干小虾米开心。

汪明是个直来直去的人，他直接问颜烁愿不愿意做他的助理。颜烁有点吃惊，想了想，还是拒绝了，主要是自己的身体不行。汪明本就是个工作狂，新官上任也少不了压力，做他的助理自然要往死里加班。以颜烁现在的身体状况，估计会死在公司里。

汪明听了颜烁的解释，表示很理解，只是觉得可惜，让她休个假，好好调理身体。颜烁也很感激他肯给自己这个机会，怪只怪自己时运不济。

颜烁拿着医生证明找到人力资源部提出病假申请，本以为会被怀疑或者至少被刁难一下，可同事们看她的眼神都充满同情，还积极地向她推荐熟人和朋友曾经看过的好医生或者吃过的好药。颜烁由衷地觉得香港人很是单纯善良。人力资源总监还“特地”提醒她，按公司规定，她可以休三十天带薪病假。这就意味着，在公司许可的范围内，她暂时都不用上班了。

想起上次提前回家遭遇的踹门事件，颜烁主动给皇甫发了条信息：“我现在回家。”

皇甫回得很快：“有朋友在。”

颜烁回：“那我再在外面逛一会儿，大概几点可以回去？”

皇甫说：“现在可以回来，介绍给你认识。”

换作以前的颜烁，一定会对皇甫这样的表态而感到受宠若惊，但现在的颜烁不会了。当你决定放弃一个男人，你会放弃他的整个世界。那些爱屋及乌的事情，变成了彻头彻尾的笑话。

一开家门，颜烁傻了。家里黑压压的一群人，她从来没见过家里来这么多人。还有蛋糕。难道是提前给皇甫过生日？颜烁有点纳闷，傻傻地跟一干人等打完招呼，还没有搞清楚到底是怎么回事。

会读心术的皇甫主动告诉她：“我后天就开刀，明天晚上去养和住院。”

后天？！生日第二天？！这么快？！颜烁的心里有一百个疑问，但在这么多人面前，她也无法多问什么。其实问了也是白搭，皇甫这就是一副通知的语气，没有要和她商量的意思。

这个脑干附近的手术，不亚于一个鬼门关。颜烁这段日子所纠结的一切，也许就在主刀刘医生一刀下去之后，通通灰飞烟灭。

颜烁不敢再想。

家里的客人看起来都很光鲜时尚，听皇甫介绍，有模特，有导演，有演员，还有幕后的种种牛人。那些本该意气风发的闪耀面孔，因为皇甫的病，都蒙上了淡淡的哀伤。平素里再多钩心斗角，再多风花雪月，再多富贵荣华，终究敌不过这未可知的生死难关。

每个人都在努力地笑，努力地让别人笑。大家一起切蛋糕、唱生日歌、拍视频，热热闹闹地庆祝皇甫的生辰，就像无数个生日里应该做的那样。

如果我们这么努力，是不是就可以扭转结局？如果明天就是皇甫的最后一天，我是不是当真没有遗憾？如果这个世界里再也没有了皇甫，没有了那些焦灼的等待、那些让人窒息的猜忌、那些颠倒的日夜，我会快乐吗？

颜烁不知道。她太年轻，还没有送别他人的经验。可是如果人活着只是为了送别他人，为什么自己不先行离开？

皇甫看穿了她的心思，送走这些人之后，他说：“你不用搬家了，反正明天我就走了。”这么久了，还是那么轻易地被他看穿。颜烁所有的情绪，在皇甫面前，从来就无所遁形。

皇甫见她只是低着头不作声，又问：“和我在一起，就那么难吗？”

颜烁不知道该怎么回答。那些快乐无法磨灭，而那些痛苦也无法消散。如果不爱皇甫，那她会轻松很多，轻松地待在一个井底之蛙的世界里，兀自盲目地快乐，兀自心甘情愿地堕落。

可是，我爱你，我爱上了你，我抱着宁愿粉身碎骨的勇气跳下悬崖，学会飞翔，只为进入你的世界。我做到了，在香港这个彼岸，我终于可以像你一样飞翔，可是我们却不停地擦肩而过。

这一次的擦肩而过，也许就是几生几世、生生世世的不得相见。我们之间，也许就此隔着一个永远。

皇甫看着默默掉着眼泪的颜烁，叹了口气："睡吧，明天要早起去见朋友。"

早晨，皇甫像往常的周末一样，让颜烁去楼下的翠华拿外卖。翠华的小弟照例在皇甫的单子上写着："奶油猪，多奶多油。猪软骨捞面。生菜。"

洗漱完的皇甫斜躺在沙发上，刚吹干的头发松散地搭在他的脸庞一侧。他又瘦了下来。那些代表着快乐的吃喝玩乐的日子里攒下的体重，迅速地被病痛吞噬。

颜烁努力地笑着说："生日快乐。吃面啊，长寿面。"

皇甫还是惯常的一脸不屑："长寿有什么好？随缘。"

颜烁莫名地不高兴了，此时的她，太过于敏感和迷信，任何一句看似无用的祝福对她来说都是安慰。

皇甫看看颜烁铁青的脸色，摆弄了一下桌上的宣传页，岔开话题："嘴里没味道，有这个高级果汁机就好咯。"

又是一个榨汁机中的战斗机。他随口一说，颜烁就当了真。他前脚一走，颜烁就打算出门去买。

如果这真的是最后一天，至少不能让这么个玩意成为他心里的遗憾。颜烁收拾了家里，把自己精心准备的相册放在了茶几上显眼的位置。那些过往的美丽时光，希望他记得住，也希望他带得走。

这种高级榨汁机非常难买，全香港只有两个地方有卖。颜烁折腾了很久才买到，天已经黑了。皇甫开始一条短信接一条短信地催她去餐厅吃饭。

颜烁提着一个巨大的榨汁机，偏偏打车又打不到。正在着急的时候，阿嫂来接她了。颜烁很诧异，也有点难为情。不过是第二次见面而已，就麻烦阿嫂。

到了餐厅，颜烁更诧异了。这分明是家宴。皇甫的两个哥哥都在，还有 Michael 和 Yvonne 夫妇。第一次见两位哥哥，颜烁觉得他们一家人长得完全不像。这一桌凑在一起，很明显哥哥们就是普通的香港人，而皇甫的特立独行和让人过目不忘的气质和气场摆明了就是一个局外人。难怪他们平素都不太来往。

皇甫看看颜烁，轻松地说："终于来了。买的什么？"

让阿嫂专门开车去接我，难道是怕我不来？如果我的参与对你那么重要，之前的一切又是为了什么？这些疑问，颜烁是想破脑袋也不会明白了。这顿晚餐之后皇甫就要去医院了，这也许是他生命里的最后一个生日。颜烁不想再纠结，不想再为难别人、为难自己。

皇甫看了看榨汁机，很高兴地说："这才是像样的生日礼物。"颜烁想，他已经看到了那本相册。

第一次参加这样的家宴，这些人都是皇甫至亲的人。颜烁这才知道 Michael 夫妇已经与皇甫认识将近二十年。前年，皇甫的母亲去世。在她去世之前，Michael 夫妇像亲人一样地服侍和照料她。

Michael 半开玩笑地说："我们之前每周都一起去他妈妈那里，就是今年才不经常见面。上次去赤柱，是我们逼了他好久，他才肯把你带出来。"

阿嫂也说："我也刚见第二次。从来都没见他带女朋友。"

皇甫像个害羞的小男生，一直笑着转移话题："吃饭，吃饭，哪里那么多话。"

这个话题，对现在的颜烁来说，心酸多于幸福。如果早一点，再早一点，或许可以与皇甫有一个更甜蜜的结局。可是现在，面对马上要开刀、前途未卜的皇甫，面对一再纠缠于几个女人之间的皇甫，面对他从不确定的心意和自己曾经的背叛，颜烁甚至无法面对这样善意的调侃。

晚餐临近结束时，又赶来了一家人。阿宝和两个孩子。两个孩子叫皇甫干爸。看着两个孩子和皇甫的亲昵互动，颜烁心里的感觉非常奇怪。看到文艺得不食人间烟火的皇甫突然之间像个居家好男人一样和孩子们毫无违和感地玩在了一起，她只能感慨自己到底还是不了解皇甫。

皇甫，如果不是因为你的病，你还要多久才肯让我完整地进入你的世界？我这么努力，用尽了全力，你从来都能一眼看穿我的心。可是，你的心、你的过去、你的世界，对我来说，高墙林立。

谁爱谁比较久

养和医院不愧是香港最好的私立医院，住院部的前台像五星级酒店前台。皇甫的病房已经安排好了，在二十六楼，将近两百平方米的房间，四张很高级的病床被落地厚帘隔在四个独立的空间里。有两个可以洗澡的洗手间。皇甫的病床靠窗，落地窗外是跑马地灯火辉煌的赛马场。

皇甫笑着说："每周三可以免费看赛马啦。"

这句玩笑话没能调节气氛，遭到所有人的白眼。皇甫的哥哥们话很少，看着皇甫安顿好就准备走了，说好明天手术前再来。

皇甫对哥哥们的感情看上去也是淡淡的，听到他们说要走，也没什么表示，只顾专心地试睡那张高级的病床。哥哥们走后，很快又来了无数人，看那么时尚扎眼的装扮就知道是皇甫的朋友。

与刚才那种淡淡的笑容不同，皇甫马上活跃起来，稍带兴奋地说："好在现在这病房里就我一个病人，不然别人要被你们吵死，这么多人……"

阿嫂他们看这阵势，准备走了，颜烁也跟着站起来。皇甫看了她一眼，说："你着什么急，这里回家那么近。"

这时，人群里有个姑娘大大咧咧地说："哦，不舍得人家走咯。别走，跟我们去吃夜宵。"大家都哄笑起来。颜烁也不好意思再说什么，就跟着他们一起下楼。

跑马地也有像店小二一样的排档，颜烁之前从来没来过，心想香港真有趣，不管多么繁华的地段都有这些原始淳朴的生活形态。公司在中环那么昂贵的地段，走出去两分钟就有百年的石板路，路两边都是小摊小贩。很多摊贩都在那里做了几十年的生意，时间仿佛从来没有留下痕迹。

不知道这么久以来，香港是怎么在现代与传统、便利与市容、公权与私利之间达到如此平衡的。

这群人一看就是常客，排档老板手脚麻利地收拾了一张好大好大的桌子给他们。

那个大大咧咧的姑娘挨着颜烁，她叫 Doreen，妆容精致，皮肤白皙，吹弹可破。手上戴着一枚很漂亮的朋克风戒指，手指纤长，涂着整洁的黑色光亮指甲油。

Doreen 看到颜烁的手表，立刻颇有深意地笑了："很适合你。这是他最喜欢的一块手表，他对你很好。"

知道这块手表的人，应该认识皇甫很久了。颜烁问："你们认识很久了？"Doreen 就跟颜烁说了说这群人。其中一半是皇甫的朋友，一半是皇甫的初中同学。初中毕业后，皇甫就凭天资聪颖，进入了 TVB 培训班，之后又专攻摄影。短短几年已经是很有名的天价摄影师。她老公叫 Mike，是皇甫的初中同学，现在在开广告公司。Doreen 自己在铜锣湾开了一家时装店。

难怪这些人看上去都这么时尚、这么亮眼。我们经历过的一切都会刻在我们身上，假以时日就会变成我们独特的风格，无法复制。

好不容易送走所有人，空荡荡的病房里只剩下颜烁和换上了病号服的皇甫。

颜烁说：“你好好休息，明天早上我再来。”

皇甫淡淡地说：“嗯，手术，不用担心。”

不知道是安慰颜烁，还是安慰自己。我们比以往任何时候都需要安慰。

颜烁点点头，收拾完东西，又说一次：“生日快乐。”

皇甫突然问：“相册是怎么回事？你希望以后都不见面了吗？”

颜烁岔开话题：“好好休息，过了这关再说吧。”

他长长地叹气，说：“不要多想。老于会回来吗？”

这个时候，皇甫突然想到老于，让颜烁有点猝不及防。老于一直没有消息，他不可能不知道皇甫要做手术。几乎整个圈子都已经知道这件事。老于在逃避。是在逃避皇甫，还是在逃避颜烁？或者，是逃避整个人生？

颜烁不知道怎么回答皇甫。

皇甫自言自语道：“还是不要打扰他了，有个孩子是件好事。”

颜烁也想要个孩子。在被死亡的阴影笼罩得透不过气的时候，孩子就像一个天使，带着温润的光芒和完完全全的正能量。只有那种新生命带来的动力和希冀，才能驱散心里浓重的悲哀。

皇甫看看她，又说：“不要多想，一个人带孩子很累的。你要好好生活。”

又是读心术。从认识颜烁的第一天，一直到这样一个不知道是不是最后一天的日子，他一直这么轻松地在颜烁的心里来来去去，颜烁的心就这样对他完全地彻底地打开。以后，如果他不见了，自己要怎么好好生活？

好好生活，说起来容易，做起来难。颜烁怕自己掉下泪来，在这样的时刻，太不吉利。

回到家，颜烁发现那棵一直光秃秃的快要被种死掉的紫藤冒出了两个绿绿的小芽。新生命带来的动力和希冀是如此抚慰人心，哪怕只是一棵小植物。

多么希望皇甫也能逢凶化吉。

睡梦里皇甫对颜烁开着玩笑，没有恐慌和焦虑，没有猜疑和背叛，他们只是普通的男人和女人，普通地爱着，普通地生活着。醒了，才发现这真的只能是个梦。

清晨，颜烁到医院的时候，阿嫂和哥哥们已经到了。随后，阿宝和 Michael 夫妇也来了。护士帮皇甫打理完，他该进手术室了。

躺在移动病床上被推上走廊的皇甫，显得孤零零的，所有人都无法再陪伴他。人总归还是要独自面对生死。

他脸上有颜烁从未见过的慌乱。这一刻，颜烁知道他怕。她在最后分开的一刹那，紧紧地握住他的手。他也同样握紧她的手，微弱地说："没事。"

就这样，手术室的大门沉重地打开，又迅速地关上，门的缝隙里透出一线白光，如冰雪般让人觉得寒冷，失去意识。颜烁就站在那里，冷得毫无知觉，哗哗地流着眼泪。

Yvonne 和阿嫂走过来，对她说："走吧。手术要做五小时，我们下去等。"

颜烁摇头："你们下去吧。我在这里会舒服一点。"

阿嫂叹口气，不再多说劝阻的话。颜烁一个人站在手术室外，想着手术室里的皇甫。一道门，像一片无法穿越的汪洋，隔开了生死的两岸。

手术室外面空荡荡的，每次那两扇厚厚的门打开，颜烁都以为是皇甫要出来。看到是护士，又担心是不是皇甫的手术过程出了问题。如此反反复复。

颜烁总是在等皇甫，等他回信息，等他回家，等他说爱她。每一次都觉得筋疲力尽，可是，没有哪一次像这次这么难熬。无数个念头在脑海中闪过，每一个念头都仿佛要把颜烁逼向崩溃的深渊。颜烁情愿自己此刻也被全身麻醉，真正地失去意识，不再感受到任何痛苦和煎熬。

五小时的手术，加上麻醉和缝合，其实是将近七小时。医院的空调本来就吹得人冷，再加上七小时里，颜烁几乎一动没动，整个人真的麻木了。皇甫的病床从手术室里推出来的那刻，她看到皇甫一脸毫无血色的灰白，想要上去握住他的手，却一个趔趄就摔倒了。

一个护士把她拉起来，颜烁看着皇甫被推远，顾不得疼，一个劲地重复道："他怎么样？！我是他女朋友，让我和他一起走，让我和他一起走……"

护士叫其他人扶着颜烁，一起进了通往 ICU 的电梯。皇甫还在昏迷，颜烁战战兢兢、小心翼翼地握住他的手，手指冰凉。

开颅手术，当夜是最危险的，皇甫需要在 ICU 观察整夜。颜烁只能隔着玻璃看着护士们把他安置好，无法进去陪伴。阿嫂他们知道手术做完，也都来了 ICU。阿嫂看着颜烁红肿的眼睛，说："下去吃点东西休息一下吧，他醒过来的时候再过来。"

颜烁心神恍惚，只想多看皇甫几眼，只想万一他出现问题的时候，能够第一时间出现在他身边。她嗫嚅着问："阿嫂，我晚上可以睡在医院吗？"

一直少言寡语的大哥说："不行啊，在医院里你睡不好的，你别把自己熬垮了。"

阿嫂劝道："她担心，回去也睡不好。她想睡在这里就让她睡吧。"

大哥他们便也不再劝阻。

夜里，医院很安静，护士们查房的脚步声每过一小时就在走廊里响起。她们都知道颜烁睡在皇甫的病房里，不进来打扰。

颜烁太想有人来告诉自己皇甫的消息，又担心有人来告诉自己皇甫的消息。就这样，一直惦念着ICU里的皇甫，心情惊惶难定。也许皇甫已经醒了，正像自己一样，睁着眼在黑夜里盯着冰冷雪白的病房房顶。

天渐渐亮起来，没有人来，皇甫应该是安然度过了这最危险的一夜。早上九点，哥哥们和阿嫂都来了。一起去ICU看皇甫，皇甫醒了，看到大家，虽然虚弱，还是发自内心地笑了。那种笑容，只有在久别重逢的亲人脸上才会出现。

做完开颅手术后的皇甫脸色惨白惨白的，大家都面色凝重。颜烁不争气地又躲在哥哥背后偷偷掉眼泪。

皇甫稍稍地探了一下头，对她说："哭什么，手术都成功了。"

阿嫂说："她昨天一直在外面等，还睡在医院。"

皇甫难得带着心疼的语调责怪道："这么笨干什么，留在这里也帮不上忙。没事啦。"

主治医生刘医生看到家属都在，解释了一下手术很成功，病人要好好休息云云。反正皇甫中午就可以转到普通病房了，大家都松了一口气，不再打扰他。

阿嫂带颜烁下去吃饭。这么多天来，颜烁第一次感觉到饭的香味。

心的力量实在太大了。开心和不开心，身体对于同一件事物的反应可能是截然相反的。这世上本没有真正的美食，我们对食物的所有味觉都来自我们当下在乎食物的那颗心和陪着我们享受食物的那个人。

有了皇甫，我才能享受食物；有了皇甫，我才能享受香港；有了皇甫，我才能享受人生。

这是一个残酷的事实。

颜烁没办法调整自己的心。心的训练，是个人无能为力的领域。这一天一夜，过去的分分秒秒，让颜烁真正地明白生命的分秒必争。

这是在她自己的生死之际都未曾领悟的真谛，而在皇甫的生死之际，她却领悟到了。

这一刻颜烁悚然发觉，自己竟然爱他超过了爱自己。是的，她可以轻松地与自己诀别，却始终放不下他。现在知道这一点，是不是太晚了？

再也回不去的人生

趁皇甫休息的时间，颜烁回家换洗衣服。一回家却看到那棵小紫藤枯了，她的心猛地一沉。

颜烁想，什么都无法挽回死亡。更何况，有时活着还不如死了。皇甫的每一次好转迹象，都只不过是前往死亡领地的路途上的短暂休息。

我们活着，就是为了迎接死亡。自诞生之日起，我们就在靠近死亡，只是我们假装不知。

还好，豆瓣绿还活着，小豆瓣般的嫩芽绿油油的，让人欣喜。换好衣服，颜烁把豆瓣绿也打包带上，想给病房增加一点生机。

再回病房的时候，病房里又照例挤满了皇甫的朋友。大家都很安静，皇甫拉着帘子在病床上睡觉。一进去，坐在窗边的 Tina 看到颜烁，打招呼让她坐。颜烁摆好豆瓣绿，挨着 Tina 挤在窗边的众多男女之间。

刚坐定，一个女孩隔着 Tina 和颜烁打招呼。一看，是 Joanna。

一把中年大婶的年纪，一脸纯情少女的表情，一身失足妇女的骚媚；一边在微博上对着粉丝和朋友哀怨，一边在 WhatsApp 上对着皇甫撒娇，一边还能若无其事地向颜烁打招呼。颜烁不无恶毒地想，真是绿茶婊的表率。

颜烁很是小心眼地白了 Joanna 一眼，没有说话。

皇甫醒了，气色好了很多，看到这么多朋友在安静地等他，也很开心。过了不久，又陆续有人来。大概是他醒来的消息通过大家的手机传送了出去，越来越多的人前来探望。

进来两个年纪稍大的女人，其中一个看到一屋子人，笑得很大声地跟皇甫说："这么大阵势，你们在拍电影啊？"

大家听到这话都乐了。一看还真是，圈子里各专业的精英都到了，加上机器就可以直接开拍。皇甫以前大多数时间都独来独往，这个圈子也一直很是势利，看似人情凉薄。一下子能聚集这么多人，不知道是皇甫的力量，还是生死的力量。

那位大姐大笑一阵，又说："这么多女人，哪个是你女朋友啊？"

皇甫的脸上有了初中生般的害羞表情，答："你猜咯！"

于是，整个屋子的人都笑着看向颜烁。皇甫也看向她，稍稍流露出幸福的表情，跟那位大姐介绍："这是 Laura。"

第一次在这么多人面前，以皇甫女朋友的身份被正式地介绍，颜烁真的有些措手不及。她略有慌乱地站起来，笑着打了个招呼："你好。"

寒暄之后，颜烁的余光瞥见 Joanna 的尴尬失落神情。你曾经给过别人的痛苦，一定会加倍受偿在自己身上。因果循环，从无例外。

这些人闹完就开始组织建 WhatsApp 的群，把颜烁也加进去，要轮流照顾皇甫，每日更新皇甫的身体状况，大家都超级热心。

那个笑得很大声的大姐叫 Julie，非常有名的大律师，同性恋，她老公叫 Helena。性格也是这么火辣，热心的组织者之一。

大大咧咧的 Doreen 也十分热情，和她老公 Mike 自然也是群里不可或缺的成员。Mike 又把他们几个最要好的初中同学加了进去。相比较而言，Tina 就温顺细腻很多，Steven 是皇甫挚友，也被拉进群里。

主力队员都到齐了，开始分配任务，谁什么时候在医院照顾，谁什么时候取中药，谁来煮病号餐，谁来买供给物……细致程度让颜烁咂舌。

谁说香港人没有人情味？只能说，你是什么人，就会遇见什么人。

在接下来的日子里，如果没有这群朋友，皇甫和颜烁的日子都会艰难很多。当时，这些热心的朋友都是几乎放弃了工作，全心全意、竭尽全力、毫无所求地帮助皇甫。很多年后，颜烁经常问自己，如果她的朋友遇到皇甫这种情况，自己能不能做到像他们那样，答案始终是不确定的。

每次颜烁在群里向大家通报皇甫的情况，所有人都会安慰她：“他有你很幸福。你也要注意身体。你如果难过，随时可以找我们聊天。”

他们全是香港人，只有颜烁一个人是只会听不会讲广东话的内地人。但是，没有一个人因为这种差异而歧视过她。有人给她带饭，有人陪她聊天，有人在她不在医院时向她时时更新皇甫的状况。这份心意是如此厚重，留给颜烁的，胜过感动许多。

皇甫毕竟刚刚做完大手术，还很虚弱，大家组完群、商量完细节就离开了。只剩下颜烁和皇甫。

皇甫低声说：“我还没有洗脸刷牙。”

他还在打点滴，不能动弹。颜烁翻出他的洗漱用品，倒上温水，把毛巾温热，给他擦脸。从来没有伺候过别人，更别提给别人洗脸。恍惚间，以为两人都已白发，相濡以沫，携手江湖。

颜烁想想和皇甫这一路走来，曾经彻底地各自放荡，也曾经安心开心到任由自己长胖，也曾经肆意地争吵、互相伤害……人这一辈子，如果真的有所谓一生一世的爱情，这些会不会就是爱情的全部？如果这些就是爱情的全部，我们是不是已经爱无可爱？

这一刻，皇甫心里的感触，想必也和颜烁差不多。他们谁都没有说话，就是静静地做着一对老夫老妻最平常的事情。

给皇甫洗漱完毕，已经很晚。护士来问要不要加陪护床。颜烁说不用，她轻轻地吻了皇甫依然没什么血色的脸庞，道了晚安。

皇甫的神色显出劫后余生的平静安详，没有像以前一样说“不要烦”，而是轻轻说“好梦”。

连续紧张疲累了几天，颜烁的心脏又开始痛，也许它一直在痛，只是太在乎皇甫，她忽略了自己的疼痛。这一夜，颜烁睡得仿佛昏迷一般深沉。

不管多累，睡得多沉，颜烁还是早早起床。正打算去医院，看到小夏和海子的留言，说他们要来香港玩。颜烁赶紧告诉阿嫂和朋友们，让他们安排人看护皇甫。

颜烁深知他们不是真的来玩，是怕自己撑不住这些苦。想来想去，颜烁带他们去了浅水湾和赤柱。他们虽然都住在深圳，离香港很近，但大部分时候来香港只是办事和买东西，还没去过香港岛南岸。

人就是这么奇怪，北京人不会经常去故宫，上海人不会经常去南京路，西安人不会经常去秦始皇陵。

上一次去浅水湾和赤柱，还是跟 Michael 和 Yvonne 夫妇、皇甫一起去的。四个人在浅水湾酒店看风景，在沙滩上留下齐齐的脚印，在赤柱美利楼吃晚餐。

如今的皇甫，大脑的肿瘤已经压迫到面部神经，牙齿不能咀嚼，只能吃糊状的食物，消瘦得不成人形。

想到这里，颜烁看着小夏、海子在阳光下活蹦乱跳的身影，看着自己在沙滩上踩下的孤零零的脚印，突然情绪崩溃，大哭起来。

真的好想好想皇甫，好想那些美丽的日子，可是我们再也回不去了。无论如何，都再也回不去了。

逝者如斯。生命在怎样流失，我们全然不知。就算知道，又能怎样呢？我们，再也回不去了。

心的力量实在太大了。

开心和不开心之间，

整个身体对于同一件事物的反应可能是截然相反的。

What an Unforgetable Journey

其实你我这美梦，气数早已尽，缠绵也是无用。
情愿百世都赞颂，最爱的面容，因爱而目送。

何韵诗 ~~~~~~《痴情司》

当我足够爱，才敢失去你

如果我们
足够爱

无法改变的命运

海边的颜烁哭得太大声，哭到心脏隐隐作痛。小夏和海子只能陪伴，无法安慰。颜烁让他们去逛赤柱的老集市，自己去美利楼休息。

上次和 Michael 夫妇、皇甫是在美利楼的 Saigon at Stanley 吃的晚餐，皇甫最享受点餐的乐趣。那时颜烁在心里默默地对他说："和过去一样，我依然爱你，我根本不能不爱你，我爱你将一直爱到你死，或者我死。"

转眼刮起了大风，这一天海边的狂风暴雨来得毫无征兆，就像颜烁在浅水湾炙热的沙滩上突如其来的浑身发冷，泪如泉涌。

天色还不算晚，只是乌云低沉，海与天的边际混作一片。餐厅里的客人不多，Saigon at Stanley 里穿越南长衫的女孩子们聚在门口，探出半截身子往长长的木阳台外看风雨大作，时不时地被炸雷惊吓到，笑闹成一片。

任凭怎样的暴雨惊雷，颜烁是不怕的；刚才在烈日下陡然发作的心脏病，她并不怕；其实，就算是死，她也不怕。如果老天要拿走生命里最重要的一部分，结结实实地疼过、挣扎过之后就木然了，哪里还有什么好怕的。

人老了的表现之一是对巧合低头，也是对命运低头。颜烁终于承认，命里有时终须有，命里无时莫强求。有过的美好有多美好，将有的痛苦就有多痛苦。当颜烁还有一颗完整的心的时候，她通常会将上面那句话反过来激励自己。她也确实相信经历过痛苦，就会迎来美好。然而现在的颜烁是完全麻木的，感觉不到快乐，也感觉不到痛苦，更无法激励自己打起精神，勇敢面对。

你再努力，你能不死吗？你能知道自己什么时候死吗？你能知道自己怎么死吗？你不知道，你不但不知道，不但要面对自己的无常，还要面对发生在一切挚爱的人身上的无常。麻木，也许是最好的状态。

颜烁从不畏惧死亡，她以为自己无所畏惧。从皇甫得癌症的那一刻开始，她知道了，她畏惧挚爱的人的死亡。那些亲人、爱人、朋友的离世，从此一个个手机号码成为空号，即使只是假想，也让人痛不欲生。颜烁可以不在乎金钱、权利、地位甚至生命，竟然依然为情所伤。所以我们只是普通人，普通人都有弱点，会在苦海里沉沦，九死一生。

也许经历过这一劫，就向无畏的境界又走近了一步。可是，代价如此惨烈。在颜烁说心痛的时候，她的心真的痛了，那种持久、缓慢、无常、撕裂到无法呼吸的疼痛终于在大限来临之前夺走了颜烁一半的生命。

她的心从此不完整了。面对命运的宣判，我们从来没有上诉和申辩的机会。颜烁想：我就要这样木然地过完一生了。木然地活，带着已枯萎一半的心，木然地老去。

肆虐的风雨终于停息了。小夏和海子打来电话，让颜烁去赤柱广场碰面，回跑马地吃饭。颜烁心情低落地踩着一路的雨水走上赤柱广场的三楼。刚上阳台，抬头就看见暴风雨过后骤然放晴空无一物的浩瀚海面上，高高挂起了两道巨大的完整跨越海岸的彩虹。

那彩虹连接此岸与彼岸，静美、绚丽、卓尔不群，轻易地驱散了一切灰暗、苦闷。

此时小夏和海子也赶到了，显然所有人都被这突如其来的彩虹奇景所震撼，纷纷聚在阳台上拍照。颜烁总觉得此情此景不同寻常，那种玄妙的第六感或者第七感，清楚地浮现在心里，却无法用任何言语表达。

带小夏和海子去吃皇甫最爱的芝士龙虾。大家对竹园海鲜餐厅果然赞不绝口。颜烁记挂着医院里的皇甫，只一心想着给皇甫打包龙虾带回去。皇甫无法咀嚼，颜烁便去隔壁超市买了简易的捣蒜器具，把龙虾剥了皮，放在碗里一点点捣成泥。龙虾很韧，捣起来很是费劲。一顿饭的工夫，颜烁几乎什么都没吃，手腕酸得抬不起来，才弄了小半碗龙虾。

送走小夏和海子，颜烁又踩着一路的积水去了养和医院。病房里满满的人，Doreen 也在，一看到颜烁进门就喊："你总算回来了！皇甫一直问我你去哪里了，问我你带没带伞，问我你什么时候回来……真受不了！"

大家都笑了。颜烁看了看皇甫，他也在看颜烁。一瞬间，竟然觉得什么都不需要说，真正是无声胜有声。这是多么难得的默契。颜烁心酸地想，自己和皇甫，终于有了这样的默契。

把龙虾泥拿给皇甫，他看了一眼，说："不好看，不想吃。"

又来了。他终究还是那个爱美和挑剔到死的皇甫。颜烁只得默默地把这份捣了一个半小时的龙虾泥倒掉。

她回来后发现又来了新客人，是皇甫的师父，那个香港最有名的道家师父。也许颜烁之前对他了解得太多，有了先入为主的印象，总觉得他有着古古怪怪的眼神和气场。他能看到鬼，也曾经给皇甫开过天眼，带着皇甫他们去看过鬼；也能轻易看清风水和运势，甚至看得到每个人的前世今生。

且不论前世如何，自己这一世的为人实在不怎么样，纵情声色。颜烁一直对这样的神通人士很是害怕，避之不及。很怕他上下一打量，她就被看穿了。

和道家师父一起来的还有个女的，气场也很古怪。颜烁在酒吧和工作中混了这么久，也算阅人无数，但这两个人不同于她以往见过的任何人。不是简单的好人和坏人的面相，也不是简单的有钱和没钱的状态，更不是简单的谦逊或傲慢的表情，而是一种看破沧桑之后的冷漠。这种冷漠，很容易让人打心底里产生一种由敬畏而生的疏远。

皇甫向颜烁介绍那个女人叫景，是师父的助手。景拉着颜烁的手，说："辛苦了。我们刚知道他做了手术。"

皇甫接着这话就和师父开玩笑："都说你厉害，你怎么看不出我要得癌症啊？还刚刚才知道我做了手术。"

师父也不生气，笑着答："告诉你又能怎么样，你还不是老样子。"

这句话让颜烁好生感慨。这一年来，她一直试图劝说皇甫，试图改变他的生活习惯，试图把他从癌症恶化的习惯路径里拉出来，结果只是招来他的不耐烦，还伤了自己的心，简直赔了夫人又折兵。知道自己的命运又能怎样呢？如果不改变自己，命运也终究无法改变。

皇甫大概也明白其中的道理，没再反驳，只是笑笑，继续问："我还有多久？"

师父说："都说了告诉你也没用，你还问来干吗？"

皇甫说："交代后事啊大佬！"

师父大笑起来："早交代早好啊，心里还挂着那么多事，有什么好处。"

这句话不知道是开玩笑还是真的，这种人的话总是不能全信，也不能不信。皇甫撇撇嘴："果然问了也白问，都不知道那些人为什么要付给你那么多钱。"

师父和景都笑了，一点也不生气，坐着聊了一会儿家常，颜烁送他们出门。

出门后，师父对颜烁说："今天来之前，我看到两道彩虹，是个预兆。他的命留不住了，但是会走得很好，看淡一点。他还有一个月。"

颜烁不知道说什么，眼泪夺眶而出。

景抱了抱她，说："有事随时给我们打电话，无论什么事。"

送走师父，颜烁蹲在电梯间哭到站不起身。阿嫂刚好上楼，出电梯看到她，把她扶起来问怎么回事。颜烁泣不成声，阿嫂也差点被弄哭。哥哥赶紧把她们扶到远离皇甫病房的走廊长椅上。阿嫂大概明白是怎么回事，一直劝慰颜烁，还说皇甫在做手术之前已经把后事都交代过了，他很坦然。

皇甫从未跟颜烁说过这些"后事"。如果手术发生什么意外，他是打算一句话都不留给自己就永别吗，就像自己从来没有在他生命里出现过一样？手术后这些温情的画面，对皇甫来说，究竟意味着什么？难道在手术过程中，在那个生死一线的时刻，皇甫也和自己一样看到了过往的每一个片段和每一幅画面，知道了什么才是他最放不下的？颜烁不知道，也无法知道。人心是如此难测，即使对方是与你日夜相伴的爱人。

回到病房，探病的客人们都走得差不多了。Julie 和 Helena 还在，她们听中医说喝米酒水对皇甫好，就每天煮好送来。皇甫正被哥哥搀扶着在病房里缓慢地走路。香港的医生、技术、药品和医疗器械确实厉害，做了脑干附近的大手术，第三天就可以下床。只是皇甫还很虚弱，走了几步就要上床休息。

颜烁过去帮他脱鞋。一脱鞋，颜烁惊了。鞋里面全是沙子，全是沙滩上的沙子，全是浅水湾沙滩上的那种沙子。

养和医院是有专人时时打扫和消毒的，病房的地面干净得可以直接躺着睡觉，颜烁扫视一圈，地上没有沙子，那皇甫的鞋里哪来的这么多沙子？她又看看自己的鞋子，之前因为在雨水中走了很久，早已经被冲刷得干干净净，一点沙子也没有了。

皇甫看她拿着鞋子蹲在地上半天没抬头，问："怎么了？"

颜烁惊疑不定地问："你今天出去过？"

大家都被她这句没头没脑的话问愣了，颜烁自己也觉得这话问得突兀，又问大家："你们今天谁去过沙滩？"

大家都说因为暴雨再加上照顾皇甫，没有去过。除非住在香港岛南岸，否则也确实不会去到那边。

颜烁说："皇甫，你鞋里怎么那么多沙滩的沙子？"

皇甫一边躺下，一边笑笑说："有什么好奇怪，有就有了呗！"

在浅水湾时颜烁突如其来的泪如泉涌，不是毫无缘故。在她那么想念皇甫的时刻，正如 Doreen 所说，皇甫也在想念着颜烁。更有可能，他那时就陪在她身边。

我们从来没有分开过。

沙子、暴雨、彩虹……都是预兆吧。在赤柱，颜烁就觉得这一天有点不同。有什么不同，现在仍然说不清楚，但是师父的出现和皇甫鞋子里的沙，至少证明了颜烁的感应并非空穴来风。

我们要有信仰。人世间太多的事情不可解释。但是，关于前世今生，我们知道了又能怎样，还不是就这样茫然地跟随命运走下去而已。

看着皇甫上了床，大家都自觉地离开。颜烁关了病房大灯，在从走廊透进来的微光下，静静地握着皇甫的手，守着他入睡。皇甫嘴角挂着一点微笑，迷迷糊糊地说："早点回家，不要太累。"

皇甫的手向来纤长，术后他的双手泛着不正常的白皙，摸上去冰凉，也因为瘦，骨架越来越明显。他睡一会儿就会不自觉地握紧颜烁的手，再放开，再握紧，像个没有安全感的小婴儿。一直到确认皇甫睡熟，颜烁才轻轻地吻了吻他的脸颊准备离开。皇甫微笑着含混地说："好梦。"

一个人的夜晚，维多利亚的雨幕低垂。颜烁只剩一半的心在沉闷潮湿的空气里暗痛。心脏痛得越来越频繁，颜烁已经不敢平躺入睡。她半倚在床头，一次次深呼吸，逼自己入睡。一个月，如果真的只剩下一个月，颜烁在心中默念，让我送走皇甫吧。如果我也注定早亡，至少让我先送走他。送走他之后再死去，会是比始终一个人更幸福的结局。

放弃你，放过我

早上起床，颜烁发现香港挂了四号风球预警，预报说傍晚会转为八号风球。到了八号风球的级别，大部分地方都会停止营业。这就是亚热带的夏天，暴风雨来了。

到了医院，皇甫的精神不错，看见颜烁来，表情比香港的天气明媚多了：“这么早。”

颜烁慢慢习惯了皇甫手术以后温情的转变，拿起他的洗漱用品，给他倒满温水。他接过毛巾，说：“老于还没有回来吗？孩子对人的改变真大。我大脑里的肿瘤还在长大，味觉和身体的大部分地方都没反应了，你想要孩子也没办法啦！还是自己好好生活吧。”

老于这个人，这段时间大家极少提起。老于也没有消息，这种完全的没有一点消息，比有消息更刻意。也许大家都在心照不宣地逃避。曾经形影不离的三个人，好到可以生死相依、如同亲人一样的朋友，如今相见亦难别亦难。颜烁的心里，何尝不是满满的遗憾。

至于孩子，拿新的生命来对抗逼近的死亡，这件事不只在颜烁的心里，原来，也一直在皇甫的心里。皇甫从来都是一个心思细密又吝于表达的人。经历过这么多，颜烁也看淡了。人总归是要认命的。

她淡淡地说：“随缘吧，太多事强求不来。”

皇甫挑了挑眉毛：“你终于懂了。”

是，我懂了。我不得不懂。

虽然预警四号风球，大家依然各司其职，全员到齐。Doreen 他们还带了几瓶红酒来，大家像开 party 一样围着皇甫，热热闹闹的。哥哥们和阿嫂不爱嘈杂，看到他们来，就走了。傍晚挂了八号风球，朋友们才陆续散去。

从医院的大落地窗往外看去，八号风球的威力果然不同寻常，天空黑压压的，深不见底，仿佛蕴藏着歇斯底里的力量。香港的防御措施一向很好，路上的行人和车辆都极少。

皇甫看着窗外，担心地说：“你也回去吧。”

颜烁说：“没事，离家近，你睡了我再走。”

皇甫笑得很安心。颜烁依旧帮他洗漱，给他脱鞋，扶他上床，握着他的手，看着他睡熟，这才打算回家。一看手机，已经是十号风球预警了，所有的公共交通工具都停运了。难道真要在十号风球里走回家？

正在着急，收到 Tina 的 WhatsApp 信息：“还在医院？我们来接你回家。”五分钟后，Steven 和 Tina 开着他家的奔驰 G55 AMG 2011 年全球限量一百台的全地形越野车来接颜烁了。G55 AMG 本来就是很多国家首脑的座驾，比如罗马教皇、俄罗斯前总统叶利钦、沙特及阿联酋的王储及酋长……这款限量全地形越野车更是霸气得不像话，19 英寸的 AMG 合金黑色轮毂，5.5 升 V8 的引擎，最大输出功率可达 373 千瓦，由静止加速至一百公里只需 5.5 秒，最高时速可达 210 公里。

颜烁从来不知道 Steven 还藏着这么个“宝驹”。这就是香港岛的老派香港人：租房，但是房子里大到家具、小到杯子，每一件都是精品；平时打车、走路、坐电车，但是藏着一辆无敌爱车，假日或者周末就开车到处去玩。

十号风球果然名不虚传，出了医院大门，颜烁简直要被吹跑。平时熙熙攘攘的医院门口，现在就只有Steven家这一辆车。颜烁不由得笑出来，上车跟他们说："还真得你们家这么霸气的车才敢来接我。太有品位，太豪迈，太帅了！谢了！"

颜烁在限量版"爱驹"和Steven夫妇的陪伴下，穿过十号风球呼啸肆虐着的遍地树枝空无一人的街道，安全到家。

这一晚响了整夜惊雷。颜烁的心脏又闷又痛，根本睡不安稳。好在皇甫朋友多，都可以照顾他，颜烁也就懒懒地赖了个床，直到快中午时风球预警撤销，才起床出门。

小米听说皇甫最近恢复得不错，要和颜烁一起去探望他。两人一起吃了中饭，下午才往医院去。小米真心崇拜皇甫，还特地带了鲜花。

两人说说笑笑地走进病房。病房里有两个人，皇甫和一个女人，两个人挨得很近，坐在沙发上，面对着落地窗聊天，姿势暧昧。听见颜烁和小米的声音，两个人转过头。皇甫略显尴尬地说："来了。"

小米深知颜烁的脾气，目睹这一幕后，没敢搭话，小心地看了颜烁一眼，说："我去放花。"

这个女的好眼熟，颜烁直觉她是皇甫诸多女人之一，但是又不记得是哪个。不由得在心里冷笑了几声，日夜照顾你，你刚好些，就在这儿一点都不避嫌地谈情说爱起来了。真是好兴致。

皇甫显然不想介绍这个女人给颜烁认识。小米好不容易来探望皇甫一次，颜烁也不能马上翻脸走人，便压住怒火，在一边收拾桌子。

这个女的先起身告辞，皇甫还敢留她说："再坐一会儿吧。"

这个女的满嘴醋味地用广东话说：“你又不给我们介绍。有人这么照顾你，难怪你做手术都不告诉人家。我就不打扰了。”

颜烁听完，脸马上黑了，正要发飙，小米站在旁边直掐她。好，看在小米的面子上，先忍了。等这个女的一走，皇甫和小米有一搭没一搭地聊天，显然大家各怀心思，也都言不由衷。

颜烁倦了，只觉得一阵胸闷，拉起小米，说：“走了。”

皇甫的脸色一直不好看，说：“今天走这么早？”

颜烁什么都不想再说。

一出医院的门，心脏就痛得让颜烁喘不过气来。这些天来所有的温情和默契，瞬间倾塌。

为什么？明知道我会不开心，明知道你时日无多，明知道我们会撞见，你还是让她来，你还是和她促膝长谈，你还是装作我是一个无所谓的女人，不向她介绍。皇甫源，你脑子是彻底坏了吗？

颜烁陷在自己的情绪里无法自拔，如同放纵自己的爱一样，放纵着自己的嫉妒与恨——更有可能的是，你想得很清楚，你知道即使你这样做，我依然不会离开你；更有可能的是，你觉得我离开你，你也无所谓，你依然享受那些莺莺燕燕的围绕；更有可能的是，你认定了只要你活着一天，你就要保持和所有女人的联系，这是你活着的乐趣之一。

是，是颜烁自己健忘，忘记了等皇甫做完手术就该分手的。皇甫手术前所有后事都没跟她交代过，是因为他也认定了他们会分手，所以根本不需要再跟她提及。

颜烁想，自己真是傻啊，站在手术室外七小时等皇甫出来；在医院等 ICU 里皇甫的消息，等了整整一夜；每天忙得像个用人一样，顾不上打扮自己来给皇甫洗漱、换尿袋、忙前忙后……傻到根本没注意到皇甫每天拿着手机和那些女人聊天调情！

很好，皇甫，你就继续享受你所剩不多的人生和人生乐趣吧，看看有没有人可以像我一样日日夜夜精疲力竭奋不顾身地守护你！享受你的自由吧！直到死！

颜烁买了当天晚上回老家的机票。反正她目前也不需要上班，反正她的房子还没有装修好，反正此刻的她对香港、对皇甫毫无眷恋。

皇甫，我们从此生死不见！

爱的盲与忙

颜烁在 WhatsApp 的群里说自己心脏不好，需要回内地调养，短期内不会回香港，群里就炸开了锅。很多朋友纷纷发消息来问她到底怎么了。颜烁随便找了点理由，说可能是最近太累了。

这个消息很快传到了皇甫的耳朵里。皇甫给颜烁发信息："身体怎么了？"

不想在最后关头撕破脸，颜烁敷衍道："心脏病重了，回家养。"她也知道自己的心事瞒不过皇甫，他有读心术。这不重要，重要的是，她真的厌倦了。

皇甫回复："心脏病可以养，心病要解，不要胡思乱想。"

我胡思乱想？我眼瞎吗？连那么单纯的小米都看出了问题！自己有病还非说别人有病！典型的皇甫的逻辑。颜烁真的气不过，点进皇甫的 Facebook，只用了五分钟就把那个女人给搜了出来，果然是他的一个情人，一直联系，单独约吃饭，还单独约去彼此的家里，各种互动，各种关怀！你可以不要脸，但是你不能侮辱我的智商！

颜烁一句话都没说，迅速地把他俩 Facebook 上的对话记录截屏，发给皇甫。

皇甫又恼羞成怒地回复：“你竟然去翻我的 Facebook！你神经病！朋友之间在 Facebook 上说话有什么问题？你不要发神经！”

颜烁也怒了：“皇甫源！你留点口德去跟阎王讲！看看你死的时候，这些鬼话有没有人听！我告诉你，人死之前，所有的事都会点点滴滴、丝毫不差地重复，你给我带来的所有痛苦，你都会加倍承受！”

皇甫也开始不理智：“你神经病！你已经无可救药，好好治你的神经病，连一个死人的话都不信，还坚持自己想象出来的是真相，你的痛苦是活该的。我 × ！这辈子最后一个女人竟然是疯子！我最后讲一次，你所说的都是你自己幻想出来的，否则我不得好死！好了，我心安理得！”

看到皇甫打来的“心安理得”几个字，颜烁气得发抖：“好！你心安理得！我也心安理得！如果你觉得我有任何地方亏欠你，欢迎来找我！做鬼来找我都可以！”

皇甫一字一句地继续回复：“你最残酷的是，我已经说了最讨厌被冤枉，你还可以振振有词地继续骂我，现在每个朋友都在做一个没有回报的爱心工程，每个人都很难受，都没有人计较，为什么你会这样？”

颜烁已经无法用理智去看待皇甫的解释，只一味地发泄着自己的积郁：“因为他们是你的朋友，而我是你的女朋友！你在跟一些莫名其妙的介于朋友和女朋友之间的情人调情！你知道这中间的差别吗？不是所有的爱都是一样的爱！不是所有的朋友相处时都会暧昧！我从没有生过 Doreen 她们的气！你不是不明白，你是装作不明白，你以为装作不明白，你就可以一切兼收！对不起，我不愿意！”

皇甫其实也知道所有的解释对颜烁来说都是徒劳，他仿佛知道此时此刻的对话将是两人之间最后的对话：“把你当作有病已经是我对你最大的谅解，真心说，我怎么会不知道你痛苦，我也在付出，但怎么都没料到，你可以疯到这种程度，真替你担心。不要再强求感情生活，你一定会痛苦，去看看心理医生吧。你还有大半生去经历、去复原，去拥有多姿多彩的人生。你还跟一个只希望得到一点安宁的人计较，女人真的会为感情不惜一切，我害怕恋爱是合理的。真的字字气愤，没想过是这样收场，没想过你会疯到这种程度，报应！脑子没法停下来，这冤屈令我非常痛苦，我什么都没做，为什么要受这样的惩罚？可以永生不见，只求一点清白，这是恳求。”

此时此刻的颜烁想到自己的付出与全心全意，看不见皇甫的真心和恳求，怒火像乌云一样蒙蔽了她的双眼，她根本无法停止：“这事很简单，我们之前就谈过。我说我因此不开心，你说如果反过来，有那么多异性喜欢你的另一半，你会替对方开心。我们的价值观根本不同。我写这些，我也想要清白，我做了什么就要被你这样骂？你要怎么样?！我怕你孤单，每晚看你睡了才离开。中医说你适合喝米酒水，我每天六点起床给你煮；你说想喝高级榨汁机榨的果汁，我每天午饭都不吃，来回给你送新鲜的果汁；你说想住新房子，我每天催装修工人装修。我一个月瘦了十公斤。这些争吵难道是因为我做了什么对不起你的事吗？你现在觉得我恐怖，我就恐怖到底。该说的说完了，我就把你拉黑，以后再也别找我说话。”

皇甫恢复了平静：“走吧，不要再受伤害，不要再说这些事，这样也受伤，我对你不起，真心地对不起，让我安静地过完最后的日子，不用操心，我还有一班知己朋友。”

颜烁盯着屏幕上的回复，半响，打过去一个字：“好。”皇甫，我离开你和你的情人们有今天没明天的世界，我成全你们不要脸的自由和幸福。

没有什么行李好收拾，也不知道什么时候才会回来，颜烁把从香港图书馆借来的书拿去还了，免得逾期。为了分散注意力和消磨时间，临去机场前，颜烁从皇甫书架上随手抽了一本书，准备在路上看。

书名是《西藏生死书》，颜烁也不知道是说什么的，只是猜测是和西藏有关的旅行书或者小说。藏地雪山是她此生最美好的回忆之一。想到西藏，心情总能平静一些。

上了飞机，翻开书，序的第二段中有一句话：“我们不知道什么时候会死或怎么死。”颜烁忍不住捂住嘴，天哪！她曾经说过一模一样的话！这是皇甫带给她的最沉重、最心痛的死结！

书里这么说：“有生，自然有死，每个人迟早都需要面对死亡。当我们还活着的时候，我们可以用两种方法处理死亡：忽略死亡，或者正视自己的死亡，借着对于死亡所做的清晰思考，以减少死亡可能带来的痛苦。不过，这两种方法都不能让我们真正克服死亡……然而死亡还是不可预测的：我们不知道什么时候会死或怎么死。因此，在死亡真正发生之前，我们有必要做些准备的工作。”

就这样而已吗？就是“做些准备的工作”？轻轻松松、平平常常、清清淡淡，如同平常的上班、下班，复习、考试？

书里还说：“帮助别人死得安详，与准备自己的死亡同样重要。我们每个人出生时都是孤立无援，如果出生时没有人照顾和关怀，我们必然活不下来。因为临终者也是无法帮助自己，我们必须尽一切可能，解除他们的痛苦和焦虑，帮助他们死得安详自在。最重要的一点是：避免把临终者的心变得更紊乱。我们帮助临终者的首要目标是让他们安详……”

短短两页文字，就这么轻易地解决了颜烁多年来的困惑。她终于恍然大悟，知道自己犯了怎样的错误，她彻头彻尾地错了……在这样关键的时刻扰乱了皇甫的心，不仅扰乱，甚至深深地伤害。他不是一个普通的人，他是临终的人。在这样的时刻，无论用什么理由去伤害他，都是愚蠢和残忍的。这是基本的道德。

是什么让自己昏了头，做出这样失控的举动？

爱情让人盲目。

颜烁一直都明白。她曾经那么不愿意相信爱情，不是不愿意爱，而是不愿意盲目地被伤害。但她无法左右心的失控，依然一头扎进和皇甫的爱情里，眼睁睁地看着自己的命运打成一个死结，却无计可施。

这本是一个人的悲凉故事，现在怎么变成了两个人的痛苦经历？

爱情也让人残忍。

对自己那么深爱的皇甫，下了那么重的手。在他最需要自己的时候，深深地刺伤了他。这一击，可能是致命的。

这难道是爱情的真相吗？只要爱了，就会自私、嫉妒、怀疑、予取予求，一不小心就会万念俱灰，乃至陷入仇恨和报复的深渊。

大家都认为颜烁是一个照顾皇甫的好人，她也认为自己是一个好人。但是，这样伤害了皇甫之后，她还算一个好人吗？按照《西藏生死书》里的说法，她连一个普通人的基本道德水准都失去了。

可是，尊严呢？

看着那些女人在自己的憔悴和付出背后，继续和皇甫嬉笑，要怎么忍？皇甫在这样倒计时的生命里依然不愿意只和颜烁一个人分享爱情，要怎么忍？到头来，只得了一个“女朋友”的虚名，却从未从皇甫口中得到确定的“我爱你”，要怎么忍？

颜烁知道自己错在哪里，也知道自己为什么错。但是，她无力克服那个深植于心的“自我”和勉力维持的“自尊”。她不知道应该怎么做，就算知道，也无法做到。骤然升起的悔恨和压抑已久的愤怒像两条恶龙在心里纠斗，让颜烁泪流满面。

颜烁一直觉得，有些事情是过不去的，除非死，否则只能选择忽视或者忍受。她相信在皇甫心里，自己是排在第一位的女人。但她不要“第一”，她要的是“唯一”。

在她看来，这不是一个奢侈的要求，这是一个普通女人的普通要求。为什么自己得不到？

也许稍微明智点的人，遇到颜烁这样的情况，已经放弃了这条能看到头的路，可颜烁偏偏被皇甫的病牵绊住了，无法离开，无法放弃，也无法停止反反复复的怒火与伤心。她觉得自己真的快变成神经病了，或者快得抑郁症了，就像 Tina 那样。

不能再深想，再想整个人都会崩溃，心脏更是撕裂般地疼痛。真的不能再想。如同抓住救命稻草般，颜烁逼自己看书，除了看书，什么都不想。人这一辈子，总会遇到一些刹那，发现对自己的痛不欲生无能为力。

书里说："执着是一切问题的根源。"这就是颜烁心里的那根刺。她知道自己执着，更想知道怎么才能不执着！

书里说："我们因为执着不可能执着的东西，而经验到一切痛苦，就其最深层的意义而言，都是没有必要的。开始体会无常，也许是一件痛苦的事，因为这种经验是如此生疏。但只要我们不断反省，我们的心就会逐渐改变。'放下'变得越来越自然，越来越容易。"

"放下是通往真正自由的道路……我们对自己的信心增强了，善心和慈悲心也开始从我们本身自然反射出来，并且把喜悦带给别人。这个善心可以超越死亡，我们每一个人都有基本的善心。整个生命便是在教我们如何发掘那颗强烈的善心，并训练我们实现它。

"因此，生命中的逆境，都是在教我们无常的道理……困难与障碍，如果能够适当地加以了解和利用，常常可以变成出乎意料的力量泉源。"

因为执着而失去了"基本的善心"。颜烁再一次深深知道，自己错得离谱。她庆幸自己在这样的时刻，遇到了最好的一本书。

仿佛宿命一般，就像在雪山遭遇暴雪后，大家念着六字真言艰难下山。更多的时候，我们只能做一个没有选择的选择，不得不这样做的选择。

飞机降落，颜烁的心却飞回了香港。一开机就收到 Tina 的信息，问她和皇甫怎么了。皇甫的病突然恶化，整个人的状态很差。

颜烁怕透了争吵，怕透了伤害，更怕透了他的不原谅。她不敢直接联系皇甫，只能抄写下书里的句子，求 Tina 转发给皇甫。如果这本书能够点破自己，应该也能治愈皇甫。

皇甫那边毫无消息，Tina 也不多透露，只要颜烁好好休息。Mike 夫妇发来信息询问颜烁的身体，其他也没有多说。一切的一切，在突然之间，都杳无音信了。

香港，曾经那么牢牢地摄持了颜烁的魂魄的香港，陡然遥远。

看着日出，看着日落，颜烁时常想，同样的日出日落，同样在这个星球上说着同样的语言的同样的人类，为什么却谁也无法真正了解谁？

我们执着地追求、诉说，也只不过是陷入一个又一个深深浅浅的误解。当我说“我爱你”，我已经在逼你签一纸协议——你必须如我爱你一样爱我。如果爱没有等量的回馈，误解就会更深，伤害就会更重，结果就会更惨烈。

人世间的爱，就是这样而已。

若真爱，则大爱。想通这一点的时候，颜烁身心俱轻。

相爱却无法相守

恰在此时，颜烁收到皇甫的信息："你何时回港？房子要处理。"没有以往情绪浓烈的爱恨，没有性如烈火的冲动和猜忌，此刻颜烁的心安静轻柔。这世上除了生死，哪一件不是闲事。既是闲事，哪有好坏之分。没有好坏，又哪里容得了那么多的悲喜。

她回："都可以，看你们何时方便。我对不起你，在你最痛苦的时候让你更痛苦。我知道错了，最近一直在看《西藏生死书》，也让Tina 转给你。"

颜烁只是想忏悔，忏悔之前的自己太幼稚、太任性、太执着，自以为的好心好意竟翻转为不善。她也想陪皇甫好好地走完最后一程。如果皇甫不愿意，也没关系。所谓因果无欺，因已经种下，果改不了也不能勉强。

结果皇甫回道："知道。她每天读给我听。你早该明白。"仍然是皇甫的秉性——所有的错都是你的错。

那又如何呢？别人认为的对错不一定是真的对错，自认为的对错也未必是真的对错。人世间模棱两可的事情太多太多，本可以漠然对待，我们却当了真、伤了心，甚至丢了命。

不分对错，不分爱恨，不分你我，就这么好好地过，可不可以？哪怕只有短短几天。

颜烁无条件认错，回："对不起。"

皇甫没有再回。接下来的几天，颜烁也不再麻烦 Tina，直接把书里的文字发给皇甫，偶尔皇甫也会回几句感想。

月底的时候，皇甫问："你的房子装好没？我打算处理我的房子。"

颜烁赶紧回道："那我回去把东西搬走。"

皇甫说："不急，慢慢来。"

见他语气缓和，颜烁追问："回去可以去看你吗？"

显然《西藏生死书》在他身上也起了作用，他柔和地说："可以。我出院了，住在跑马地的公寓，来之前跟我讲，我让他们下去接你。"

这样的回复已经是皇甫能够给出的最明显的原谅。颜烁握着手机，眼泪落下。这些泪水既不是难过，也不是开心，只是心里的冰融化了，那些沉重的过往随之坠落。

飞往香港的飞机上，颜烁暗暗给自己定下几条规矩：

第一，无论别人怎么对待我，我都要善良地对待别人；

第二，对所有因我的恶行而招致的恶果，我无条件地接受并忏悔；

第三，生死事大，皇甫既然在这一世和我有这样的缘分，我就无路可逃，必须陪他到最后。

她知道做到这些有多不容易，她也无法像书中的那些修行人那样"轻松地放下"，但她愿意尽力尝试。

久违的香港天空蓝蓝的，天气暖暖的，有着丝绒般的温柔触感。万法唯心。香港从来没有改变，只是颜烁自己从未停止改变。

颜烁放下行李就去看皇甫。阿嫂下来开门，表情冷冷的，一句话都没有和她说。香港没有变，香港的人却和她一样都变了。

只希望皇甫还是那个皇甫。但颜烁转念一想，无论皇甫是怎样的皇甫，也只能接受吧。公寓门打开，皇甫戴着帽子坐在轮椅上，像一个耄耋老者。

看见颜烁进来，皇甫的眼睛一亮，这一抹明亮让整间灰色的屋子瞬间变得鲜活："哦，回来了。"

颜烁低头说："对不起。"

他说："回来了就好。"

是的，回来了就好。空间上或者时间上，哪一件事不是"回来了就好"？就像什么事都没有发生过。除了，皇甫的头发掉光了。到底还是没有逃过这一劫。皇甫看着颜烁沉重的表情，笑笑说："手术的刀口周围剃掉了那么多头发，那么难看，现在全没了，反而漂亮多了。"

真让人哭笑不得，皇甫还是那个皇甫，无论什么时候都要求"漂亮"的皇甫。

皇甫开始和颜烁平静地讨论新房子装修的进度，讨论原来房子里的东西哪些要搬去新家，讨论旧房子的处理方法……

颜烁一一记下，大多数听他的，只是在具体执行方面给出一些自己的建议。

稍晚一点的时候，皇甫的朋友们陆陆续续地来探望他。大家看到颜烁，很是诧异，但也都没有多问。Doreen 见到她只是挑挑眉毛就进去做饭，他们互相之间也不太说话，整间屋子很快就沉寂下来。

和之前颜烁在的时候不同，如今的氛围压抑得超乎寻常。很快，皇甫开始吃饭，朋友们又陆陆续续散去，只剩下 Doreen、颜烁和护工。

护工打开冰箱，跟 Doreen 说："他们就给他吃这种东西。"

颜烁也看了一眼，是软塌塌的米饭。皇甫一向讨厌吃烂烂的东西，这肯定是不合他胃口的。颜烁问：“怎么回事？”

Doreen把这些日子的情况都跟颜烁说了一下。皇甫大脑的肿瘤还在不断长大，他已经无法控制咬肌，也不能去外面吃饭，朋友们就商量着轮流给皇甫做饭。皇甫又很挑剔，吃不惯大部分人做的饭，一来二去，大家难免心里有了结。再加上以皇甫目前的状况，确实嚼不烂硬米饭，他们就经常做一些很软很烂的米饭，配一些简单的汤就对付过去了。皇甫一看这些稀烂的米饭和寡淡的汤就发脾气，这样朋友们就更加郁闷，但又不能向皇甫发脾气。

Doreen做饭好吃，两口子又都和皇甫投缘，难免成为众矢之的。现在只有Steven夫妇，连同颜烁之前在Steven家见过的郭书强导演和他们夫妇交往深，其他人都不怎么和他们说话了。

大家都是出于一片好心，也都是不求任何物质回报的，都为了皇甫暂时放弃了工作和家庭，这样的好人，却不能在一起愉快地相处。

好人，并不必然能够快乐地生活在一起。这么简单的事，我们都搞错了。人总是搞错一些简单的事，比如，相爱，也并不必然能够快乐地相守一生。

充分必要条件的推导论证，仅仅是中学的课程，我们却都不及格。我们总是在强求，强求别人变为“我”想要的样子。

颜烁听完，除了唏嘘也不愿评价，帮助护工给皇甫换了衣服，看着他安静地睡下，就回了家。按照皇甫说的，仔细地把所有东西列个清单。

列表上密密麻麻的古董明细。这些古董，当时赏玩时颇有情趣，此时却变成碍眼耗神的玩意。单是拍照记录，已经是一项十分庞大的工程。颜烁几乎一夜没睡地整理，也只整理出了价格最昂贵的那些，不到总量的十分之一。

第二天，颜烁带着清单去找皇甫。大家都还是之前那副对她爱答不理的样子。颜烁丝毫不计较，此时她只求能为皇甫做一点力所能及的事，她很清楚这些冷漠是自己之前所种的恶因带来的恶果，她理应承受。

皇甫看看她列出的清单，说：“你看看你喜欢什么，先找个搬家师傅把你喜欢的搬去你家。”又指着其中几样说，“这几个是我最喜欢的，一定要搬走。”

颜烁劝他说：“这些东西太多太大了，我家里也放不下，不如你送人好了，搬来搬去也麻烦。”

皇甫不理她，只顾一个人在那里圈圈画画，把他最宝贵的古董，以及刚买的电视机、榨汁机等他最喜欢的都圈出来。又在颜烁耳边念叨了一遍，生怕她最后搬家时漏掉，坚持要先搬走。

颜烁问他：“你真的愿意去我那个小房子住吗？”

皇甫无所谓地说：“看你装修得怎么样咯，不是有十一万的大床吗？我大部分时间都在床上和轮椅上待着。”

果然有了这样的一天，他如同真的老了，真的要坐轮椅，颜烁也真的愿意陪他，可他却不能逛街、不能吃饭，连聊天都费力。想不到，那时在上海颜烁一厢情愿的念头，成了真。但是，真相却这么残酷。

我们总是一厢情愿地认为我们会守在一起，在幸福中慢慢老去，殊不知“老去”本身就是人生八苦之一。生、老、病、死、怨憎会、爱别离、求不得、五阴炽盛，这八苦，无论哪一种，都会让我们体无完肤。

过了一会儿，Doreen 和她老公 Mike Fung 来了。皇甫一见 Mike 就精神起来，笑道：“方先生，最近有什么好玩的？”

方先生拿出手机，给皇甫看照片。照片上是一顶很特别的帽子。

皇甫说：“好漂亮的帽子，Comme des Garçons？”

方先生说：“好眼力啊，是啊，新款来的哦！可是很贵。”

皇甫笑着说："划算啊，这么漂亮，又特别。"

颜烁瞥了一眼，不过是一顶黄蓝相间的帽子，有什么特别。她一直都对这个怪怪的牌子爱不起来。

护工把晚餐端到皇甫桌前，皇甫一看，马上发了脾气，把碗一推："这怎么吃！天天吃这个！你们看看！"

Doreen 把碗收起来，笑着说："好啦，我去做啦！"皇甫这才像一个小孩子一样重新开心起来。

颜烁有点羡慕 Doreen 的无敌厨技，对 Mike 说："你真是幸运啊，找到这样一个老婆。"

Mike 说："她原来不是这样的，结婚以后才学的。她父母都是大亨，住在山顶的豪宅里，从小家里有很多用人。她一直读国际学校，连中文都不会写。认识我以后才开始学做饭的。"

颜烁又震惊了。都说香港女人嫌贫爱富，为什么自己总遇到这类不爱财的"奇葩"？

说笑一阵，皇甫吃过饭，Doreen 夫妇要走。Doreen 对颜烁说："你回来后，他开心很多，眼睛都是亮的。我们想让他开开心心的，但都不知道怎么才能让他开心，你回来就好了。"

颜烁非常羞愧，也非常抱歉，因为自己之前的不负责任不但伤害了皇甫，也伤害了这些真诚的朋友的心。

她认真地对 Doreen 说："对不起，我不会再离开了，我会和你们一起，陪他开开心心地过。"

皇甫累了，迷迷糊糊地要睡觉，又坚持着打起精神，交代颜烁继续把一些贵重的东西列入清单。颜烁听着，一一记下，等到他安睡了，方才轻轻地起身离开。

颜烁想，如果我们对每一段感情都期待一个美好的结局，那么这样的结局也不算差，至少安安静静、平平淡淡、轻轻松松。

无力抗争

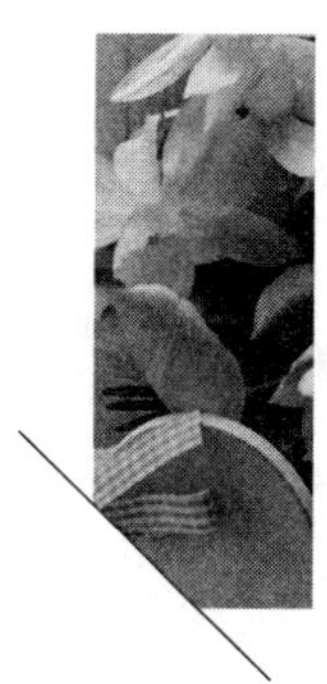

颜烁又忙了一个通宵收拾和整理皇甫的宝贝古董。人的喜好，到最后的时刻都会变成障碍。第二天睡到中午，颜烁去 Comme des Garçons 把那顶帽子买了，打算送给皇甫。他现在是个光头佬，应该格外需要这顶帽子吧。

在皇甫的公寓楼下，颜烁照例按了门口大堂的可视门铃，阿嫂接的，对她说："我们先去五楼咖啡厅坐一下。"颜烁不知道阿嫂有什么事情，就去五楼等。

阿嫂和阿兰来了。好久没见阿兰，这些日子为皇甫联系医生、医院多亏了她。颜烁笑着和她们打招呼。她们俩谁都没有笑，冷冷地坐在颜烁对面。

阿嫂看了颜烁一眼，说："阿兰你来说吧。"

阿兰说："那就我说吧。Laura，你为什么回来？"

一看这架势有点不对劲，颜烁收住笑容回答道："我想好好照顾皇甫。"

阿兰不耐烦地说："哪里有那么简单？！你以前为什么不好好照

顾他？你说走就走，把他气得差点死了，我们看着多心痛你知不知道？我们花了多大精力才把他救回来！你想来就来，想走就走，算怎么回事？”

阿嫂接着说：“我都不求你照顾他，我就求你不要搞事！走了就不要回来，回来了就不要再搞事！”

面对这突如其来的质问，颜烁只能勉强应对：“我和他之前的纠葛太多，但是我一走了之确实错了，我这次回来就不会再走了，我会好好地照顾他，直到最后。只要能陪着他，让我做什么都可以，为他洗澡、喂饭、端屎端尿都可以。”

阿嫂白了她一眼，说：“这些事很多人都可以做，你看不见有很多人在照顾他吗？”

阿兰说：“你别说得那么好听，你是回来争家产的吧？一回来就急着列清单、搬东西！”

这句话无异于晴天里落下的一声炸雷，颜烁被说蒙了：“我……清单是皇甫让我列的，那些东西我根本无所谓……”

阿兰根本不相信她：“你无所谓？那你干吗要急着列啊？心思那么重。你看你，都有眉间纹了！年纪轻轻的，心思那么重有什么好处！”

真是百口莫辩，颜烁也着急了，说：“那你们要怎么才肯相信？你们不信去问皇甫啊！”

阿嫂一摆手：“问他干吗？你又要烦他吗？他病糊涂了，说什么你都信吗？他家的东西我们早就列完清单，安排好了要搬去仓库了！”

颜烁只觉无力，说：“你们安排好了就好，我不管就是了。可是皇甫说有一些是一定要搬去我家的，那些是他最喜欢的东西。”

阿兰紧接着她的话厉声道：“还说不是来抢家产的！谁不知道那些都是最贵的！一直吃住在他家也就算了，还明目张胆地抢东西！”

自尊自傲如颜烁，只觉得此刻自己真的要疯了。气愤与委屈瞬间翻涌，从心里到头顶，只觉像有一块滚烫的烙铁在来回翻烫。自己长这么大从没被人这样一口咬定地侮辱过。颜烁差点就要失控了。

但是她忍住了。所有的痛苦皆来自对自我的执着。她曾经给自己定下过规矩：

第一，无论别人怎么对待我，我都要善良地对待别人；

第二，对所有因我的恶行而招致的恶果，我无条件地接受并忏悔；

第三，生死事大，皇甫既然在这一世和我有这样的缘分，我就无路可逃，必须陪他到最后。

颜烁选择遵从自己定下的规矩，在阿兰和阿嫂的愤怒和侮辱里，她深深地呼吸，低下头，默默地听着，不再解释，也不再反驳。

她们骂累了，见颜烁低着头不反驳，也就不说话了。

沉默了一阵，颜烁无力地说："你们想怎么样都可以，我只要能陪着皇甫就好。"

阿兰说："那你就什么都别搬，除了你的衣服，你一根筷子都不能拿走，明天就搬走！"

颜烁说："新房还没装修好，可不可以宽限几天？"

阿嫂更不耐烦："又来了！总是没装修好！都装修了多久了！你说个准确的时间！"

颜烁把那个骄傲的自己踩在泥泞的人间，笑笑说："那就明天吧。我什么都不要了。"

也许是颜烁无所谓的态度让她们有些吃惊，阿嫂的语气缓和了一点，说："你不要总让皇甫去你的房子住，他又不是没地方住！搬来搬去搞那么多事干吗？你要是想陪他，你就到这里来看看他，我们也无所谓。"

颜烁说："谢谢。如果没别的事，我就上去了。"

阿嫂和阿兰也就没再说什么，跟着她一起乘电梯，一起进门。

皇甫看见她们三个人一起进来，有些惊讶地看着颜烁。

颜烁笑笑说："在楼下遇到了。给，你的帽子。"

皇甫看到自己最爱的Comme des Garçons，露出笑容，说："果然很漂亮哦！"

颜烁帮他戴上，拿镜子给他看，他照来照去，说："那就不要摘了，比光头好看多了。"

颜烁接着他的话说："光头也好看，开心就好看。"

他突然想起清单，问："今天的清单呢？"

颜烁笑着说："在楼下遇到阿嫂，阿嫂说她们都整理好了，只是你忘记了。你放心好了，她们都会仔细帮你搬的。"

阿嫂她们都在一边，皇甫想说什么，又终于什么都没说。

回到家，颜烁看着窗外一如既往繁华灿烂的维多利亚港，心里如同被暴风雨肆虐过，一片寸草不生的荒芜和悲哀。

自己竟然也有这么一天，因为钱财而不由分说地被扫地出门。凭什么？！自己为省钱辗转乘坐电车，却对皇甫喜欢的东西从不手软；而家里那些用自己的血汗钱买回来的物品，竟要这样被人无情地掠夺！没错，颜烁知道自己卑微地爱着皇甫，正因为如此，她才执意用经济的独立小心地维护着自尊，到头来却依然要被人这样羞辱！

在维多利亚港仿佛亘古不变的璀璨中，颜烁终于忍不住放声大哭，决堤的泪水倾泻而出。人太骄傲，终有一天会被践踏，刚者易折，慧极必伤，情深不寿，强极则辱。哪怕，你不应该被践踏、被侮辱。

因果之事，太过复杂，你前日所见的因未必造成你今日所受之果。所谓的"应该""值得""本来"，都只是你一厢情愿的"以为"。

现在怎么办？还像以前那样，发脾气、吵、骂、转身走人吗？

可能，皇甫真的会被气死吧？已经错了一次，不能再错。即使此时的颜烁心中有十二万分的委屈，而且是她最不愿意承受的那一种委屈，她也只能硬生生地将它和着眼泪吞下。

只是，明天，无亲无故的自己该去哪里落脚呢？拿起电话打给远在台湾的老于，接通之后便一直哭。这样的时刻，她还是只能想起老于。无论发生过什么，无论怎么逃避，我们都还是亲人。老于和他的女朋友了解到情况后都义愤填膺，让颜烁先搬到他家去住。颜烁一直抱着电话，像抱着一根救命稻草，无论如何都止不住抽泣，任凭绝望的感觉蔓延，直至淹没自己。

是不是太晚了？这样伤害过他们之后，颜烁想挽回，想忏悔，想陪伴皇甫，是不是已经不可能了？那么多那么多的痛苦，累加在一起，而又只剩下这么少的时间，是不是一切都无法挽回了？

当颜烁想到这个问题，心脏痛得让她几乎昏厥。这个刹那，就像那天在雪山上濒死之际心里自然流淌出来的六字真言，心里又自然而然地想起《西藏生死书》里的答案："我的信念和经验告诉我，绝不会太晚；即使经过巨大的痛苦和虐待，人们仍然可以发现彼此宽恕的方法……即使在生命的最尾端，一生的错误还是可以挽回的。"

既然这本书把颜烁带回到皇甫身边，也一定能让颜烁继续陪伴皇甫走下去，直到最后。此刻的颜烁愿意为过往所有的过错真诚地忏悔——请把全天下人的痛苦都给我吧，让他们不再痛苦；请把我过往所有的快乐都分给天下人吧，让他们永远快乐。

昏昏沉沉醒来时，已经快到中午了。颜烁整理好自己的东西，准备去看皇甫。站在门口，她看着这个家里的所有物品，那些皇甫和自己一起淘来的古董，那台他们一起买回来的巨大的电视机，那张两人都最喜欢的躺椅，那台作为他生日礼物的榨汁机，那幅圣诞节送皇甫的画，那个还记录着皇甫患病日期的翻转日历牌，那些皇甫专门为她买的小家具……所有的一切，颜烁都带不走了。就如同她和皇甫的这段爱情，只能停在这里，任由人去楼空。

推开皇甫公寓的门，Doreen 夫妇和阿嫂都在，颜烁淡淡地打了招呼。皇甫刚吃过饭，阿嫂递来毛巾，颜烁自然地接过，为皇甫细心地擦脸、擦身，然后剪指甲。气氛还是有些萧瑟，颜烁的心停留在昨夜的忏悔里，反而轻松了，为皇甫剪着指甲，房间里没有人说话，昨晚的绝望和痛苦仿佛是很久以前的事情。

颜烁正兀自想着，皇甫突然说："放心好啦，没事的，都过去了。"颜烁一惊，虽然早知道皇甫的细心和体贴入微，但每次他的读心术还是让颜烁莫名惶恐。

想着还要准备搬家，皇甫一睡下，颜烁便告辞出来。回到家里，把自己的衣服和杂物装进旅行箱，最麻烦的是一大堆鞋子和自己的那些书。一时间，颜烁只觉心力交瘁，不知该找谁来帮自己。

正彷徨间，有人按铃，是阿嫂。

"我快收拾好了，明天就搬。"不等阿嫂发话，颜烁赶紧先表明态度。

阿嫂一愣，走过来拉住她的手，一起坐下来，"不好意思，是我们不对，不该那么对你，皇甫把所有的事情都跟我们讲了，我们知道你为这个家做了很多……"

颜烁只静静地听着，任眼泪静静地滑落，无声无息，无穷无尽，所有的委屈、愤懑、痛苦、绝望，都被这春雨般清明的泪水冲刷干净。

爱不到生死

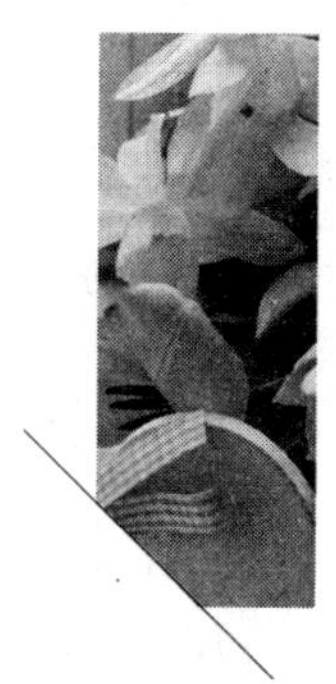

一场不大不小的风波就这样看似不着痕迹地过去了。

颜烁仍然住在维多利亚港的公寓里。但是，从内心来说，这里已经不是她的家了。每天除了去陪伴皇甫，剩余的时间颜烁都花在新房的装修上。这屋子里所有的家具、灯饰、窗帘都是皇甫与她一起选的，甚至每一个开关都是皇甫帮她设计的，这里才是她和皇甫的家，也没有人会再赶她走。

每天花一千五百块港币请来的装修工人干得不急不缓，从早晨九点干到十一点便出去吃饭，下午从一点干到五点就停工了。

颜烁急得火烧火燎，一方面心疼钱，眼看着自己就要捉襟见肘了；另一方面更心疼时间，她太想早点让皇甫睡在那张为他而买的大床上。而前阵子那位道家师父告诉颜烁的一个月期限，更让她一想起心就抽痛。

颜烁真的等不及了，中午工人一走，她便亲自拿着电钻在墙上打孔；晚上则自己动手安装家具，摆放物品。忙到很晚，再跑回公寓陪皇甫。人不把自己逼到绝路，根本不会知道自己到底有多大的能量。当然，伴随而来的是相应的代价。

不到二十天，颜烁竟又瘦了十多斤，心脏更是不间断地疼痛。但这种病痛和那种因为皇甫而有的心痛相比，还是小巫见大巫了。

皇甫的健康每况愈下，当时做的手术只是摘除了脑干附近的肿瘤，但对大脑里的肿瘤却无计可施，只能任由它生长，化疗药物似乎作用也不大。最近一段时间，脑肿瘤已经增大到压迫了更多的面部神经，导致皇甫的面部表情完全消失了。

尽管如此，颜烁还是可以清清楚楚地感觉到皇甫的情绪，他什么时候高兴，什么时候低落，什么时候生气，甚至突然想要什么，不用说她都能立刻领会。

那一场风波过后，颜烁的心一直空空落落的，无喜无悲，人也变得沉静了。

这天吃过午饭，颜烁又如常赶到跑马地的公寓，接替阿嫂照顾皇甫。刚到大堂，便看到 Tina 正好从电梯里走出来。“今天上午来了一些朋友，可能有点吵吧，阿嫂好像不太高兴。”Tina 小声地对她说。

进了公寓，颜烁马上感觉到气氛不太对头。皇甫的眼神空空的，见到她也没有惯常的神采。

到厨房跟阿嫂打招呼，就听阿嫂气呼呼地说：“整天一帮朋友又吵又闹的，把这儿当 party 了，还让不让他养病？人都什么样了，哪里扛得住这么折腾。”

颜烁想说皇甫更想开开心心地过日子，但话到嘴边没出口。阿嫂够辛苦的了，她也不想忤逆她的心意，就轻轻地说：“我劝劝皇甫。”

可能是了解到皇甫近期的身体状况变差，来探望他的朋友确实格外多些。除了 Doreen 夫妇和 Steven 夫妇外，差不多每天都有一些影视圈的朋友来探望，其中很多是明星大腕。朋友们临走时都会留下一笔钱，也多亏了这些捐赠，才基本填补了皇甫巨额治疗费用的黑洞。

颜烁常常感慨，不了解的人总觉得香港影视圈光怪陆离、人情凉薄，其实每个艺人光鲜的背后都有不为人知的苦衷，反倒令他们更加懂得抱团取暖的道理。阿嫂一家只是普普通通的香港市民家庭，习惯了以家庭为中心的安静生活，突然每天要迎来送往、谈天说地也确实难为她。

帮皇甫擦洗完，开始例行的按摩。阿嫂还没走，又去厨房准备果汁。颜烁和皇甫有一搭没一搭地说话，感觉他病恹恹的，也就不再作声。

突然，门铃大作。Doreen、郭书强导演和一群人站在门口。

Doreen 大笑着说："皇甫，你看谁来了？"

还没等皇甫答话，人群中一个女人冰冷的眼神已经扫得颜烁后背发凉。她又猜对了，是陈 Sir 的助手 Ivy，以及跟在这些人后面的陈 Sir 本尊。

皇甫高兴坏了，麻痹的脸部肌肉也难得地展开了最大幅度的笑容。陈 Sir 还是那么有趣热情，竟然拿了一个假的金像奖奖杯送给皇甫，逗他玩，又跟皇甫聊这半年在内地拍戏的见闻。皇甫开心地边听边点头，Doreen 也在一边笑得前仰后合。

颜烁和 Ivy 心照不宣地互不搭理。颜烁其实已经不在乎她对皇甫的感情了，甚至不再在乎皇甫对她的感情。当她发现自己的心温暖沉静，就知道自己已经开始慢慢放下。

就在这个空当，阿嫂端着一杯果汁走到床边："喝完果汁该去医院复诊了。"一个软软的逐客令，让平日大大咧咧的 Doreen 眼里开始冒火。

颜烁马上接过果汁递给皇甫，诚恳地说："皇甫生病的这段时间，阿嫂最辛苦，也最忧心。不过，朋友们的看望让皇甫特别特别开心。”在阿嫂的心里，只有皇甫的身体是最重要的；而在朋友们的心里，只有皇甫开心才是最重要的。都是好人，却水火不容。

陈 Sir 马上明白：“好啦，以后时间多，我们会多来打扰。谢谢阿嫂和 Laura。”只不过一两面之缘，他竟然还记得颜烁的名字。无论从德行还是专业而论，他都是当仁不让的天王。

最不想看到的事情还是发生了。皇甫生病以来，一班朋友出钱出力，不计得失，但毕竟人多想法就多，每个人都秉着为皇甫好的出发点，固执己见，慢慢地，朋友间生了嫌隙。现如今，皇甫的朋友和他的家人间更是产生了决裂的风险，这让皇甫如何应对呢？

颜烁知道皇甫是喜欢见朋友的，他只有和朋友们在一起才会开心地笑；但此时的皇甫也不愿意顶撞阿嫂和家人。自从看了《西藏生死书》后，颜烁开始有意识地放下执着，话也少了很多。但对于别人的执着和难分难解的争执，却也感到无能为力。

Doreen 他们走后，皇甫的眼神又变得空空冷冷的了。到了晚上，皇甫忽然莫名地发起了脾气。他使劲地捶打着被褥，哽咽地号叫着。护工摸了摸他的额头，滚烫，是在发烧。一家人一起把皇甫送进了圣保禄医院急救。Tina、Steven 和 Doreen 听到这个消息，大半夜的也赶了过来。Steven 还送给皇甫一串非常名贵的手串，说是在佛舍利前供奉过的，会给皇甫带来好运。Tina 则和阿嫂一起去向护士要费用清单，不知道说了什么，阿嫂不太开心地独自走开了。

阿嫂走后，颜烁看到手机上竟然有 Julie 给她的 WhatsApp 留言。她说 Doreen 打电话跟她说了今天发生的事，说多亏有颜烁在，不然大家都不知道该怎么办了。

颜烁苦笑了一下，生活就是这么翻云覆雨，令人捉摸不定。当初的离开被所有人指责，更被阿嫂和阿兰痛骂；这也才短短一个月的时间，自己又成了把所有人聚在一起的黏合剂。是因为自己的改变才带来了处境的改变吗？其实，这段时间颜烁很少说话，更不会跟任何人争执。这是放下“我执”带来的结果吗？颜烁并不确定。不过，从这条信息来看，Doreen 和 Julie 应该冰释前嫌了，这让她感到一丝安慰。

经过一天一夜的治疗，皇甫的体温终于恢复正常。但是，他很难自己进食了。出院的时候，不知道为什么，怎么都找不到那串手串了。香港的治安很好，大家的人品也很好，况且医院到处都是监控设备，不可能出现偷盗的问题。报了警，警察三分钟就来了，询问了相关的护士，又调出了监控视频，发现没有人偷、捡或者拿任何东西。

于是这串手串的丢失成了悬案。这么大的一串手串，皇甫这一夜一直是爱不释手地拿着，竟然凭空消失了，大家都觉得不可思议。

圣保禄医院就在颜烁的新家对面，皇甫提出来一定要去新家看看。这段时间颜烁一直在全力以赴地收拾新家。为了省钱，工人在粉刷完墙面后便被她结账请走。剩下的打扫、家具安装和摆放的活都由颜烁亲力亲为完成。就在前一天，床垫也刚刚送到。现在皇甫想去新家，睡一下那张专门为他买的十一万块钱的床，也正是颜烁盼望已久的了。

颜烁的新家用的是密码锁。阿嫂他们带皇甫开车先行一步，颜烁坐电车。等她到家的时候，小小的屋子里已经坐满了人。除了皇甫，大家都很开心的样子。Tina 挽着颜烁的手臂，小声地夸奖了她。

皇甫坐在沙发上，挑剔地环顾左右：“这里空气太差了，我的身体受不了。你那个空调的风力不够，怎么不改个方向呢？”

空调有特殊的通气管道，香港屋宇署有明确的法规要求建筑商必须将空调通气管道安装在指定位置。颜烁按照皇甫的要求把屋内的非承重墙都打掉了，所以，空调的风力就弱了。更何况，空调安装费用非常高，要几千块。对这时的颜烁来说，已经是无力负荷。

颜烁还没来得及解释，阿嫂就白了皇甫一眼，说："改方向哪里有那么容易！"

皇甫不耐烦道："有多难啦？！"

阿嫂调侃他说："对你来说什么都容易，反正也不需要你干！"

看皇甫又和阿嫂半真半假地争执，颜烁打断他们说："你要是想来住，我就改；你要是不来住，我自己一个人，将就一下就好了，就不改了。"

皇甫犹犹豫豫了一会儿，说："前后两个阳台不错，阳光很足，床也很舒服，但是空气太差，又太吵，不适合我养病。"

辛辛苦苦这么长时间，为赶工程，为省钱，自己一个弱女子举着电钻在墙上打孔、安装家具，像男人一样帮工人扛箱子，手上、身上全是伤，连吃喝拉撒睡的时间都硬是挤出来的。这段时间的颜烁黑瘦得像个非洲人，最后还是这样一个白费的结果。要是换作以前，颜烁非气炸不可，非和皇甫大吵不可。

可是，现在的颜烁，连内心的尊严都彻底放下了，又怎么会容不下身体的辛苦和这么一点委屈。所以，虽然满心遗憾，她还是简单地回答："好，都可以，你开心就好。"

阿嫂疼惜地拍拍她的肩膀。

皇甫不来住，颜烁也觉得省心了。送皇甫回到公寓，大家各自散去。颜烁舒了一口气，终于可以不用做任何杂事，安静地陪着皇甫，安心地看书了。

皇甫看见她拿着《西藏生死书》，问："还没看完？"

颜烁说："第二遍了，很精深。"

皇甫问她："那上面有没有说怎么安葬比较好？"

颜烁扭头看他："啊？！"

皇甫很平静："人总有那么一天的。"

皇甫从未和颜烁正式讨论过生死。之前所有的后事都是交代给阿嫂的，颜烁还曾因为这件事而大感不满。现在他正式问她这样的问题，她虽然感觉意外，心里却没有任何波澜。也许，是真的“放下”了。只是，她并不知道答案。

颜烁老老实实地说：“我不知道。”

皇甫说：“你去问问，我想皈依。”

颜烁问道：“你不是已经皈依你师父了吗？”

皇甫说：“皈依他有什么用？他是道家的，他自己一大堆麻烦事还搞不清楚，我的生死他也搞不定。你的房子可以让他去看看，他看风水是一流的。”

颜烁说：“我不知道香港哪里有佛法师父，Tina 她们应该知道。”

皇甫又想起什么似的说：“Steven 送我的手串丢了，我想要一串顶级的手串，我还想送他一串。”

无法快乐

第二天，颜烁联系了景，她带着师父来给颜烁看新家的风水。

师父还是一副奇奇怪怪的样子，白花花的爹开的中长发。师父进了屋，突然大声说："我平日里最讨厌铜锣湾的住宅，风水差到不得了，根本不适合居住，你这间风水竟然这么好！"

这时正是香港的秋日正午，阳光温柔明亮，铜锣湾还没彻底苏醒，微风带着跑马地半山的芬芳从三面窗户柔柔地吹进来。

师父满意地在屋里踱着步，问："你自己买的？"

颜烁点头道："是。"

师父叹口气，说："皇甫真是没福气啊。"

颜烁说："他就算是身体健康也不会过来住。他嫌这里小，空气不好。他之前的房子大，风景漂亮。"

师父摇头道："大和漂亮有什么用啊？风水那么烂！也是他的命啦！说了他也不听的。"

命？难道我们生来的一切都是命中注定？那么，我们生生死死，劳心劳力，爱恨别离，又是为了什么？如果我们活着只是为了一个注定的结局，那么，我们为什么要那么辛苦?

颜烁终究没有问师父这个问题，他解不开皇甫的生死，也必定回答不了这个问题。他和景陪颜烁走了好远的路去买一些专用的法器，又走了好远的路回来，在房屋的不同位置布置好辟邪招财的东西，又称赞了一遍风水，就告辞了。

临走前，颜烁和师父说："皇甫要皈依佛教了。"

师父说："随便了。临死抱佛脚，所有人都一样。不然怎么能死得安心。"

临死抱佛脚，原来真的有这件事。

Tina 介绍了香港佛教界一位著名的僧人为皇甫主持皈依，颜烁则到处托人买皇甫要的顶级念珠。悲剧的是，她连念珠应该是几颗都不知道，从 14 颗、18 颗、21 颗、108 颗代表的不同意义开始学习，再研究菩提子、砗磲、玛瑙、琉璃、金刚石等材质的差别，最后核实佛经里对不同材质念珠的要求。查资料查得眼睛都花了，比上班还辛苦，最后终于明白凤眼菩提是最好的。于是，颜烁到处打听哪里有最好的凤眼菩提念珠。

打听的过程中颜烁发现，几乎所有卖念珠的人都信佛，而且都很善良，即使知道她不买，还是很耐心地教导她。甚至有人听说皇甫的事情，愿意免费送她念珠。这让习惯了职场尔虞我诈的颜烁非常不习惯。

几经辗转，终于找到一个号称国内最牛的凤眼菩提卖家。介绍的人说最好的凤眼菩提在尼泊尔，而尼泊尔最好的凤眼菩提只有三十几棵树，这个卖家买断了这三十几棵树。这样顶级的珠子，价格也是惊人的，前段时间还有人为了一串顶级珠子杀了人。

装修和买家具已让颜烁捉襟见肘。可是，她不想让皇甫在最后的时光里有一丁点遗憾。这几乎是颜烁撑过这段时间的生命动力。对一个心脏病越来越重，而且不知何时会发作的人来说，这种生命动力又何尝不是自我救赎。人就是这样，浮沉在一片自我构建的汪洋里，哪里都是方向，却只会朝一个方向游，看不到彼岸前，就不知道对错。

颜烁在网上联系到这个卖家，他客气地合掌，不客气地扔给她一句话："修行人要这么好的珠子干吗？"

颜烁简直无言以对，只能解释说自己不是什么修行人，只是觉得《西藏生死书》对自己帮助很大，然后简单地说了皇甫的事情。

好说歹说，费尽了口舌，卖家仍然没有答应把那串镇店之宝卖给颜烁。那串宝贝是他花了三年的时间从那三十几棵树的无数种子里严格挑选出来的。一共只有 14 颗，每一颗都很大，正圆。更稀奇的是，每一颗珠子正中间都有一只不偏不倚、不大不小、规规整整的凤眼。珠子的皮质就是传说中的"落地红"。所谓"落地红"，就是一上手把玩，珠子就会从原木色变成赭红油亮的色泽。随着时间的推移，这色泽会愈来愈纯正，让人爱不释手。

卖家只字不提珠子的事，反而说："我上师是藏区三大药王之一，你们要不要试试？"

颜烁却还纠结在珠子里，追问个不停。

他叹口气说："世间人就是这样，执着于外相。你请了这世上最好的珠子，他和你就能不痛苦吗？"

电脑这端的颜烁，盯着屏幕上的这句话，眼泪簌簌而下。我以为我放下了执着，我以为我忍下了心灵上的羞辱，忍下了身体上的痛楚，自己就可以不痛苦。其实，并没有。

此时的颜烁还是那么痛苦。只是，这痛苦越藏越深，深到她耐得住形影相吊的孤独。

这段时间，颜烁一个人在日光初起时去吃早茶，一个人在夜色阑珊时去坐电车，一个人在风里雨里喧闹里寂寥里穿梭在跑马地和铜锣湾的各条街道，过着形似以往的生活。她拼尽一切不让皇甫留下任何遗憾，就是拼尽一切让自己不留遗憾地断然放下。

在这过程中，她笑得那么自然，所有人都以为她很好，只有她知道逼迫自己的痛苦——那么艰辛，又那么孤独——她怎么可能不痛苦。

卖家发给颜烁一条链接，说："看看吧，考虑考虑。"

颜烁点开链接，置顶图是一位穿着僧袍微笑着坐在广阔草原上的老人。那微笑、那眼神、那面容，像是洞穿了这世上所有的痛苦，遗世独立，又怜悯众生。下面是他的简介。他是西藏药王，治好过很多人，治好过很多怪病，他年近七旬却孜孜不倦地做各种善事，三番五次倾家荡产地建孤儿院、建学校、建寺庙。

这个世界上，真的有这种人。颜烁不知道他是否能治好皇甫，只是觉得自己在虚华浮躁的世界里待了太久，以为皇甫和自己的痛苦就是这世上最痛苦的痛苦。其实，生在人间，谁不痛苦。

卖家过了一会儿又跟她说："可以请上师给皇甫念念经，说不定可以续一下命。"颜烁不懂这些念经是怎么回事，只知道《西藏生死书》很厉害，让自己绝地逢生。现在她也只知道这个卖家有钱不赚，净在这里跟自己说怎么"治疗痛苦"，只知道这位穿着僧袍的老人是一个做了一辈子善事的好人。那不如，就试试吧。

颜烁就这样答应了，同时还执着地追问卖家要不要卖那串珠子。他叹气道："既然你这么执着，就跟你结个缘吧。"

按照市价和行情，颜烁原以为他会开个六位数的天价跟她"结缘"，她甚至已经想好了怎么去汇丰银行借钱，结果他告诉颜烁："两千八百元。"

颜烁被卖家说出的这个数字惊呆了。这个世界上，竟然有这么一群人，物以类聚。

他给了颜烁银行账号，颜烁也没有丝毫怀疑，直接把自己内地账号里所有的人民币都转了过去。

卖家收到银行发的短信，马上回复颜烁：“给我这么多钱干吗？都说了两千八。”真是一个给钱不要的奇葩卖家。

颜烁说：“我知道两千八百元只是你最低的成本，你一点钱没赚。按照市价，你原本可以卖很多钱。我也确实不宽裕，但是这点钱还出得起。多的钱送给你的上师吧，希望能够帮到那些孩子。”

这次轮到卖家吃惊了。他说：“这不是一笔小数目。在西藏，很多人找上师看病，只给上师五毛钱，上师仍然尽心尽力地给他们治病。我们那所学校就是上师五毛钱五毛钱地攒起来的。我替孩子们谢谢你。”

那一刻，颜烁心里的感受难以言喻。在她和皇甫的世界里，动辄花费上万、上百万，他们那么嚣张地享受着那么好的物质生活，肆无忌惮地浪费着本可以帮助更多人的财富。

珠子第二天就快递到了香港。皇甫拿到后爱不释手，睡觉也套在手腕上。Tina 介绍的师父来了，给皇甫做了皈依。皇甫的脸上又露出了见主刀医生时的虔敬神情。大概也是一样吧，医生治身，师父治心。

没想到，皇甫这样天不怕地不怕，从不关心后果，只顾及时行乐的人，在生死面前，一样低了头、折了腰。师父建议他海葬，他欣然接受。师父还让他每天念心经，他也很听话。

颜烁目睹了过程却没什么感觉，只觉得自己还没有到皈依这步。这一世都没有着落，更别提给生生世世找个着落。

皇甫皈依完，大概觉得“死”指日可待，又开始作天作地。要买高级的相机，要买高级的音响，要搬去最好的公寓……一个下午提了无数要求。

阿嫂被他气得背过身，窝在厨房不出来，颜烁没处可逃，只能听着他一套又一套毫无章法的虐世理论。

就算时至今日，颜烁还没有真的把自己磨到没有棱角，她也真的不明白为什么人面对死亡要这么挣扎，为什么不能善待自己，也善待他人。皇甫从生病到现在，耗尽了无数人的心力和财富。和他同时生病的 Tina 的姐姐反而安安静静，就是吃素、放生、打坐、念佛……从没听 Tina 说过什么负面问题。同样的病，皇甫有更多人的关爱和更优质的医疗条件，却让身边爱他的人度日如年。

“及时行乐”这四个字，造就了我们此生此世的相遇，也漂染出了我们此生此世不幸的主色调，到今时今日依然从皇甫行将就木的身体里渗透出来，害苦了彼此。

我们真的尽力了。我们那么爱皇甫，我们用尽了所有去让他快乐。可是，如果他的快乐还建立在这种膨胀的身体和物质欲望的基础上，我们无能为力。因为死亡将终结这一切的快乐，他无法逃避死亡，就无法最终快乐。

无法感同身受的痛苦

旁观皇甫的时候，颜烁的心里非常清楚，可是轮到自己的事情，她又变得糊涂。明知道皇甫终将离去，她却舍不得放手。她还保持着不停地给他拍照的习惯，仿佛拍下来的照片连同皇甫以及这份快乐都可以不朽。

事实上，颜烁连自己的生命都无法把握，她的心脏病越来越严重，连带半边身体都是麻麻的。早晨起床的时候偶尔会看到自己的额头上有一块乌青的凹陷，如同死神的印记。被皇甫折磨的那个下午，颜烁的心脏如同恶魔一般剧烈疼痛，啃噬着她的身体。

颜烁一直硬扛着，努力地不流露任何痛苦的神情，这时卖珠子的人打来了电话。

颜烁说："抱歉啊，珠子收到了，忘记告诉你。"

他大大咧咧地说："你们有时间吗，上师说给你们念经。"

颜烁都差点忘记了，赶紧问道："现在吗？怎么念？"

他说："打电话念吧。"

正是晚上八点半，上师刚刚从海拔五千米的正在建设中的学校回到家，饭都没来得及吃，就记起两个未曾谋面、远隔千山万水的陌生人。

颜烁拨通了电话，只听见一个藏人用不流利的普通话大声问："听得见吗？"

颜烁赶紧答："听得见！"

对面继续喊："上师马上开始念经了啊！"

颜烁喊："好！"

开了免提，颜烁和皇甫盘腿坐在床上听着。电话的那一头传来空旷谷地上飘雪的风声。一位老者的声音苍凉地从风声中升起，盘绕在宇宙洪荒里。那是一种颜烁完全不懂却又感觉十分熟悉的语言，和藏地有关的所有画面和记忆——漫天飞舞的经幡，辽阔湛蓝的天空，在阳光里闪耀的金色塔顶，康巴汉子爽朗的笑容，临终感应里那白花花的世界，弥天大雪一片银白里，大家念着观音菩萨心咒下山——都回来了，就像颜烁一直在那里，从未离开。

眼泪不知不觉地落下来，颜烁的身体和心互相审视着，又紧密相拥。

四十分钟以后，电话那头的声音停了。

那位藏人又喊："听见了吗？"

颜烁喊回去："听见了！"

他喊："上师念完了！"

年近七十的老人，这么辛苦的一天，还不怕麻烦地念了四十分钟的经。颜烁很过意不去，发自肺腑地大声说："谢谢上师！谢谢你！"

电话挂断了。皇甫有点不屑地说："有什么特别？"

颜烁突然对皇甫很厌烦，别人为他做的所有的事，他都丝毫不知感恩的样子真让人厌烦。按照道家师父的说法，他过不了这个月了。在这样的情形下，他都没有丝毫改变，反而越来越作。所谓作死，大抵就是如此吧。

第二天早上，又是一个和平常一样难熬的普通早晨。颜烁收拾完自己，收拾好家里，在高级榨汁机里加一块净化电解后的水冻成的冰块，榨了一杯新西兰有机橙汁，装到保温杯里。用最快的速度跑出门，搭电车去送给皇甫。

一切都没有什么不同，一切似乎又有点不同。到底哪里不同，颜烁一时想不起来。公寓里皇甫正在哇啦哇啦地用广东话念着心经，精神还真的不错。他刚念完最后一遍，看见颜烁来，打招呼说：“你今天气色不错嘛。”

颜烁没多想，递给他橙汁，又忙活着给他做早餐。冰箱里空空如也，竟然没有人买东西上来。皇甫的朋友们和阿嫂之间的矛盾越来越深，越到皇甫最后的日子，每个人所体现出来的“珍惜”越不同。朋友们的“珍惜”是日夜相伴，开心度日，阿嫂和家人们的“珍惜”是让他清静休养。同样的心情在不同的价值观和生活习惯下导致了完全相反的行为，以至于出现了敌对的结果。我们太执着于“自我”，都认为自己是对的，其实哪有“对错”，不过都是“执着”。

巧妇难为无米之炊。颜烁又噔噔噔地跑下楼去买食材。跑马地在半山腰上，颜烁这两趟上上下下着实累得不轻。皇甫看她出了一身汗，提醒道：“别跑来跑去，小心你的心脏。”

经此提醒，颜烁这才反应过来。她的心脏？是哪里不对？她的心脏今天居然没有疼！疼了太久，以至于习惯了胸口沉甸甸的感觉，这个没有疼痛感的早晨，轻松的感觉反而让她不习惯了。

颜烁呆呆的表情吸引了皇甫的注意，他盯着颜烁的脸问：“哪里不对？”

颜烁难以置信地小心回答：“我的心脏不疼了。”

他的眼睛一亮，调皮地戳戳她的左胸：“真的不疼了？这样也不疼？”

颜烁笑着打开他的手："滚开！臭流氓！"

思来想去，颜烁还是打电话给卖珠子的师兄，恭敬地问："请问师兄，上师给皇甫念的是什么经？"

师兄说："《长寿经》和《白度母心咒》，就是续命和治病的。"

颜烁小心地问："上师给他念的时候，如果我在旁边听，也能被治吗？"

他问："你也有病？你有什么病？听者有份吧，应该也可以被治。"

真的不疼了。从那天起，颜烁的心脏再也没有疼过。一切的一切，都是一如往常，唯一的不同只是上师念的那四十分钟的经。这个世界，究竟有多少东西是自己不知道的？一年以后，颜烁有了法名，她的法名就是白度母。而那些，又是另外一个故事了。

颜烁是真的好了，皇甫还是老样子，不可避免地走向恶化。癌细胞太聪明，从化疗的部位逃走，改在他的盆腔和大脑里飞速扩张。他不能大小便，不能吃东西，逐渐也说不清楚话了。

医生建议他住院治疗，靠注射生理盐水续命，靠插尿管排泄。皇甫在离开公寓的前一天，把所有后事又交代一遍。颜烁和哥哥、阿嫂都在场。皇甫怕自己突然陷入昏迷再也无法醒来，便趁着清醒时一一说了：第一，家里所有的东西，只要颜烁要，就都给颜烁；第二，一旦病情恶化，只止痛，不上呼吸机，不抢救；第三，火化海葬。

这一晚的公寓里只剩颜烁和皇甫。颜烁握着他的手，皇甫的手因为衰弱更显白皙细长。皇甫吃力地说："好好照顾自己。"

这一刻，颜烁突然深信轮回。知道这一世遇见皇甫，一定是宿世缘分。既然是宿世缘分，又岂会在这一世终结。

颜烁说："我会一直陪着你，直到最后。"

皇甫笑了，他的笑容对颜烁来说，永远都是那么温暖，正如在酒吧那晚颜烁第一次看见他。人生若只如初见，这是足以跳脱出整个红尘纷扰的业缘吸引。

颜烁认真地说："皇甫，我爱你。"

皇甫的脸上又出现了以往那种不耐烦的神情，草草地答："好烦。好啦好啦……我也爱你。唉，真烦……"

这是皇甫第一次、也是唯一一次说出那三个字。

皇甫住院后，就只能在病床上待着，手臂上永远插着针打点滴。晚上他会像个小孩子一样闹个不停，露出非常痛苦的表情。渐渐地，他白天晚上都会断断续续地睡觉，表情也越来越痛苦，只有看见颜烁的时候，神情会稍有缓和。

颜烁和阿嫂商量了一下，为了让他安心，颜烁留在医院陪床，日夜陪伴。照顾皇甫并不是一件容易的事，不但睡不好、吃不好，还要因为他的痛苦而痛苦。好在颜烁的心脏痊愈了，身体可以支撑下来。

道家师父说的死期已到，皇甫闯过了那个时间。不知道是不是上师念长寿经的作用。现在谁也不知道皇甫还能熬多久。

一个月转眼过去。皇甫的眼神开始迷离，很多人都不认识了。他的眼肌也无法控制，不能眨眼，颜烁他们便用纱布给他遮住眼睛，但又出现了一些奇怪的情况。有一次他被纱布遮着眼睛，又隔着厚厚的帘子，就突然举起瘦得像秸秆的手打招呼。颜烁正茫然，大明星陈 Sir 从帘子后走进来。

皇甫的脸部肌肉也不能控制了，只有颜烁这样时刻陪在身边的人才能分辨他细微的表情变化。颜烁跟陈 Sir 打招呼说："他感觉到你来了，很开心。"陈 Sir 看到皇甫与以往的巨大反差，面色凝重，不知道该说些什么，安静地坐在病床边，看颜烁帮皇甫打理。

皇甫开心了一阵就又迷糊地睡着了。像以往一样，他很快又痛苦地醒来了，开始撕心裂肺地号叫，瘦弱的手有着惊人的力量，死死地抓住床栏杆往上拽着自己的身体。

从未见过这一幕的陈Sir被吓坏了，帮颜烁一起握住皇甫的手。皇甫迅速地反手抓住他，像坠崖的人抓住最后一点希望。

颜烁陪皇甫陪了太久，对这种场面见了太多次，早已见怪不怪。而陈Sir刚从风光名利场中来到这里，死亡的强大气息完全击败了他所有惯常的坚强，他竟然大哭起来："Laura，sorry，我……"

颜烁安慰他："没事，你走吧，出去冷静冷静。"疲累地陪伴了太久，颜烁已经麻木了。但此刻陈Sir的反应刺痛了她，也提醒了她。皇甫此时的痛苦已经让大男人都看不下去，自己竟然无动于衷。颜烁决心做点什么来减轻皇甫的痛苦。

阿嫂请来两位医生，一位是香港最好的麻醉医生，一位是香港最好的精神科医生。香港的西医还是沿袭了英制体系，顶级的医生都是从世界一流的专业学校和医院学习回来的，有丰富的理论知识和临床经验。

颜烁把皇甫的情况向两位医生说了一下，麻醉医生说皇甫目前所用的麻醉药是全世界最先进的，也是最大剂量，按照一般情况，这种剂量可以轻松放倒一头大象，所以他的问题不可能是由身体的痛苦引起的。精神科医生的答复让颜烁最为吃惊，她说："你说的那些不寻常的感应，在临终的人身上经常出现，我们临床案例有很多。只是目前，医学上还不知道怎么处理这种感应。"

两位医生给出的答案，总结一下就是——爱莫能助。西医在临终关怀部分的贡献是零。科学高速发展了两百多年，竟然还存在完全空白的领域。确实，只要生死问题没有解决，宗教就会一直存在。

《西藏生死书》！颜烁突然想起了《西藏生死书》。那本书的最后几篇非常生涩，颜烁看了几遍都没看懂。现在隐约想起，其中好像说到过这种感应。颜烁再次把书翻出来看。她已经不记得这是第几次拿起这本书了。

"在人们最脆弱的时刻，却遭到遗弃，几乎得不到丝毫的支持或关怀；这是一种悲剧和可耻的事，必须改善。”颜烁突然意识到，如果自己不能帮助皇甫安然地走过这最后的一程，那么以前的所有努力都是白费。

“由于我们的业，大家都有一定寿命；当它耗尽时，很难延长。不过，已经修成高级相应法的人，可以克服这个限制，延长他的生命。西藏有一个传统，上师的老师有时会告诉他的学生他的生命有多长。不过，他们知道透过自己修行的力量、修行的清净因缘及工作的功德等因素，可以活得久一点。”

经由两位医生的分析，皇甫这么长时间的弥留状态已经非常传奇，他确实应该像道家师父说的那样，一个月前就死去。按照书上的理论，皇甫这种弥留状态，应该是上师那次念经不仅给颜烁治好了心脏病，也确实给皇甫续了命。

西医既然无解，不如就按照佛法的方法来试试。很多年后，颜烁回头看当时的那些决定，觉得冥冥中业缘的牵引，不急不缓，不密不疏，不早不晚，在她的茫然无知里，严丝合缝地把她安排在了合适的角色里。

当颜烁按照书上的方法帮助皇甫的时候，他又出现了一些奇异的情况。他试着用各种方法告诉颜烁他看到的“东西”。那些“东西”让他害怕，那些“东西”无论是在他睡着还是醒着的时候，一直都在。

颜烁慢慢意识到，皇甫看到的是传说中的“地狱”。他就像一直在做一场不会醒的噩梦，不断地遭受各种折磨。书里说人临终前的状态确实各不相同，而皇甫的状态正是极端不好的那种。颜烁震惊了。

回想皇甫的一生，曾经极端放纵，曾经五毒俱全……按照佛法的理论，他不入地狱，谁入地狱？而颜烁自己也好不到哪里去。如果这一次自己帮不了皇甫，那么自己到了面临死亡的那一刻，也会差不多吧。

早知今日，何必当初。颜烁的悔恨翻涌而来，她拨通了老于的电话。老于说："我在养和医院楼下。"

颜烁哭着说："你上来看看皇甫！看看他！看看你还敢不敢继续这样活着！"

老于沉默了很久，他说："我一直在香港，每天都骑着皇甫的自行车到养和楼下，看着你们的窗户。我不敢上去。我们错了，我们都错了。"

我们错了，我们都错了。错了，还能回头吗？

颜烁无法像老于那样一走了之。更何况就算身体离开，心能释然吗？她答应过皇甫，会陪着他，一直到最后。可是面对现在的皇甫，面对这种极端的状况，还有什么办法？

上师！颜烁突然想起师兄的上师。他既然能治好自己的心脏病，能给皇甫续命，就一定能把皇甫从地狱里救出来！

再次打通师兄的电话。但是这次师兄很不配合，他说上师年纪大了，不能再给人超度，他已经十几年不给人超度了。

颜烁不断地恳求，不断地恳求，不肯放弃任何一点可能，任何一点希望。师兄还是不松口，最后他生气了，不悦地说："因缘业报，都是要自己背的！菩萨畏因，凡夫畏果。你们自己作恶的时候什么都不怕，现在作了恶，还不想承担恶果！哪有那么便宜的事情！要是这么容易，释迦牟尼佛在世的时候，早就把我们扔到极乐世界去了！"

颜烁早已查阅过各种宗教资料，更是问遍了中西医，她再也无计可施了，她不愿放弃，大声反驳师兄："如果所有的恶都不能忏悔、不能抹杀，为什么要修佛法？反正都要到地狱里去！你也一样。我们生下来是不知道对错的，都是犯过错的！如果上师只因为爱护他自己的身体就不顾一个马上要进入地狱的可怜人的请求，他就不是一个慈悲的人！他就不是上师！佛法就不是真的！”

师兄被她说愣了。他叹口气说：“你真执着，我试试看。”

挂了电话，颜烁一直等，一直等。从中午等到晚上九点、十点、十一点……西藏已经是深夜。颜烁在香港的深夜里睁开眼睛，夜的黑暗无边如同她此刻心中的希望渺茫。

之前颜烁觉得死是最可怕的，它轻易就可以夺走我们最爱的人。在死亡面前，我们毫无还手之力。现在，当死已经成为必然，我们接受死亡本身，却发现死亡不是终点。

为什么从来没有人告诉我们死亡不是终点？到现在为止，颜烁查过无数的科学论著，才发现没有一个科学家说过死亡就是终点，才发现科学界至今仍有人质疑达尔文的进化论，才发现量子力学所探索的微观世界与佛法中的空具有相似性。

如果早点知道，我们就不至于错得这么离谱，错得这么义无反顾，错得这么不可救药。我们平时太忙了，忙着工作、忙着生活、忙着去爱，我们从没有考虑过这个必答题——我们会不会死得很好？

静默在香港这个没有希望的夜晚，颜烁在人生的此岸，看着皇甫挣扎着滑向来生的彼岸。而彼岸，究竟是地狱还是天堂？

颜烁和皇甫的爱情，从来没有同时盛开过。是颜烁跌跌撞撞地一路追赶而来，不管付出多少努力与心力，也依旧无法更改他们之间有缘无分的宿命。

岁月浩浩荡荡，曾经让颜烁折翼，重于生命的爱情，此时轻如鸿毛。如果她不那么执着，如果她爱得不那么睚眦必报，如果她爱得不那么分秒必争，也许此时，她就不会这样惊恐和悔恨。

不知道是第多少个夜晚，颜烁感觉自己飘浮在维多利亚港的上空，感觉不到丝毫美丽，只有淹没自己的冰冷的死亡气息。如果皇甫这一世不能死得安然，这种气息就会如影随形，毁了颜烁的这一生，也毁了皇甫的来世。

真的没有办法了。金钱、权利、名望……以皇甫和老于的能力，以颜烁不遗余力的努力，都可以得到。2012 年的这个秋天，在世界上最繁华的都市之一的香港，没有任何办法能救皇甫。

不曾经历过的人不会懂，在你最绝望的时候，连眼泪都不会有，只有灵魂深处的空洞。没有希望，生死也是幻象。

一日一夜有三十须臾，二十罗预为一须臾，二十弹指为一罗预，二十瞬为一弹指，二十念为一瞬，一刹那为一念。

念念皆空。颜烁在心内心外的暗夜里空空地睁着眼睛。

陪你到最后

手机突然响了，铃声在静寂的夜里显得突兀而悠长，是师兄。颜烁捧着手机，一时有些惊惧，不敢接，也不敢不接。如果这最后的一丝希望破灭，她不知道要怎么活下去，也不知道要怎么面对皇甫的死。

手机铃音响了又停，过了一会儿又响起来。颜烁终于哆哆嗦嗦地接了起来。

师兄说："上师答应救他。"

一刹那，颜烁失声痛哭。

师兄感慨道："好了，别哭了，难怪上师答应你，你也太执着了。没事了，没事了……上师说早上六点开始法会，为他消业超度。"

如同绝地逢生。正所谓大恩不言谢，颜烁反倒不知和师兄说什么才好，讷讷地挂了电话，终于可以安心睡一觉。正睡得迷糊时，突然接到医院的电话，是皇甫的贴身护工打来的。

她慌慌张张地说："皇甫醒了，说话了！"

颜烁看看表，皇甫送的这块古董表，还在尽心尽力一秒不差地走着——六点钟。

她问："说什么？"

护工说："他不停地说要听佛经，我哪里有什么佛经，怎么办？"

颜烁说电脑里有，她在电话里教这个护工打开文件，放佛经。过了好一会儿，护工回复说皇甫"安心"地睡了。

皇甫已经太久没有"安心"地睡过了。

颜烁不知道在自己看不见的世界里发生了什么，如果小概率的偶然事件频繁发生，那么可以肯定的是，其背后有一些必然的规律在发挥作用。

颜烁难得地踏实睡到下午才去医院。皇甫还在安静地睡着，脸上挂着浅浅的微笑。阿嫂和 Doreen 都先后来过，大家都惊讶于他难得的安静。

颜烁心知皇甫有救了。不只皇甫，老于和自己也都有救了。她开始疯狂地研究佛学的知识：历史、现代，南传、北传，汉传、藏传，大乘、小乘、密乘，正面的、负面的，出家人、瑜伽士……在医院里陪伴皇甫的时间都变成了她的佛学补习课，她太想要搞清楚这些小概率偶然事件所昭示的必然规律。师兄说得对，她是太执着了。

可是，没有经历过彻底的绝望的人，不会明白希望的可贵。

自那一晚后，皇甫再没有任何恐慌的表情，无论睡着还是醒着，都是安静祥和的神情。看到颜烁，眼神里会流露出格外的温柔。

Doreen 说："你陪着他，我们都放心，他看你的眼神都不一样。这才是真爱吧。"

也许吧，但是都不重要了。颜烁正陪着皇甫全力准备他的死亡，这是一场最重要的考试，决定他来世的方向。他的眼睛已经快看不见了，手机大部分时间都是颜烁拿着。WhatsApp 上还是会跳出来 Joanna 之流的撒娇信息，颜烁现在可以随便看了，可惜却没了看的心情。

这一天，突然来了一个女人，看着很有气质。当时颜烁正在帘子里给皇甫擦脸。女客揭开帘子一看，很尴尬地退了出去，而皇甫的表情稍稍激动。颜烁一看就明白了，又把她请进来，仔细地给她解释了皇甫生病的前因后果和目前状况，然后便说“你们聊一下”，就打算离开。

皇甫更激动地叫住了她，神情里有尴尬、闪躲和担心。颜烁晃一晃手里的书，说：“别担心，我不走远，就在帘子外面看书，有事叫我。”

这时的皇甫已经不是当初在上海酒吧里那个卓尔不群的皇甫。他长时间不能进食，全靠注射盐水活着，全身瘦得像副骨架，翻身也需要他人协助。脸部肌肉几乎不能动，说话和微笑都吃力。他一喝水就会吐，只能用水润唇，这样一来，口腔深处和食道都干裂了，一张嘴就散发出阵阵恶臭。眼睛在瘦瘪的脸上显得格外突出，眼肌麻痹导致眼球干涩发炎，布满了红血丝和眼屎，像濒死的鱼的眼睛。

这样的皇甫如果还能召唤回这些女人的爱情，颜烁也真的要赞赏她们了。现在的她陪着皇甫，更多的是一种责任。承担责任是成熟的表现，相对于爱情的盲目和偏激，责任比爱情更广博和美好。

果然，没一会儿，女客就拉开帘子出来了，她很诚恳地对颜烁说：“谢谢你一直陪着他，你很了不起。”

送走了女客，颜烁回到帘子里陪皇甫。皇甫清醒没多久又迷糊了，他清醒的时间越来越短，睡睡醒醒，像个婴儿。

看到皇甫，颜烁才明白，人在出生时和临终时非常相像。来于无明，归于无明。可是人总是非常可笑，喜欢婴儿，厌弃老人——这从本质上来说是一种恐慌，对死亡的恐慌。

皇甫维持清醒需要花费很大的力气。他很努力地保持清醒，直到确认身边的人是颜烁，确认她没生气，没发脾气，确认她还是一如既往地握着他苍白消瘦的手，安静地坐在他床边看书，他才大松一口气，微微一笑，昏睡过去。

颜烁看着病床上的皇甫，觉得他很可怜，既想维护和她的感情，却还是忍不住去招惹是非。这也是我们每一个人的问题，我们总是知道什么是对的，什么是值得珍惜的，什么是需要努力的，什么是一定要回避的，但我们还是去做了那些不该做的事——我们晚睡、赖床、大吃大喝、不运动、纵欲、贪财、懒惰、发呆、浪费时间、对挚爱的人发脾气……

原谅皇甫，本质是原谅自己，原谅自己作为一个人的所有愚蠢。颜烁告诉自己，要原谅皇甫，皇甫才会原谅自己，这样才能让他用平静的心去面对即将到来的严峻考验。生死面前，一切都是小事。

可惜颜烁这么想，别人不一定这么想。阿嫂又和皇甫的朋友们吵了架。阿嫂和阿兰告诉颜烁，Tina 很讨厌，上次皇甫急救，她跟在后面查账。阿嫂很委屈，解释说自皇甫生病以来，最早出钱的、帮他联络医生的、陪他看医生的，都是家人，而不是这些朋友。在这样的时刻，作为皇甫的家人，已经够累、够忙、够痛苦的了，这些朋友还过问账目的事情，纯属没事找事，无理取闹。

那边的 Tina 和 Doreen 又是另一套说法。皇甫到现在为止，一年之内花了四百多万港币。这里面有他自己的钱，有哥哥和阿嫂的钱，也有很多朋友，包括明星捐的钱。这些钱统一由阿嫂在管。朋友们是出于对捐款人负责的态度才追问钱款的情况，而阿嫂都是爱答不理，所有的钱自己说了算。

晚上，阿嫂和阿兰在门外聊天抱怨时被颜烁听见，阿嫂说钱已经花得差不多了。颜烁把自己港币账户里所有的钱拿出来，开了一张支票给阿嫂。阿嫂很吃惊，不停地说："你个傻姑娘，不用，够的，不用……"

阿嫂到底没拿这张支票，一分钱没要颜烁的。颜烁不知道朋友们和阿嫂在钱的问题上究竟谁是谁非，她更愿意用善意去揣测每一个人。

但这件事情让皇甫的家人和朋友更加势同水火。第二天晚上，朋友们来了，阿嫂还没来得及走。朋友们故意很大声地玩闹，旁敲侧击地当着阿嫂的面说："皇甫就喜欢我们和他一起玩，就要热闹就要 high！"

阿嫂气急了，要叫护士赶人。颜烁拉住阿嫂说："阿嫂，我想皇甫和我一样，更愿意看到你们大家都开心。除了赶他们走，还会有更好的方法处理这件事，让我试试。"

阿嫂不作声，算是默许了。颜烁走进病房，走进 Doreen 和朋友们的小圈子，对大家说："大家都为皇甫做了太多事，皇甫一直非常感谢大家，阿嫂和家人也为皇甫做了很多事，每一个人都不停地在付出。你们和家人，对皇甫而言，同等重要。大家都明白皇甫时日不多，现在最重要的不是钱去了哪里，而是他会不会开心。"

颜烁拉开皇甫的帘子。这时皇甫已经醒了，这些日子以来，他仿佛有了一些非常奇怪的能力，虽然看不见，但是知道谁来了；虽然听不见，但是知道谁在说什么。他露出很痛苦的表情，想说话，拼尽全力地发出"啊啊"的声音。

颜烁接着说："皇甫现在有话说不出，但是你们都明白他的表情不是开心。"

Doreen 看到皇甫的神情，崩溃地哭了出来。看皇甫的神情是在叫 Doreen，颜烁拉着 Doreen 走到皇甫床前，几个朋友也都围过去。皇甫把颜烁的手放在 Doreen 手里，然后用力前倾着身体，颤抖着，一直紧紧地握着她们的手。

Doreen 哭着说："我知道，我知道，我会听她的，我会好好照顾她。你放心，你放心……你不要这样，你要好好休息。"

皇甫听到这句话才松开手。整间病房安静下来，只有 Doreen 断断续续哭泣的声音。自此之后，任何人之间再没有争吵。

老于终于还是来了，和很久没有露面的郭书强导演、郑瑞导演、Steven 一起。这几个大男人远远地坐在病房的角落里，沉默不语。最后的日子里，他们几个经常来，总是静静地坐一会儿，然后离开。

颜烁照顾皇甫已经分身乏术，也顾不上再和老于说什么，其实，什么都不用说。后来有一次，老于的女友 Angela 挺着大肚子也来了，很漂亮的女孩子，比颜烁还小五岁。颜烁是真的替他们开心。

皇甫像是用光了力气，陷入更长时间的昏迷，即使偶然醒了也满目茫然，连阿姨和 Doreen 也不认识，只认得颜烁。每次醒了，只要看到颜烁，就会笑得很安心。

同时着手准备皇甫的后事，大家足足花了十天十夜才把他的古董和衣服、鞋子一件一件用泡沫纸包好，装箱运去租用的仓库。这些昂贵的东西，到头来只是活着的人的负担。

颜烁搬到了自己的家。一个没有维多利亚港风景，却有着朝南暖阳的温馨小宅。颜烁经常一个人去住家菜吃饭，照旧有不排队直接进去的特权，只是店员改喊：“皇甫先生女友来了。”

你去了哪里

没有人知道皇甫究竟什么时候会死。医生和医院此时已经毫无作用。颜烁每天陪在皇甫身边，看着他走过死亡前的每一个阶段，竟然发现每一个阶段在《西藏生死书》中都有所对应。

皇甫觉得身体沉重，任何姿势都不舒服，要求人把他拉高，把枕头垫高，或者把被单拿掉。他的脸色变得苍白，两颊下陷，牙齿上出现斑点，眼睛难以睁开，或者索性闭上。“当色蕴在分解时，我们变得软弱无力。我们的心因为激动，变得错乱，但随即又陷入昏迷状态。”所谓的“地大”分解。

皇甫开始无法控制身体中的液体。流鼻水，流口水，流眼泪，大小便失禁。舌头无法转动，眼睛干涩，嘴唇下垂，苍白而无血色。嘴巴和喉咙变得黏黏的，像被堵塞住的感觉；鼻腔塌陷；极度口渴。身体颤抖，抽筋。这是濒临死亡的第二阶段，“水大”分解。

他的嘴巴和鼻子完全干涩。身上的温度开始降低，通常是从脚和手开始冷起，最后是心。再也不能喝水或消化任何东西。“当想蕴在分解时，我们的心一下子清明，一下子混乱。记不得家人或朋友的名字，甚至认不出他们是谁。因为声音和视线都已经模糊了，越来越难认知身外的一切。”皇甫也已经走过这个阶段，这是“火大”分解。

按照书上所说，皇甫已经走到死亡前的最后一个阶段。他的呼吸越来越困难，空气似乎在喉咙里逸散；他大口喘气，发出粗重的声音；吸气变得短而费力，呼气变得比较长。眼睛上翻，整个人完全动不了。“当行蕴在分解时，心变得昏乱，对外在世界毫无所知，每一件东西都变得模糊。我们与物质环境接触的最后感觉正在流失。”

之后，吸气变得越来越短促，呼气则变得越来越长。最终，当人产生三个悠长的最终呼气，呼吸就会突然停止。这就是医学上所谓的“死亡”。而此时的“死亡”从佛家的角度来说，尚未结束。

皇甫无依无靠地挣扎在生命的最后阶段，用自己肉体的消亡过程验证了佛法。旁观的颜烁虽然没有皈依，但早已经对佛法无比信任。她希望通过自己的努力，帮助死亡中的皇甫，让死亡成为他“生命中最尊贵和最光荣的时刻”。

随着学习的深入，颜烁渐渐明白，单靠自己的努力是不够的。在佛法的世界里，自己无知得像是个婴儿。她又去求师兄。师兄已经习惯了她的执着，告诉了她具体方法：第一，请上师在他临死时念颇瓦法；第二，请僧众为他做七七四十九天的法事。

颜烁既不知道什么是“颇瓦法”，也不知道去哪里找僧众。师兄看不下去，提示她找色达喇荣五明佛学院。

颜烁依然不知道去哪里找这个佛学院，也不好意思再问。自己在网上搜索，找到了索达吉堪布的微博，由此一路顺藤摸瓜地找到了佛学院的网站、总部、分支……原来以为离自己无比遥远的佛学院，其实就在身边。

颜烁激动地告诉师兄。师兄平静地回复她：“这就是因缘。有时候，一个人无论如何也推不开一扇门，但当因缘和合时，两个人就一起走入新的世界，大概这就是你和皇甫宿世因缘的归宿。”

上师答应为皇甫念颇瓦法。佛学院给皇甫准备了七七四十九天的法事。颜烁在网站上找到了临终时应该为皇甫念诵的经文。

皇甫的病房里，二十四小时播放着佛经。Doreen 和朋友们还是经常来，阿嫂和他们也不再剑拔弩张，大家都是淡淡地点点头，就算打过了招呼。

来的朋友里大部分是基督徒和天主教徒，出于对于皇甫临终信仰的尊重，他们也都加入了念经的行列。在颜烁听来，广东话的佛经诵读格外动听。

Doreen 从小接受的是英文教育，本来中文就超级烂，一看佛经就晕了。颜烁笑她说：“向你们伟大的主祈祷也是一样的。”她还很认真地说：“那不行，皇甫信佛的，我要帮他才行。”

正和 Doreen 开着玩笑，皇甫对面床位的病人请来了一位牧师，她们赶紧闭嘴。只见牧师郑重地念完走了以后，紧接着又来了一位僧人，也郑重地念完走了。颜烁和 Doreen 看呆了，Doreen 说：“他到底打算去天堂还是净土？两边都来领路，不会迷路吗？”

这正是所谓的临死抱佛脚。养和医院住的病人非富即贵，都有很多的亲人朋友，都曾经不信天命、不敬鬼神，也许都有过嚣张的往事，到了这一步，却没有一个人敢继续嚣张下去。所谓的“不怕死”，不过是“无知者无畏”。

Doreen 的老公 Mike 来了。他和 Doreen 总是前前后后地换班，生怕错过皇甫的一点消息。Doreen 说是因为 Mike 和皇甫小时候就最亲密，后来也一直很亲密，天天混在一起，直到颜烁来香港，皇甫就只跟她在一起了。

这一天是香港深秋的下午，阳光正好，天空蓝蓝的，泛着奶油般的色泽，空气柔和芬芳。颜烁正和 Mike 聊着佛法，昏睡中的皇甫突然醒了。

皇甫眼神清明，微笑地看着颜烁和 Mike，招招手让颜烁把床背调高。之后又拉着颜烁的手，把他手腕上最爱的念珠套到她的手腕上，一直往上捋，一直捋到她的胳膊肘上，用力按住。这么长时间，无论是打吊针还是换衣服，皇甫从不让别人碰这串念珠。颜烁明白他的意思，便说："我知道，我会好好保留，好好珍惜，不会送人。"

那一刻，颜烁和 Mike 都明白，这就是传说中的"回光返照"。Mike 无法控制自己的情绪，怕皇甫看见，强忍着泪水躲了出去。

Mike 一走，皇甫就神神秘秘却又非常清楚地用手比出了两个"7"字，然后双手抱拳。颜烁突然明白，他的意思是，"七七法事，感谢你"。颜烁非常吃惊，这个法事只有她自己和师兄知道。皇甫身边的任何人都不知道，她不得不相信人的神识不可思议，笑着对皇甫说："没事的，应该的，我说过我会一直陪着你，我一定会把你送到对岸。"

皇甫亲吻了她的手，眼神里流露出孩童般的快乐，异常纯粹、澄净，异常温暖。这种眼神就像四姑娘山下的三嫂，颜烁曾经那么羡慕的神采，出现在了皇甫现在的脸上。这种神采甚至完全抹去了疾病给他带来的憔悴和折磨。

Mike 平复了心情，走进病房，皇甫做手势让 Mike 帮忙，他想坐到落地窗边的椅子上。颜烁和 Mike 把他搬过去，他静静地坐着，不再做手势，不再有任何表情，只是静静地从落地窗看出去。

窗外，跑马地的满目绿意随微风流动，汩汩流入每个人的心里。而注视着这一切的皇甫，眼神里没有一丝波澜，很久以后颜烁想起来，那眼神就是一种沉着的诀别，是这一世的皇甫源与这个世界最后的告别。

自那以后，皇甫再未醒来。

皇甫昏迷的过程中，对面病床的先生去世了。某一天颜烁去医院的时候看到很多人围着走廊尽头的一个房间，有人哭，有人安慰。不知道他最终去了天堂还是净土，祝他幸福。

后来的一个凌晨，两点钟，颜烁接到阿嫂的电话："来医院，他不行了。"情理之中，意料之内。颜烁平静地收拾好早已经备好的经文和佛像赶去医院。

皇甫被推进走廊尽头的病房。颜烁赶到的时候，监护仪还在响着，只是，心跳越来越慢。护士们说，一般这种情况就是差不多了。

因为是半夜，阿嫂没有通知别人，只有哥哥以及一起去浅水湾的 Michael 和夫人 Yvonne，说白了，都是家里人。颜烁赶紧打电话给上师的侍者，上师刚好在寺院。深夜两点，西藏零下二十摄氏度，下着大雪，没有取暖设备，他却马上起身念经。与他一起念经的还有整个寺庙的喇嘛们，他们的声音通过手机扩音器穿越了地域的限制，回荡在皇甫的身边。

香港深秋的深夜很冷，大家穿着毛衣都冻得瑟瑟发抖，Yvonne 由衷地说："那些喇嘛真伟大，他们一定比我们冷几十倍。"她是基督徒，但善良是没有国界、没有隔阂、没有局限的。

皇甫比护士们预料的要顽强一点，眼看着天渐渐亮了。一直到中午十一点，监护仪开始报警，皇甫真的要走了。

颜烁拿起临终助念的经文，在皇甫耳边，一字一句地念给他听。这经文在提醒他会看见什么，会感受到什么，要怎么处理，他要去往哪里。念了很久，直到阿嫂碰碰颜烁说："他已经去了一小时了。"医生要来确认皇甫死亡，随后护士要给皇甫洗身。他们已经等了颜烁一小时，不能再拖了。

颜烁太专注于帮助皇甫穿越生死，竟忘记了身边的一切，阿嫂的提醒让她仿佛从梦中醒来。只是，颜烁不知道皇甫去到哪里了。

皇甫，我们又站在了彼此的对岸。而这一次，我无法长出翅膀去追着你飞翔。我再也看不到你了。

也许是颜烁念经念得专注，也许是大家听她念经听得专注，没有人哭。皇甫被推走了，按照佛法惯例，七天之后再火化。

所有的人都仿佛自一场大梦中醒来，疲惫不堪。回到现实中的大家开始各自拿起手机通知外界。颜烁刚通知上师的侍者，上师说颇瓦法需要把手机放在皇甫身体旁边念。颜烁一听心便沉了下去，果然百密一疏。好在上师的侍者翻译说："上师说不念也不要紧。"不念也不要紧，这句话似乎话里有话。既然七七法事已经做了，上师说不要紧就不要紧吧。

阿嫂接到阿宝的电话，她正带着皇甫的两个干儿子赶过来。阿宝是个急脾气，在电话里说自己早上梦到皇甫，像是跟她告别。她一醒来就想来医院看皇甫，来了就发现皇甫不在原来的病床上，就猜到了。自己在医院外面哭了一场，错过了最后的告别。

Doreen 夫妇和 Tina 夫妇也都知道了。Doreen 夫妇在医院里到处找皇甫，满心遗憾没有见到他最后一面，Mike 大哭一场。Tina 说陈 Sir 在意大利拍外景，前几分钟刚好打电话来问皇甫的情况，说他梦见了皇甫，像是跟他道别。Tina 当时还不知道皇甫已经走了，还说皇甫没事，没想到已经见不到最后一面。

听完他们所有人的话，颜烁没有任何难过，她来不及难过。她想知道皇甫到底去了哪里——彼岸，是地狱还是天堂？

颜烁做了她所有能做的事情。她知道七七四十九天之内的每一天对皇甫都非常重要。她吃素、念经、供灯，每日不停。

颜烁重新开始上班。大家都惊讶于她的心脏病奇迹般地痊愈。而这一切又该从何说起，该如何与他人说。汪明是唯一听完了整个故事的人，听完后不知道作何回应，只是说："这已经超出了我之前的学习和认知，我要研究研究……"

第七天，阿嫂给颜烁发来信息："出了车祸。"

颜烁大惊，赶紧问："没事吧？"

阿嫂说："人没事。今天只有我去接他，非常难过，哭得控制不住。你怎么做到的？"

颜烁安慰道："阿嫂，他走了，但他也在。生死离合，都是幻象。我们都会忘记的，就像忘记以前的一切一样。"

阿嫂发来一张苦笑的脸。

第七天的晚上，按照佛法的说法，皇甫会回到医院，重新经历一次死亡的过程。颜烁深感欣慰的是，他走得那么安详，这七七四十九天里，他应该不会再受很大的痛苦。Doreen、Steven、老于全都来到颜烁家里聚会，就像皇甫也与大家在一起一样。颜烁的家里供满了灯，她想他不会怕黑。大家都在陪着他，热热闹闹的。

朋友们一直待到早上五点才走。颜烁约了 Doreen 一起去为皇甫的葬礼买花。她很想穿和皇甫一人有一件的 Comme des Garçons 情侣款开衫，皇甫走的时候正是换的这件衣服。

睡觉前颜烁翻遍了家里的衣柜也没找到那件衣服，她郁闷极了，在心里抱怨道："皇甫，你这家伙，跟这个告别、跟那个告别，唯独不跟我告别，现在我连情侣服也找不到了！"

抱怨完颜烁就睡下了，梦见皇甫临终前的那个病房，阿嫂和每个人都在，自己在念经，皇甫看着她笑了，笑得很甜很暖。这一觉颜烁一直睡到下午，醒来看见那件 Comme des Garçons 摆在所有衣服的最上面，叠得是如此整齐漂亮，如同皇甫亲手叠的。

不曾离开你

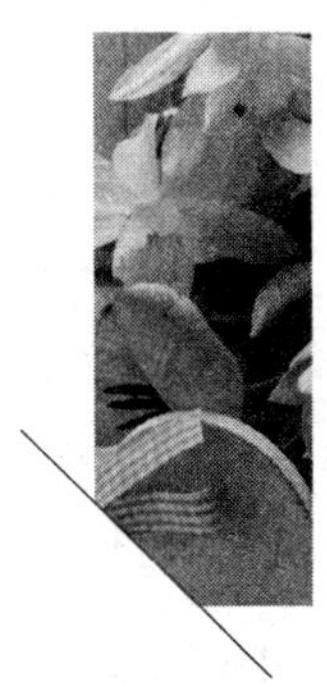

大家都非常忙，忙着给皇甫办葬礼。颜烁到这个时候才知道，郭书强导演正是由皇甫带着出道的，他是皇甫的大徒弟。还有一个皇甫的同学 Patrick 是香港最有名的英文字体设计师，而 Doreen 的老公 Mike 是最有名的广告人。这几个人凑在一起，天天忙着做皇甫的纪念册。

皇甫的另外两个徒弟协助阿嫂整理资料做视频光盘。颜烁和 Doreen 反而无所事事，成了闲人。

Doreen 打量着颜烁，嫌弃地说："你不要每天邋里邋遢的，皇甫不喜欢，他的葬礼会非常隆重，很多明星都会来，你好好打扮一下吧！"

颜烁一想也是，说："对哦，还有很多前女友也会来吧。"

和 Doreen 一起去连卡佛，把店里所有的黑色连衣裙拿来，一件件地试穿，比上次参加亚洲音乐节还隆重。

第十天，皇甫的葬礼在香港最大的殡仪馆举行。颜烁听阿嫂的吩咐，早早地到了。阿嫂问颜烁："你愿意和我们一起站在前面回礼吗？”这是代表着视她为一家人的隆重邀约，颜烁答应了。

葬礼现场比足球场还大，实在有点夸张。这么大的场地已经摆满了社会各界送来的各式各样的花圈。香港的花圈都很典雅别致，高高的木架上摆放着鲜花花篮，大部分花篮都以绿色和白色为主色调。

阿嫂用花圈隔出一个冷餐区，有一个屏幕正不停地播放皇甫生前的照片。颜烁看着屏幕中的皇甫，从年幼到年轻，从年轻到成熟，从成熟到凋零……那个熟悉的皇甫，那个记忆中的皇甫如在目前。她突然发现其中有几张正是自己送给皇甫作为生日礼物的相册里的照片。阿嫂说是收拾皇甫的遗物时发现的，他把这本相册和他最喜欢的两只手表放在一起。那两只手表给了两个哥哥。这本相册终究还是回到了颜烁的手里。

还有一张照片是皇甫和阿嫂在颜烁的新家里拍的，表情看起来很是开心。颜烁问阿嫂道：“原来那天我回来之前，你们还拍了照片啊。”

阿嫂说：“是啊，他那天很开心，我们拍了很多照片。”

颜烁原以为他不喜欢自己的新房子，她还一直在心里埋怨皇甫。原来都是错怪，可是现在知道了又能怎样呢？一切都来不及了。我们口口声声说要珍惜当下，但是从未真正珍惜过。

颜烁送的花圈还没到。花圈的摆放也是很有讲究的，亲人的、干儿子的、徒弟的……一一按照顺序摆开。颜烁不知道自己的会被摆放在哪里。这些都是不重要的小事了，颜烁默默地坐在亲人席上，用皇甫留给自己的念珠念经。

Doreen 和 Tina 也来了，Doreen 跑来和颜烁打招呼：“喂，你觉不觉得这简直像是婚礼现场？”

环顾四周，颜烁心想，还真有点像。阿嫂过来催：“你送的花圈还没到啊，快催啊，快点！”

Doreen熟门熟路地打电话帮颜烁催，很快花圈送来了，是9999朵白玫瑰扎成的心形花篮，上面写着："天荒地老若白驹过隙，白头偕老亦徒有虚名。"

这两行字清癯地放在9999朵白玫瑰组成的心形花篮上面，来者皆驻足观望。

阿嫂感叹地说："你真的有心了。"

颜烁说："这个花篮是Doreen的创意，看来效果不错。"

阿嫂笑笑，招呼着把这个巨大的心形花篮摆放在灵堂的正中央，就是皇甫照片下面的位置，每个人致礼时都会看到。

Doreen跑来看了看，对颜烁说："我看不懂这两句话，但是刚刚有人说看到这两句话很感动，都快哭了。"

颜烁被Doreen拖到休息室化妆。Doreen确实是个精致且有品位的女人，在她的巧手妆扮下，颜烁的妆容清丽脱俗。Doreen还细心地帮颜烁把高跟鞋清理干净。刚收拾妥当，坐在回礼台上，颜烁就被一片闪光灯闪瞎了眼，原来是大批媒体到了。

颜烁偷偷地往下面的来宾席看了看，那些曾经在皇甫病危时来探望过的大明星几乎到齐了，又是加一台摄像机就可以直接拍电影的节奏。

每个人的手上都拿着郭书强导演他们几个人精心制作的纪念册，看着阿嫂他们做的视频，沉浸在皇甫和自己的往事中，回想着那些欢乐和争执、那些温暖和无奈，情绪不悲不喜。

一大群喇嘛入场了，藏红色的僧袍在绿白相间的花束中显得格外庄严。事后颜烁才知道，这是阿嫂的哥哥安排的，他也是佛教徒。颜烁心想，早知道香港有这样的僧团和上师，她就用不着那么辛苦地联络西藏那边了。而这，恰恰就是每个人的因缘吧。

仪式正式开始，颜烁和哥嫂们一一回礼。陈Sir也来了，还是那么英俊帅气，所有的闪光灯对准他又是一阵乱闪。陈Sir鞠完躬走过来，握着颜烁的手，半拥抱着她说："不要太难过，有事尽管联络我。"

颜烁被闪光灯闪得一阵眩晕，脑子里一片混乱，差点没说："我要是把皇甫的事情写成小说拍电影，你来不来客串……"终究只是自己心里的胡思乱想。

道家师父和景也来了，他们在来宾席上跟颜烁打了招呼，之后也上来鞠躬握手。颜烁还是很感谢他，作为顶级的风水师，尽心尽力、分文不取地帮她看了新家的风水，还帮她布置法器。之前他说皇甫只剩一个月的命，也并没有说错。自那天起到皇甫去世，刚好三个月。只是他棋差一着，没算到上师给皇甫续了两个月的命。

如果命运只能算，不能改，那算来干吗？算得再准，又能怎么样？颜烁求上师搭救皇甫的时候曾经对着师兄大吵大嚷，那时候虽不懂佛法，理由却是对的——佛法从不相信命运天注定，我们都有罪业，我们都可以通过修行改变这一切。

颜烁一直忙着和来客握手，一抬眼发现进来几个衣着非常显眼的人。领头的是个女人，服装的质地一看就是很贵很贵的，全身上下的衣服合身得不得了，整体的搭配精致得要命。

凭直觉，颜烁知道她是皇甫的前女友之一，这个女人完全就是皇甫喜欢的类型。她偷偷发信息问 Doreen，Doreen 在来宾席上远远地朝她偷笑："对啊，就是上任女友，当红天后的造型师，皇甫还嫌她土咧……"

颜烁心塞地回复："我这么土真是难为皇甫了，难怪他一直不肯带我见你们。"

那边的 Doreen 看到她的信息，想笑不敢笑，脸都快憋红了。

这几个人鞠躬的时候正对着颜烁的心形花篮，想必上面的字也看得清清楚楚。之后那位前女友一直在颜烁背后的冷餐区站着，偶尔看向颜烁的眼神也是冷冷的。

前来吊唁的人实在太多太有趣，阿嫂也八卦起来，拿手机让颜烁看新闻，本地娱乐版已经被“皇甫先生未婚妻”之类的关键词刷屏了，阿嫂笑呵呵地说：“你升级了。”

颜烁真心觉得这一场像是婚礼的葬礼充满了浓浓的喜剧色彩。

好在有喇嘛们镇场。唱诵经文的声音一起，整个会场霎时变得肃静。那一刻颜烁恍然觉得自己是在香港，又像是在西藏；分明是在世间，又像是在天堂。纵然有爱恨离愁，又竟然万法皆空。

颜烁顿然领悟，喇嘛们一直在此岸和彼岸之间自由来去。所谓此岸和彼岸，不过就在一念之间。当我们开始觉知我们的每一念，就会明白，当下是指“此时”和“此地”。既然当下就是一切，又哪里有此岸和彼岸？既然当下就是一切，所有的爱情岂不是都已在这一刹那获得了圆满？既然当下就是一切，我们又拥有如此圆满的“深爱”，我们何不就此“大爱”？而当我们真正地开始大爱，我们就会像喇嘛们一样，获得《西藏生死书》里说到的那种“无边无际的自由”。

颜烁看着皇甫的遗像，走上前深深地鞠了一躬。这场婚礼一样的葬礼，这世间的所有因缘，我们已经圆满。

皇甫那天闷闷地跟颜烁说：“你想一想，就算我对你再不好，可我从来没有离开过你啊！”

终于，颜烁也可以说一次：“我也一样不曾离开你。”

天荒地老若白驹过隙，白头偕老亦徒有虚名。

大结局：真正的道别

皇甫的葬礼整整持续了三天，典雅庄重，祥和有序。无论是媒体反响，还是家人和朋友的感受，大家都一致觉得可以打满分。

最后一天，皇甫静静地躺在棺材里，穿着颜烁给他买的Comme des Garçons，那神情和在医院时一样，睡得很平静，表情很幸福。

郭书强、Patrick、Mike、郑瑞、Steven、阿宝的老公，两位导演及皇甫的两位徒弟都身穿自己最好的黑色西装，共同扶棺，送他去火化。

媒体甚至评论说这一场葬礼仅次于张国荣的葬礼。

唯独老于始终没来，他还是固执地选择了回避。陪同扶棺的时候，为了给他们让路，颜烁避在灵堂的门旁，一不小心碰倒身边一个不起眼的花篮，上面赫然写着：于邵忠。

老于终究还是来了，只不过是以这种沉默的方式。颜烁已经很久没有和他联络。倒是他的女友Angela，自上次来探望皇甫后就和颜烁互留了联络方式，时时会有问候。Angela说老于经常带着她和肚子里的宝宝去台北的龙山寺转佛，常常一个人坐在寺院里发呆。颜烁想了想，决定不去打扰他的回避。

如果没有佛法，没有心中的确信，颜烁不知道别人都是如何走出痛失挚友或者痛失亲人的阴霾的。阿嫂也问她怎样才能忘记，她说她一直忘不了皇甫，反复地梦见他，好像他还活着，还在医院里和哥哥聊天。

如果没有佛法，没有心中的那个确信，应该需要很长很长的时间才能走出来吧。也许是一年，也许是十年，也许是一辈子，谁知道呢？这曾经是最困扰颜烁的事，甚至差点夺去她的生命，别人又如何能轻易忘怀。

看着皇甫被送进火炉，化为灰烬。颜烁一身素衣，捧着皇甫的骨灰，走出火葬场的大门，就像走出了一个轮回。按照皇甫生前的愿望，他的骨灰将被带到公海去海葬。

喇嘛们在船头高声唱诵。蔚蓝的海面和蔚蓝的天空之间不知何时升起了一道彩虹，与喇嘛们的唱诵声一样，都像是连接此岸与彼岸的桥梁。颜烁终于相信皇甫去了一个美丽的地方。这一次又一次的彩虹，就像一个又一个看似偶然实则疏而不漏的预兆，昭示着颜烁和皇甫、和佛法之间的宿世因缘。

现在，我们都该回家了。

颜烁为皇甫吃斋、念佛、供灯直至七七四十九天。包括在医院陪伴皇甫的日子，颜烁前前后后读完了近两百本佛法书。她开始在色达喇荣五明佛学院的菩提学会上课。

上课的第一天，学院的索达吉堪布就给学员做了集体皈依。颜烁正式成为佛教徒。但在她心中，她始终记得远在藏区治好了自己心脏病的上师——阿傍大师。

颜烁的身体真的完全好了，就像从来没有得过心脏病一样。她重返职场，朝九晚五。汪明升职后果然一帆风顺，各种风生水起，连带着 Brian 都升职了。

颜烁还是做自己的老本行，重新工作，重新开始各种加班、各种出差。有一趟差回到上海，Mandy 来接她，两人说起在香港的事情，说起店小二，说起皇甫和老于。一时间，颜烁感觉恍若隔世，那些回忆如同前世一样恍惚和遥远，可是那些相处的片段和细节又是那么清晰，如在目前。Mandy 看见颜烁的神情，也觉得很是意外，她本以为颜烁会落泪、会失控，她还记得那一天当颜烁得知皇甫得癌症的时候给她打电话时的崩溃和无助。可颜烁就真的这样跨越了皇甫的生死，也全然跨越了当时她自己都以为无法逾越的痛苦。

上海对颜烁来说，已经是渐渐变得陌生的异乡，能够约见的朋友也少到屈指可数。颜烁约了之前卖念珠的师兄见面。

面见师兄是一件非常郑重的事情。是他给颜烁引荐了阿傍大师，也因此治好了颜烁的心脏病，几乎救了她一命。不知为何，颜烁见香港的喇嘛并没有紧张，可是见这位师兄，或者接触到任何和阿傍大师有关的人与事，颜烁都很紧张。

师兄愿意在百忙之中抽空见颜烁，不辞辛劳地大老远来到浦东。他看上去很憨厚，说话也很有趣，没有电话里那么严苛。无意之间，师兄透露说他正在安排上师去云南鸡足山朝圣。颜烁立刻表示要参加，毕竟藏区太远了，身为上班族，很难有机会去西藏见上师。而云南离香港很近，颜烁简直求之不得。

日盼夜盼的云南之行总算要成行了。颜烁又开始紧张，飞机一落地，就着急忙慌地给师兄打电话，确保他在上师旁边，才敢去拜见。

酒店很破很破，连电梯都没有。颜烁颤抖着手敲上师房间的门，师兄来开门，颜烁看见阿傍大师盘腿坐在床上，神色安然如一尊佛。没有任何的陌生感，就像许久未见的亲人，颜烁虽然紧张，但是内心的喜悦难以言表，各种情绪交错在心里，竟不知道该说什么，该做什么，只是愣愣地站在原地。

师兄咳了一声，戳戳她："磕头！"

颜烁这才反应过来，笨拙地磕了一个头。上师笑了，给她摸顶，念了一段经。颜烁呆呆地看着师兄，问："这是什么意思？"师兄说："上师把前生后世的因缘和祝福都送给你了。"

颜烁的心在这一刻柔软清明得像个孩子，没有任何杂念，没有任何欲望，从来没有的安全感包裹着她，她好像什么都不怕了。

和上师在一起的感觉非常特别，颜烁整个人如同打了鸡血，全身满溢着能量。云南鸡足山相传是迦叶菩萨的道场，海拔非常高，而颜烁拖着大病初愈的身体，硬是和师兄一起带着很多供品登到最高处。上师和其他弟子念荟供，颜烁什么也不懂，什么也不会，就在旁边听着，然后东瞧瞧、西望望。

她在弥勒菩萨闭关的山门前走来走去，到处摸来摸去。突然，上师指着颜烁跟身边的师兄快速地说了一段藏语，师兄翻译给颜烁听："上师说你前面的山石上有个藏文的符咒字。"

颜烁的手在石头上摸来摸去，什么符咒，什么字啊？什么也看不出来啊！

师兄大喊："别动！"

颜烁的手停在那里不敢动了，她也急了："师兄你别光喊！你给我的手拍个照，在照片里指给我看嘛！"

师兄的表情变得有点神秘，又神神秘秘地和上师说了几句话，上师笑了笑。师兄这才用手机给颜烁照了张相。

颜烁的手举了半天，搞不清师兄在干吗，埋怨他说："搞什么啊，我手都举酸了！快给我看看！"

抢过师兄手上的手机，颜烁去看里面刚拍的照片，突然捂住嘴，大声地叫了出来。

天！照片里赫然出现了两块手表！一块是皇甫之前送给颜烁的，颜烁一直戴着，从未摘下来；另一块则是皇甫的。更重要的是，细看照片，里面竟然有两只手——颜烁的手和皇甫的手！那真的是皇甫的手！颜烁太熟悉太熟悉他的手，那么修长的一双手，因为生病消瘦得厉害，骨骼清晰。照片上，皇甫大大的手盖在颜烁的手上，握着她的手！

颜烁目瞪口呆地站在那里，看着师兄，师兄笑嘻嘻地看着她。颜烁又看看上师，上师也笑着看她。那样的神情，分明就是一切的一切都了然于胸，什么都知道！

颜烁嗫嚅着开口："上师，这个……"

师兄做了一个"嘘"的手势，说："晚点再说。"

晚上，颜烁和师兄留在上师房间里，颜烁又鼓起勇气问："上师，那是皇甫先生的手，我认得。他来了吗？"

师兄翻译上师的话："是，他来了。"

曾经约定今生要一起朝圣，本以为是再也无法兑现的诺言，随着皇甫的逝去成为永远的遗憾，没有想到的是，皇甫真的兑现了自己前世的诺言，真的许给了她一个了无遗憾的今生。

原来我们从未失散。今生，来世。此岸，彼岸。

颜烁的眼眶霎时红了，还想问上师皇甫在哪里、过得好不好，话还没有说出口，上师接着说："他很好。我和寺院的喇嘛给他做了七七四十九天的超度，他去了很好的地方。"

上师真的什么都知道，但是却什么都不说！颜烁既感安慰又觉心塞地想着。

再仔细想想，颜烁觉得自己真是不够聪明，如果皇甫去的地方不好，类似于佛法里说的三恶道，他怎么可能来去自由，怎么可能兑现前世的诺言。也许，他去了三善道里的天道或者阿修罗道，更有可能的是，他去了净土。

想着想着，颜烁就开心起来，像个幼儿园的小朋友，就像皇甫吃到好吃的甜品那样。

皇甫，即使有了佛法，有了上师，我也不能忘记你。虽然不能见到你，但我知道你在我身边。还是那样，你其实从来不曾离开我，是我一再地与你错过。

这天晚上，颜烁做了一个梦。梦里有一个非常英俊的男人，周身散发着金色的光芒，虽然长相不是皇甫的模样，但颜烁知道他就是皇甫。他什么都没有说，却让颜烁立刻明白了他在想什么。颜烁知道，他在和自己道别。在梦中，她无比清醒地知道，这次告别之后，自己就再也见不到他了。颜烁拼尽力气，那么仔细地端详他的脸，非常努力地记住他的每一个特征、每一点细节，把他深深地刻在自己的心底。他却告诉颜烁："记住了我的脸也没有用，如果走不出无尽的轮回，我们终将在某一世将彼此遗忘。"

颜烁在梦中紧紧地握着他的手，那么紧那么紧地握着，很久很久都不肯松开。这一刻颜烁是那么不舍，即使在皇甫去世的时候都没有如此不舍与心痛。当皇甫去世的时候，颜烁集中精力帮助他闯过生死难关，忘记了伤心难过，忘记了此岸彼岸……在内心深处，她知道皇甫就在她身边。他从未离开。

可是，这一次才是真正的道别。颜烁的心都碎了，连大声痛哭的力气都没有，眼泪肆无忌惮地流淌。若不出轮回，就将永远失去他。就算他再回到自己身边，颜烁也不再认得他。颜烁终将迷失在自己的轮回里，忘记皇甫，忘记所有今世的记忆。当她终于领悟到这一点的时候，她从梦中醒了过来。此时的窗外是洱海喷薄而出的太阳，颜烁望向东方，泪流满面。

回到香港的颜烁，因为上师，因为皇甫的突然出现，因为那些自己似乎明白又不甚明白的事情，沉浸在佛法和修行的世界里。在香港这样的繁华都市里，工作之余的颜烁过着闭关一般的日子，心静如水。

这样清心寡欲的结果是工作非常顺利，升职加薪之后，还房贷变得轻松很多。同时颜烁感觉自己的身体也好了很多。受颜烁的影响，包括汪明在内的越来越多的朋友开始修习佛法，捐助上师的学校。大家都变了，一切都很好，但是这样清心寡欲的另一个结果是颜烁对男女情爱变得非常淡漠，再无他想。

修行这条路，无非就是出家和不出家，总要面对的。颜烁倾向于出家，经历了与皇甫的一场生死爱恋后，她对世俗的爱情乃至世间种种已经了无牵挂。当她向阿傍大师祈请出家的时候，上师的回复模棱两可，只是说："若是来藏地出家，对你这样的汉人来说有诸多不便，不如去汉地的佛学院看看。"

听到这样的回复，颜烁很是不解，也很是郁闷，便在朋友圈里随意地发了一条状态："谁知道汉地哪里能出家？"

极少发朋友圈的颜烁，这一条状态一出，顿时在朋友里炸开了锅，炸出了无数潜水的很久不见的朋友。大多数都是劝她回头的，还有各种安慰她，怕她想不开的。只有一条真正有用的建议：中台禅寺。提出建议的人是许程智许同学。

颜烁便问了许同学一些中台禅寺的具体情况，许程智简单地介绍完又说："你突然没有消息，消失这么久，现在又突然想出家，我不知道你经历过什么，但是希望你一切都好。"

许同学总是如此温暖善良，颜烁有点感慨，只是今生怕是与他无缘了。她自己又查了一些中台禅寺的资料，打算去一趟台中，就算不能出家，出去散散心也是好的。

颜烁先飞到台北，老于来接的机。老于变了很多，看上去非常稳重诚恳，连带生活习惯也完全改变了，不再去夜店，张嘴闭嘴都是宝宝。老于的宝宝已经三个月大了，Angela 恢复得很好，只是经常和老于吵架。老于的种种过去和从不间断的现在，对 Angela 来说就是一根刺。颜烁非常理解，老于对这时的 Angela 而言，正像皇甫对于那时的自己。但是此时的老于真的不是那时的皇甫。年轻的 Angela 不会懂，只是不停地发脾气，不停地吵闹。

颜烁既心疼老于的隐忍，也心疼 Angela 的心伤。老于黯然地说："这也许是我和她的报应吧，我们是在酒吧认识的，宝宝是意外得来的。"

这是老于第一次和颜烁说起这些事。时过境迁，不说也就罢了。命运永远都在用最残酷的方式诱惑我们，然后给我们教训。

颜烁不便打扰老于太久，当天就去了台中。许程智和蔡健民一起来接机。蔡健民见到颜烁后，调侃道："只记得许同学吧？女人就是这样啦。"

一句玩笑话就把大家拉回到厦门喝酒那一夜。一起说说笑笑地上了车，办好酒店入住手续，晚上颜烁被他们拉到母校东海大学旁边的夜市吃各种小吃。这一晚，颜烁感受到了台湾温情而热闹的一面。

吃着聊着，不知不觉夜深了，蔡健民贱贱地说："好啦好啦，给你们单独相处的时间啦，你们那表情就是不爽我就对了！"

对于这句看似露骨的调侃，许程智什么都没说，颜烁也不好随便说什么。听蔡健民的意思，这么长时间以来，许程智都没有女朋友。

许程智开车送颜烁回酒店的路上，两人各自想着心事，气氛有点沉闷，颜烁的心里莫名地有了一些尴尬和惆怅。

许程智突然说："带你去一个地方。"

车拐来拐去，开到了一条没有灯的小土路上。

许程智对颜烁说："下车。"

换作以前，颜烁心里没准还会有些害怕，现在的她仿佛无所畏惧，坦然自若地下了车。

许程智说："闭上眼，往前走。"

颜烁依言，闭上眼，一直往前走。

过了一会儿，许程智说："好！停住，睁开眼吧。"

颜烁停住，睁开双眼。她以为自己眼花了，天空在自己脚下，满天繁星！天空也在自己头顶，满天繁星！没错，是她眼花了，那是整个台中的不眠灯火，平铺在无垠的旷野里，无边无际，如同天空中的繁星璀璨。而此时的天空也是同样的无边无际，清透美丽。与维多利亚港的夜景不同，台中的夜景没有那种高耸到令人窒息般的绚丽，而是柔软的、流淌着的、让人心安的，有一种微弱却无处不在的清澈。

许程智轻轻说："我经常一个人来这里。在这里的时候，我经常想，香港晚上的灯火是不是也和这里一样美。"

颜烁一时语塞，在过去的大半年里，自己所经历的这些事情，应该从哪里开始向他诉说，又应该如何向他解释。

许程智仿佛知道她想说什么，接着说："其实你什么都不用说，我也不想知道你都经历过什么。我只是想告诉你，我真的不想和你是一夜情、多夜情这样的关系。即使你不再和我联系，我也从没有忘记你，我是真的喜欢你。明天你就要去中台禅寺，我现在不说，也许就真的没有机会了。"

夜色很黑，微弱的星光下，颜烁知道他在流泪。这是上天开的玩笑吗？当她苦苦寻觅爱情的时候，总是一而再，再而三地被爱情所伤；在她对爱情彻底死心的时候，爱情就这样轻易地来了。

许程智继续自言自语："你就算出家了，我也会照顾你，出家人也需要被照顾。你不要担心没有亲人在身边。我家是台中有名的家族，这些事情你放心……"

这天晚上许程智没有走，他把半年来存在心里的话一并说完了，那么投入地纵容了这半年来无处投递、无计可施的思念。颜烁无奈地想，也许是自己的修行太差吧，她本已沉落的心确实被许程智的思念所搅动，泛起了浅浅的涟漪。但，她到底还是厌倦了尘世。有爱就有恨，或多或少；有生就有死，或早或晚。

聚际必散，积际必尽，生际必死，高际必堕。我们何苦这么执着。

早上起床，许程智佯装坚强，对颜烁说："我算是很有善根吧，送自己爱的人出家。"

颜烁吻吻他长长的睫毛："你还会爱上别人的。"

许程智摇摇头，笃定地看着她："你根本不懂什么叫爱情。"

颜烁不置可否地笑了笑。颜烁从不相信爱情到深爱皇甫，到与皇甫互相折磨，到放弃自我，到两人相濡以沫，而后生死相隔，经历过这样的爱情，还要怎样才能更懂爱情?

太爱了，期望生生世世完完全全地拥有，却发现从未拥有过彼此，也永远无法拥有。当我足够爱，才能拥有你。皇甫，你教会了我"足够爱"不只是要爱得"浓烈"，更是要爱得"博大"和"广阔"。

若爱，则大爱。这就是师兄所说的："有时候，一个人无论如何也推不开一扇门，但当因缘和合时，两个人就一起走入新的世界，大概这就是你和皇甫宿世因缘的归宿。"

颜烁想，自己的"归宿"就是出家吧。

但是，出家比颜烁想象的要难得多。中台禅寺的女尼告诉她，她首先需要征得父母的同意，同时要处理好世间一切财产、工作、证件，然后到禅寺住一段时间，经过寺院的观察和考核，才可以请求受沙弥尼戒，之后再经过很久很久的学习和考核，才可以受比丘尼戒。

原来电视里动不动就削发为尼什么的都是骗人的。无知害死人哪。

回到香港，颜烁苦闷地向阿傍上师汇报了中台禅寺的回复。上师问她："非要出家吗？"

颜烁被上师问得有点蒙了，难道上师不太赞成自己出家？那他为什么让自己去找汉地的寺庙？当颜烁的脑袋里盘桓着无数个"为什么"的时候，上师又发话了："你最近不要做之前的晚课了，也不要到处走动，在家里专修绿度母吧。"

颜烁更加疑问重重了，上师口中的绿度母虽说是观世音菩萨眼泪的化现，有着很厉害的能力，但同时也是众所周知的主管婚姻和子嗣等事的妇女之友，现在上师让自己专修绿度母，这又是为什么？

上师说话总是这样含蓄、点到即止，真是把颜烁这个藏不住事的急性子给急坏了。

不明白归不明白，颜烁还是很听话的。不过半个月之后，她就知道了原因——她怀孕了。

也许上师在让她修绿度母那天就已经知道了这件事。佛弟子不可以打胎，打胎是杀自己的骨肉，是莫大的罪业。颜烁一定会留下这个孩子。

想来想去，颜烁还是决定告诉许程智。无论他怎么看待这件事，他会怎么打算，他都有知情权。最不济的情况，无非是他不相信颜烁，不认这个孩子，那么颜烁也完全有能力独立抚养。

颜烁在微信上告诉许程智之后不到一秒钟，他就打来电话，很大的声音："你不是骗我吧？！"颜烁有点心寒，纵然自己做了万全的打算和准备，她的心还是不受控制地直直地坠落了下去。

许程智看她没回复，又大喊道："你没骗我！哈哈！对！你有戒律，你不能撒谎！哈哈哈！你还不能打胎！哈哈！！我真喜欢佛教！！！"

这回颜烁总算是听出来了，他这是高兴坏了。

颜烁打断他，冷静地说："我只是告诉你有这件事，其他你可以不管。"

许程智完全沉浸在自己的欢欣鼓舞中，根本没有理会颜烁，一味地自言自语，絮絮叨叨："不是这样欸！我们家族都是不让女孩子上班的，你生宝宝就应该辞职在家啊！不然我要怎样跟我爸妈交代啦。要不然这样，你现在就辞职好了，我们还来得及办婚礼啦，肚子再大就不好看了……"

于是颜烁嫁去了台湾。许程智的家族是做咖啡生意的，那一次颜烁在厦门遇见他的时候，他正在家族企业里脚踏实地地从基层开始锻炼。他还有个哥哥，倒也没八点档电视剧里那些争权夺利的事情，兄弟之间很是友爱，一家子和和气气的，一起住在一栋别墅里。

许程智像绝大多数南方男孩一样，性情柔和，脾气很好，大部分时间与颜烁相敬如宾，家里从未有过争执。颜烁辞了职，主要工作是修法、修建道场、管理慈善基金、组织佛教的法会，以及陪婆婆等一众阔太太念佛吃斋。

以慈善基金的名义担保，颜烁请阿傍大师来台湾传法。上师是真的无所不知。事到如今，回想当年他让颜烁到汉地寺庙求出家的事，完全是一个善良的陷阱。上师知道许程智一直在等颜烁。以此为契机，多少人等到了上师亲临。见闻念触，皆得解脱。

阿傍大师一下飞机，就摸了摸颜烁宝宝的头，用不流利的汉语笑着对颜烁说："还要出家吗？"

颜烁笑了笑，没有回答。不用言语，她的心上师再清楚不过，对现在的她来说，以出世之心入世，当下即净土。

颜烁再也没有梦见过皇甫，也再也没有见过老于，虽然他距离自己只有两小时的车程。他们就像彼此的前世，再也没有人提起。颜烁哪天懒散不想修法的时候，就会记起皇甫最后在梦里告诉自己的话：“如果走不出无尽的轮回，我们终将在某一世将彼此遗忘。”

皇甫，即生成佛，定破轮回，必得解脱。你用你的生命实践了对我许下的诺言，唯愿我们再无来世，净土相见。这是我对你的承诺。

当我足够爱，才敢失去你

后记：生死相依

这本书历时三年，写写停停，坎坎坷坷，终于出版。

感谢从2010年《当我足够好，才会遇见你》开写时就跟随我的读者，以及购买并阅读了这本书的新读者。我并不是一个职业作者，我的这两本书都文字粗糙、结构散乱，实在是出版史上的一大灾难。感谢你们的容忍，也感谢出版社和编辑们付出比平常多很多的努力来应付我这个非职业作者，并一如既往大胆地出版我的作品。

2010年的读者都知道我当年是一个非常在乎隐私、非常不愿意抛头露面的人，而这五年来经历的事情，让我的人生一而再，再而三地发生巨大转变，这种转变比书中的女主角颜烁所经历的更大、更猛烈、更离奇。这些转变也给了我勇气拿着两本写得这么糟的书就匆匆忙忙地站到台前。

我确实有着书中的那些经历，患心脏病，遇上师施救，后又一心研习佛法，皈依之后看破生死，只求出家，也确实被上师们劝诫："回去生孩子。"后来也确实有了宝宝。这是我所经历的最大的转变。与这个巨大转变相比，我创办三棵竹文化娱乐有限公司涉足电影电视行业，又担任岭格萨资产管理有限公司COO并成功发行我们的第一只基金，以及财富上的那些变化也就不算是多大的变化了。就在我写后记的今天，书中“海子”原型的父亲王文奎先生突然去世，愿他往生极乐。

生死面前，一切都是小事。

感谢司徒锦源先生，他让我爱上香港；感谢余伟国先生，他给了我家人一般的依靠；感谢阿傍大师（才保仁波切），他连续两次救了我的命，并教会我如何穿越生死以及如何面对苦难；感谢色达喇荣五明佛学院索达吉堪布及所有大德，他们教会我基本的佛理，让我知道佛法不是迷信；感谢曾经在我人生的低谷帮助过我的家人和朋友。

愿我所有经受的痛苦，你们都不再经受。

愿我所有拥有的幸福，你们都能够拥有。

愿现世安稳。

愿轮回空尽。

朱沐

Lydia

图书在版编目（CIP）数据

当我足够爱，才敢失去你 / 朱沐著 .— 长沙：湖南文艺出版社，2015.7
ISBN 978-7-5404-7176-7

Ⅰ. ①当… Ⅱ. ①朱… Ⅲ. ①言情小说 – 中国 – 当代 Ⅳ. ① I247.5

中国版本图书馆 CIP 数据核字（2015）第 110109 号

上架建议：长篇小说 | 都市情感

当我足够爱，才敢失去你

作　　者：朱　沐
出 版 人：刘清华
责任编辑：薛　健　刘诗哲
监　　制：毛闽峰　李　娜
特约策划：刘　霁　李　颖
特约编辑：谢晓梅
营销编辑：王钰捷　张　璐
装帧设计：利　锐
封面摄影：猪老三
出版发行：湖南文艺出版社
（长沙市雨花区东二环一段 508 号　邮编：410014）
网　　址：www.hnwy.net
印　　刷：北京京都六环印刷厂
经　　销：新华书店
开　　本：880mm × 1230mm　1/16
字　　数：280 千字
印　　张：22.5
版　　次：2015 年 7 月第 1 版
印　　次：2020年1月第2次印刷
书　　号：ISBN 978-7-5404-7176-7
定　　价：35.00 元

质量监督电话：010-59096394
团购电话：010-59320018